Destello

Destello

Raven Kennedy

Traducción de
María Angulo Fernández

Rocaeditorial

Título original en inglés: *Glint*

© 2021, Raven Kennedy

Primera edición: enero de 2023

© de esta traducción: 2023, María Angulo Fernández
© de esta edición: 2023, Roca Editorial de Libros, S. L.
Av. Marquès de l'Argentera 17, pral.
08003 Barcelona
actualidad@rocaeditorial.com
www.rocalibros.com

Impreso por EGEDSA
Printed in Spain – Impreso en España

ISBN: 978-84-19283-67-2
Depósito legal: B. 21628-2022

RE83672

Dedicado a todos los que, pese a no vivir
entre barrotes, se sienten enjaulados.
Volad.

1

La reina Malina

*O*ro. Allá donde mires solo ves oro.

Cada centímetro del castillo de Alta Campana ostenta ese resplandor dorado. Durante la última década, muchos han sido los curiosos que han viajado desde todos los rincones de Orea solo para admirarlo. Su magnificencia se ha ido pregonando por los seis reinos, y quienes lo han contemplado con sus propios ojos se han quedado impresionados, pues su abrumador esplendor nunca deja indiferente a nadie.

Pero este castillo, mi hogar, no siempre ha sido de oro macizo. Recuerdo los parapetos de pizarra y los portones de hierro forjado. Recuerdo un vestidor que se confundía con el arcoíris, con atuendos de todos los colores, y una vajilla blanca y prístina, a juego con la cabellera nívea del linaje Colier. Recuerdo que la campana de la torre era de cobre y su tintineo, suave y agradable al oído.

Lo que antaño era liviano y ligero como una pluma ahora requiere la fuerza bruta de varios hombres para poder levantarlo del suelo. Las zonas del castillo que lucían los colores de la historia y del inexorable paso del tiempo ahora relucen como si fuesen nuevas. Incluso las rosas del claustro las ha convertido en oro, por lo que jamás volverán a florecer ni a embriagar el aire con su delicioso perfume.

Nací y crecí en el castillo de Alta Campana. Me conocía cada recoveco, cada baldosa, cada peldaño de cada escalera. Incluso había memorizado cada veta en la madera de todos los marcos de las ventanas. Todavía recuerdo el tacto del trono en el que se sentaba mi padre, construido en piedra y con diamantes incrustados que se extrajeron de las minas del este.

A veces me despierto en mitad de la noche, envuelta en esas sábanas doradas, y durante unos instantes me quedo un poco desorientada. No sé dónde estoy porque ya no reconozco este lugar.

La mayoría de los días, ni siquiera me reconozco a mí misma.

Los dignatarios que vienen de visita se quedan embobados al ver todo ese lustre, toda esa fastuosidad dorada. La precisión y los detalles de todas las superficies doradas les maravillan y asombran por partes iguales y no disimulan en celebrar el poder de Midas.

Sin embargo, no puedo evitar sentir añoranza por cómo era el castillo de Alta Campana antes de la llegada de Midas.

Echo de menos los rincones oscuros, las sillas de madera, incluso los horribles tapices azules que decoraban mi antigua alcoba. Es curioso las cosas que uno extraña cuando las pierde, o cuando se las arrebatan de golpe, sin tomarse la molestia de preguntar.

Sabía que, tarde o temprano, me arrepentiría de haber perdido el control del Sexto Reino. Lo perdí en cuanto accedí a casarme con Midas. Sabía que lloraría la muerte de mi padre. Incluso sabía que añoraría que los súbditos se dirigiesen a mí por mi antiguo nombre y título, princesa Malina Colier.

Pero jamás imaginé que lamentaría tanto la pérdida de este palacio. Supongo que nunca me planteé que algo así pudiera ocurrir. Y, sin embargo, cada habitación y cada objeto decorativo que adornaba los inmensos salones del palacio se fueron transformando delante de mis ojos, hasta el último cojín, hasta la última copa de vino.

Al principio era emocionante, no voy a negarlo. Un castillo de oro encaramado en las montañas heladas; parecía una imagen sacada de un cuento de hadas. Y, como guinda del pastel, el creador de tal preciosa estampa quería desposarse conmigo y nombrarme reina. Ese matrimonio no solo me aseguraba poder quedarme aquí, en mi hogar, sino que además prometía asegurar mi linaje real.

Y aquí estoy, en mi salón privado revestido en oro. De aquella joven ingenua e inocente ya no queda nada, ni su sombra. No tengo herederos. No tengo familia. No tengo poderes mágicos. No tengo un marido comprensivo y cariñoso. Y ya no reconozco el lugar que me vio crecer.

Estoy rodeada de riquezas que carecen de valor para mí.

Este castillo, el lugar donde mi madre me dio a luz, desde donde mi padre y mi abuelo gobernaron Alta Campana, donde residen mis más preciados recuerdos de la infancia, ya no me resulta familiar, sino que se ha vuelto un lugar desconocido y extraño. No me transmite serenidad, ni consuelo, ni emoción. Es todo lo contrario a un cuento de hadas.

Al resto de los mortales les deslumbra y encandila, pero yo ya me he acostumbrado y advierto hasta el más diminuto rasguño en las superficies doradas de los suelos y las paredes. No tengo que fijarme demasiado para distinguir en qué zonas el metal se ha ido desgastando, deformando así hasta las líneas más rectas. Si los criados se han dejado alguna esquina por pulir, no tardo en darme cuenta porque, sin querer, reparo en cada fragmento que se ha deslucido.

El oro es un metal brillante, pero el paso del tiempo también hace mella en él. Se va desluciendo y va perdiendo ese brillo original hasta convertirse en una superficie maleable sin durabilidad.

Lo aborrezco. Igual que aborrezco a Midas. Mi famoso marido. La gente se arrodilla ante él, y no ante mí. Tal vez no posea un talento mágico, pero el rencor es un arma muy poderosa.

Tyndall se va a arrepentir. He perdido la cuenta de las veces que me ha hecho de menos, que me ha arrinconado, que no ha contado conmigo para tomar decisiones importantes, incluso trascendentales. Va a lamentarse de haberme subestimado, de haberme robado mi reino.

Voy a hacerle pagar por todo lo que ha hecho, y no voy a conformarme solo con montañas de oro.

—¿Queréis que cante para vos, su majestad?

Clavo la mirada en el cortesano que está sentado justo delante de mí. Es joven, intuyo que debe de rondar los veinte años. Es guapo y atractivo y tiene una voz de sirena.

Esos son los rasgos que comparten todos mis cortesanos.

A ellos también los aborrezco.

A veces su compañía me resulta tediosa. Pueden llegar a ser plúmbeos y soporíferos, comen como bestias hambrientas y rompen cualquier momento de calma y tranquilidad con su estúpida cháchara. Son como moscas; da igual las veces que intente apartarlos de un manotazo, porque siempre están revoloteando a mi alrededor.

—Pero ¿a ti te apetece cantar? —replico, aunque es una pregunta irrelevante porque…

Esboza una amplia sonrisa.

—A mí me apetece hacer lo que sea que a mi reina le complazca.

Una respuesta hipócrita de un galán hipócrita.

Eso es lo que son todos, unos hipócritas. Unos farsantes. Unos chismosos. Los envían para hacerme compañía, para distraerme, para entretenerme. Me consideran una mujer estúpida, insulsa y sin ambiciones que necesita de bufones las veinticuatro horas del día.

Tyndall no está en el castillo. De la noche a la mañana, recogió sus cosas y partió rumbo al Quinto Reino. Estoy segura de que la gente se postrará a los pies del Rey Dorado y le dedicará toda clase de adulaciones y lisonjas. Oh, Midas disfrutará de lo lindo y, para qué engañarnos, a mí me viene de maravilla.

Porque mientras él está allí, yo estoy aquí, en Alta Campana. Por primera vez en mucho tiempo, no tengo que soportar esa presencia cegadora todo el día.

Quiero pensar que es una señal del gran Divino. Sin un marido al que obedecer. Sin un rey ante el que reverenciarme. Sin su mascota dorada siguiéndole a todas partes, esa aberración que encarna la codicia y avaricia de Midas y que esconde tantas mentiras bajo esa piel reluciente.

Es mi oportunidad.

Con Tyndall lejos de Alta Campana y, con toda probabilidad, muy ocupado y distraído tratando de ganarse la simpatía de los súbditos y nobles del Quinto Reino, tengo una oportunidad y no pienso desaprovecharla.

Quizá ya no reconozca los muros de este castillo, pero sigue siendo mío.

Todavía conservo la ambición que tenía cuando era una cría, antes de descubrir que no había heredado ningún don mágico, antes de que mi padre me entregara en matrimonio a Tyndall, cegado por el brillo de todo su oro.

Sin embargo, el oro ya no me deslumbra. Ya no.

Porque mi sueño, mi función, mi anhelo, mi deber, siempre fue gobernar Alta Campana, y no vivir sometida a un marido, ni ser apartada de mis obligaciones monárquicas, ni recibir el mismo trato que una mujer pusilánime y consentida. Tyndall Midas se ha entrometido en todos los asuntos reales y, desde el principio de nuestra unión, me dejó en un segundo plano. Todo ese brillo dorado terminó por eclipsar mi vida.

Y yo se lo permití. Mi padre se lo permitió. Todo el condenado reino se lo permitió.

Pero ya no puedo más.

Estoy harta de pasarme las horas apoltronada en un sillón mullidito y acolchado, de bordar pañuelos estúpidos que nunca utilizaré, de zamparme pastelitos empalagosos mientras los cortesanos comentan el vestido que lució tal o cual aristócrata en la fiesta, simplemente porque les gusta oír el sonido de su propia voz.

Estoy harta de ser la reina fría y distante que no siente ni padece.

Tyndall se ha marchado y, por primera vez desde que me nombraron reina, siento que puedo ejercer como tal.

Y eso pretendo hacer.

He llevado una corona muchos años y ahora, por fin, voy a utilizarla con propiedad.

2

Auren

*L*as ruedas de madera del carruaje se zarandean y crujen, igual que mi estómago.

Cada rotación desentierra otro terrible recuerdo que se suma a una colección ya de por sí perturbadora. A medida que avanzamos, esas imágenes se van agolpando en mi mente. En un momento dado, empiezan a dar vueltas hasta crear una espiral infinita. Esas evocaciones son como buitres que dejan caer carroña olvidada desde el cielo.

Siento que la muerte me persigue.

Deseaba salir de mi jaula. Poder deambular por el castillo de Midas a mis anchas. Llevaba una vida anodina y aburrida y me sentía muy muy sola. Vivía en un bostezo oscuro y eterno, un bostezo que me impedía hablar, un bostezo que era incapaz de reprimir, un bostezo del que no podía desprenderme. Cada día que pasaba ahí encerrada, abría más la boca, empujaba la lengua contra la mandíbula inferior, ensanchaba el pecho, cruzaba los dedos y le rezaba al gran Divino porque esa profunda inhalación se colara en mis pulmones y me liberara de la asfixia a la que me sometían los barrotes de la jaula.

Pero ahora…

Tengo las manos manchadas de sangre, aunque a simple

vista no se ve. Pero, cada vez que me rozo las manos con la punta de los dedos, siento que está ahí, como si la verdad estuviese incrustada en cada línea de las palmas de mis manos.

Me siento culpable. La violenta muerte de Sail, el indescriptible dolor de Rissa, la misteriosa desaparición de Digby. Todo es culpa mía.

Echo un vistazo al cielo; está encapotado y no alcanzo a ver el resplandor blanquecino o grisáceo de la luna. Ese implacable y doloroso goteo de recuerdos no cesa. Las imágenes continúan hacinándose tras mis sienes para después deslizarse hasta mis párpados.

Veo a Digby desapareciendo en la lejanía, montado en su caballo. Su silueta se pierde entre la negrura del cielo y la blancura de aquel páramo blanco. Veo llamas rojas que crepitan entre las pezuñas de las zarpas de fuego y nubes de copos de nieve sobre las que navegan barcos pirata, como si fuesen las olas de un mar de hielo. Veo a Rissa llorando a lágrima viva, al capitán Fane balanceándose tras ella, con un cinturón en la mano.

Pero sobre todo veo a Sail. Veo que le atraviesan el corazón con el puñal del capitán. Aunque más bien daba la impresión de que le habían clavado un huso en el pecho, porque su sangre empezó a brotar como hebras carmesíes que terminaron formando un ovillo en el suelo. Todavía oigo el chillido que solté cuando su cuerpo se desplomó sobre ese suelo helado. Lo sostuve entre mis brazos durante un breve instante y después se lo entregué a la muerte.

Tengo la garganta adolorida, en carne viva. Esta noche, que parecía que no iba a terminar jamás, la he maltratado como nunca antes. Primero me desgarré la garganta y lloré, presa de la tristeza y del asombro, y después la estrangulé y la ahogué hasta dejarla sin una pizca de aire.

Mi garganta se obstruyó cuando los Bandidos Rojos amarraron el cuerpo sin vida de Sail al mástil de la proa del barco. Ensuciaron su nombre y vilipendiaron su cadáver cuando lo convirtieron en el mascarón de una embarcación desprovista de velas.

Jamás podré borrar esa imagen de mi memoria, la imagen de su cuerpo rígido allí colgado, de su mirada azul perdida en el infinito y azotada por el viento y la nieve.

Tampoco olvidaré el tremendo esfuerzo que tuve que hacer para arrastrar su cadáver por la cubierta y arrojarlo por la borda. Fue la única forma de evitar que esos corsarios desalmados continuaran maltratándole y ultrajándole.

Mis cintas, que todavía no se han recuperado, palpitan al rememorar ese fatídico momento. Ellas fueron las que cortaron los cabos que lo mantenían amarrado al mástil, las que me ayudaron a remolcar su cuerpo frío e inerte por los ásperos tablones de madera blanca de la cubierta.

Fue el primer amigo que conseguí hacer en diez años, pero apenas tuve tiempo de disfrutar de esa nueva y sincera amistad. Fui testigo de cómo lo asesinaban sin un ápice de compasión delante de mí.

No se merecía ese final. No se merecía descansar en una tumba sin nombre en el inmenso vacío de las Tierras Áridas. No se merecía que sus restos acabaran sepultados por un océano de nieve.

«Todo saldrá bien, todo saldrá bien, todo saldrá bien.»

Cierro los ojos y aún oigo su voz retumbando en mis oídos, rompiéndome el corazón otra vez. Sail trató de consolarme, y sus palabras de aliento sirvieron para que no perdiera la esperanza, pero los dos sabíamos que nuestro destino ya estaba decidido. En cuanto mi carruaje volcó y los Bandidos Rojos nos capturaron, ya nada iba a salir bien.

Él lo sabía, pero aun así intentó defenderme y protegerme hasta su último aliento.

Un doloroso sollozo se me atraganta, y me desgarra las cuerdas vocales. Siento un escozor en mis ojos dorados y, un segundo después, una lágrima salada se desliza por mi mejilla.

17

Quizá el gran Divino, esa entidad celestial que comprende a todos los dioses y diosas de este mundo, me esté castigando. Quizá lo que ha ocurrido sea una advertencia, un aviso de que estaba yendo demasiado lejos, de que debo recordar los terrores que merodean por el mundo exterior.

Antes estaba a salvo. En la cima de una montaña helada, en el torreón más alto de un castillo dorado. Nada malo podía pasarme en mi jaula de oro. Pero empecé a tener anhelos, inquietudes, y me volví avariciosa. Y una desagradecida.

Y esto es lo que he conseguido. Es culpa mía. Por ser una inconformista, por tener ideas ambiciosas, por ansiar más de lo que ya tenía.

Mis cintas, débiles y exhaustas, se estremecen, como si quisieran desenvolverse y acariciarme la mejilla, como si quisieran ofrecerme consuelo.

Pero ni siquiera merezco eso. La madre de Sail nunca podrá volver a consolar a su hijo. Rissa tampoco encontrará consuelo en los brazos de los hombres que pagan por compartir lecho con ella. Y, por supuesto, a Midas no le consolará saber que ahora mismo hay un ejército marchando hacia él.

Fuera del carruaje, los soldados del Cuarto Reino se abren paso entre la nieve. Ese ejército se confunde con una fuerza oscura que se extiende por un paisaje vacío. De lejos, estoy segura de que parece un riachuelo de aguas negras y caballos color obsidiana que cruza ese páramo de nieves perpetuas.

Ahora comprendo por qué toda Orea teme al ejército del rey Ravinger, del Rey Podrido. Dejando su magia aparte, sus soldados intimidarían hasta al guerrero más valiente, y eso que no van ataviados con su armadura de guerra.

Pero ninguno resulta más aterrador y espeluznante que el comandante que los lidera.

De vez en cuando, diviso al comandante montado en su enorme caballo y no puedo evitar fijarme en esa línea de púas brillantes y crueles que tiene a lo largo de la espalda. Esa especie de garfios tienen la punta retorcida y, de lejos, me recuerdan a un ceño fruncido y cruel. Observo esa mirada tenebrosa, ese par de agujeros profundos y negros que parecen que vayan a engullir a cualquiera que se atreva a mirarlos.

Un ser feérico.

He conocido a un verdadero ser feérico en persona. No vive escondido en una guarida, sino que capitanea un ejército sometido a la voluntad de un rey desalmado.

Nuestra conversación anterior no deja de repetirse en mi cabeza. Cada vez que recuerdo sus palabras, las palmas de mis manos empiezan a sudar frío y siento un estremecimiento por todo el cuerpo.

«Sé lo que eres.»

«Qué curioso, iba a decirte exactamente lo mismo.»

Esas palabras me dejaron paralizada, estupefacta. Me quedé tan boquiabierta, y hablo en sentido literal, que parecía un pececillo recién sacado del mar. Él se limitó a sonreír, dejando al descubierto unos colmillos afilados, y después señaló con la barbilla este carruaje y me encerró dentro.

La verdad es que estoy acostumbrada a vivir encerrada.

Llevo varias horas metida en este carruaje. Preocupándome, dando mil vueltas a todo lo sucedido, derramando lágrimas, rompiendo el silencio con suspiros y lamentos, asimilando la cruda y fea realidad.

Pero sobre todo he aprovechado estos momentos de soledad para desahogarme, para dar rienda suelta a toda la impotencia y la tristeza que me embarga. Aquí dentro nadie puede verme y sé que no debo mostrar ni una pizca de debilidad a los soldados que trotan ahí fuera, y mucho menos al comandante.

Y esa es la licencia que me tomo en la privacidad que me ofrecen estas cuatro paredes de madera. No me contengo, no me reprimo. Dejo fluir esa avalancha de emociones y todos esos angustiosos «¿y ahora qué?» que me rondan por la cabeza.

Porque sé que, cuando el carruaje se detenga y montemos el campamento para pasar la noche, tendré que disimular toda esa vulnerabilidad. No puedo permitir que nadie me vea así.

Y por eso me quedo ahí sentada.

Me quedo sentada, mirando por la ventana, con todos mis engranajes mentales en pleno funcionamiento, con el cuerpo amoratado y adolorido y llorando a mares mientras, con sumo cuidado y mimo, trato de deshacer los nudos de mis pobres y maltratadas cintas.

Me da la impresión de que las cintas de satén dorado que brotan de ambos lados de mi columna vertebral se han roto en mil pedazos. Noto punzadas de dolor en varias partes. El capitán Fane las ató demasiado fuerte y, para rematar la faena, hizo varios nudos en cada una de ellas.

Después de varias horas de sudar la gota gorda y de soportar un dolor tremebundo, consigo aflojar todas y cada una de las lazadas.

—Por fin —murmuro mientras deshago el último nudo.

Roto los hombros hacia atrás y siento un hormigueo a lo largo de la espalda, justo donde nacen mis cintas. Doce a cada lado de la columna, repartidas desde las escápulas hasta la curva de mi trasero.

Extiendo las veinticuatro cintas lo mejor que puedo en este espacio minúsculo y estrecho y las arrullo. Las acaricio con suma suavidad y ternura, con la esperanza de que así consiga mitigar el dolor.

Desperdigadas por el suelo y la banqueta del carruaje, se ven acartonadas, magulladas y frágiles. Incluso su color, un dorado brillante y lustroso, parece haberse apagado un poco, como si necesitara un pulido urgente.

Dejo escapar un suspiro tembloroso. Tengo los dedos entumecidos después de haber pasado tanto tiempo tirando de ellas para desanudarlas. Jamás había sentido un dolor tan agudo y espantoso en las cintas. Me había acostumbrado a llevarlas siempre ocultas para mantener el secreto y, a decir verdad, creo que nunca las había utilizado como lo hice en ese barco pirata.

Mientras dejo que las cintas descansen y se recuperen, aprovecho los últimos rayos de luz para echar un vistazo al resto de mi cuerpo. Noto un dolor bastante fuerte en el hombro y en la cabeza, fruto del accidente que sufrí en el carruaje real. Después de dar varias vueltas de campana, el vehículo quedó volcado en mitad de la llanura nevada y fue entonces cuando los Bandidos Rojos me capturaron y me llevaron a rastras hasta la embarcación.

También tengo un pequeño corte en el labio, pero apenas me molesta. El dolor más lacerante y punzante lo noto en la mejilla, justo donde el capitán Fane me arreó un buen bofetón, y en el costado. Ahí, en las costillas, ese bruto miserable me asestó varias patadas. Creo que no tengo nada roto, pero cada vez que me muevo, por poco que sea, veo las estrellas, la Vía Láctea y el universo entero.

Me rugen las tripas. El estómago me está recordando que está vacío y furioso. Para colmo, tengo la boca reseca. No recuerdo la última vez que tomé un trago de agua. Sin embargo, lo peor que llevo no es el hambre, ni tampoco la sed, sino el cansancio. No me queda ni una gota de energía.

El agotamiento es como un grillete que me impide mover los tobillos, como unas esposas de hierro fundido que no me permiten mover los brazos. Noto el peso de la fatiga sobre los hombros y temo que pueda derrumbarme. Ya no tengo fuerzas. Es como si alguien hubiera retirado el tapón del barril donde acumulo toda mi energía y, poco a poco, se hubiera ido vaciando.

¿El lado bueno? Que al menos sigo con vida. Al menos conseguí librarme de los Bandidos Rojos. Como mínimo ya no tendré que cumplir el castigo al que Quarter quería some-terme en cuanto descubrió que su capitán había desaparecido. Quarter no es de la clase de hombres que una querría tener como captor.

Mis nuevos «escoltas» no son, ni por asomo, los ideales pero al menos me van a llevar junto a Midas, aunque no tengo ni idea de qué ocurrirá una vez que lleguemos a Rocablanca.

Contemplo el paisaje que se extiende detrás de la ventani-lla del carruaje. Los cascos negros de los caballos revuelven la nieve a su paso, y los jinetes, sentados a horcajadas sobre las monturas, galopan con ademán orgulloso.

Ahora tengo que ser fuerte.

Soy la prisionera del ejército del Cuarto Reino y, como tal, no puedo mostrar una pizca de fragilidad. No sé si los huesos de mi cuerpo son de oro macizo, pero, por mi propio bien, es-pero que sí. Ojalá cada vértebra que conforma mi columna ver-tebral sea dorada porque, si quiero sobrevivir, voy a necesitar una espalda fuerte como un roble.

Cierro los ojos y, con la yema de los dedos, me masajeo sua-vemente los párpados para que ese terrible escozor desaparezca de una vez por todas. A pesar de lo cansada que estoy, no logro conciliar el sueño. No puedo dormir. No puedo relajarme. No soy capaz. No con el enemigo marchando ahí fuera y con ese nubarrón de recuerdos cerniéndose sobre mi cabeza.

¿Solo ha pasado un día? ¿En serio? ¿Ayer por la mañana Sail todavía estaba vivo y Digby estaba ladrando órdenes a diestro y siniestro a sus hombres? Han pasado tantas cosas que me da la sensación de que eso ocurrió hace semanas, me-ses, años.

La percepción del tiempo cambia cuando estás atormenta-do, o cuando estás pasando un duelo. El tiempo se ralentiza, los segundos se alargan tanto que parecen minutos. Si algo he aprendido es que el dolor y el miedo no son sensaciones efí-meras, sino que perduran en el tiempo. Y, por si eso no fuese lo suficiente cruel, la mente se asegura de que revivamos esos momentos una y otra vez incluso años después.

Qué canalla es el tiempo.

Sé que una parte de mí se ha quedado atrás, en la cubierta de ese barco pirata. He vivido tantos momentos trágicos y traumáticos a lo largo de mi vida que sé reconocer esa sensación de congoja, de terrible angustia.

Me han roto el corazón en varias ocasiones y, a estas alturas de la vida, he perdido la cuenta de las veces que he sentido un dolor desgarrador. En cada uno de esos tormentosos episodios sentí que me arrancaban un pedacito de mí. Y cada pedacito ha ido cayendo tras de mí y formando un caminito de migas de pan hacia mi pasado que aves carroñeras y salvajes se empeñan en zamparse.

Cuando vivía en Alta Campana, la gente a veces emprendía largos viajes solo para verme. Midas dejaba que me colocara a su lado en el salón del trono mientras los visitantes me miraban embobados.

Pero por mucho tiempo que me contemplaran ahí arriba, en ese pedestal de oro, nadie fue capaz de mirar más allá de sus narices. Nadie vio realmente a la persona de carne y hueso que habitaba ese cuerpo de oro. Si alguien se hubiera tomado la molestia de conocerme un poco más, habría descubierto que no soy más que una chica llena de cicatrices y arañazos, con las entrañas agujereadas y una piel dorada bajo la que se esconde un corazón hecho pedazos.

Noto una quemazón en los ojos. Me echaría a llorar otra vez, pero me he quedado sin lágrimas que derramar. Supongo que ese depósito también se ha vaciado.

No tengo ni la más remota idea de dónde está el resto de las monturas y guardias, y desconozco las intenciones del comandante, pero no soy tonta. El Rey Podrido ha enviado a todo su ejército al Quinto Reino para enfrentarse a Midas. Temo por él, y también por mí.

23

Me estremezco cuando el último rayo de sol se va desvaneciendo hasta esconderse bajo la línea del horizonte. Es oficial, el día ha terminado. Ha llegado el momento de cerrar bajo llave todas mis emociones.

El crepúsculo arrastra consigo una promesa: la llegada de la noche es inminente.

El carruaje frena en seco. En esta zona de Orea, la noche desciende en picado y, en un abrir y cerrar de ojos, el mundo queda sumido en una oscuridad absoluta, casi opaca. Por eso no me sorprende que el ejército del Cuarto Reino empiece a preparar el campamento tan pronto.

Me quedo inmóvil dentro del carruaje mientras escucho con atención los sonidos de los soldados. Varios caballos me impiden ver qué está ocurriendo ahí fuera y, aunque alargo el cuello y entorno los ojos, solo consigo atisbar sombras que se mueven rápidas y ágiles mientras trabajan.

Después de casi media hora esperando enclaustrada en el carruaje, empiezo a revolverme, a inquietarme. Necesito ir al baño, y con urgencia. Mi cuerpo se está rebelando, como un crío cuando tiene una rabieta. Ya no puedo ignorar el hambre y la sed, y el cansancio golpea mis piernas como las olas de un mar agitado que pretende arrojarme al agua.

Solo quiero dormir. Cerrar los ojos, sumirme en un profundo sueño y no despertarme hasta que todo este dolor, físico y emocional, haya desaparecido.

«Todavía no», me digo para mis adentros. Todavía no puedo descansar.

Me pellizco el brazo para activarme, para obligarme a estar alerta. Afino el oído e intento filtrar todos los sonidos que provienen del exterior mientras el tenue resplandor del atardecer se va apagando y la oscuridad de la noche empieza a envolverme en su manto frío.

Apoyo la cabeza en la pared del carruaje y cierro los ojos un segundo. «Solo un segundo», murmuro. El tiempo suficiente para extinguir el fuego que me quema los ojos, ya de por sí hinchados. El tiempo suficiente para mitigar el dolor.

«Solo un segundo…»

Al oír el inconfundible sonido metálico de una llave, doy un respingo y abro los ojos.

De repente, la puerta del carruaje se abre y ahogo un grito.

Le reconozco de inmediato. Ahí está, con su inconfundible ademán amenazante y bañado en la oscuridad nocturna. Ese par de ojos negros y cavernosos me repasan de pies a cabeza.

El comandante Rip.

3

Auren

Contengo la respiración mientras escudriño la descomunal figura que se cierne sobre mí sin pestañear. Todo mi cuerpo se pone tenso, en alerta, porque estoy a punto de descubrir qué me depara el futuro y qué significa en realidad ser su prisionera.

Por mi mente pasan toda clase de ideas. Una infinidad de posibilidades que revolotean como un enjambre de moscas. Intento prepararme para lo peor.

¿Me agarrará por el pelo y me arrastrará hasta su tienda? ¿Me amenazará? ¿Me molerá a palos? ¿Me obligará a desnudarme para comprobar con sus propios ojos que toda mi piel es dorada y reluciente? ¿Me entregará a sus soldados para que hagan conmigo lo que les plazca? ¿Me encadenará? ¿Me pondrá grilletes y esposas?

No puedo permitirme el lujo de que todas esas ideas se reflejen en mi rostro. No quiero darle pistas de todos los «¿y si?» que ahora mismo están rondando por mi cabecita.

Todo ese dolor, toda esa pena, toda esa preocupación... Enrollo todos mis sentimientos como si fuesen una bobina de lana vieja, sin dejar ni una sola hebra suelta. Porque presiento que, si le muestro mi miedo, si revelo mi fragilidad a este hombre, él no dudará en coger esos hilos y tirar de ellos hasta conseguir desenredar toda la madeja.

«Entierra la debilidad y tu fortaleza saldrá a la superficie...»

Casi había olvidado esas viejas palabras. Me sorprende que me hayan venido a la cabeza justo ahora, de repente. Tal vez mi mente las tenía guardadas a buen recaudo para sacarlas cuando más necesitara oírlas.

Recuerdo el momento en que me canturrearon esas palabras al oído, en un susurro que, pese a ser sutil y silencioso, sentí más afilado que el filo de una espada.

Ahora esas palabras retumban en mis oídos y me ayudan a cuadrar los hombros y a levantar un pelín la barbilla para enfrentarme al comandante con dignidad.

Sostiene el casco bajo el brazo y tiene esa melena azabache un poco alborotada, señal de que llevaba muchas horas con él puesto. Me fijo en la palidez de su rostro, en la hilera irregular de diminutas púas que bordean esas cejas negras y pobladas. Su aura, intensa y potente, satura el aire, me envuelve la lengua en azúcar glas, obstruyéndome así todas y cada una de mis papilas gustativas.

Su aura tiene el sabor del poder.

Me pregunto cómo reaccionaría la gente si supiera lo que es en realidad. No es un mortal por cuyas venas corren remanentes mágicos que ha heredado de ancestros feéricos. No es un monstruo que el Rey Podrido haya corrompido y deformado para asustar a sus súbditos. No es un comandante al mando de un ejército de carácter cruel y desalmado, ansioso por derramar sangre en el campo de batalla y que disfrute degollando a sus enemigos.

No, el comandante es mucho más letal, mucho más pernicioso, mucho más aterrador que eso. Un ser feérico de pura sangre que se pasea por Orea a la vista de todo el mundo.

Si conociesen la verdad, ¿huirían despavoridos? ¿O se sublevarían contra él, tal y como hicieron los habitantes de Orea hace siglos? ¿Actuarían igual que sus antepasados? ¿Lo matarían para exterminar el último reducto de un linaje ancestral?

27

Fue una época muy oscura. Algunos seres feéricos trataron de defenderse, de resistir a los ataques del enemigo y sobrevivir, pero estaban superados en número y, a pesar de que contaban con su increíble magia, no fue suficiente. Otros, en cambio, optaron por no luchar, por dejarse vencer. No querían asesinar a personas que consideraban sus amigos, sus amantes, su familia.

Quizá hayan pasado siglos desde que Orea y Annwyn, el reino de los seres feéricos, se segregaron, pero, aun así, me sorprende que nadie lo sepa, que nadie *vea* quién es en realidad cuando, en mi opinión, salta a la vista.

Un fugaz vistazo al comandante Rip basta para saber que él no se quedaría de brazos cruzados. Lucharía con uñas y dientes. Se enfrentaría a toda Orea si hiciese falta, y Orea perdería.

A juzgar por la intensidad de su mirada, intuyo que no soy la única que está rumiando, que está dándole vueltas a la cabeza. Los dos nos estudiamos en silencio, nos juzgamos, nos analizamos.

La curiosidad me corroe. Me muero de ganas por averiguar cómo ha llegado el comandante Rip hasta aquí, por saber cuál es su verdadero objetivo, su meta final. ¿Es un simple perro guardián que el rey Ravinger ha contratado para que acobarde, ladre y enseñe los dientes a sus enemigos? ¿O tiene intenciones ocultas que aún no ha revelado?

Mientras examina cada centímetro de mi piel, y mientras yo hago lo mismo desde los confines del carruaje, veo que está tomando notas mentales. Tengo que hacer un esfuerzo hercúleo para no mover ni un dedo, para no encogerme bajo esa mirada profunda y penetrante.

Sus ojos se fijan en mi mejilla, hinchada y todavía roja del bofetón, y en el corte del labio; después contempla mis cintas, extendidas por todo el interior del carruaje. No me gusta ni un pelo que se interese tanto por ellas. Cada vez que las mira, siento el impulso irrefrenable de esconderlas. De no estar tan doloridas y débiles, las habría enrollado alrededor de mi torso para mantenerlas bien ocultas.

Cuando por fin termina su escrupuloso análisis, levanta esa mirada negra y siniestra y me mira directamente a los ojos. Todos los músculos de mi cuerpo se contraen. Me preparo para lo peor, porque no sé si va a sacarme del carruaje a rastras, si va a ladrarme órdenes o si va a intentar amedrentarme con crueles amenazas. Sin embargo, no hace nada de eso. Tan solo se limita a mirarme, como si estuviese esperando algo.

Si pretende que me desmorone, que me eche a llorar o que le suplique por mi vida, lo lleva claro. Me niego en rotundo a hacerlo. No pienso doblegarme, ni ceder a la presión de su escrutinio, ni romperme porque no soporto un segundo más ese silencio atronador. Si hace falta, me quedaré aquí postrada toda la maldita noche.

Por desgracia, mis tripas no parecen tener la misma tozudez ni la misma voluntad de hierro que yo porque en ese preciso instante empiezan a rugir. Cualquiera diría que me he tragado un león.

Al percibir ese sonido, el comandante entorna los ojos, como si se sintiese ofendido.

—Tienes hambre.

Si no estuviera aterrorizada, pondría los ojos en blanco.

—Pues claro que tengo hambre. Llevo metida en este carruaje todo el día y tampoco es que los Bandidos Rojos nos ofrecieran un plato caliente y generoso después de habernos capturado.

El comandante se mantiene impasible, por lo que me resulta imposible saber si ese tonito irrespetuoso le ha sorprendido en lo más mínimo.

—Parece que el Jilguero tiene un piquito de oro —murmura, y echa un vistazo a las plumas que recubren las mangas de mi abrigo.

Ese apodo me enerva y me irrita profundamente. Aprieto la mandíbula.

Hay algo en él que me saca de quicio. Aunque, después del calvario que he vivido, quizá ese algo esté en mí, y no en el comandante. Sea cual sea el motivo, la ira empieza a dominar todas mis emociones. Trato de reprimir ese impulso irracional, como quien aguanta el muelle de una trampa para ratones para evitar una tragedia, pero es imposible. No puedo controlarlo.

En lugar de alterarme, debería permanecer indiferente, imperturbable. Tengo que ser fuerte como una roca para que esa corriente marina no se me lleve por delante. Siento que estoy en el ojo del huracán, más vulnerable que nunca, y no puedo permitir que me arrastre, que me engulla.

El comandante ladea la cabeza.

—Pasarás la noche en esa tienda de ahí —dice, y señala hacia su izquierda—. Te traerán agua y comida. La letrina está en los alrededores del campamento, hacia el oeste.

Espero a que dicte más indicaciones, o amenazas, o violentas advertencias, pero no pronuncia ni una sola palabra más.

—¿Eso es todo? —pregunto, con recelo.

Inclina la cabeza como solo lo haría un pájaro, un movimiento muy característico de los seres feéricos, y advierto la punta de la púa que tiene entre los omóplatos.

—¿Qué esperabas, si puede saberse?

Estrecho los ojos.

—Eres el comandante del ejército más temido de toda Orea. Esperaba que hicieras honor a tu reputación y te comportaras como el hombre cruel y despiadado que dicen que eres.

En cuanto las palabras salen de mi boca, el comandante se inclina hacia delante y apoya los brazos en el marco de la ventanilla del carruaje, exhibiendo así las púas retorcidas que recubren sus antebrazos. Y, de repente, las escamas grises e iridiscentes que tiene a lo largo de los pómulos relucen. Emiten un destello que me recuerda al filo plateado de una espada recién pulida. Ese súbito fulgor sí me ha parecido una advertencia.

El aire que estaba inspirando se me queda atascado en el pecho, como si se hubiese transformado en un sirope viscoso y pegajoso, y me quedo sin respiración.

—Puesto que ya conoces, o eso crees, el carácter de la persona que te custodia, no voy a hacerte perder un solo minuto de tu valioso tiempo en explicaciones absurdas —dice Rip en voz baja, aunque percibo un tono punzante en cada una de las palabras—. Pareces una joven inteligente, así que supongo que no hace falta que te recuerde que no puedes marcharte. Si tomaras la estúpida decisión de escapar, morirías congelada ahí fuera. De todas formas, te encontraría.

El corazón me amartilla el pecho. Esa promesa esconde una amenaza.

«Te encontraría.»

No ha dicho que sus soldados me encontrarían, sino él. No me cabe la menor duda de que, si me atreviera a huir del campamento, no descansaría hasta dar conmigo. Me buscaría en cada rincón de las Tierras Áridas, si hiciese falta. Y sé que me encontraría. Porque esa es la suerte que tengo.

—El rey Midas te matará por haberme secuestrado —replico. Finjo ser valiente e intrépida, pero la realidad es que el cuerpo me está pidiendo a gritos que me aleje del comandante, de esa presencia abrumadora que ha llenado el interior del carruaje.

Arquea la comisura de los labios, y quedan igual de retorcidos que sus púas.

—Cuento los días para que llegue ese momento.

La arrogancia del comandante me revuelve el estómago. El problema es que sé que no es un farol; habla en serio. Incluso sin esa magia feérica, ancestral y poderosa que presiento que posee, el comandante es un guerrero de la cabeza a los pies. A juzgar por esa musculatura abultada que parece tallada en mármol y ese semblante tan sanguinario y perverso, preferiría que no se acercara a Midas.

31

Alguna de esas ideas ha debido de colarse por las grietas de mi estoicismo porque, de repente, el comandante se pone derecho y su expresión se transforma. En ella leo desdén, condescendencia.

—Ah, ahora lo entiendo.

—¿Entiendes el qué?

—Te preocupa lo que pueda ocurrirle a Midas, el rey captor —dice, aunque prácticamente escupe las palabras. La acusación es más afilada que la punta de sus colmillos.

Pestañeo varias veces en silencio. El odio que rezuman sus palabras es frío, glacial. Si confirmo sus sospechas, ¿utilizará mi amor por Midas para hacerme daño? Y si las desmiento, ¿me creerá?

Chasquea la lengua a modo de burla al ver que estoy angustiada, abrumada.

—Así que al Jilguero le gusta su jaula. Qué lástima.

Cierro los puños, furiosa. Lo último que necesito es que ese tipo me juzgue, me menosprecie, asuma sin el menor atisbo de duda quién soy y cuáles son mis circunstancias o que se crea con el derecho de opinar y criticar mi relación con Midas.

—Tú no me conoces.

—¿Ah, no? —replica, y su voz retumba en mis oídos—. En Orea, todo el mundo conoce a la preferida de Midas, igual que sabe que el Rey Dorado convierte en oro todo lo que toca.

Ese comentario es la gota que colma el vaso.

—Igual que todos sabemos que el Rey Podrido envía a su monstruo a hacer el trabajo sucio por él —rebato, y clavo la mirada en las púas que recubren su antebrazo.

Una reverberación siniestra sacude el aire que nos envuelve y, de inmediato, se me eriza el vello de la nuca.

—Oh, Jilguero. Ahora crees que soy un monstruo, pero todavía no has visto nada.

Esa amenaza tácita me azota como un soplo de aire árido y se me seca la boca. Tengo que andarme con mucho cuidado y ser más precavida. Si quiero salir indemne de aquí, lo más sensato será que evite cualquier contacto con él para no despertar a la fiera salvaje que lleva dentro. Pero es muy difícil elaborar un plan de antemano si no sabes a qué te atienes exactamente.

—¿Qué piensas hacer conmigo? —me arriesgo a preguntar. Albergo la esperanza de que la respuesta pueda darme alguna pista de lo que está por venir.

El comandante dibuja una sonrisa oscura e intimidatoria.

—¿No te lo había dicho? Voy a llevarte ante el captor que tanto echas de menos. Oh, será un reencuentro memorable.

Y, sin mediar más palabra, el comandante se da media vuelta y me deja ahí, sin poder replicarle con el corazón latiéndome al mismo ritmo que sus pisadas.

No sé qué sorpresa le tendrá preparada a mi rey, pero no auguro nada bueno. Midas espera la llegada de su séquito, de sus monturas y de su preferida, no la de un ejército enemigo.

Me obligo a salir del carruaje. Mis cintas se arrastran tras de mí sobre la nieve. Me embarga un sentimiento de impotencia, de resignación. Sé muy bien lo que tengo que hacer. Necesito encontrar una manera de avisar a mi rey.

Solo espero que no me cueste la vida.

4

Auren

*U*no pensaría que después de varias semanas de viaje te acostumbras a utilizar una letrina cavada en el suelo en la que hacer tus necesidades. Pero no es así. Tener que arremangarte la falda y sentarte en cuclillas sobre la nieve desmoraliza a cualquier mujer.

Así que, cuando tengo que ir a la letrina, no me entretengo, ni me duermo en los laureles. ¿El lado bueno? Que he aprendido a hacerlo sin salpicarme las botas y sin caerme de culo sobre la nieve. Ahora mismo, esas pequeñas victorias significan mucho para mí.

Por suerte, no tardo mucho en asearme. Termino mis quehaceres antes de que otros se acerquen a usar la letrina, así que al menos sé que no hay mirones observando todos y cada uno de mis movimientos. Recojo un puñado de nieve en polvo y la utilizo para lavarme las manos. Después, me pongo derecha y me seco las palmas de las manos con la tela arrugada de la falda.

Ahora que por fin he solucionado la necesidad que más me apremiaba, me froto los brazos en un intento de mitigar el frío glacial que se ha filtrado por el abrigo de plumas del capitán de los piratas y mi vestido de lana.

Echo un vistazo a mi alrededor y trato de orientarme, pero

lo único que veo es el mismo paisaje que lleva días persiguiéndome. Nieve y hielo y nada más.

La inmensa extensión de las Tierras Áridas no parece acabarse nunca. Ese paisaje blanco y nevado y con la silueta de las escarpadas montañas como telón de fondo empieza a aburrirme.

El comandante Rip lleva razón. En este instante, podría fugarme y, quién sabe, quizá incluso esquivar a los soldados y a él mismo durante unas horas. Pero ¿y después qué? No tengo provisiones y dudo que pudiera encontrar un lugar donde refugiarme en este territorio tan hostil. Además, tampoco sabría qué dirección tomar, pues estoy totalmente desorientada. Ahí fuera moriría congelada.

Aun así, la línea del horizonte, una línea recta perfecta, parece burlarse de mí; me tienta con esa libertad aparente, pero sé que es una trampa, un engaño, pues ese mismo horizonte me envolvería en su manto gélido y rompería mi cuerpo frágil y quebradizo en un santiamén, como si fuese un pedazo de hielo.

Aprieto la mandíbula, me doy la vuelta y regreso de nuevo al campamento. Los soldados han tardado apenas unos minutos en levantarlo. No es nada sofisticado; han montado varias tiendas de cuero, que están desperdigadas por el terreno, y han encendido unas cuantas hogueras. Salta a la vista que este ejército no se deja amedrentar por el frío, ni lo utiliza como excusa para holgazanear o eludir sus obligaciones. Las inclemencias del tiempo no parecen desalentar a los soldados. No les afecta en lo más mínimo.

Cuando paso por la primera tienda, compruebo mis alrededores. Debo ser cautelosa y no bajar la guardia. Busco la silueta del comandante o de alguno de sus soldados. Sospecho que puedan estar agazapados entre las sombras, esperando a pillarme desprevenida y temo que se abalancen sobre mí e intenten hacerme daño, o algo peor.

35

Pero ahí no hay nadie.

No me fío ni un pelo de esa falsa libertad. A solas, merodeo por el campamento con los cinco sentidos bien alerta. No veo a ninguna de las monturas, ni tampoco a los guardias de Midas, aunque hay tantísimos soldados en este ejército que cuesta una barbaridad ver algo más que armaduras y cascos.

Aunque estoy al borde del desmayo y me duelen hasta las pestañas, me obligo a caminar un poquito más y a aprovechar estos instantes de soledad que la vida me está brindando porque quizá no vuelva a tener esta oportunidad nunca más.

Retrocedo en el tiempo. Cuando estaba en el barco pirata, el capitán Fane recibió un halcón mensajero que le alertó de la inminente llegada del comandante Rip. Eso significa que el comandante dispone, como mínimo, de un halcón, sino más. Necesito encontrarlos.

Paso de puntillas junto a las tiendas y rodeo a los grupos de soldados que disfrutan de una cena caliente alrededor de una hoguera. Voy recorriendo el campamento con la cabeza gacha y los ojos bien abiertos, buscando y observando cada rincón. Mis cintas se arrastran sobre la nieve tras de mí, dejando un rastro casi imperceptible a mi paso.

El aroma a comida recién hecha hace que mi estómago, vacío y furioso, emita un rugido petulante, pero no puedo sucumbir al hambre, ni al cansancio. «Todavía no.»

Dudo que guarden los halcones mensajeros en una tienda, así que ni me molesto en echar un vistazo. Imagino que transportan a los animales en carretas cubiertas con lonas, o algo parecido, y eso es precisamente lo que estoy buscando, aunque trato de disimular y sigo andando como vaga un alma en pena, sin rumbo fijo. No tengo que esforzarme mucho, la verdad, ya que no tengo ni idea de hacia dónde ir.

Los sonidos del ejército me rodean. Soldados charlando, hogueras crepitando, caballos relinchando. Doy un respingo cada vez que oigo una risotada ronca, cada vez que una chispa sale disparada de los troncos húmedos. Me sobresalto cada dos por tres porque, en el fondo, estoy esperando a que alguien me asalte en cualquier momento.

Siento la mirada de los soldados siguiéndome allá donde voy. Todo mi cuerpo está en tensión, pero, aparte de esas miraditas de desconfianza, nadie se acerca a mí. Y eso me desconcierta y me perturba. No sé qué pensar al respecto.

¿A qué está jugando el comandante Rip?

Y al fin, cuando tengo las botas empapadas por estar abriéndome paso entre la nieve y tiritando de frío, distingo una serie de carretas de madera cubiertas con lonas de cuero a varios metros de distancia, a las afueras del campamento.

El corazón me da un brinco y mi primer impulso es salir disparada hacia ellas, pero debo mantener la cabeza fría. No me atrevo a ir directa hacia ellas. No me atrevo a acelerar el paso.

En lugar de tomar el camino más corto, doy un buen rodeo y me obligo a seguir arrastrando los pies con cierta pesadumbre. Mantengo la expresión tímida y apenas levanto la mirada del suelo.

Después de ser lo más cautelosa, prudente y sigilosa posible, llego a las carretas. La oscuridad de la noche me ayuda a ocultarme entre las sombras.

Advierto una hoguera a unos diez metros de distancia, pero a su alrededor tan solo hay cuatro soldados, y están enzarzados en una discusión, aunque no consigo oír de qué se trata.

Con sumo cuidado, me acerco a la hilera de carretas y me voy asomando bajo las lonas. Trato de ser rápida porque lo último que quiero es que me pillen merodeando por ahí.

Las cuatro primeras carretas no están cubiertas. Están vacías y apestan a cuero sin tratar, por lo que intuyo que ahí deben de guardar las tiendas. Las siguientes están llenas de balas de heno y barriles de granos de avena para los caballos y, a continuación, descubro varias carretas a rebosar de provisiones

37

para los soldados. Empiezo a perder la esperanza. Cuando llego a la última, distingo la forma cuadrada de lo que, a simple vista, podrían ser cajas... ¿Cajas para animales?

Me escondo detrás de esa carreta y rezo al gran Divino porque haya encontrado lo que andaba buscando. Inspiro hondo, echo un vistazo a mi alrededor y después levanto la lona para comprobar qué hay debajo. Y entonces se me cae el alma a los pies. La carreta no contiene jaulas, ni cajas para animales, tan solo pelajes de animales doblados y plegados.

Observo esa montaña de pieles durante unos segundos. Tengo la sensación de haber perdido una importante batalla, pero aun así me esfuerzo por mantener la compostura. Estoy exhausta y con los ánimos por los suelos, por lo que esa derrota sabe aún más amarga. Me invade el pánico. Siento el escozor de las lágrimas en los ojos y el insoportable peso del fracaso sobre los hombros.

38 «Por el gran Divino, ¿dónde diablos están?» Si no puedo avisar a Midas...

—¿Te has perdido?

Casi sufro un infarto al oír esa voz. Aparto la mano de la lona de cuero y me doy la vuelta. Miro hacia arriba, y arriba y más arriba. Frente a mí se alza un hombre tan alto que más bien parece un oso.

Le reconozco *ipso facto*. Su silueta es corpulenta y fornida, pero lo más sorprendente de él es su tamaño. Es descomunal. Si hurgo en mi memoria y regreso al barco pirata, recuerdo que Rip apareció flanqueado por dos soldados y, aunque llevaban el casco puesto en aquel momento, sé que el gigante que tengo enfrente era uno de ellos, el mismo que nos escoltó, a Rissa y a mí, por la rampa de desembarco.

Ahora, sin la armadura y el casco, veo que tiene la cara un pelín rechoncha y un agujero en el labio inferior en el que ha introducido una astilla de madera curvada que me recuerda al árbol retorcido del emblema del Cuarto Reino. Tiene varias tiras de cuero marrón atadas alrededor de esos bíceps abultados y se ha vestido con un atuendo de cuero negro.

Sé que suena extraño, pero me da la impresión de que es aún más alto y más corpulento que antes. Debe de sacarme unas tres cabezas, como mínimo, y luce unas piernas más gruesas que el tronco de un árbol, y calculo que sus puños deben de ser del tamaño de mi cara.

Genial. No puedo creerlo. ¿Tenía que descubrirme precisamente este cabrón?

En serio, no sé qué he hecho en esta vida que haya podido ofender tantísimo a las diosas.

Alzo la barbilla y miro a los ojos a ese monstruo de melena castaña. Doy las gracias por haber visitado la letrina antes porque es tan aterrador que cualquiera se mearía en los pantalones.

Me aclaro la garganta.

—No.

Él arquea una ceja espesa y tupida, frunce el ceño y me lanza una mirada de desconfianza. Los mechones se deslizan alrededor de su rostro, pero tiene el pelo un poco aplastado en la parte superior, señal de que acaba de quitarse el casco.

—¿No? Entonces, ¿que estás haciendo por aquí? Estás muy lejos de tu tienda.

¿Sabe dónde está mi tienda? Ese detalle me inquieta...

Me doy la vuelta, meto la mano bajo la lona y, sin pensármelo dos veces, cojo una de las pieles de la carretilla que tengo justo detrás. Me la coloco alrededor de los hombros y respondo:

—Tenía frío.

No se ha tragado ni una sola palabra que ha salido por mi boca.

—Oh, conque tenías frío. En ese caso, la mascota dorada de Midas debería haberse metido en su tienda.

Me ajusto esas pieles de color azabache, como si pretendiera abrigarme. Conozco muy bien a esta clase de hombres.

No son más que matones de tres al cuarto. Lo peor que puedo hacer es dejar que me humille y pisotee, pues quedaría como un blanco demasiado fácil.

Alzo la barbilla en un gesto de amor propio.

—¿No se me permite pasear por el campamento? ¿Acaso me vais a encerrar ahí dentro en contra de mi voluntad? —le desafío, porque eso es justamente lo que espero de ese ejército, y no quiero andarme con rodeos, quiero ir al grano.

Él arruga aún más el ceño y el corazón me amartilla el pecho, como si quisiera salir de ahí y esconderse en algún lugar. La verdad es que no le culpo. Si este hombre quisiera, me cogería por el cuello y, con esas manazas rollizas, me lo partiría por la mitad.

Pero, en lugar de eso, se cruza de brazos y me escudriña, me repasa de pies a cabeza. Su postura no puede ser más espeluznante.

—Así que los rumores son ciertos. Te gusta vivir enjaulada, mascota.

La ira y la rabia fluyen por mis venas. Ya es la segunda vez esta noche que alguien se toma la libertad de juzgarme por vivir encerrada en una jaula. Estoy hasta la coronilla de comentarios mordaces y malintencionados.

—Prefiero estar a salvo bajo el techo del Rey Dorado que formar parte del ejército de un monarca podrido que se dedica a arrasar sus propias tierras —escupo.

En cuanto mis palabras se cuelan por sus tímpanos y llegan a su cerebro, el hombretón que tengo enfrente se queda inmóvil, como si se hubiese transformado en una estatua de hielo.

Sé que he metido la pata, que he cometido un error imperdonable. He cruzado una línea, y ahora no hay marcha atrás. He sucumbido a la provocación y, en lugar de morderme la lengua, he dado rienda suelta al miedo y a la ira. No me he comportado como la piedra inamovible que no se deja llevar por la corriente del río.

He pasado de ser la víctima al verdugo. Esa bestia me estaba hostigando, me estaba acorralando y, en vez de aguantar con estoicismo, le he pagado con la misma moneda. Y, teniendo en cuenta su tamaño, me temo que no ha sido lo más sensato, ni tampoco lo más inteligente.

Lo cierto es que no estaba prestando atención a los murmullos de los hombres que están sentados alrededor de la hoguera, pero ahora que han enmudecido el silencio me resulta atronador. Noto un matiz de emoción tensa en el ambiente, como si estuviesen impacientes por saber qué represalias va a tomar contra mí.

El corazón galopa en mi pecho, abrumado por el atronador latido, y me da la impresión de que en cualquier momento va a salírseme por la boca.

Con una hostilidad y odio que casi pueden palparse, el tipo se inclina hacia delante hasta que su cara queda a escasos milímetros de la mía. Su mirada emite el inconfundible brillo de la aversión, un brillo tan intenso que calcina todo el oxígeno del aire que hay entre nosotros, de manera que no puedo respirar.

Apenas levanta la voz, sino que más bien suelta el gruñido de un lobo. Se me pone la piel de gallina.

—Vuelve a insultar a mi rey y te juro que me importará una mierda de qué color es tu piel. Te fustigaré con un látigo, te arrancaré la piel de la espalda a tiras y no pararé hasta oír una disculpa por esa boquita.

Trago saliva.

Sé que no está exagerando, que habla muy en serio. Y no me cabe el menor atisbo de duda porque vislumbro esa animadversión en sus ojos. Sé que en este preciso instante me empujaría, me tiraría sobre la nieve y me torturaría.

Asiente con la cabeza sin apartar la mirada de mis ojos.

—Bien. Me alegro de que hayas decidido entrar en razón y mostrar un poco más de respeto —susurra. Todavía está demasiado cerca. Siento que sigue invadiéndome mi espacio, que sigue engulléndose el aire que necesito para respirar—. Ya no estás bajo el techo de oro del cretino de Midas. Ahora estás aquí, con nosotros y, si me aceptas un consejo, intenta ser más educada y, sobre todo, demuéstranos que sirves para algo.

Abro los ojos como platos. Sé leer entre líneas y lo que implican sus palabras… me aterra. Por lo visto, ese soldado es capaz de leerme el pensamiento porque enseguida añade una explicación.

—No me refería a eso. A ninguno nos interesa quedarnos con las sobras doradas de Midas —dice con una sonrisita desdeñosa, y suelto un suspiro de alivio, aunque me arrepiento al instante. No debería haberlo hecho—. ¿Quieres que tu vida sea más fácil? Pues entonces compórtate como el pajarito enjaulado que eres y empieza a cantar.

Y es entonces cuando encajo las piezas del rompecabezas.

—¿En serio crees que os daré información? ¿Que traicionaré a mi rey?

Él encoge los hombros.

—Solo si eres una chica lista.

El desprecio y el asco vibran en mi interior hasta crear una melodía atroz. No sé qué percibe en mi mirada, pero al fin ese gigante cruel se aparta de mí, se pone derecho y resopla.

—Hmm. Tal vez no lo seas. Qué lástima.

Cierro los puños.

—Jamás traicionaré al rey Midas.

Esa torre esboza una sonrisa maléfica.

—Eso ya lo veremos.

En mis entrañas, esa furiosa melodía se zarandea, se revuelca y se golpea. No sé qué me ofende más, que me considere una pusilánime que no se atreve a pensar por sí misma o una cobarde que es incapaz de rebelarse ante una injusticia.

—¿Dónde están las demás monturas? —pregunto de repente. Quiero tomar las riendas de la conversación y dirigirla a mi favor—. ¿Y los guardias?

No dice nada. La arrogancia emana de todo su cuerpo como si fuese vapor.

Me mantengo en mis trece.

—Si alguno de vosotros les hace daño...

Pero no me deja terminar la frase. Levanta la mano, mostrándome la palma. Advierto una vieja cicatriz, un corte que le atraviesa toda la palma.

—Ten cuidado con lo que vas a decir —gruñe—. A los soldados del Cuarto Reino no nos gustan las amenazas.

Echo un vistazo a mi izquierda. Los demás soldados, que siguen apiñados alrededor de la hoguera sin musitar una sola palabra, no pierden detalle de la conversación. Me miran fijamente, con los antebrazos apoyados sobre las rodillas, y se crujen los nudillos. Su expresión es de odio profundo, un odio que se ve más acentuado por las llamas parpadeantes.

La advertencia, o el amago de advertencia para ser más exactos, que habría soltado para defender a mis compañeros de viaje se desvanece bajo el humo de esa amenaza tácita. Quizá estas sean las normas del juego. Quizá el comandante Rip me haya dejado campar a mis anchas por el campamento para que sus soldados me castiguen y me mortifiquen como les venga en gana.

El armario que se cierne sobre mí suelta una risita por lo bajo, y desvío la mirada de los soldados para posarla de nuevo en él.

—Y ahora largo de aquí. Tu tienda está por ahí. Supongo que la perra de Midas sabrá encontrar su caseta, ¿verdad?

Le lanzo una mirada asesina, pero él ni se inmuta. Se da media vuelta y se marcha pisoteando la nieve para sentarse junto a sus camaradas, que continúan observándome sin pestañear.

Me abrigo el pecho con ese retal de pelo negro y me giro, aunque sigo notando sus miradas afiladas clavadas en la nuca, como si fuesen la punta de una espada. Me alejo lo más rápido que puedo, pero sin llegar a correr. Oigo sus risas burlonas a lo lejos y se me sonrojan las mejillas.

43

Trato de seguir el rastro de pisadas que he ido formando sobre la nieve porque tengo las botas bien caladas y porque no sé si me quedan fuerzas para abrir otro camino que me lleve directa a mi carruaje y a mi tienda, o mi caseta, según se mire.

Tal vez sean imaginaciones mías, pero todos los soldados con los que me cruzo me dedican miraditas más incisivas, más malignas. Ninguno se digna a dirigirme la palabra, pero tampoco hace falta. La energía que rezuman me perturba de tal modo que no me queda más alternativa que claudicar.

Para ellos soy una enemiga que batir. Esperan que me desmorone, que me venga abajo. No tengo a ningún guardia pisándome los talones, pero da lo mismo. Me observan, me vigilan. Están listos para atacarme, para abalanzarse sobre mí. Y, sin embargo, ninguno lo hace.

Opto por ignorarlos, por no mirar a nadie, por ni siquiera pestañear cuando, al pasar por su lado, dejan de charlar y se quedan callados. Mantengo la mirada al frente mientras camino, a pesar de que me tiembla todo el cuerpo y de que el corazón me late a mil por hora.

Me da igual lo que piensen, no voy a traicionar a Midas. Ni ahora, ni nunca.

Con cada paso que doy con esas botas frías y empapadas, me maldigo en silencio. No he encontrado la carreta en la que guardan a los halcones mensajeros y, para colmo, he sido torpe y negligente; en lugar de pasar desapercibida, ese soldado me ha pillado *in fraganti*. Si pretendo sobrevivir al ejército del Cuarto Reino, tengo que ser más hábil, más inteligente, más sigilosa.

Y más fuerte. Se avecinan días difíciles y no puedo desfallecer.

Siento que la ira se arremolina en mi pecho y, sin darme cuenta, cierro los puños dentro de los bolsillos del abrigo. Mañana. Volveré a intentarlo mañana. Y pasado mañana también. Y al otro. Y al otro.

No pienso rendirme hasta haber rebuscado en cada rincón de este maldito campamento y haber encontrado una forma de alertar a Midas. Y hasta que llegue ese momento, no voy a desanimarme, ni a derrumbarme. No pienso darles nada que puedan utilizar en contra de mi rey.

El comandante me considera tan poca cosa que ni siquiera me ha puesto un guardia para que vigile todos mis movimientos. Bien, pues pienso devolvérsela multiplicada por diez. Tendrá que tragarse toda esa petulancia y chulería y, mientras lo hace, yo me dedicaré a disfrutar del momento con una sonrisa pegada en mis labios de oro.

Creen que, tarde o temprano, terminaré cediendo y me doblegaré ante ellos. Pero voy a demostrarles que no soy de esa clase de monturas.

5

Auren

*M*i sentido de la orientación me juega una mala pasada y me pierdo en mitad del campamento. Supongo que he debido de tomar un atajo y he acabado dando un buen rodeo, porque de repente veo que vuelvo a pasar junto a un grupito de soldados que ya he visto antes.

Se ríen entre dientes e intercambian miradas de complicidad, pero ninguno se digna a darme indicaciones para llegar a mi tienda y, a decir verdad, prefiero no preguntárselo. Tengo el presentimiento de que, aunque les pidiese ayuda, no me la ofrecerían.

Por fin diviso el carruaje negro en el que me he pasado todo el día enclaustrada. Suspiro, aliviada. Aunque me he cubierto la cabeza con la capucha, estoy muerta de frío y me castañetean los dientes.

De camino al carruaje, me doy cuenta de que la tienda que el comandante Rip ha dispuesto para mí está bastante alejada del resto del campamento. En lugar de estar apiñada junto a las otras tiendas, la han instalado a las afueras.

Me detengo frente al que va a ser mi hogar esta noche y echo un vistazo a los alrededores. La tienda más cercana a la mía está a varias decenas de metros de distancia. A primera vista podría parecer algo bueno, ya que así puedo disfrutar de más privacidad que el resto, pero lo cierto es que me asusta un poco.

Solo se me ocurre una razón por la que montarían mi tienda tan apartada de las demás. Les ofrece la oportunidad de colarse en ella a hurtadillas y hacer conmigo lo que les plazca sin que nadie se entere de nada. Así es más fácil que otros soldados hagan la vista gorda y después aseguren no haber visto ni oído nada sospechoso.

Con un nudo en la garganta que no soy capaz de deshacer, doy un paso adelante y, casi de inmediato, arrugo la frente. Alguien se ha tomado la molestia de apartar la nieve con una pala hasta la portezuela de lona de la tienda, despejando así el camino para que no tenga que hundir las botas en esa gruesa capa de nieve.

Compruebo mis alrededores otra vez, pero no veo a nadie vigilándome. La hoguera más cercana está bastante lejos y los soldados, sumidos en la sombra, parecen estar charlando, por lo que intuyo que no me están prestando la más mínima atención.

¿Por qué alguien iba a cavar un caminito en la nieve para que una prisionera pudiera acceder a su cárcel sin mojarse los zapatos? Un fugaz vistazo al resto de las tiendas me basta y me sobra para darme cuenta de que soy la única que goza de ese privilegio. Enseguida distingo las ristras de pisadas que conducen a las tiendas vecinas.

No consigo deshacerme de esa inquietud, de ese desasosiego, pero aun así levanto las solapas de cuero negro, me agacho y me adentro en la tienda. En cuanto pongo un pie dentro me recibe un resplandor agradable y cálido, algo que mi cuerpo tembloroso agradece sobremanera.

Me descalzo en la entrada, me sacudo los copos de nieve del vestido y del abrigo y después contemplo el espacio.

El farolillo que alumbra la tienda está colocado sobre un cubo que han dispuesto del revés, pero el delicioso calor que acompaña a ese fulgor anaranjado proviene de una pila de brasas aún ardientes que hay en el centro de la tienda, sobre el suelo. Rodeadas por un anillo de piedras ennegrecidas, emiten una calidez tan familiar que incluso me entran ganas de echarme a llorar.

Advierto una montaña de pelajes de animal en una esquina, todos del mismo negro azabache, y un camastro en la otra. Tal y como el comandante prometió, ahí está esperándome una bandeja de madera con mi cena. Incluso han tenido el detalle de dejarme un cántaro lleno de agua, un pedacito de jabón y un paño.

Compruebo de nuevo las portezuelas de cuero. No hay forma humana de cerrarlas desde dentro. Pensándolo bien, ¿de qué serviría un cordón de cuero? Si alguien quiere entrar aquí, lo hará igualmente.

Me muerdo el labio y sopeso mis opciones. No puedo quedarme aquí como un pasmarote y muerta de miedo por lo que pudiera pasar. Me quito la manta de pelo negro que llevo sobre los hombros y la extiendo sobre el suelo, aunque la verdad es que hay varias alfombras de pelo que evitan que la nieve empape el suelo de lona. Me siento, cruzo las piernas y coloco la bandeja sobre el regazo.

Hay un trozo de pan y una porción de carne sazonada, además de un cuenco a rebosar de una especie de caldo. Aunque es la modesta ración de un soldado, la boca se me hace agua y el estómago me ruge, como si fuese el manjar más sabroso y apetecible que jamás hubiese visto.

Devoro la cena en un periquete, y no dejo ni las migas. Me llevo el cuenco a los labios y me bebo el caldo de un solo sorbo, sin tan siquiera hacer una pausa para tomar aire. La comida me llena el estómago y calma esa hambre voraz. Me siento mucho mejor al instante.

Una vez terminado el banquete, me chuperreteo los dedos y me relamo los labios. Ojalá me sirvieran otra ración, aunque sé que soy afortunada por haber podido disfrutar de esa cena. Deben racionar las provisiones mientras dure la travesía, y presiento que a los soldados no les haría mucha gracia que su prisionera les exigiera más cantidad de comida.

Echo un trago a la cantimplora. El agua, aunque potable, está helada. No hace falta ser un genio para saber que es nieve derretida. Está tan fría que incluso me duelen los dientes, pero me da lo mismo porque siento que mitiga la sed al instante.

Ahora que ya he aplacado el hambre y la sed, las tentadoras pieles de animales parecen gritar mi nombre, pero sé que antes debo asearme. Quizá sea producto de mi imaginación, pero juraría que tengo el olor del capitán Fane pegado en el cuerpo y necesito librarme de él cuanto antes. A lo mejor, si me froto bien la piel, también consiga deshacerme del recuerdo de esas manazas agarrándome por el brazo, del tiempo que compartí a su lado en el barco pirata.

Todavía llevo puesto el abrigo que le robé de su camarote, lo cual estoy convencida de que no ayuda mucho, pero no puedo tirarlo a la basura. No tengo nada más que ponerme y, además, le di a Polly mi otro abrigo.

Con cuidado de no doblar o estropear las plumas parduscas que decoran la espalda y las mangas del abrigo, lo extiendo sobre el suelo y, en un abrir y cerrar de ojos, me quito ese vestido de lana gruesa. Al desnudarme sin la inestimable ayuda de mis cintas siento que me falta algo, un brazo... o veinticuatro, para ser más exactos.

Dejo que el vestido se deslice por mis piernas y después me quito esos gruesos calcetines de lana. Me quedo solo con la camisola interior dorada y, a pesar del calor que desprenden las brasas, no puedo dejar de temblar. Debo darme prisa porque no me fío de esta aparente privacidad. No me fío ni un pelo. Sin pensármelo dos veces, acabo de desvestirme. Las manos me tiemblan de frío, pero también de nervios.

49

Estoy totalmente desnuda y, por primera vez, puedo verme las heridas. Tal y como suponía, tengo un cardenal enorme en las costillas, justo donde el capitán Fane me pateó.

Paso los dedos sobre la zona adolorida y deslustrada, y ese suave roce en mi piel hace que resople de dolor. Tiene peor aspecto de lo que imaginaba. Todo el costado izquierdo de mi torso se ha teñido de un color negruzco y ha perdido todo su brillo original; a simple vista, parece que alguien me haya restregado hollín por la piel.

Aparto la mano, me acerco al cántaro y vierto el agua en un cuenco bastante profundo. Sumerjo el paño en el cuenco, convencida de que se me van a congelar los dedos, y me llevo una grata sorpresa al comprobar que está tibia por el calor de las brasas.

Todas esas pieles con las que resguardarme del frío, esa tienda modesta pero privada, las brasas calientes, la ración de comida, la cantimplora con agua de verdad, y no con un cubito de hielo dentro, sin guardias siguiéndome a todas partes, sin grilletes ni esposas que impidan moverme con total libertad... Todo esto me huele a chamusquina. Sospecho que forma parte de un soborno que el comandante ha preparado y calculado al milímetro. Estoy segura de que está esperando a que muerda el anzuelo.

Ese tipo no improvisa, no hace nada que no esté premeditado. Quizá su maquiavélico plan consista en tratar de convencerme de que, mientras permanezca a su lado, no voy a correr ningún peligro. Quiere engañarme para que me relaje, para que me ablande, para que baje la guardia. Pero no pienso caer en su trampa. De hecho, voy a intentar aprovecharme de la situación.

Sin dejar de darle vueltas al asunto, me humedezco un poco la piel, paso ese trocito de pastilla de jabón por todo el cuerpo, incluidas las cintas, y después retiro la espuma con un buen chorro de agua tibia.

Me estoy frotando el brazo cuando, de pronto, advierto una mancha carmesí en el paño. Me quedo mirando esa pincelada durante varios segundos, a sabiendas de que es sangre. Sangre de Sail.

No sé por qué me ha sorprendido tanto ver esa mancha. Aunque en el barco pirata me calé hasta los huesos, es lógico que todavía tenga gotas de sangre en el cuerpo. Lo sujeté mientras se desangraba, moribundo, y lo acuné entre mis brazos cuando dio su último aliento.

Sin embargo, cuando veo esa mancha de color rubí, se me humedecen los ojos. Era lo único que me quedaba de él. Puede parecer extraño, pero esa gota es su vida. Y estoy a punto de limpiarla, borrando así el último vestigio de Sail.

Me tiembla el labio y siento que en cualquier momento voy a romper a llorar, así que me obligo a mordérmelo para contener las lágrimas. Sail ha muerto. Jamás volveré a ver esa sonrisa honesta, ni esa mirada color azul, pero siempre recordaré sus últimas palabras. «Todo saldrá bien.»

Fue culpa mía.

Me aseo el resto del cuerpo a toda prisa, sumida en la pena y la nostalgia. De repente se me enturbia la visión, como si un banco de niebla se hubiese inmiscuido en la tienda. Ojalá supiera dónde está Digby. Me costaba menos conciliar el sueño cuando sabía que estaba cerca de mí, vigilándome.

Ahora, en cambio, me siento muy sola.

Prefiero no lavarme el pelo. No quiero ni pensar en la cantidad de nudos y enredos que debo de tener y, en mi estado actual, no me veo con las fuerzas ni con el ánimo de cepillar todos los mechones largos y dorados sin la ayuda de mis cintas. Mañana. Me encargaré de adecentarme el cabello mañana.

Me acerco a las brasas para secarme un pelín más rápido y, aunque siguen muy calientes, tardo un buen rato. A pesar de que la temperatura es agradable, se me pone la piel de gallina desde las pantorrillas hasta el pecho.

Cuando estoy seca, me inclino para recoger la camisola y, en ese preciso instante, la portezuela de cuero de la tienda se abre.

Una ráfaga de aire frío se cuela por el agujero y un escalofrío me recorre todo el cuerpo. Me quedo petrificada, pero no por esa súbita corriente helada, sino por un motivo totalmente distinto.

El comandante Rip acaba de entrar en mi tienda.

6

Auren

*L*a inesperada visita del comandante no debería sorprenderme tanto, pero el miedo me paraliza. El aire se queda atrapado en mis pulmones, todos los músculos de mi cuerpo se agarrotan y, durante un segundo, no puedo moverme.

El comandante se queda petrificado en la entrada y abre esos ojos negros y profundos al darse cuenta de que estoy desnuda.

La parálisis momentánea que he sufrido al verle entrar desaparece y, al fin, mi cuerpo empieza a obedecer las órdenes que le envía el cerebro. Recojo la camisola del suelo e intento cubrirme las intimidades con ella.

—¿Qué quieres? —pregunto, aunque el tono agudo y estridente que sale de mi boca suena más bien a exigencia. La pregunta es bastante absurda, ya que sé la respuesta. Por supuesto que la sé, porque *eso* es lo que desean y anhelan todos los hombres. ¿Por qué iba a ser él distinto al resto? ¿Porque es un ser feérico?

El comandante me fulmina con la mirada. El tic de la mandíbula, un gesto involuntario que hace que el músculo se le contraiga, le delata. Está molesto, enfadado. Sin musitar una sola palabra, se da media vuelta y desaparece tras la portezuela de cuero. La púa curvada que tiene entre las escápulas casi desgarra la tela.

Me quedo inmóvil, perpleja y sin poder apartar la mirada de la portezuela. Las emociones se van sucediendo una tras otra, como las esencias de un jardín. Siento bochorno, desconcierto, enfado y vulnerabilidad. Sobre todo, vulnerabilidad.

¿Por qué diablos se ha marchado y me ha dejado con la palabra en la boca?

Con las manos aún temblorosas, me recupero del aturdimiento y empiezo a espabilarme. Me pongo la camisola porque, aunque se haya ido, podría volver en cualquier momento.

Oigo unos pasos que se acercan y suelto una retahíla de irreverencias por lo bajo al mismo tiempo que recojo una de las mantas de piel del suelo y me cubro el pecho con ella. Incluso con la camisola, me siento desnuda. Estoy aterrorizada y, presa de la desesperación, miro a mi alrededor en busca de un arma.

—Voy a entrar.

Arrugo la frente al oír esa voz porque pondría la mano en el fuego de que no es la voz del comandante. Es demasiado aguda, demasiado... afable.

Un tipo que no reconozco se asoma por debajo de esa portezuela y, en cuanto pone un pie dentro, se endereza y yergue la espalda. Lo primero en lo que me fijo es en su extrema delgadez.

El segundo detalle que me llama la atención es que la mitad izquierda de su rostro está desfigurada, como si hubiese sufrido una tremenda quemadura hace años y no hubiera cicatrizado bien. La piel de esa zona está rugosa, llena de surcos y arrugas, pero eso no es todo. En esa mitad de la cara, la ceja ha desaparecido por completo, tiene el párpado caído y la comisura de los labios un pelín torcida.

Calculo que debe de rondar los cuarenta años. Tiene el pelo castaño y fino y la tez de color oliva. En lugar de los ropajes de cuero que llevan todos los soldados de ese ejército, ese hombre tan menudo luce un abrigo grueso y negro que le cubre hasta las rodillas y que se ajusta a la cintura con un cinturón.

—Soy Hojat —dice, y enseguida distingo ese acento sureño que hacía años que no oía—. He venido a verte.

Estoy tan furiosa que echo humo por las orejas. Esto es el colmo. ¿El comandante me ve desnuda y tiene la desfachatez de enviar a sus hombres para que también me echen un vistazo?

Endurezco los rasgos, clavo las uñas en ese retal de pelo negro y suelto un gruñido de rabia, de impotencia.

—Lárgate de aquí.

Hojat parpadea y, un tanto asustado, da un paso atrás. Ni siquiera yo esperaba que pudiese escupir ese veneno por la boca.

—¿Disculpa? El comandante me ha dado permiso para que te vea.

Todo mi cuerpo se pone rígido por culpa de esa ira, de todo ese terror.

—¿Ah, sí? Pues bien, yo no te doy permiso para que me veas y me importa bien poco lo que el comandante diga. Así que ya puedes marcharte por donde has venido. Ahora.

Hojat pestañea de nuevo, como si no diera crédito a lo que acaba de oír.

—Pero… no, no. Creo que ha habido un malentendido. Milady, soy un sanador.

Ahora soy yo la que está confundida, desconcertada. Le miro de arriba abajo otra vez y en esta ocasión vislumbro algo que antes había pasado por alto. Lleva un maletín y tiene unas bandas rojas bordadas en las mangas, justo a la altura de los bíceps. Es el emblema que suelen llevar los médicos de los ejércitos de Orea.

—Oh —exclamo, y toda esa rabia se esfuma en un solo instante—. Lo siento. Pensaba… Da lo mismo. ¿Y por qué te ha enviado el comandante?

Clava la mirada en el corte que tengo en el labio y en mi mejilla, que supongo que debe de estar hinchada y amoratada.

—A mi parecer, el porqué está muy claro, milady.

Me sorprende la formalidad con la que me trata. Esperaba que el curandero de un ejército fuese alguien más hosco, más arisco y más huraño que Hojat, sobre todo teniendo en cuenta la clase de ejército al que sirve.

—Estoy bien. No es grave.

Pero ni siquiera el tonito de desprecio que utilizo parece amilanar al sanador.

—De todos modos, tengo que examinarte y comprobar que estás bien.

Aprieto los labios.

—Ah, déjame adivinar. Porque el comandante así te lo ha ordenado.

Una punta de sus labios se estira y dibuja una sonrisa, pero la punta izquierda permanece inmóvil.

—No se te escapa una, milady.

—Solo tengo alguna molestia y varios moretones. Ah, y puedes llamarme Auren.

Él asiente con la cabeza y deja la cartera en el suelo.

—Vamos a echar un vistazo a esos golpes, milady Auren.

Suelto un bufido, en parte porque me parece gracioso que insista en utilizar ese anticuado título para dirigirse a mí, y en parte porque me exaspera tener que pasar por una ridícula revisión médica.

—Entre tú y yo, he sufrido heridas peores que estas.

—Una información que ningún sanador se alegraría de saber, milady Auren —murmura Hojat, y después se acerca a mí mientras me escudriña de pies a cabeza. Por suerte, su mirada es clínica. No aprecio ningún atisbo de lascivia, ni de intimidación—. ¿Cómo te has hecho esto? —pregunta, y me señala la mejilla.

Miro hacia otro lado.

—Un bofetón.

—Hmm. ¿Te duele al hablar o al masticar?

—No.

—Bien —susurra, y desliza la mirada hacia el labio hincha-do, aunque presiento que el corte ya ha cicatrizado—. ¿Y este corte de aquí? ¿Te duele? ¿Sientes que te baila algún diente?

—Por suerte, no.

—Bien, bien, bien —dice—. ¿Alguna otra lesión?

Me revuelvo, incómoda.

—Me resbalé y me caí encima de una roca. Creo que tengo un rasguño en el hombro, pero no alcanzo a verlo, así que no puedo asegurártelo.

Él se aclara la garganta y se coloca a mi lado. Titubeo.

—Ejem, puedes echar una ojeada, pero no me toques.

Hojat se detiene, pero enseguida asiente y se queda donde está. Sin quitarle el ojo de encima, me bajo el cuello de la ca-misola para mostrarle la parte trasera del hombro. Él se inclina hacia delante y, tal y como le he pedido —o más bien ordena-do—, no me toca.

—Sí, tienes una pequeña herida. Creo que tengo el un-güento perfecto, déjame que lo busque.

Se dirige hacia el maletín y rebusca en su interior hasta encontrar una especie de tintura. Observo con atención todos y cada uno de sus movimientos. Echa unas gotitas de ese vial sobre la punta de un trapito, coge otro vial, se levanta y vuelve hacia mí.

Hojat hace el ademán de pasarme ese paño húmedo sobre la piel y, de forma instintiva, me aparto. Él se queda perplejo y con los ojos como platos.

—Lo lamento, milady. Se me había olvidado.

Me aclaro la garganta.

—No te preocupes. Yo me encargo.

Me entrega el paño sin rechistar. Con sumo cuidado, apoyo ese paño húmedo sobre la herida. El escozor es inmediato y, al oír mi gruñido, Hojat agacha la cabeza.

—Duele un poco, pero desinfectará la herida.

57

—Muchas gracias por avisarme —replico, con cierto retintín.

Después de varios toquecitos, Hojat asiente con la cabeza y le devuelvo el paño.

—Dejaremos que se seque un poco antes de cubrir la herida —explica.

—De acuerdo.

Hojat se da la vuelta para guardar el trapito y, sin querer, se tropieza con mis cintas. Ahogo un aullido de dolor cuando aplasta varias de mis cintas con la suela de la bota. Sé que ha sido un accidente fortuito, que no tenía mala intención.

Al ver mi mueca de dolor, enseguida da un paso atrás.

—Oh, mil disculpas, milady, yo… —tartamudea pero, en cuanto mira al suelo y se da cuenta de lo que ha pisado, enmudece—. ¿Qué…? ¿Qué es esto?

Recojo todas mis cintas de satén dorado y las empujo detrás de mí para esconderlas.

—Son los lazos de mi camisola, nada más.

A juzgar por su expresión, no ha colado. Tampoco me extraña; son demasiado anchas y largas como para ser los lazos de una camisola. Tan solo un mentecato se habría tragado esa mentira.

Veo que estira el cuello para mirarlas de nuevo y, de inmediato, me pongo rígida. Es evidente que las cintas asoman por debajo de mi camisola, y no por encima. Aunque sé que no va a servir de nada, recojo una de las mantas de pieles y me abrigo con ella para cubrirme la espalda. Pero es demasiado tarde.

—¿Ya has terminado? —pregunto, con la esperanza de que se marche y me deje a solas.

Hojat se aclara la garganta y, al fin, despega los ojos de mis cintas.

—Ah, no. El comandante mencionó que tenías un cardenal en las costillas.

Sacudo la cabeza.

—No es nada, no te…

—Lo siento, pero me temo que debo insistir, milady. Órdenes del comandante —explica, y aprieto la mandíbula.

—Lo siento, pero soy yo la que debo insistir. He dicho que no es nada, y punto. Además, es mi cuerpo.

Para que pueda examinarme las costillas, tendría que arremangarme la camisola más de lo que me gustaría. O peor todavía, tendría que quitármela, lo cual me dejaría más expuesta y vulnerable de lo que estoy ahora. Dejaría al descubierto todo mi cuerpo, incluidas mis cintas, y eso es algo que no estoy dispuesta a hacer ante nadie, ni siquiera ante un sanador.

El comandante ya me ha visto tal y como me trajeron al mundo, y es suficiente.

La expresión de Hojat se suaviza.

—No tienes nada que temer, milady. Desvístete y túmbate sobre el camastro. Te prometo que no tardaré nada.

Siento una opresión en el pecho que me impide respirar.

«Túmbate sobre el camastro, zorra. Será rápido.»

La voz que retumba en mi memoria es ronca, grave y punzante. La recuerdo con perfecta claridad, y solo con evocarla empiezo a sudar frío. Me da la impresión de que todavía puedo oler aquel campo de trigo húmedo que acababan de abonar con estiércol. Se me revuelven las tripas.

Hoy he dejado que mi mente viajara al pasado, que rememorara episodios terribles y, sin darme cuenta, he reabierto viejas heridas. He destapado el baúl donde guardo los recuerdos más dolorosos y ahora están apareciendo imágenes que había enterrado hace mucho tiempo.

Inspiro hondo y trato de borrar ese recuerdo de mi cabeza.

—Ahora me gustaría descansar, Hojat —digo.

El sanador abre la boca, como si quisiera convencerme de algo, pero, en lugar de discutir, niega con la cabeza y suelta un suspiro de resignación.

¿El comandante le castigará? ¿Me hará pagar mi insolencia?

—Muy bien —responde Hojat.

Al ver que se da media vuelta, relajo un poco los hombros. Rebusca en su maletín otra vez, se arrodilla frente a la portezuela, recoge un puñado de nieve del suelo, la deja sobre un pequeño retal de tela y anuda las esquinas para cerrarlo, creando así una bolsita.

Siento curiosidad por saber qué está haciendo, pero entonces se acerca con ese diminuto fardo y otro vial y me los ofrece.

—Una compresa fría y unas gotitas de Ruxraíz. Te aliviará el dolor y te ayudará a dormir.

Asiento y acepto ambas cosas. Retiro el tapón de corcho del diminuto vial y vacío el contenido en la boca. En cuanto ese líquido roza mi boca, me echo a toser. El sabor es tan fuerte, tan amargo y tan nauseabundo que, además de atragantarme, casi echo la bilis ahí mismo. Se me llenan los ojos de lágrimas y tengo que hacer de tripas corazón para engullirlo.

—Por el gran Divino, ¿qué es esto? —pregunto asfixiada—. He tomado Ruxraíz muchísimas veces y jamás he notado este sabor.

Hojat me mira un tanto avergonzado mientras recupera el vial vacío.

—Lo siento, milady, se me ha olvidado avisarte. Mezclo todos mis remedios con hénade.

Abro tanto los ojos que casi se me salen de las órbitas. Ahora entiendo el ardor que me quema la boca y la garganta.

—¿Añades un chorro de la bebida alcohólica más fuerte de Orea a todas tus preparaciones medicinales? —pregunto incrédula.

Él sonríe y se encoge de hombros.

—¿Qué esperabas? Soy el sanador de un ejército. La mayoría de mis pacientes son soldados furiosos que han logrado sobrevivir a una guerra y que acaban de abandonar el campo de batalla. Créeme que en esos casos, cuanto más alcohol, mejor. Es un remedio infalible para mitigar el dolor incluso de las heridas más brutales, y para animarles un poco —dice, y me guiña el ojo.

Me seco la boca con la manta que tengo alrededor de los hombros.

—Puaj. Prefiero el vino, la verdad.

Hojat se ríe entre dientes y señala la bolsa de nieve que estoy sujetando con la otra mano.

—Coloca la bolsa sobre la mejilla y el labio esta noche. Te ayudará a bajar la hinchazón.

Asiento.

—Gracias.

—Que descanses, milady —dice, y luego recoge su maletín y sale de la tienda.

Mientras espero a que el ungüento del hombro se seque por completo, limpio la bandeja de la cena y me dedico a frotar cada centímetro del vestido para tratar de limpiar las manchas de sangre. Un buen rato después, lo cuelgo en uno de los postes que sujetan la tienda para que se seque.

Me bebo de un trago las últimas gotas de agua potable que me quedaban para tratar de deshacerme del asqueroso sabor de esa tintura, pero no sirve de mucho. Espero que el hénade fuese el único ingrediente extra que haya añadido al remedio curativo.

No debería haber confiado en Hojat tan rápido, pero la idea de que pudiera proporcionarme algo que aliviara el dolor era tan tentadora que ni siquiera me paré a pensarlo. El sanador no parece de la clase de hombres que me engañaría para envenenarme, pero debo andarme con más cuidado y ser más prudente. No debo fiarme de nadie que forme parte del ejército del Cuarto Reino.

Me siento tan agotada que creo que estoy a punto de desmayarme, así que extiendo algunas de las mantas de pelo sobre el camastro y me dejo caer sobre el colchón. Aparto un poquito las cintas para que no se enreden entre mis piernas mientras duermo.

61

Me arropo todo el cuerpo, desde los pies hasta las mejillas, con esas colchas gruesas de pelo y enrollo otra para colocármela bajo la cabeza en forma de almohada. Por último, cojo la bolsita fría y la sujeto sobre mi mejilla.

Bajo todas esas capas, no tardo en entrar en calor. Suspiro cuando empiezo a notar los efectos del Ruxraíz en todo mi cuerpo.

Me pesan los párpados y, en el preciso momento en que empiezo a cerrar los ojos, la portezuela de la tienda se abre y, por el agujero, se cuela una ráfaga de viento gélido. Enseguida reconozco la imponente silueta del comandante.

Y esta vez presiento que no va a marcharse.

7

Auren

*T*odo mi cuerpo se tensa. ¿Cómo he podido ser tan ingenua y creer que por fin iban a dejarme en paz, que podría descansar unas horas? Mi mente empieza a rumiar. Quizá haya enviado al sanador para asegurarse de que recuperaba un poco las fuerzas y así poder pasar la noche conmigo.

La bilis trepa hasta mi garganta y me quema la boca. No puedo mover ni un músculo.

—¿Qué vas a hacer? —pregunto, y ni me molesto en disimular el terror en mi voz.

Sin embargo, el comandante no responde. Se dirige hacia la otra punta de la tienda, donde hay otra pila de mantas y pieles.

Contengo la respiración y me aferro a las mantas como si mi vida dependiera de ellas. Él se inclina y empieza a desatarse los cordones de las botas. Observo todos sus movimientos sin tan siquiera pestañear. Primero se quita una y después, la otra. Al caer sobre el suelo, se oye un ruido sordo que confundo con el latido de mi corazón.

Solo puedo pensar en ese fatídico momento en que irrumpió en mi tienda y me vio totalmente desnuda.

Siguiente paso, su armadura. Empieza por la placa del pecho. Con tan solo un par de tirones a los broches que hay en ambos lados, se quita esa lámina de metal negro y la deja a un lado. Después afloja las tiras de cuero marrón que se entrecruzan sobre su pecho para poder retirarse el jubón de cuero negro.

Y entonces me asalta una duda. ¿Cómo va a quitárselo con todas esas púas atravesando la tela? El misterio se resuelve delante de mis narices. Las púas que le recubren la espalda y los antebrazos se retraen. Casi a cámara lenta, se van hundiendo bajo la piel y, una a una, van desapareciendo. Y en cuanto todas se repliegan, se quita el jubón y lo cuelga en uno de los postes.

Tal vez uno podría pensar que, ataviado con una sencilla túnica de manga larga y unos pantalones finos, el comandante resultaría menos amedrentador, menos intimidatorio, pero la realidad es que no. Los agujeros circulares que atisbo en las mangas y espalda me recuerdan lo que esconden debajo.

De repente, se arremanga un poco la túnica y se arranca los pantalones. Y es entonces cuando empiezo a temblar de verdad.

Me muerdo el labio inferior y aprieto tan fuerte los dientes que me temo que he reabierto la herida.

«No. Esto no puede estar pasando. No, no, no.»

He sido una estúpida. ¿Cómo he podido bajar la guardia? ¿En qué momento he creído que esto no pasaría?

Quizá la tintura que me ha dado Hojat estaba sazonada con alguna sustancia que me ha dejado fuera de combate. Quizá ni siquiera me ha dado Ruxraíz. ¿Por qué al sanador del ejército del Cuarto Reino le iba a importar que estuviese retorciéndome de dolor? Me mantienen con vida por un único motivo, porque para ellos soy un escarnio, un chantaje y una amenaza que pueden utilizar contra Midas.

Estoy en las últimas y ya no me quedan fuerzas ni para gritar. La noche anterior fue una auténtica tortura y no he pegado ojo en todo el día. Estoy exhausta, drogada y a merced del comandante más temido de la faz de Orea.

Siento un doloroso retortijón en el estómago. Es fruto de la cólera, de la exasperación.

Estoy furiosa con el comandante por ser un hombre vil y miserable. Estoy furiosa con Hojat por haberme engañado, por haberme hecho creer que estaba a salvo. Y también estoy furiosa con los Bandidos Rojos por habernos atacado y secuestrado.

Pero sobre todo estoy furiosa conmigo misma. No sé cómo me las ingenio para terminar en situaciones tan deplorables como esta.

Cuando el comandante Rip empieza a acercarse a mí, me incorporo de un brinco y me arrastro por el camastro hasta tocar la pared de lona de la tienda. Si tuviera un cuchillo a mano, rasgaría la tela y saldría corriendo.

—¡Quédate donde estás! No te acerques.

Rip acata la orden de inmediato y se detiene. Las escamas iridiscentes que recubren sus pómulos relucen bajo la suave luz que desprenden las brasas. Por fin se digna a mirarme. Al verme así, encogida en un rincón del camastro, apabullada y con expresión de pánico, arruga la frente.

Noto el picor de un grito en la garganta, un grito que está a punto de salir por mi boca y, aunque dudo que el chillido de una montura pueda amilanarle, no pienso quedarme callada.

El comandante se mueve y el alarido amenaza con romper ese silencio sepulcral…, pero entonces veo que no viene hacia mí.

Recoge una tapa metálica que parece haber aparecido ahí como por arte de magia y la coloca sobre las brasas.

Observo la escena con una mezcla de curiosidad y terror. Ni siquiera me atrevo a respirar. Después dispone las botas y la armadura junto a las brasas, y lo hace con sumo cuidado, como si fuesen de cristal. Veo que se dirige hacia el farolillo para reducir la llama hasta extinguirla por completo. La tienda queda sumida en una oscuridad titilante. De entre las costuras del conducto de ventilación que hay cosido en la lona se cuelan varios rayos de luz minúsculos y, por suerte, las brasas todavía desprenden ese calor agradable y un resplandor rojizo.

65

Mi cuerpo, que sigue en tensión, está preparado para abalanzarse sobre Rip. Lucharé hasta el final. Aprieto tanto los dientes que me duele la mandíbula. Sin embargo, el comandante no se encamina hacia mi lecho, o eso parece.

Entorno los ojos en esa negrura casi absoluta; no quiero volver a cometer el mismo error y pecar de ingenua. Me tiemblan hasta las pestañas. En ese momento se da la vuelta y se encamina hacia la montaña de mantas que hay en la otra punta de la tienda.

Aparta todo ese montón de pieles negras y se escurre debajo, como si estuviera tumbándose. Y es entonces cuando me percato de que no son mantas, sino otro camastro.

Algo no cuadra.

¿Qué? ¿Qué?

El corazón sigue amartillándome el pecho, pero, de repente, toda esa tensión empieza a relajarse, como si fuese un pececillo al que acaban de devolver al mar. Sin el anzuelo atravesándome las aletas, por fin puedo volver a nadar en plena libertad.

Estoy perpleja, y confundida. Parpadeo varias veces, pero sigo con los ojos puestos en esa silueta oscura. No piensa mancillarme, ni forzarme a hacer nada que no quiera. De hecho, no piensa acercarse a mí.

El comandante está… recostándose en el segundo camastro. Un camastro, por cierto, mucho más largo para poder acomodar ese cuerpo gigantesco.

—¿Es una trampa? —pregunto sin pensar. Mi voz suena quebradiza, jadeante. No me había dado cuenta, pero sigo sujetando la bolsita de nieve en la mano. La estoy apretando con tanta fuerza que incluso he rasgado la tela con las uñas. La suelto de inmediato y la dejo caer al suelo.

No dice nada, simplemente se revuelve entre las mantas para encontrar una postura cómoda. Y entonces descubro algo en lo que debería haberme fijado desde el principio.

¿Por qué esta tienda dispone de tantas comodidades? ¿Por qué está tan alejada del resto? ¿Por qué hay tantas mantas y alfombras extendidas por el suelo? Nadie en su sano juicio se tomaría tantas molestias por una maldita prisionera. A menos que la prisionera tuviera que compartir espacio con el comandante.

Se me entrecorta la respiración.

—Estamos en tu tienda.

Está tumbado boca arriba, por lo que intuyo que las púas siguen escondidas bajo su piel.

—Por supuesto que es mi tienda —responde él.

—¿Por qué? ¿Por qué tengo que dormir en *tu* tienda? —exijo saber. Continúo sentada sobre la cama, con las rodillas dobladas delante de mí y acurrucada bajo el peso de varias mantas de piel.

Su mirada azabache cruza el espacio y se clava en mí.

—¿Acaso preferirías dormir en la nieve?

—¿No debería estar con los demás prisioneros? ¿Con las otras monturas y guardias reales?

—Quiero vigilarte de cerca.

Me invade el recelo, la desconfianza.

—¿Por qué?

Al no obtener respuesta, entrecierro los ojos y lanzo una mirada fulminante a Rip, aunque, en realidad, solo vislumbro una silueta oscura.

—¿Me has encerrado aquí para que tus hombres no abusen de mí y me violen en mitad de la noche sin tu permiso?

Veo que se pone tenso. Lo veo, pero sobre todo lo noto. Su irritación se palpa en el ambiente, que de repente se vuelve irrespirable.

Poco a poco, se incorpora. Apoya todo su peso sobre un codo y me dedica una mirada cargada de odio, de desprecio, de soberbia.

—La confianza que tengo en mis soldados es ciega —responde—. Jamás te pondrían una mano encima. Es en ti en quien no confío. Y por eso duermes aquí, en mi tienda. La lealtad tan devota, y tan poco crítica, que profesas por el Rey Dorado dice mucho de ti. No pienso permitir que mis soldados paguen los platos rotos de tus conspiraciones.

Me quedo tan atónita que creo que abro la boca.

¿El comandante prefiere tenerme cerca para que yo no pueda hacerles nada a ellos? La idea es tan ridícula que me entran ganas de reír. Aun así, me sorprende la opinión tan degradante que tiene sobre mí… No debería importarme en lo más mínimo, pero la verdad es que me molesta, y vaya si me molesta. ¿Cómo se atreve ese hombre, un hombre que miente sobre quién es, un hombre que lidera un ejército famoso por ser violento y despiadado, a menospreciarme de esa manera tan descarada, a mí?

Por el amor del Divino, pero si a él le han apodado comandante Rip. Degüella a sus víctimas y deja que se desangren en el suelo mientras su rey se dedica a pudrir a los soldados caídos en combate y va dejando un rastro de cadáveres marchitos a su paso.

—No quiero estar aquí contigo —replico apretando los dientes.

Él se recuesta en el camastro, como si le importara bien poco lo que acabo de decir.

—Los presos no pueden escoger dónde dormir. Deberías darme las gracias por estar aquí, en lugar de reprochármelo.

Se me ponen los pelos de punta. Trato de leer entre líneas y descifrar el mensaje subliminal.

—¿Y qué se supone que significa eso? ¿Dónde están las otras monturas? ¿Y los guardias?

Un silencio como respuesta, otra vez. El muy cabrón se tapa los ojos con un brazo, dispuesto a echarse a dormir, pero no pienso darme por vencida tan fácilmente.

—Te he hecho una pregunta, comandante.

—Y yo he preferido no responder —contesta sin mover el brazo—. Ahora cállate y descansa. ¿Quieres que te amordace o crees que serás capaz de controlar esa lengua?

A regañadientes, opto por cerrar el pico. El comandante es un hueso duro de roer. Salta a la vista que es terco como una mula, además de orgulloso, y no está dispuesto a negociar. No quiero dormir con una mordaza en la boca, así que no me queda otro remedio que claudicar y tumbarme en el camastro.

Empiezo a notar los efectos de la tintura. Me coloco de lado, con la espalda pegada a la pared de la tienda, porque no me fío de ese hombre. Le observo durante más de una hora, por si acaso todo esto es un truco, una estrategia de manipulación. Quizá esté esperando a que me duerma para atacarme.

Intento mantener los ojos bien abiertos y no ceder a la tentación del sueño, pero me pesan demasiado los párpados. Cada vez que parpadeo, noto un terrible escozor en los ojos.

Sé que es una batalla perdida. Es imposible luchar contra el sueño, el alcohol y ese jarabe analgésico. Al final sucumbo al cansancio, cierro los ojos y me quedo dormida en la tienda del enemigo.

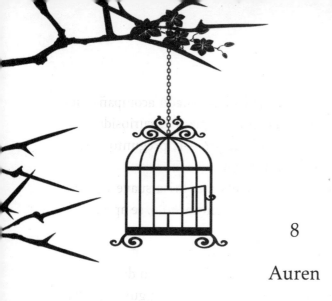

8

Auren

—*V*amos, Auren.

Miro a Midas, que en ese momento me está ofreciendo la mano. Un gesto sencillo e insignificante para la mayoría de los mortales, pero para mí son palabras mayores.

La primera vez tardé una eternidad en posar la palma de mi mano sobre la suya, en acariciar su piel. Hasta entonces, cada vez que extendía la mano y me la ofrecía, me estremecía y rechazaba su ayuda.

Debo reconocer que ha tenido una paciencia infinita conmigo, y siempre se ha mostrado atento y respetuoso. Hacía años que nadie me trataba con tanta delicadeza y amabilidad; quizá la última vez fue cuando era una niña, cuando todavía vivía ajena a los peligros de este mundo y compartía hogar con mis padres.

Deslizo mi mano sobre la suya y, antes de levantarme, echo un último vistazo a la hoguera que sigue crepitando a varios metros de distancia, al grupo de nómadas que están reunidos a su alrededor, sobre la hierba, al estanque de aguas relucientes que hay detrás de ellos. Siento una punzada de nostalgia.

Midas y yo solemos viajar solos por ese entramado de carreteras y senderos, pero estamos a punto de atravesar el Segundo Reino, y cerca de las fronteras siempre hay más trotamundos, más caminantes. Esos nómadas nos han estado acompañando varios días y lo cierto es que siento una pizca de curiosidad.

—¿No podemos compartir el fuego? —le pregunto a Midas, que ya ha empezado a tirar de mí.

Hace una noche agradable y sopla una brisa suave y templada. Y aunque el cielo está un pelín encapotado, se aprecia el fulgor de las estrellas.

—No, preciosa.

Cada vez que me llama así, siento el revoloteo de decenas de mariposas en el estómago. El hecho de que alguien pueda considerarme preciosa, y más alguien tan apuesto y atractivo como él, me colma de felicidad, una felicidad que hacía muchísimo tiempo que no sentía.

No dejo de pensar que esa felicidad va a ser efímera y pasajera. Tengo el presentimiento de que Midas me va a abandonar, pero él insiste en que jamás haría algo así, en que no debo preocuparme por esas bobadas.

Me arrastra hasta nuestra modesta y pequeña fogata, y me acomodo a su lado, bien cerquita. Me revuelvo de tal forma que mi pierna queda pegada a la suya. Admito que anhelo el contacto físico. Ahora que por fin he conocido a alguien que me toca sin intención de hacerme daño, solo busco caricias, mimos, abrazos.

—¿Por qué no? —pregunto.

Midas es un joven afable, cordial y carismático. Me sorprende que no le apetezca disfrutar de la compañía de otras personas.

Me suelta de la mano y coge la carne que lleva un buen rato asándose. La parte por la mitad y, como siempre, me entrega el trozo más grande. Dibujo una sonrisa y le doy un buen mordisco. El bocado, además de tierno, no puede estar más sabroso.

—Porque es mejor no confraternizar con desconocidos —explica Midas mientras pega un bocado a su parte del

71

muslo y arranca la carne del hueso—. No puedes confiar en nadie, Auren.

Le observo en silencio durante unos segundos y me asalta la duda de si él también ha tenido que aprender lecciones de vida a base de golpes, igual que yo. A ninguno nos gusta hablar de nuestro pasado y, si debo ser sincera, agradezco que no me someta a molestos interrogatorios para escarbar en mi vida anterior. Los dos estamos más felices viviendo en el aquí y el ahora.

—Pensaba que quizá nos vendría bien charlar con otras personas —admito en voz baja, y me relamo los dedos antes de terminar mi porción de carne—. Si los cálculos no me fallan, llevamos viajando solos un par de meses. Creía que a estas alturas ya te habrías aburrido de mí —bromeo, aunque en realidad el comentario esconde una pregunta tácita, pues una parte de mí continúa dudando de su lealtad, de su apoyo incondicional.

72 Me cuesta entender que a alguien como él le guste estar con alguien como yo.

Midas se da la vuelta para mirarme a la cara. El resplandor anaranjado de las llamas se refleja en sus ojos, que parecen crepitar de calor, de ardor. Alarga una mano y me acaricia la mejilla con el pulgar.

—Nunca me aburriré de ti, Auren. Eres perfecta.

Se me corta la respiración.

—¿De veras crees que soy perfecta?

Midas se inclina y me regala un beso. Me da igual que tengamos los labios grasientos y con sabor a carne asada, o que el humo que desprende la fogata se me quede pegado en el pelo. Cree que soy perfecta. Midas me salvó, me promete que jamás se aburrirá de mí y cree que soy una mujer perfecta, una mujer que merece sus besos.

Ni en mis mejores sueños habría imaginado que la felicidad fuera así.

Se aparta y separa sus labios de los míos. Su mirada llameante me acaricia el rostro y en él advierto una expresión de adoración, de amor infinito.

—No quiero que vuelvas a pensar que algún día me aburriré de ti, ni que has dejado de importarme. Eres mi preciosa, la chica que toqué y convertí en oro, ¿recuerdas?

Asiento con timidez y me paso la punta de la lengua por los labios para saborear una vez más el dulzor de su boca. Todo esto es totalmente nuevo para mí. Y me asusta que pueda ser frágil y quebradizo, que pueda romperse. Por primera vez en muchos años siento que mi corazón está tan lleno de sentimientos que parece que vaya a explotar. Y, a decir verdad, me asusta que un día u otro lo haga.

—¿Por qué a mí, Midas? —susurro, y la pregunta que escapa de mis labios queda flotando en el aire.

Es una duda que lleva rondándome por la cabeza días, semanas, meses. Para ser más concreta, desde que me sacó de aquel cuchitril mugriento y solitario. Vivía en la más absoluta miseria y dormía en un callejón oscuro. No tenía adonde ir, ni nadie a quien recurrir.

Por fin me he armado de valor. Por fin he pronunciado la pregunta que lleva tanto tiempo atormentándome. Me ha demostrado que puedo confiar en él, que va a estar a mi lado pase lo que pase, y quizá por eso me haya atrevido a hacérsela. O quizá sea porque es de noche y, en esa oscuridad casi opaca, siento que me transformo en una chica más osada, más valiente.

Hay preguntas que no soportan la luz del sol. Las palabras vacilantes e indecisas y las preguntas temidas rehúyen de la luz y se sienten más cómodas rodeadas de oscuridad. Al menos entonces podemos esconderlas entre las sombras y, si es necesario, escondernos nosotros también.

Espero impaciente su respuesta. Acaricio la hierba y empiezo a arrancar varias briznas, solo para entretenerme, para tener las manos ocupadas con algo.

Midas me agarra de la barbilla para que le mire a los ojos.

—¿A qué te refieres?

Me encojo de hombros, cohibida.

—Después de salvarnos de esa banda de bandidos y saqueadores, podrías haber elegido a cualquier otra persona de la aldea. Había muchísima gente asustada, llorando —digo, y deslizo la mirada hacia el cuello de su túnica dorada. Se ha desatado los nudos, dejando así al descubierto esa tez tersa y bronceada—. ¿Por qué me elegiste a mí? ¿Por qué te adentraste en ese callejón sin salida y decidiste llevarme contigo?

Midas extiende los brazos, me agarra por la cintura y me sienta sobre su regazo. Ese contacto físico tan estrecho y tan íntimo hace que el corazón me dé un brinco. Es un reflejo casi automático; llevo años viviendo con miedo, con terror a que un hombre me toque, aunque cada vez que Midas lo hace, siento que subo al séptimo cielo, lo cual es toda una sorpresa.

—Te elegiría a ti una y mil veces —responde él en voz baja—. Caí rendido a tus pies en cuanto te vi, Auren —continúa, y entonces me coge la mano y la posa sobre su pecho. Siento el pálpito de su corazón vibrando bajo mis dedos, como si estuviera entonando una melodía solo para mí—. ¿Oyes eso? Mi corazón es tuyo, preciosa. Para siempre.

No puedo ocultar la sonrisa. Entierro la cara en su cuello y me acurruco allí mientras escucho el *staccato* de su latido. Me siento tan liviana y tan afortunada que incluso me sorprende que no esté levitando, que no haya subido flotando hasta el mismísimo cielo para titilar con el resto de las estrellas.

Midas me da un beso en el pelo.

—Hora de irse a dormir —murmura, y luego me da un suave golpecito en la nariz con el dedo—. Mañana tendremos que madrugar, nada de quedarnos remoloneando en la tienda.

Asiento, pero, en lugar de dejarme de nuevo en el suelo, Midas me estrecha entre sus brazos y me lleva en volandas hasta la tienda. Se agacha para colarse por la diminuta portezuela y me deja sobre el saco de dormir con suma ternura. Y así, hecha un ovillo entre sus brazos, cierro los ojos y me quedo dormida.

No sé muy bien qué me despierta. Quizá haya sido un sonido. O quizá mi intuición, ese sexto sentido que he ido perfeccionando a lo largo de los años. De repente, en mitad de la noche, me incorporo y echo un vistazo a mi alrededor. Estamos sumidos en una negrura absoluta, lo que significa que la fogata se ha extinguido, seguramente hace ya varias horas.

Midas está a mi lado, durmiendo como un tronco. Unos suaves ronquidos escapan de su boca entreabierta. Sonrío. Por alguna razón, ese constante ronroneo me resulta adorable. Es como un secreto que tan solo yo conozco de él, una vulnerabilidad inocente.

Ladeo la cabeza y afino el oído. No se oye ni una mosca. Me pregunto qué ha podido arrancarme de ese sueño tan profundo.

El silencio es sepulcral. Intuyo que está a punto de despuntar el día, así que me escabullo de la tienda de puntillas para asearme un poco antes de ponernos en marcha y reemprender la travesía. Una vez fuera, paso junto a las cenizas y restos carbonizados de la fogata de anoche, estiro los brazos y me desperezo. Miro a mi alrededor. La luz de la luna todavía baña el paisaje, un paisaje en el que reina la calma, la serenidad. No distingo nada sospechoso, nada fuera de lugar. Reconozco el inconfundible cricrí de los grillos alrededor del estanque.

Me dirijo hacia la orilla para aprovechar ese momento de soledad mientras dure. Mis pies descalzos se hunden al pisar las briznas de hierba y, poco a poco, me voy acercando al agua. En esa inmensa llanura apenas hay arboledas, tan solo algún que otro arbusto. A lo lejos se divisan las sombras de las tiendas de los nómadas. No se oye ni un solo ruido, por lo que supongo que todos están durmiendo a pierna suelta.

Cuando llego al estanque, empiezo a desnudarme. Meto la punta del pie en el agua para comprobar la temperatura. Está fría, pero creo que podré soportarlo. Me sumergiré un solo instante, lo suficiente para mojarme todo el cuerpo antes de que amanezca.

Me estoy aflojando los lazos dorados del cuello de la túnica cuando, de repente, una mano me tapa la boca.

Perpleja y asustada, suelto un aullido que se queda atrapado entre la palma de ese desconocido y mi boca. Mi asaltante, no satisfecho con amordazarme, me rodea el cuello con el brazo y amenaza con asfixiarme.

—Cogedle la ropa —ladra una voz masculina.

Abro los ojos como platos cuando noto que alguien tira de mi túnica, como si quisiera arrancármela de cuajo. La tela es áspera y rugosa, y con cada tirón siento que me pellizcan la piel.

Me invade el pánico, aunque trato de mantener la cordura y analizar la situación. Por el momento, sé que son tres, dos mujeres y el hombre que me está sujetando por detrás.

Y entonces caigo en la cuenta de que no son dos mujeres. Una de ellas no es más que una cría y debe de rondar mi edad. La reconozco de inmediato. Pertenece a una de las familias del grupo de nómadas.

Forcejeo, suelto patadas a diestro y siniestro, me revuelvo. Pero el tipo me tiene bien agarrada y cada vez me cuesta más respirar.

—Si no quieres sufrir, te aconsejo que te estés quietecita —me susurra al oído.

Hago caso omiso de sus consejos y continúo resistiéndome, tratando de apartar ese brazo que me sujeta el cuello. Inspiro hondo y emito un alarido propio de una bestia atemorizada. Intento morderle para que aparte esa mano mugrienta de mis labios y el grito retumbe en esa meseta infinita, pero el tipo no desaprovecha la ocasión; me mete los dedos en la boca y me inmoviliza la lengua. Me atraganto y, un segundo después, siento arcadas.

En ese preciso instante distingo un sonido agudo y afilado. No me da tiempo a adivinar de qué se trata porque entonces me rasgan el vientre. A pesar de que el corte no es muy profundo, aúllo de dolor. Primero me cortan la camisa, seguida de la falda y los leotardos.

—¡Rápido! ¡Dame ese cuchillo! —sisea el hombre.

Voy a morir. Ese descerebrado está a punto de rebanarme el cuello, y lo único en lo que puedo pensar es en que… Midas tenía razón.

No puedes confiar en nadie.

El tipo me agarra por el cabello y lo sujeta fuerte entre su puño. Doy las gracias a todas las diosas porque por fin me ha soltado del cuello y ha apartado su manaza de mi boca. Me ha estado ahogando tanto tiempo que solo puedo tratar de recuperar el aliento y, aunque lo intente, no puedo gritar. Tengo la garganta tan dolorida y reseca que dudo que, aunque consiga coger aire, sea capaz de chillar.

La mujer, que en ese momento está ocupada arrancándome la camisa, mira por encima del hombro.

—Pásame el cuchillo —le gruñe a la pequeña.

Al parecer, la niña es la centinela de la familia. Sale disparada hacia su madre y advierto el brillo metálico de un filo. Más que un cuchillo, es una navaja tan pequeña que cabría en cualquier bolsillo. Cuando se la entrega a su madre, miro a la pequeña con ojos suplicantes, pero ni siquiera se molesta en levantar la vista del suelo.

En un gesto violento y súbito, el hombre me tuerce el cuello y me tira del pelo con una fuerza sobrehumana. Veo todas las estrellas del firmamento, pero lo peor está por llegar; en ese momento comienzo a oír el horripilante sonido de una especie de serrucho. Me está cortando el pelo porque quiere llevarse hasta el último tirabuzón dorado.

Después me obliga a arrodillarme, desnuda, con el cuero cabelludo en carne viva y la garganta magullada.

77

Cuando me corta el último mechón de pelo, me desplomo sobre el suelo, como si fuese una montaña de ropa sucia. No consigo levantarme porque estoy en estado de *shock*. Mi cuerpo solo es capaz de respirar, de nada más.

Tal vez me dedican unas palabras de despedida, pero la verdad es que no oigo nada. Lo único que sé a ciencia cierta es que un instante después se marchan a toda prisa, llevándose consigo sus amenazadoras sombras. Me dejan sola, tirada como a un perro. Tengo un pie metido en el agua y el resto del cuerpo hundido en la hierba, aunque la verdad es que no siento nada.

No estoy segura de cuánto tiempo me paso allí tendida. Me da miedo moverme. Me da miedo levantarme y encontrarme con Midas. Me da miedo todo.

Sin embargo, es Midas quien me encuentra a mí. Igual que hace un par de meses, en aquel callejón, me encuentra malherida en el suelo y bajo la luz de una luna que acaba de atestiguar una barbarie.

78

Le oigo gritar mi nombre, le oigo maldecir. Y entonces me recoge como a un animal herido y me acuna entre sus brazos. Todas las lágrimas brotan en tropel de mis ojos cuando él me levanta del suelo.

Apoyo la cara sobre su túnica dorada y me echo a llorar. Las lágrimas empapan la tela que le cubre el pecho, ese pecho que sigue latiendo, que sigue cantando solo para mí.

Siento los arañazos de las puntas ásperas de mi cabello que ese bárbaro ha serrado sin ninguna clase de miramiento. Siento el corte en el vientre, una dolorosa incisión en la piel causada por una navaja desafilada. Pero, sobre todo, siento miedo.

Midas se dedica a atenderme, a mimarme, a cuidarme. Supongo que debo de tener un aspecto horrible ahora mismo y sé, sin ningún atisbo de duda, que está enfadado porque he salido de la tienda sin él, pero aun así no dice nada. Con un cariño infinito, me limpia todas las manchas de mi piel, desinfecta el corte de la tripa y me besa las mejillas, húmedas de tanto llorar.

Su afirmación previa se convierte en mi mantra. Esa frase lapidaria consigue que se me endurezca el corazón y el miedo se instale en mí para siempre. Quiero encontrar una guarida y esconderme del mundo para siempre.

No puedes confiar en nadie.

La única persona en la que puedo confiar es él.

Y entonces me hago una promesa a mí misma, aquí y ahora. A partir de hoy, eso es lo que haré. Nunca volveré a desconfiar de Midas. Sabe lo que nos conviene, lo que es mejor para los dos, y también para mí. Siempre tiene razón.

Estoy harta de este mundo sórdido y mezquino. Quiero que Midas me proteja de él.

Y me mantenga siempre a salvo.

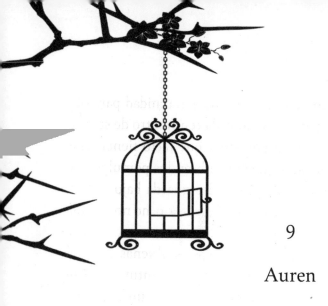

9

Auren

*U*nos zarcillos suaves y sedosos me acarician la mejilla, que sigue hinchada, y me despierto.

Todavía un pelín somnolienta, despego los párpados y veo que mis cintas se están estirando, enroscando y deslizándose a mi alrededor, como si quisieran comprobar si ya se han recuperado del calvario de las últimas horas. No puedo evitar sonreír al darme cuenta de que han recobrado su habitual resplandor dorado. Salta a la vista que han mejorado muchísimo y, de hecho, puedo moverlas a mi antojo sin retorcerme de dolor.

Me incorporo en el camastro, pero no retiro las capas de mantas y pieles porque el frío que azota de madrugada, justo antes del alba, es gélido. Las brasas se han debido de apagar a altas horas de la noche y de ellas solo quedan las cenizas. El interior de la tienda está a oscuras, pero aun así logro distinguir la silueta del cuerpo del comandante, que sigue durmiendo como un lirón bajo todas esas pieles negras. Su respiración es regular y muy silenciosa.

No es de extrañar que continúe dormido porque el sol todavía no se ha asomado por el horizonte. Verlo así, adormecido e indefenso, sin esa aura intimidatoria que tanto me cohíbe y me perturba, sin el gesto torcido y el ceño fruncido…, hace que lo vea diferente. Menos amenazador, incluso.

Aprovecho esos momentos de calma y serenidad para observar al comandante, para estudiar cada centímetro de su rostro feérico. Siento curiosidad por saber qué tacto tienen esas bandas de escamas plateadas que le recubren los pómulos. Me pregunto si, cuando retrae las púas y las guarda bajo la piel, siente una punzada de dolor o si, por el contrario, no nota nada.

Sin embargo, hay un asunto que me interesa mucho más: qué clase de extraordinario poder fluye por sus venas. Me encantaría averiguar de lo que es capaz, aunque intuyo que se trata de algo inmenso, insólito y brutal. Es solo un presentimiento, pero la intuición no suele fallarme.

Su poder, sea el que sea, tiene que ser la razón por la que el rey Ravinger lo utilice como su horca particular. Pero ¿cómo encontró el rey al comandante? ¿Y cómo consigue ocultar la verdad a las masas?

¿Sus súbditos prefieren vivir en la ignorancia? ¿Acaso no tienen espíritu crítico? ¿Están dispuestos a creer cualquier patraña en lugar de cuestionarse lo que están viendo con sus propios ojos? Aunque, pensándolo bien, tal vez no sea ignorancia. Tal vez sea solo... miedo. Ni siquiera se atreven a considerar la alternativa porque, de hacerlo, se inquietarían y ya no podrían volver a conciliar el sueño por las noches.

Tal vez la ignorancia no sea un pecado, sino una elección. Si tengo que ser honesta, yo también he optado por la ignorancia en multitud de ocasiones.

De repente, el comandante Rip suelta un ronquido, un sonido grave y penetrante que me recuerda a un seísmo lejano, a un terremoto producido por el choque de placas tectónicas que hace vibrar el suelo. Juraría que incluso noto ese temblor bajo los pies.

Anoche no me tocó.

Pese a tenerme a pocos metros, exhausta y desvalida, no trató de aprovecharse de la situación. De hecho, no se ha movido de su camastro en toda la noche. Tampoco se ha tomado la molestia de encadenarme a un poste, o de asignarme un perro guardián. Ninguno de sus soldados ha intentado hacerme daño, o algo peor. Ni siquiera parecía preocupado porque yo pudiera elaborar algún maquiavélico plan para atacarle mientras dormía, o para intentar huir en mitad de la noche.

Ser su prisionera... no es lo que esperaba, desde luego. Es más bien un juego psicológico que un hostigamiento físico. Y las conversaciones consisten más bien en preguntas afiladas e hirientes que en amenazas difusas. No me fío ni un pelo.

Una de mis cintas se enrosca justo delante de mí. Es una orden clara: deja de remolonear y ponte en marcha. La aparto con ademán juguetón y, con el sigilo de un gato, retiro todas esas mantas de pieles negras y me levanto sin hacer ni un solo ruido.

Tengo todo el cuerpo dolorido y, en cuanto me pongo en pie, siento una fuerte punzada en las costillas. Al menos la herida del hombro ya no me escuece tanto. Supongo que el ungüento que utilizó Hojat anoche ha tenido algo que ver. Y el mejunje nauseabundo que me obligó a tomar también ha surtido efecto porque, aunque todavía no estoy como una rosa, la mejoría es más que evidente.

Se me pone la piel de gallina por el frío que se ha instalado en el interior de la tienda. Ojalá pudiese acurrucarme de nuevo entre las cálidas pieles del camastro, pero no pienso caer en la tentación. Descuelgo el vestido de lana y deslizo los brazos dentro de las mangas.

Con la inestimable ayuda de mis cintas, me visto en un periquete y en completo silencio. Me invade una sensación de alivio al darme cuenta de que, después de una noche tranquila y sin sobresaltos, están mucho mejor. Incluso me atrevería a decir que ya se han recuperado. Con un ojo puesto en el comandante, me enfundo los leotardos, me calzo las botas, me subo los guantes casi hasta el codo y, por último, me cubro con el abrigo del capitán.

Me recojo el cabello en una trenza sencilla y austera y me tapo la cabeza con la capucha del abrigo. Ahora que han terminado el trabajo, las veinticuatro cintas se arrastran por debajo del abrigo y me envuelven el torso de manera que quedan un pelín flojas, pero seguras. En vista del frío que hace, agradezco esa capa extra de aislamiento térmico.

De puntillas y con sumo cuidado, atravieso la tienda hasta llegar a la portezuela. Me agacho, dispuesta a escabullirme de la tienda, no sin antes echar un último vistazo al comandante. Intuyo que tiene un sueño ligero y que hasta el zumbido de una mosca le despertaría. No quiero que me descubra escapándome de la tienda antes del amanecer.

En cuanto pongo un pie fuera, se me corta la respiración. El paisaje me da una bienvenida glacial y solitaria, una sensación que me recuerda al vacío que deja un amante ausente.

La nieve es tan compacta que cruje bajo mis botas. Me dirijo hacia la letrina para asearme lo antes posible. A lo lejos distingo la palidez grisácea que precede al alba.

Parece que las temperaturas han bajado en picado y juraría que hace más frío que anoche. Soy incapaz de controlar el castañeteo de mis dientes y, justo cuando termino de usar la letrina, empieza a nevar. Regreso al campamento a toda prisa, en parte para desentumecer los músculos, en parte para no morir congelada, y me reciben los inconfundibles sonidos de un ejército al despertarse.

Distingo el olor a comida flotando en el aire y, sin pensármelo dos veces, me doy la vuelta y dejo que mi olfato me guíe. Paso junto a las tiendas donde se alojan los soldados. Hay quien gruñe y refunfuña, quien bosteza para desperezarse y quien hace gárgaras para deshacerse de mucosidades. Varios soldados se han puesto manos a la obra y han empezado a desmantelar las tiendas, preparándose así para otra larga jornada de viaje.

Por fin llego a una pequeña hoguera custodiada por un hombre. Frente a él advierto un trípode hecho con palos y una cazuela de hierro forjado enorme colocada sobre las llamas. Tiene la tez negra como el tizón y unos tirabuzones diminutos y larguísimos que ha decorado con trocitos de madera, un tributo al sigilo de su reino.

Detrás de la cazuela se ha formado una fila de soldados ya ataviados con el uniforme que sujetan un cuenco de hierro. Uno a uno, el hombre va sirviendo una cucharada del potaje que ha cocinado a los soldados. A medida que voy acercándome, le oigo parlotear y sermonear a los hombres que esperan su turno para el desayuno.

—Métete esa miradita por donde te quepa si no quieres que te patee el culo. Esta es la ración que te toca, y punto.

Plof.

—¡Siguiente! Anda, una tortuga coja. ¿Por qué no caminas más lento?

Plof.

—¿Estás cansado de desayunar gachas de avena? Todos estamos hartos de estas gachas, patizambo —dice, y el soldado se marcha cabreado.

El siguiente en la fila se acerca, echa un vistazo a esa bazofia y arruga el ceño.

—¿No podrías echarle algunas especias o algo, Keg?

El aludido —Keg— inclina la cabeza hacia atrás y suelta una ruidosa carcajada. Ese ligero movimiento hace que los abalorios de madera que tiene en el pelo tintineen.

—¿Especias? Mira a tu alrededor —contesta, y señala ese páramo helado con el cucharón—. ¿Te parece que en este lugar abandonado de la mano del Divino se puede encontrar alguna especia?

El soldado resopla y se marcha alicaído. Cuando le llega el turno al siguiente soldado, Keg sacude la cabeza y da un golpe a la inmensa cazuela con el cucharón.

—Largo de aquí. Tú ya te has zampado tu ración. Sal ahora mismo de la fila si no quieres que te patee el culo.

Por lo visto, a Keg le gusta esa amenaza.

Me rugen las tripas, así que decido colocarme en la fila. Tengo a unos cincuenta soldados por delante de mí. Observo la línea del horizonte, que cada vez está más clara, más luminosa. Quizá debería comprobar si puedo conseguir algo de comida en otro sitio. Si me doy prisa, tal vez logre llegar a aquellas carretas y...

—¡Eh, tú!

Giro la cabeza y me doy cuenta de que Keg tiene la mirada clavada en mí, pero aun así echo una ojeada a mi alrededor para cerciorarme. Los demás soldados se vuelven todos a la vez. Todos, sin excepción, me observan con una mezcla de curiosidad y sorpresa.

Me ajusto la capucha del abrigo y después me señalo el pecho con un dedo.

—¿Yo?

Keg pone los ojos en blanco.

—Sí, tú. Ven aquí.

Los soldados empiezan a murmurar y a cuchichear entre ellos porque, hasta ese momento, no se habían percatado de mi presencia.

—Sí, es ella.

—¿Es la mujer dorada de Midas?

—Pues no es gran cosa.

—Tengo un par de monedas de oro que brillan más que ella.

Hundo la barbilla hasta que me roza el pecho. Nunca me ha gustado ser el centro de atención y ahora mismo lo único que quiero es desaparecer de ahí. Keg parece leerme los pensamientos porque, de repente, golpea el cucharón contra el puchero, como quien hace sonar un gong. El estruendo es tan fuerte que varios soldados se tapan los oídos con las manos.

—Vamos, jovencita. Acércate —insiste Keg.

No puedo quedarme ahí como un pasmarote, así que me armo de valor y camino hacia delante. Trato de ignorar todas las miradas y bisbiseos de los soldados. Me detengo frente a él y siento que me repasa con esos ojos amarronados.

—¿Es cierto? ¿Eres la montura dorada del Sexto Reino?

Mis cintas se estrechan alrededor de mi busto antes de que pueda responder.

—Sí.

Él asiente con la cabeza y varios tirabuzones rebeldes del flequillo se deslizan por delante de sus ojos.

—Pensaba que brillarías más. Y que tu cuerpo sería más rígido, más sólido. En otras palabras, te imaginaba más bien como una estatua de oro macizo.

Pestañeo.

—¿Qué?

Keg me señala con el cucharón.

—Creía que serías más… metálica. Más reluciente. Más fría. Pero eres de carne y hueso, ¿verdad? O sea, eres una mujer de curvas sinuosas y piel suave, solo que… —inclina un poquito la cabeza, como si estuviese buscando la palabra adecuada— dorada.

Bajo la sombra de la capucha, siento que se me sonrojan las mejillas. Empiezo a ponerme nerviosa porque no sé qué hacer, si dar media vuelta y salir disparada de allí o si jugármela y quedarme ahí plantada a ver si puedo llevarme un bocado a la boca. En las palabras de Keg no he percibido ni una pizca de crueldad ni de lascivia, tan solo asombro y curiosidad.

—Por eso la llaman la mascota dorada, imbécil —dice uno de los soldados que está en la fila. Me pongo tensa—. Eres como una cotorra, solo parloteas y parloteas. ¿Podrías callarte de una vez y servirnos? Tenemos hambre, y esa bazofia que has preparado es aún más asquerosa si está fría.

Keg desvía su atención hacia el soldado y, una vez más, utiliza el cucharón sucio para señalarlo. Al hacerlo, derrama un buen chorretón grumoso que acaba en el suelo, a un milímetro del bajo de mi falda.

—Y tú podrías cerrar esa bocaza y esperar tu turno, o tiraré toda esta «bazofia» al suelo y después te plantaré una patada en el culo. ¿Qué te parece eso, soldado?

No puedo contener la sonrisa.

Keg se da cuenta de que estoy sonriendo; un segundo después, posa su mirada engreída hacia mí, y hace lo mismo con el dichoso cucharón.

—¿Ves? La chica de oro lo ha pillado. Y por eso se ha ganado que le sirva antes que a todos vosotros, pandilla de ingratos.

Los hombres de la fila refunfuñan y mi sonrisa se desvanece de inmediato. Digo que no con la cabeza.

—Oh, no. No pasa nada, no hace falta. Esperaré mi turno —insisto. Lo último que necesito es que los soldados se ofendan y me hagan pagar por haber pasado por delante de ellos.

—Pero ¿qué coño te pasa, Keg? ¡Es una maldita prisionera! —gruñe el que está justo detrás de mí, lo que demuestra que tengo razón, que no es buena idea.

Keg ni siquiera se inmuta por el comentario.

—Ya, ya, ya. Mira tú por dónde que la acabo de conocer y ya me cae mucho mejor que tú, que eres más pesado que una vaca en brazos. Y puesto que yo soy el cocinero aquí, yo decido quién va primero. Es lo que hay, soldado. Y si no te gusta, ya puedes arrastrar tu culo peludo hasta los fogones de otros cocineros.

Keg se da la vuelta y coge una taza de latón de una pila que hay en el suelo. Sumerge el cucharón en la cazuela, me sirve una buena ración de gachas de avena y me entrega la taza.

—Aquí tienes, chica dorada.

Miro con el rabillo del ojo la fila de hombres que tengo detrás, esperando oír más quejas y objeciones, pero Keg insiste. Casi me tira ese mejunje espeso a la cara.

—Cógelo, mujer.

Después de soltar un suspiro y con la esperanza de no arrepentirme, acepto el tazón.

87

—Gracias —susurro.

A pesar de llevar los guantes puestos, enseguida noto el calorcito de las gachas en las manos.

—Entonces… te llamas Keg.

El cocinero del ejército me dedica una sonrisa de oreja a oreja.

—Mi familia regenta una cervecería en el Cuarto Reino, pero pude librarme de servir cerveza a una panda de borrachos. A mi hermano mayor le bautizaron como Distill —explica, y esa mirada marrón se ilumina de alegría. Entonces sacude la cabeza y prosigue—: Sí, tuvo peor suerte que yo. Ahora que nadie nos escucha, reconozco que los dos estamos un poco celosos de mi hermana, Barley. Se quedó con el mejor nombre de los tres.*

Se me escapa una risa que enseguida me apresuro en disimular. A pesar de mis dudas y reservas, Keg parece un buen tipo.

88

Me llevo el tazón a la boca y enseguida noto el rasguño áspero del metal en los labios. Me trago esas gachas de avena sin tan siquiera molestarme en saborearlas, lo cual me parece lo más sensato y prudente teniendo en cuenta las quejas de los soldados.

La receta tiene la consistencia de unas gachas un pelín aguadas con algún que otro tropezón, pero está caliente y es comestible, así que no puedo estar más agradecida. Dejo el tazón limpio como una patena y después lo coloco en el suelo, junto a una montaña de platos sucios.

Keg golpea el cucharón contra el puchero, dibuja una sonrisa y me mira.

—¡Ajá! ¿Habéis visto qué rápido se lo ha comido? Estoy seguro de que repetiría. Si fueseis un poco listos, aprenderíais de ella. Os acaba de dar una lección de buenos modales.

---

* En español *keg* significa «barril», *distill* «destilado» y *barley* «cebada». (*Nota de la traductora.*)

—Lo único que esa montura podría enseñarnos es a abrirnos de piernas.

Mis hombros se tensan de inmediato. Keg había conseguido que me relajara un poco, pero cuando los soldados empiezan a ladrar sonoras carcajadas empiezo a inquietarme de nuevo.

—¡Buena idea! ¡Me apunto a esa clase! —grita otro.

Más risas.

—¡Sí, y yo! ¡Quiero ver cómo lo hace!

Me quedo petrificada. Keg frunce el ceño.

Y entonces una voz de ultratumba, una voz grave y siniestra, resuena desde el otro lado de la hoguera.

—¿Quieres ver cómo hace el qué, exactamente?

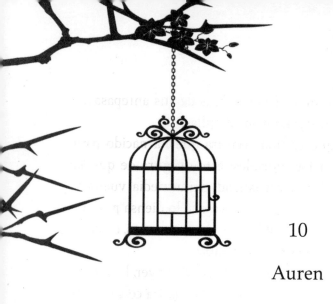

10

Auren

Casi se me sale el corazón por la boca. Los soldados enmudecen *ipso facto* y, en un solo segundo, ese ambiente distendido y de burla se enturbia y se vuelve incómodo.

Busco el origen de ese vozarrón y mi mirada se detiene en la silueta que se cierne al otro lado de la hoguera. No podía ser otro que el comandante Rip. Vislumbro las púas metálicas que sobresalen de sus antebrazos; me recuerdan a los colmillos curvados de un lobo.

Aunque adopta una postura relajada y tranquila, la verdad es que emana peligro por cada poro de su piel. Es su naturaleza, y no puede hacer nada para evitarlo.

No parece el mismo hombre que he dejado durmiendo en la tienda esta mañana. Cualquier rastro de esa expresión despreocupada y apacible ha desaparecido de un plumazo. En estos momentos, el recuerdo me parece tan lejano, tan incoherente, tan disparatado que empiezo a dudar de que me lo haya imaginado. ¿Cómo se me ha ocurrido pensar que esa bestia pudiese ser bondadosa y vulnerable?

Bajo el resplandor grisáceo y moteado de los primeros rayos del amanecer, Rip parece un ser formidable, casi fantástico. Los últimos vestigios de la noche se han quedado aferrados a su cabellera azabache y a esos ojos tan oscuros que se confunden con dos grutas infinitas. Las sombras de sus antepasados místicos y etéreos se intuyen en sus mejillas.

Cualquiera diría que es una criatura que ha nacido para estremecer y asustar a los mortales; estoy segura de que, si alguien se cruza con él por casualidad, daría media vuelta y echaría a correr. No debo de ser la única que lo piensa porque, de golpe y porrazo, todos los soldados se ponen tensos, como si quisieran huir de ahí lo más rápido posible.

Lleva el mismo atuendo de cuero negro que ayer, la misma espada con un tronco retorcido como empuñadura colgada del cinturón. Es el uniforme de un soldado, austero y sin florituras, pero no consigue esconder la amenaza que hay debajo. Se hace un silencio sepulcral... Incluso Keg ha enmudecido.

Estoy tan absorta examinando a Rip que ni siquiera he reparado en que ha venido acompañado de un soldado hasta que los dos empiezan a caminar. Es un armario con patas. Pecho abultado y musculoso, mirada perversa, labio partido, cabellera larga y castaña.

«Es el soldado que me pilló con las manos en la masa mientras husmeaba en las carretas.»

Genial.

Ahora entiendo por qué ese cabrón es tan observador. Todo apunta a que es la mano derecha de Rip.

Los dos se detienen frente a la fila de soldados, pero se dirigen a un par en concreto.

—Osrik —llama el comandante con tono seco—. Creo que estos hombres estaban comentando algo sobre aprender lecciones.

—Me ha parecido oír lo mismo, comandante —responde Osrik, y vislumbro una sonrisita pícara.

Los dos soldados empiezan a alterarse, a ponerse nerviosos. Uno incluso ha palidecido un poco. El comandante Rip los observa con esa expresión impávida e indescifrable. Su mirada es tan afilada que incluso cortaría un cristal.

91

—Por favor, capitán Osrik, ya que tienen tantas ganas, dales una lección.

La sonrisa de Osrik es aterradora.

—Con mucho gusto.

La tensión se palpa en el ambiente. Los dos se han quedado blancos e incluso desde donde estoy, a varios metros de distancia, oigo que uno traga saliva.

—Vamos —ordena Osrik. Se da la vuelta y los soldados lo siguen sin rechistar. Todos los demás contemplan la escena en silencio, incluida yo.

«Bueno, todos los demás excepto...»

—Ven, Auren.

Doy un respingo. En un abrir y cerrar de ojos, el comandante se ha plantado justo a mi lado.

—¿Adónde? —pregunto, cautelosa.

—Al carruaje —responde él. No sé qué me sorprende más, si el destino o el mero hecho de que se haya dignado a responder a la pregunta.

—Ey, comandante, ¿quieres un tazón? —ofrece Keg, rompiendo así el incómodo silencio que se había creado entre Rip y yo.

El comandante niega con la cabeza.

—Ahora no —dice, y otra mirada negra se posa en mí.

Un segundo después, levanta la mano, indicándome así que le acompañe.

Respiro hondo y empiezo a andar. Rip me sigue, pero no acelera el paso. Tampoco toma la delantera, sino que camina a mi izquierda, al mismo ritmo que yo. De hecho, nuestros andares parecen haberse sincronizado. No puedo dejar de pensar en las púas retorcidas que recubren sus brazos. No quiero que me rocen, así que trato de mantener una distancia más que prudente. Cada vez que él balancea el brazo, yo pego el mío al cuerpo para evitar que me toque.

Rip se percata de ese exceso de cautela y arquea una ceja.

—¿Nerviosa?

—Una mujer precavida vale por dos —corrijo, y mantengo la mirada clavada al frente.

Ahora el campamento está en plena ebullición; ya han desmontado casi todas las tiendas, alimentado a los caballos, recogido todos los trastos. El ejército se está preparando para otro largo día de travesía.

Todos los soldados, independientemente de la edad, rango o corpulencia, se dispersan y se apartan de nuestro camino al ver que se acerca Rip. Todos y cada uno de ellos agachan la cabeza como muestra de respeto y admiración.

Le miro con el rabillo del ojo.

—¿Qué les hará Osrik?

—¿A quién?

—A ese par de soldados.

Se encoge de hombros.

—No te preocupes por ellos.

Rechino los dientes.

—Sus comentarios iban dirigidos a mí y sí, estoy preocupada. Además, tú mismo dijiste que confiabas en tus soldados, que pondrías la mano en el fuego por ellos.

—Y así es.

Sacudo la cabeza y suelto un suspiro de impotencia, de exasperación.

—No puedes asegurar que confías en tus soldados y después castigarlos o matarlos por unos comentarios bastante desafortunados, por cierto, a una prisionera.

De repente, el comandante deja de caminar, obligándome así a parar en seco. Nos volvemos al mismo tiempo y nos quedamos el uno frente al otro en mitad de ese campamento en plena actividad. La nieve, que minutos antes crujía bajo mis botas, se ha convertido en un fangal. Han extinguido las fogatas con cubos de agua, por lo que cuesta un poco respirar y el frío se ha vuelto húmedo.

El comandante me estudia con una expresión que soy incapaz de identificar.

—¿Les estás defendiendo?

Ese tonito me saca de quicio. Me fastidia que lo vea como un disparate y que me considere una persona mezquina y cruel.

—No te confundas. No estoy defendiendo las lindezas que me han dedicado. Pero tú eres quien ha declarado ser un monstruo, no yo. No quiero que su castigo caiga sobre mi conciencia —digo, porque ya tengo las manos manchadas de sangre y no quiero que me salpique ni una sola gota más—. Si necesitas hacer gala de tu autoridad para demostrarme que tus soldados se han ganado tu «confianza» a pulso, prefiero que me mantengas al margen. No sé ni cómo te atreves a echarles la bronca por decir sandeces sobre mí o por calumniarme. Soy el enemigo. Soy tu prisionera —le recuerdo.

Pero ¿qué mosca me ha picado? No entiendo por qué diablos le estoy recordando que soy su prisionera. Creo que no se me habría podido ocurrir peor idea. Sin embargo, debo reconocer que hay algo en el comandante que aviva mi ira y azuza mi rabia.

Llevo muchísimo tiempo mordiéndome la lengua. He ahogado todas las emociones y he intentado capear el temporal con la esperanza de no hundirme, de no ahogarme y acabar sumergida en el fondo del mar. Así que estas reacciones, estas réplicas impulsivas, este descaro a la hora de contestar me sorprenden incluso a mí. No sé de dónde salen, pero me dejan aturdida y con los nervios a flor de piel.

—Permíteme que te aclare algunas cosas —dice Rip, devolviéndome así a la realidad—. No pienso castigar a esos soldados, y mucho menos voy a matarlos. Osrik hará lo que se le ha ordenado, nada más. Les dará una lección, punto.

—¿Y qué incluye esa lección si puede saberse?

—Limpieza de letrinas. Hasta que recuerden cómo deben

comportarse los soldados reales que sirven al ejército del rey Ravinger.

Pestañeo.

—Oh. —No era la respuesta que esperaba, desde luego.

Nuestra pequeña charla no pasa desapercibida, aunque nadie se atreve a interrumpirnos. Los soldados que merodean por aquí nos evitan y prefieren dar un buen rodeo antes que pasar por nuestro lado. Aun así, siento que nos miran de refilón. Es como si a nuestro alrededor se hubiese formado un círculo intocable, como uno de esos antiguos anillos mágicos creados por hadas y que se podían encontrar en cualquier reino de Orea.

—Una cosa más —añade Rip, y se acerca un poco más a mí. Ya me he dado cuenta de que es una táctica que utiliza a menudo. Lo hace para ponerme nerviosa, para intimidarme. Quiero dar un paso atrás, pero no voy a darle esa satisfacción, así que, en lugar de retroceder, planto bien los pies y levanto la barbilla—. Que esos hombres hayan sido vulgares contigo y se hayan pasado de la raya no significa que no confíe en ellos. Cada palabra que te he dicho es verdad. No te tocarían ni un pelo, a menos que yo se lo ordenara. Puedes dormir tranquila porque, mientras estés aquí, estás a salvo. Ningún soldado te pondrá una mano encima —dice, y luego hace una pausa para asegurarse de que he entendido todo lo que acaba de decir—. Por desgracia, no todos mis hombres pueden presumir de buenos modales y afortunadamente tenemos a Osrik, un experto en meter en el redil a las ovejas descarriadas.

Pienso en la expresión de malas pulgas de Osrik, en su tamaño descomunal.

—Seguro que lo es.

Rip me lanza una mirada de desconfianza.

—Ahora que ya hemos resuelto este asunto y sabes que tu conciencia está libre de toda culpa, ¿te importaría decirme por qué Osrik me ha informado esta mañana de que anoche tuviste un comportamiento un tanto sospechoso?

«Mierda.»

—No tuve ningún comportamiento sospechoso —replico—. Estaba dando una vuelta por el campamento, nada más. Algo, por cierto, que tú me permitiste hacer, porque no tengo perro guardián que me vigile ni grilletes que me impidan moverme. Estoy rodeada de soldados en los que confías plenamente en un páramo helado que, según tus propias palabras, tú mismo rastrearías si fuese tan estúpida como para intentar huir.

—Hmm —murmura, haciendo caso omiso del sarcasmo con que le he hablado. De repente, desvía la mirada hacia mi abrigo—. ¿Y tus costillas? El sanador me ha asegurado que no dejaste que te examinara.

—Estoy bien.

—Ya que insistes en mentir, al menos esfuérzate un poco y hazlo mejor —replica, pero esta vez se equivoca. Estoy bien y, además, mentir se me da de maravilla. Después de todo, llevo años engañándome a mí misma, inventándome patrañas preciosas para tapar verdades horribles.

—Mis costillas están bien, pero ¿a ti qué más te da? —espeto.

Quizá soy tan descarada e impertinente con el comandante porque así tengo la impresión de que todavía no me tiene dominada y sometida. Esa fachada fuerte y sólida como un muro de piedra solo esconde una pared frágil que está desmoronándose.

—Ya que no te gustan las mentiras, seamos sinceros y pongamos todas las cartas sobre la mesa, comandante Rip —le desafío—. Sé lo que eres. Y también sé que, para ti, no soy más que una simple moneda de cambio, una figurilla de oro por la que puedes pedir un buen rescate, una prisionera de la que puedes presumir delante del rey Midas.

—Es verdad —reconoce Rip con frialdad, y no puedo evitar morderme el interior de la mejilla—. Aun así, sería muy descortés por mi parte devolver la mascota de Midas en malas condiciones.

Noto un tic en la mandíbula.

Mascota. Montura. Zorra. Estoy hasta la coronilla de las etiquetas que me pone la gente.

—No soy su mascota. Soy su preferida.

El comandante Rip chasquea la lengua a modo de burla.

—Un eufemismo, una palabra distinta para un mismo concepto.

Abro la boca, dispuesta a replicarle, pero él se adelanta y levanta una mano para silenciarme.

—Esta charla sobre Midas empieza a aburrirme.

—Perfecto, porque no quiero seguir charlando contigo —contesto.

El comandante esboza una sonrisa sarcástica y mordaz. 97 Seguro que lo ha hecho para mostrarme los colmillos.

—Tengo el presentimiento de que cambiarás de opinión muy muy pronto, Jilguero.

Siento un escalofrío en la espalda. Soy toda una experta en leer entre líneas y sé, sin ningún atisbo de duda, que esas palabras esconden una amenaza. Sin embargo, por muchas vueltas que le dé, no se me ocurre qué puede ser.

—Súbete al carruaje —dice con semblante serio y estricto, adoptando así su papel de comandante—. Saldremos dentro de diez minutos, y no pararemos hasta que anochezca. Te sugiero que hagas una visita a la letrina antes de partir, o auguro que será un día muy incómodo para ti.

—Quiero ver a las monturas y a los guardias —contesto, haciendo caso omiso de la orden.

Él apoya una mano sobre la empuñadura de madera de su espada y se inclina para mirarme a los ojos. Lo tengo muy cerca, demasiado cerca. Se me hace un nudo en la garganta y echo la cabeza hacia atrás. Me siento como un conejillo indefenso al que tienen agarrado por el pescuezo.

—Si quieres algo, vas a tener que ganártelo.

Esta vez no me da tiempo a protestar; Rip se da media vuelta y se marcha. Los soldados se van apartando de su camino en señal de respeto, o tal vez sea por miedo. Me quedo ahí pasmada, mirándole con detenimiento.

No sé a qué se refiere con eso de ganármelo, pero intuyo que no me va a gustar.

11

La reina Malina

$\mathcal{M}$is doncellas están inquietas.

No paran de mirarse de reojo, de lanzarse miraditas de preocupación, pero yo hago como que no las veo, como que no me importa.

Una de ellas está tan nerviosa que parece que vaya a desmayarse en cualquier momento. Con los años he aprendido a mantener la expresión impertérrita e imperturbable, a no mostrar ninguna clase de emoción. Pero ahora mismo me muero de ganas por dibujar una sonrisa ladina y maliciosa.

La modista que he contratado es la más famosa de la ciudad. Está arrodillada y, en estos momentos, examina el dobladillo del vestido con el ceño fruncido y unos ojos envejecidos pero diestros y expertos. El alfiletero que lleva cosido al cinturón está repleto de agujas finas y afiladas. A primera vista parece un cactus metálico que sobresale de su estómago.

—Terminado, su majestad.

—Bien.

Me bajo de ese pequeño pedestal de madera que ha traído y me acerco al espejo de cuerpo entero que tengo apoyado en la pared del vestidor. Cuando veo mi reflejo, me invade una sensación de victoria, de triunfo, de orgullo.

Tuerzo un pelín la cintura para poder contemplar la espalda

del vestido nuevo. Examino cada costura, cada remate y cada puntada con ojo crítico, pero ese atuendo no puede merecer menos que mi visto bueno. Me coloco de nuevo de frente y paso las manos por las faldas, a pesar de que están perfectamente planchadas.

—Me gusta —digo, y veo que las doncellas comparten una mirada cómplice—. Puedes retirarte —añado, dirigiéndome a la modista.

Ella se muerde el labio y, al ponerse de pie, las articulaciones de las rodillas crujen. Es la modista más anciana de Alta Campana, pero su avanzada edad juega a su favor, y no en su contra. Trabajó para mi madre cuando yo no era más que una cría. Es la única sastre que sigue viva y que recuerda la ropa que solían llevar las mujeres de la antigua corte real.

—Su majestad, si me permitís el atrevimiento... El rey decretó que todos los ropajes de la corte real deben ser dorados —murmura esa vieja bruja, como si se me hubiera olvidado esa maldita norma. Pero cómo voy a olvidarla si todo en este palacio es de ese dichoso color que, a mi parecer, es burdo y chabacano.

—Soy muy consciente de todo lo que el rey ha decretado —respondo, pero me mantengo impasible.

Acaricio los botones de terciopelo del pecho. El vestido es perfecto, no puedo quejarme. Si cierro los ojos y hurgo entre los recuerdos que aún conservo de mi madre, la veo luciendo un traje muy parecido a este. Para tan importante ocasión he elegido un vestido blanco con un ribete de pelo albino en las mangas y en el escote y con rosetones bordados de color azul cielo, a juego con mis ojos.

Me favorece muchísimo más que cualquiera de los vestidos dorados que he llevado a lo largo de la última década.

—¿Podrás terminar el resto de los vestidos y abrigos en quince días? —pregunto, solo para confirmar.

—Sí, su majestad —responde la modista.

—Bien. Puedes marcharte.

La anciana se apresura en recoger todas sus cosas. Con unas manos que la artritis ya ha empezado a deformar, le da la vuelta al pedestal de madera y lo utiliza como cubo de almacenaje. Ahí guarda la cinta métrica, un puñado de alfileres sueltos, varios retales y las tijeras. Después hace una pequeña reverencia a modo de despedida y se escabulle por la puerta sin hacer el menor ruido.

—Mi reina, ¿queréis que os arregle el pelo?

Miro a mi criada por encima del hombro. Esta mañana se ha pasado un pelín con el rubor dorado. Es la tendencia que impera entre las mujeres —y algunos hombres— que residen en el palacio de Alta Campana. Sin embargo, en la tez de esa doncella, el polvillo amarillento y metalizado le otorga un aspecto enfermizo. Otra cosa que debe cambiar.

Después de todo, las apariencias importan, pues son fundamentales para causar una buena impresión.

—Sí —respondo, y después me acerco al tocador y me acomodo en la banqueta.

Cuando me doy cuenta de que la muchacha se dispone a coger la cajita de purpurina dorada para empolvarme la melena blanca, sacudo la cabeza.

—No. No quiero nada dorado. Eso se ha terminado.

Ella se queda de piedra aunque presiento que, después de tanta insistencia, mi propósito ha quedado bien claro. Una vez que se recupera del susto, agarra el cepillo y me desenreda esos enormes bucles blancos con mucho cuidado para evitar cualquier tirón.

No dejo ningún detalle en sus manos, sino que dirijo todos y cada uno de sus movimientos. Ella obedece sin rechistar. Le pido que me haga una sola trenza, empezando por la sien derecha y del mismo grosor que mi dedo índice, que la enrosque alrededor de la cabeza y que esconda la punta detrás de la oreja izquierda. Ese peinado crea un efecto cascada en mi melena nívea, como si los rápidos de un río se hubieran quedado congelados antes de caer en picado.

101

No quiero que me adorne la trenza con horquillas o lazos dorados, así que me adelanto.

—Solo la corona.

Asiente, se da la vuelta y se marcha en busca del joyero donde guardo todas las alhajas reales, tiaras y coronas de oro. Está en la otra punta de la habitación, pero hoy no me apetece llevar esa corona.

—No quiero nada de ahí. Me pondré esta corona.

La doncella vacila, nerviosa. A juzgar por cómo arruga el ceño, es evidente que está confundida.

—¿Su majestad?

Alcanzo la cajita de plata que he dejado sobre el tocador hace un buen rato. Pesa un quintal y, con el paso de los años, el metal ha perdido todo su brillo. Aun así, acaricio las filigranas que decoran la cajita con la yema de los dedos.

—Esta corona pertenecía a mi madre —susurro mientras repaso el perfil de la campana, con ese carámbano colgado del centro. Creo que, si cerrase los ojos, podría oír el redoble de esa campana, un sonido frío e inconfundible que resonaría en cada rincón de las montañas heladas.

Mi doncella se acerca y abro la caja, revelando así la corona que esconde en su interior. Está hecha de ópalo blanco y fue esculpida de una única piedra preciosa que imagino que debía de ser de un tamaño extraordinario. Me atrevería a decir que debía de medir cinco palmos como mínimo. Supongo que hallaron esa piedra reluciente en lo más profundo de una mina.

La luz grisácea y apagada que se cuela por la ventana no es suficiente para revelar el delicado prisma de colores que contiene cada recoveco de la corona. Es una pieza robusta, pero no pesa, ni de lejos, tanto como la corona de oro que Tyndall me obliga a llevar cada día. Ya no soporto más el peso de esa dichosa corona.

El diseño en sí es sencillo. Las puntas de la corona se tallaron de manera que imitaran la forma de carámbanos de hielo y, por ese motivo, son delicadas y muy muy afiladas. La coloco sobre mi cabeza, la centro bien y, por primera vez en muchos años, siento que vuelvo a ser yo.

«Soy la reina Malina Colier Midas y nací para gobernar.»

Vestido blanco, cabellera blanca, corona blanca. Ni una pincelada dorada por ningún lado.

Así es como siempre debería haber sido. Así es como será a partir de ahora.

Me levanto de la banqueta y mi doncella se apresura en calzarme. Echo un último vistazo a mi reflejo antes de salir de la habitación, aunque con cada paso que doy me siento un poquito más segura.

Los guardias revolotean a mi alrededor como moscas. No me dejan ni a sol ni a sombra. Bajo la escalinata de palacio con varios de ellos pisándome los talones. Entro al salón del trono por la puerta de atrás. El ambiente parece distendido y relajado, pues enseguida reconozco el murmullo de la gente charlando.

En cuanto me ven entrar en el salón, todos los miembros de la nobleza y de la corte allí reunidos se inclinan en una pomposa reverencia, un gesto de respeto a su reina, algo a lo que están más que acostumbrados.

Pero no es hasta que se incorporan y despegan la vista de las baldosas doradas del suelo que siento una oleada de asombro e incredulidad entre esos aristócratas. Todos, sin excepción, están vestidos de dorado de pies a cabeza.

Sin apartar los ojos de la tarima, con los hombros bien cuadrados y la espalda bien erguida, doy un paso al frente sin mostrar un ápice de inquietud. El silencio que ahora reina entre la multitud es incómodo, casi asfixiante, y una semilla de nerviosismo amenaza con plantarse en mi estómago para echar raíces fuertes y profundas, pero la arranco como si fuese una mala hierba.

«Soy la reina Malina Colier Midas y nací para gobernar.»

Me detengo frente a los dos tronos que hay sobre la tarima.

Los dos chapados en oro, uno más grande que el otro. El trono de Tyndall tiene un respaldo altísimo, con unos chapiteles cincelados en cada extremo y con seis diamantes muy brillantes encastados en la parte trasera que simbolizan el Sexto Reino.

En comparación, el trono de la reina es mucho más austero, más pequeño y mucho menos ostentoso e impresionante. Un complemento bonito, nada más. El verdadero poder reside en el trono del rey, y todos los aquí presentes lo saben.

Incluyéndome a mí.

Y por eso paso de largo de ese trono sobrio, sencillo e insignificante y me acomodo en el trono destinado al verdadero y legítimo gobernante de Alta Campana.

Unos ahogan un grito, otros contienen la respiración.

Deslizo las manos por los reposabrazos del trono hasta apoyar los dedos en unas muescas que palpo sobre esa superficie de oro. Sobre esas muescas Tyndall solía tamborilear los dedos, preso del aburrimiento y del hastío.

Nunca le gustó asistir a esta clase de foros. A pesar de que solo se convocan una vez al mes, Tyndall se ponía hecho un basilisco y se pasaba días refunfuñando. Detestaba sentarse aquí y escuchar a los súbditos de su reino expresar y compartir sus preocupaciones y suplicar su perdón.

En cambio, se le daba de maravilla organizar bailes, codearse con otros miembros de la realeza y encandilar a sus invitados con fastuosos banquetes y fiestas interminables. Cabe reconocer que Tyndall se mueve como pez en el agua cuando es el centro de atención, el foco de todas las miradas. Otro de sus grandes talentos es tergiversar la realidad y, a puerta cerrada, manipular a la gente en su propio beneficio.

Pero cuando se trata de algo como esto, de tener las agallas para lidiar con las piedras que impiden que el reino vaya sobre ruedas…, se aburre como una ostra.

Sin embargo, es precisamente en este salón, en este foro mensual, donde uno puede ganarse el poder de un reino. Si eres capaz de tomar las riendas de estas reuniones y complacer a los nobles y cortesanos que se reúnen aquí, puedes manejar un reino.

Observo a todos los presentes con expresión imperturbable y les otorgo unos segundos para que me miren, para que chismorreen. Se fijan en todos y cada uno de los detalles que, con meticulosidad y pericia, he planeado de antemano, como la ausencia total del color dorado y la aplastante presencia de los antiguos colores reales de Alta Campana.

Les concedo unos segundos más para que asimilen y digieran esa declaración de intenciones tácita. Quiero que se tomen su tiempo para adivinar lo que voy a decir incluso antes de que abra la boca. Aprovecho esos instantes para saborear la escena, para mantener la cabeza bien alta y convertirme en la persona que siempre debí haber sido.

Dejo escapar un suspiro largo y tranquilo y barro el salón con la mirada mientras la gente espera con el alma en vilo a oír lo que tengo que decir. Yo. No Tyndall.

—Ciudadanos de Alta Campana, ahora vuestra reina escuchará todas vuestras preocupaciones.

Durante un momento, todos se quedan callados, como si no supieran si tomarme en serio o no. Estoy convencida de que la mayoría creía que los consejeros de Midas aparecerían en el salón para escuchar y anotar todas sus quejas y problemas. Pero todas esas anotaciones tan solo servirían para acumular polvo en la sala de reuniones de Tyndall, y dudo mucho que, al llegar, se moleste en revisar esa interminable lista de demandas.

Al fin, un noble, sir Dorrie, da un paso al frente. Hace una reverencia en cuanto llega a los escalones de la tarima.

—Su majestad —empieza, y no puedo evitar fijarme en las manchas de nacimiento que tiene en las mejillas. Parece que alguien le haya lanzado un puñado de frambuesas a la cara—. Os ruego que me disculpéis, pero me veo en la obligación de destacar que os habéis sentado en el trono del rey.

Enrosco los dedos alrededor del reposabrazos. Por lo que veo, el mensaje no les ha quedado muy claro. Voy a tener que insistir.

—Todo lo contrario, sir Dorrie. Me he sentado en el trono del gobernante de Alta Campana, el lugar que me corresponde, ni más, ni menos.

Los murmullos sisean como serpientes agitadas que se escurren por el mármol dorado, pero yo le aguanto la mirada y no doy mi brazo a torcer.

—Mi reina… El rey Midas…

—No está aquí para gobernar —le interrumpo, sin ninguna clase de miramientos—. Yo, en cambio, sí. Así que expón tus inquietudes, o mis guardias te acompañarán a la salida para que alguien que sí merezca mi tiempo y atención exponga las suyas.

La advertencia retumba en el salón del trono. Es un mensaje alto y claro.

Espero con ademán tranquilo, con expresión impertérrita, con la indiferencia glacial de un monarca que sabe muy bien cómo poner a sus súbditos en su lugar.

O se tragan su orgullo y siguen mis normas, o tendrán que atenerse a las consecuencias.

Sir Dorrie vacila. Mira hacia atrás, pero ninguno de los aristócratas se atreve a abrir la boca. Ni uno solo de esos aduladores estirados le muestra su apoyo o defiende a Tyndall delante de tan descarado e insolente gesto de control por mi parte.

—Ah, os ruego me disculpéis, su majestad. Sería todo un honor que escucharais mis quebraderos de cabeza —dice al fin sir Dorrie.

Y así es como consigo hacerles entrar en vereda. Tamborileo los dedos sobre el reposabrazos, pero no es un gesto de aburrimiento, sino de victoria. Quien toma las decisiones aquí soy yo, y punto.

Los aristócratas no se atreven a protestar. Ni siquiera los guardias que están a mi espalda muestran un ápice de nerviosismo o desazón ante ese giro radical de los acontecimientos. Porque, cuando te han criado para ser miembro de la realeza, eso es lo que eres. No importa que por mis venas no fluya magia. Yo ostento otra clase de poder, un poder que se hereda de generación en generación.

Gobernar el Sexto Reino es algo que llevo en la sangre.

Después de hoy, la noticia correrá como la nieve por las llanuras blancas de este reino invernal hasta cubrir cada centímetro de nuestras tierras. Casi puedo oír los rumores, los murmullos, los cuchicheos inundando el reino como aguanieve.

Las leyendas contarán que mi corona de ópalo blanco fue como un faro de luz en mitad de ese salón dorado y chabacano, y la campana del castillo repicará para informar del inicio de una nueva era, de un nuevo monarca y la adoración y genuflexión por el Rey Dorado llegará a su fin.

Sí, pienso congelarlo, convertirlo en una estatua de hielo. Voy a hacer que Tyndall se arrepienta de haberse casado conmigo.

Mis labios pálidos esbozan una sonrisa. No recuerdo la última vez que sonreí.

«Soy la reina Malina Colier Midas y nací para gobernar.»

107

12

Auren

*T*ener que viajar en un carruaje durante todo el día puede convertirse en un castigo, en un suplicio. Y también en una forma de recordarme que allí no soy nadie, tan solo una forastera, una prisionera. Aunque supongo que la soledad también tiene sus ventajas.

La soledad te aporta una sensación de seguridad, pero en ocasiones también hace surgir ciertos peligros que hasta el momento habías ignorado. Me refiero a peligros que vienen de uno mismo.

El gran peligro para mí son los recuerdos, por supuesto.

Tantas horas de eterna travesía ofrecen mucho tiempo para pensar. Sin nadie con quien charlar, sin ninguna distracción, sin oír otras palabras más que las de mi vocecita interior, soy incapaz de ignorar esos recuerdos. Ahí enclaustrada me vuelvo vulnerable a mi memoria, y mi propia compañía me hostiga, me asfixia.

Y por eso mi mente divaga y desentierra vivencias pasadas y remembranzas que, en realidad, preferiría que siguieran sepultadas en lo más profundo de mi mente.

—¿Cuántas monedas, niña?

Acabo de cumplir seis años y tengo las manos sudorosas y escondidas tras la espalda y los puños bien cerrados.

El tipo me mira de refilón, impaciente, cansado y con una pipa colgando de la comisura de sus labios que suelta un humillo de color azul.

Chasquea los dedos. A Zakir no le gusta quedarse demasiado tiempo ahí conmigo, bajo la marquesina de rayas rojas de la plaza del mercado. Si le pillan tratando de engañar a críos huérfanos que mendigan por las calles, se metería en un gran problema.

La lluvia ha empapado la tela del toldo y el agua cae a chorros; unos chorros que me hacen pensar en las babas de los perros callejeros que corretean descontrolados por la ciudad. El tiempo no nos ha dado tregua y lleva lloviendo todo el santo día.

Tengo el cabello mojado, por lo que parece más oscuro de lo que realmente es y no puedo ocultar esa maraña de nudos apelmazados. Al menos la tela de arpillera de mi vestido me ayuda a escurrir parte del agua, aunque la verdad es que me sigo sintiendo como una rata de alcantarilla.

Cuando Zakir me lanza una mirada siniestra, enseguida saco la mano de mi espalda y, a regañadientes, abro el puño.

Echa un vistazo a la ofrenda que yace en la palma de mi mano y sujeta la pipa entre las muelas.

—¿Dos cobres? ¿Todo lo que has conseguido hoy son dos malditos cobres? —gruñe.

Me estremezco al oír ese tono. No me gusta que se enfade por mi culpa.

Me arrebata ese par de monedas y se las guarda en el bolsillo. Después se saca la pipa de la boca y me escupe a los pies, aunque estoy tan acostumbrada que ni me inmuto.

—Lo único que tienes que hacer es ponerte aquí —espeta, y sacude la cabeza mientras me mira con una mezcla de desprecio y decepción.

A pesar de que llevo varios meses con él, su acento me sigue pareciendo muy duro, muy extraño. Algunos niños le llaman

Sapo a sus espaldas, porque, cuando se levanta por la mañana y se aclara la garganta, suelta un sonido que se parece al croar de una rana.

—Esa es tu tarea, venir a tu esquina y sonreír. Si lo hicieras, ¡esta panda de memos te regalaría todo su dinero! —dice, y escupe las palabras como si fuesen una acusación, como si no hiciese todo lo que me manda hacer.

Me muerdo el labio y, abochornada, bajo la mirada. Me pellizco el brazo para no echarme a llorar ahí mismo.

—Es-está lloviendo, sir Zakir. Y en días de lluvia apenas consigo unas monedas —explico con voz temblorosa.

—¡Anda ya, tonterías! —exclama él, y hace un gesto de desdén con la mano. Rebusca en el bolsillo delantero del chaleco de cuadros, saca una cajita de cerillas y se vuelve a encender la pipa que las gotas de lluvia habían empapado—. Vuelve ahí fuera.

Me tiembla la barbilla. Estoy famélica, muerta de frío y agotada. Inara no es de las que duerme como un tronco, sino todo lo contrario. Se ha pasado toda la noche dando vueltas en la cama, así que he tenido que acurrucarme entre sus piernas, que no dejaba de sacudir, y la esquina de la habitación. Por eso estoy más cansada de lo normal. Albergaba la esperanza de que Zakir no me condenara a pasarme todo el día bajo la lluvia, que me permitiera comer algo y descansar.

—Pero…

—¿Se te ha metido la lluvia en los oídos, niña? Nada de peros, no voy a discutir contigo —resuelve, y enciende la cerilla frotándola con el suelo. Después la arroja a un charco y la llama se extingue en un santiamén—. Seis monedas más, o esta noche te tocará dormir al raso.

Zakir se abrocha todos los botones del abrigo, hasta el cuello, se pone el sombrero y se marcha sin decir nada más. Lo más seguro es que vaya a echar un vistazo a los demás niños. Me escabullo hasta la esquina que tengo asignada en la plaza del mercado a sabiendas que es imposible que me gane seis monedas más.

A base de práctica he aprendido a captar el interés de los transeúntes y sé qué debo hacer para no pasar desapercibida a ojos de los desconocidos, pero bajo la sombra de esos nubarrones no soy más que una niña que mendiga.

Aun así, me planto en mi esquina cubierta de barro y mugre, situada entre un sombrerero y un puestecillo que vende huevos, y sonrío. Saludo a todo aquel que pasa por mi lado. No clavo la mirada en el suelo, sino que los miro a los ojos para llamar su atención. Me siento atrapada en el corazón de una ciudad extraña, una ciudad que huele a pescado y a hierro.

Los clientes no se fijan en mí, los mercaderes me ignoran.

Nadie lograría distinguir las gotas de lluvia de las lágrimas que se deslizan por mis mejillas. Nadie repara en una sonrisa triste y empapada cuando el cielo está encapotado y no deja de llover a cántaros. Y aunque alguien se diera cuenta de alguno de esos detalles, tampoco haría nada.

Así que me paso el día mendigando, hasta bien entrada la noche, con las manitas mojadas extendidas y ahuecadas a modo de súplica, de ruego. Si alguien se percatara de que estoy ahí, enseguida se daría cuenta de que no estoy pidiendo dinero, sino otra cosa.

Pero nadie me mira y, como era de esperar, no consigo ganarme esas seis monedas.

Horas más tarde, me arrastro como alma en pena hasta la casa de Zakir y me hago un ovillo sobre un charco que se ha formado frente al umbral de la puerta de entrada. Allí me encuentro con otro pobre crío que no ha alcanzado la cuota mínima exigida. Aunque podríamos acurrucarnos juntos para sentirnos un pelín más acompañados y consolarnos el uno al otro en esta noche fría y oscura, el muchacho rehúye de mí y trepa por la pared hasta llegar al alerón para dormir en el techo. No tengo muchos amigos por aquí. Hay algo en mí que les hace desconfiar.

Esa noche, prometo a las diosas que jamás me volveré a quejar del mal dormir que padece Inara. Prefiero que me pateen toda la noche que dormir fuera y sola.

El recuerdo se desvanece y siento una terrible opresión en el pecho. Inspiro hondo, como si intentara deshacerme del aroma húmedo de esa aldea lluviosa, del hedor del pescado fresco y del humo que desprendía la pipa de Zakir. Estuve con él muchísimo tiempo. Demasiado. Pasé demasiadas noches al raso, con la oscuridad como único manto para abrigarme.

Desde los cinco hasta los quince años, no recuerdo una sola noche en que pudiera dormir del tirón, o en que pudiese disfrutar de un sueño apacible y reparador. Hasta que Midas me rescató.

«Ahora estás a salvo. Deja que te ayude.»

Ahora me parece algo increíble y, siempre que lo pienso, me da la sensación de que ocurrió en otra vida. Pasé de ser una niña que mendigaba en una esquina mugrienta y embarrada a ser una mujer que adornaba un castillo dorado. La vida te lleva por caminos inescrutables, caminos que no aparecen en ningún mapa.

Echo un vistazo al paisaje que se extiende detrás de la ventanilla del carruaje. Los copos de nieve revolotean en el aire y la niebla ha empezado a empañar el cristal. Lo que daría porque Midas llegase ahora mismo montado en su caballo blanco, con una antorcha en una mano y una espada en la otra, para salvarme de esta tortura.

Pero Midas no sabe dónde estoy. Quizá ni siquiera sepa en qué lío ando metida. Y por eso es de vital importancia que me las ingenie para conseguir enviarle un mensaje. No solo por mí, sino porque lo último que quiero es que este ejército letal y sanguinario ataque el Quinto Reino y masacre a toda su población.

Si no hago todo lo que está en mi mano para alertar a Midas del peligro que le acecha, entonces el destino que sufra el Quinto Reino caerá sobre mi conciencia. Será culpa mía, y de nadie más.

No puedo fallar.

Un aviso. Es todo lo que puedo ofrecerle. No es mucho, pero tengo la esperanza de que sea suficiente para que Midas pueda organizarse y prepararse para la amenaza a la que, tarde o temprano, se va a tener que enfrentar.

En cuanto se entere de que me han secuestrado, estoy segura de que hará todo lo posible por recuperarme. Todo.

Cuando el sol empieza su descenso, bañando todo el paisaje con un resplandor grisáceo y plomizo, el carruaje frena en seco y me parece oír que el conductor incluso da un brinco sobre el asiento. Paso la manga del abrigo por el cristal para desempañarlo y poder asomarme.

Advierto un curioso montículo en el suelo, una pequeña colina que, de lejos, se podría confundir con una duna de nieve. El centro de la colina es hueco y de color azul, un detalle que me sorprende. Es de un azul tan brillante que incluso reluce en la oscuridad. Parece de otro planeta. Desde la banqueta del carruaje, la colina se asemeja a la silueta de un gigante que se ha quedado dormido en el suelo, resguardado bajo una sábana de nieve que le cubre todo el cuerpo, salvo por ese iris de color azul eléctrico tan asombroso.

Los soldados empiezan a montar el campamento principal en el mismísimo corazón de esa extraordinaria cueva. A pesar de que no es muy alta, es amplísima. En un abrir y cerrar de ojos encienden una hoguera enorme justo en el centro. Lo sé porque, incluso de lejos, distingo el inconfundible parpadeo de las llamas iluminando la zona más profunda de la caverna.

Oigo un chasquido metálico; proviene de la cerradura del carruaje. Un segundo más tarde, la puerta se abre y, tras ella,

113

aparece Osrik. Bajo los peldaños de la escalera y, al apoyar un pie en el suelo, caigo en la cuenta de que resbala. Todo el mundo se ha puesto manos a la obra: unos se encargan de montar las tiendas, otros de reunir a los caballos, otros de encender fogatas y un par de cavar una letrina.

—El comandante quiere verte.

Le miro.

—¿Por qué?

Veo que mueve con la lengua el pendiente de madera que tiene en el labio inferior, un gesto distraído que repite cada dos por tres.

—Me han mandado venir a buscarte, no a responder preguntas estúpidas.

Resoplo.

—Genial. Ya que no me dejas alternativa, vamos.

Osrik se encarga de marcar el camino y yo, de seguirlo. Esquivo un sinfín de soldados y rodeo varias estacas clavadas en el suelo para no tropezarme. Y todo mientras sudo la gota gorda tratando de avanzar por esa nieve virgen que todavía nadie ha pisoteado.

Por poco no me doy de bruces con una pila de troncos de madera que alguien ha dejado ahí tirada para encender una hoguera. Maldigo entre dientes y, aunque logro eludir los leños, termino perdiendo el equilibrio y cayéndome de morros sobre la nieve. Osrik se gira y sonríe con suficiencia.

Me hierve la sangre.

—Me estás llevando por el peor camino que has encontrado, ¿verdad que sí? Seguro que lo has hecho a propósito.

—Has tardado más de lo que esperaba, pero me alegra saber que te has dado cuenta —contesta, el muy cabrón.

Paso por encima de algunos de los troncos para alcanzarle.

—Te caigo fatal, ¿a que sí?

Él gruñe, como si esa pregunta tan directa le hubiera pillado por sorpresa.

—Midas no me gusta un pelo, y tú eres su símbolo.

Titubeo y, durante un breve instante, dejo de arrastrar los pies entre la nieve, pero enseguida retomo el paso para no quedarme atrás.

—¿A qué te refieres con que soy su símbolo? —pregunto, pues nunca había oído a nadie referirse a mí en esos términos.

Osrik me obliga a pasar junto a los caballos, que en ese momento están apiñados alrededor de balas de heno, por lo que tengo que andarme con mucho ojo de no pisar las boñigas que hay repartidas por el suelo.

—Tú eres su trofeo, eso lo sabe toda Orea, pero también eres su espejo —me explica Osrik—. Cuando la gente te mira, a quien ve es a él, no a ti. Solo piensan en su poder mágico de convertir en oro todo lo que toca y se imaginan cómo serían sus vidas si tuvieran ese don extraordinario, si gozaran de riquezas infinitas. Tú representas su reinado. Eres la personificación de su poder, pero también de su codicia, y no solo a ojos de sus súbditos, sino de toda Orea. Y lo peor de todo es que el muy cretino disfruta con ello.

Esas palabras me dejan aturdida, perpleja. No se me ocurre qué decir.

—Eres su pequeña mascota de oro que utiliza para alardear de su poder. Así que sí, cada vez que te miro, me llevan los demonios.

—Pues entonces no me mires —espeto con voz impertinente.

Osrik suelta un bufido.

—Eso intento.

No sé por qué, pero en ese momento me siento avergonzada y las mejillas se me ponen coloradas.

—Que sepas que a mí también me llevan los demonios cada vez que te miro —respondo.

Al soldado se le escapa una carcajada tan ruidosa y tan repentina que incluso doy un respingo.

—Supongo que lo mejor sería que no nos miráramos, y punto.

Le lanzo una mirada asesina.

—Supones bien.

Recorremos el resto del camino en absoluto silencio, pero hay un detalle que no me pasa desapercibido. Esta vez, Osrik elige un camino más fácil.

13

Auren

Osrik me acompaña hasta una tienda bastante grande y distinta de las otras. A juzgar por su tamaño y forma, más redondeada que el resto y parecida a las tiendas que se utilizan en los torneos reales, intuyo que es un lugar de reunión.

Entro detrás de él y escudriño el espacio. Hay varias alfombras de piel extendidas en el suelo y una mesa circular que ocupa el centro del espacio. Me fijo en los tres soldados que están sentados en unos taburetes. Están hablando con el comandante, que está sentado justo enfrente del umbral. Al vernos entrar, los cuatro se giran y todos los ojos se posan en mí.

Rip se dirige a sus hombres.

—Retomaremos la reunión más tarde.

Los soldados asienten, se levantan y, al pasar por mi lado, me disparan una mirada asesina. Nos quedamos los tres a solas y empiezo a inquietarme, pero permanezco impertérrita cerca de la entrada. El comandante Rip me estudia de esa forma tan perturbadora. Está igual que esta mañana, solo que las púas que le recubren los brazos parecen más cortas de lo habitual, como si las hubiera replegado pero solo un poquito.

—Siéntate —dice al fin.

Bordeo la mesa y me dirijo hacia la esquina más alejada de él. Al ver que arrastro el taburete para sentarme, dibuja una sonrisa de suficiencia, como si supiese que iba a sentarme justo ahí. Le miro con los ojos inyectados en sangre. Y él responde sonriendo todavía más.

Osrik recoge los papeles que hay sobre la mesa y, en silencio, me reprendo por haber desaprovechado la ocasión de intentar echar un vistazo por si averiguaba algo importante. Me parece ver un mapa y algunas misivas manuscritas antes de que Osrik los aparte, los enrolle y los deje apoyados sobre una de las paredes de la tienda.

Ahora que la superficie de la mesa está despejada, salvo por un par de farolillos, miro a mi alrededor, nerviosa y angustiada. Por alguna razón que desconozco, ese espacio tan vacío hace que la atención del comandante me resulte más abrumadora.

En aquella tienda no hay nada que me ayude a distraerme. Quizá el capitán lo haya planeado así.

Osrik se acomoda en la banqueta que hay justo al lado del comandante, aunque me temo que es demasiado pequeña para él. Apuesto a que solo puede apoyar la mitad del trasero. Los miro a los ojos y, aunque no dejo de estrujarme las manos sobre el regazo, me aseguro de ocultarlas bien entre las faldas para que no se percaten de que estoy hecha un manojo de nervios.

Por separado son dos hombres que intimidan y su mera presencia asustaría hasta al guerrero más intrépido, pero ¿juntos? Es como estar rodeada por una manada de lobos salvajes y famélicos.

Rip es la viva imagen de la tranquilidad. Está sentado en su banqueta con la espalda bien recta y los brazos apoyados sobre la mesa. Las púas reflejan la luz de los farolillos. Me escudriña con la mirada y se me pone la piel de gallina.

Tengo que hacer un esfuerzo casi hercúleo para mantener la expresión impasible, para permanecer inmóvil en mi asiento y aparentar calma y serenidad. Aunque, entre los pliegues del vestido, sigo retorciéndome los dedos.

—Bien, has sido la preferida del rey Midas durante los últimos diez años —dice Rip.

Primero miro al comandante y después a Osrik.

—Sí… —respondo, aunque mi voz suena un pelín dubitativa.

—¿Y te gusta?

Pestañeo al oír la pregunta.

—¿Que si me gusta? —repito, y frunzo el ceño en clara señal de confusión. ¿Qué clase de pregunta es esa?

Rip asiente una vez con la cabeza y, de repente, tengo la impresión de que una coraza defensiva se forma a mi alrededor, como si alguien estuviera colocando un ladrillo sobre otro para construir un muro infranqueable.

—Por si todavía no estás al tanto, no pienso traicionar a Midas, así que no trates de sonsacarme información sobre él.

—Osrik ya me ha puesto al día de vuestra conversación —responde Rip, y percibo una pizca de alegría en su expresión—. Pero ahora no estamos hablando de Midas, sino de ti.

Enrosco los dedos entre sí y clavo las uñas en el forro de los guantes.

—¿Por qué?

El comandante ladea la cabeza.

—¿Es que nunca has tenido una charla distendida con alguien, Auren?

Suelto un resoplido cargado de amargura sin darme cuenta.

—No.

Osrik mira a Rip con el rabillo del ojo y, de inmediato, me ruborizo. Tendría que haber medido mis palabras.

—¿Ni siquiera con Midas? —pregunta el comandante.

—Pensaba que no estábamos hablando de Midas —puntualizo con cierto retintín.

Rip baja la cabeza.

—Tienes razón. Nos estamos yendo por las ramas —reconoce, y se acaricia esa barba andrajosa y azabache que le cubre la mandíbula—. ¿La jaula de oro es solo un rumor? ¿O es cierto que vivías encerrada en ella en Alta Campana?

Mis ojos dorados emiten un brillo cegador, un brillo que no tiene nada que ver con el reflejo de la luz del farolillo.

—Sé lo que estás haciendo.

Estira la comisura de los labios en un intento de sonrisa taimada.

—Oh, permíteme que lo dude.

Al oír ese tono de condescendencia, dos de mis cintas se desenrollan de mi cintura, se deslizan con sigilo hasta mi regazo y después se escurren entre mis manos, como si quisieran contenerme y evitar que meta la pata o cometa una estupidez, como abalanzarme sobre la mesa y arrojarle el farolillo a la cara para borrarle esa expresión engreída.

—Qué suspicaz —dice, y chasquea la lengua—. Tan solo estoy tratando de entablar una conversación —añade. La mentira se arrastra por el suelo y se detiene frente a mis pies—. Después de todo, tengo a la famosa preferida del rey Midas aquí, haciéndome compañía. Y siento muchísima curiosidad por saber cosas de ti.

Casi pongo los ojos en blanco. «Ya, claro.»

Con el rabillo del ojo percibo un ligero movimiento; tengo el presentimiento de que van a atacarme por la espalda, pero cuando me doy la vuelta solo veo a un joven que se asoma por la portezuela de la tienda. Va vestido con el mismo uniforme de cuero que el resto de los soldados, salvo que en lugar de ser negro, es de color marrón oscuro.

Entra a toda prisa con una bandeja en la mano. Tiene varios copos de nieve enredados entre su melena castaña.

—Comandante —dice, y agacha la cabeza en señal de respeto.

—Gracias, Palillo. Puedes dejarlo ahí.

—Sí, señor —responde el muchacho, que se apresura en dejar la bandeja sobre el escritorio antes de salir escopeteado de la tienda.

Miro a Rip y después a Osrik.

—¿Vuestro rey obliga a niños a servir en su ejército? —pregunto sin rodeos. Palillo debe de rondar los diez años, y eso si llega.

El comandante, a quien mi tono acusador no parece haberle molestado en lo más mínimo, destapa la bandeja.

—Está agradecido por servir al Cuarto Reino.

—No es más que un crío —repongo.

—Vigila ese tono, mascota —gruñe Osrik, pero el comandante sacude la cabeza.

—No te sulfures, Os. Lo más seguro es que tenga hambre, nada más.

Esa clase de comentarios me saca de quicio. Lo último que me llevé a la boca fue un tazón de gachas de avena. Y eso fue a primera hora de la mañana, así que por supuesto que tengo hambre. Pero me niego a reconocerlo en voz alta y, por descontado, ese no es el motivo por el que estoy enfadada. Odio que la gente se aproveche de la inocencia y buena voluntad de los niños.

—No tengo hambre —miento.

—¿No? —pregunta Rip con tonito burlón—. Qué lástima.

Coge la bandeja y empieza a distribuir la cena en tres raciones distintas. Enseguida me embriaga el delicioso aroma de una sopa bien calentita y sustanciosa, y veo los zarcillos de vapor emergiendo de cada uno de los cuencos. A un lado advierto una barra de pan enorme y tres copas de hierro fundido que espero que estén llenas de vino.

Oh, una copa de vino me vendría de maravilla ahora mismo.

Osrik y el comandante empiezan a cenar. Las cucharas de hojalata rechinan al tocar el cuenco, lo que me pone aún más nerviosa. Observo la escena en silencio, un silencio agonizante. Trato de distraerme, de mirar hacia otro lado, pero no puedo evitarlo. Se me van los ojos. Se me van los ojos cada vez que remueven la sopa, cada vez que se llevan una cucharada de ese manjar a la boca.

121

Estúpida. ¿Por qué he tenido que abrir la bocaza? Tendría que abrirla solo para comer, no para soltar disparates de los que luego pueda arrepentirme.

—Entonces los rumores son ciertos. La jaula existe.

Desvío la mirada hacia su boca, hacia esos labios carnosos que ahora mismo están brillantes y húmedos por el caldo.

—Me pregunto qué tiene de especial para que te guste tanto —continúa Rip, como si quisiera retomar una conversación banal, aunque sé que bajo ese ademán relajado y desenfadado se esconde una curiosidad sin límites.

El hambre empieza a mezclarse con mis nervios, a enredarse con mi rabia. Las cintas se deslizan entre mis dedos y me aprietan con fuerza para asegurarse de que no entre en cólera y monte una escena bochornosa.

—No hace falta que te preguntes nada sobre mí —replico, claramente molesta.

—Ah, lo lamento pero no estoy de acuerdo.

Cada vez que uno de ellos se lleva la cuchara a la boca y saborea esa sopa, me exaspero un poquito más. Sé que se me está agotando la paciencia, pero, cuando Osrik se lleva el cuenco a la boca para engullir los restos de caldo que ya no alcanza a coger con la cuchara, es la gota que colma el vaso.

—Me mantenía a salvo. Eso es lo que tiene de especial.

Rip ladea la cabeza.

—¿A salvo de quién?

—De todo el mundo.

El silencio se estrella contra el muro que nos separa y empieza a filtrarse por cada grieta y recoveco. No sé qué pretende con este absurdo jueguecito y no sé qué repercusión pueden tener mis palabras.

Rip empieza a empujar el tercer cuenco hacia mí, y el rasguño del hierro forjado sobre la madera retumba en esa tienda sumida en un silencio absoluto. La boca se me hace agua.

Lo deja justo delante de mí, y no se me ocurre otra cosa que fulminarle con la mirada.

—Come, Auren.

Estrecho los ojos.

—¿Es una orden, comandante?

Creía que el comandante caería de bruces en mi provocación, pero no podía andar más errada. En lugar de perder los nervios, sacude la cabeza y se lleva la sopa a los labios mientras me observa por encima del borde del cuenco.

—Creo que ya te han dado suficientes órdenes, Jilguero —murmura con un tono tan suave y sedoso que me revuelvo en mi asiento.

La respuesta ha sido como un dardo que se ha clavado en el centro de la diana y, sin darme cuenta, empiezo a agachar la mirada. No entiendo por qué su respuesta me fastidia y me duele tantísimo. ¿Cómo se las ingenia ese hombre para desnudarme de esa manera, para llegar a lo más profundo de mi corazón, para romper mi coraza y derrumbar ese muro de protección que tanto esfuerzo me ha costado construir a mi alrededor?

No me olvido de a quién tengo delante, a quién me estoy enfrentando. Es, sin lugar a dudas, el estratega más astuto del mundo, y precisamente por eso siempre me siento tan confundida y desorientada cuando lo tengo cerca. Es un hombre impredecible y jamás se comporta como uno esperaría.

Aunque me jugaría el pescuezo a que eso también lo tiene calculado.

Para distraerme, cojo el cuenco y me lo acerco a los labios. Tomo un buen sorbo de sopa, dejando la cuchara, y mis buenos modales, a un lado. El exquisito sabor del caldo colma todas mis papilas gustativas. Esa cena calentita y reparadora es como un bálsamo que calma mis nervios y apacigua mi malestar.

—¿Solías cenar con Midas?

Dejo el cuenco sobre la mesa para poderle mirar directamente a los ojos.

123

Otra pregunta. A simple vista, inocente. Y, aunque va dirigida a mí, mi sexto sentido me dice que la intención es otra muy distinta. Quiere sonsacarme información sobre mi rey.

Al ver que no respondo, el comandante Rip coloca la barra de pan delante de él y coge el cuchillo de la bandeja. Con una precisión casi meticulosa, corta tres porciones idénticas y, al clavar el filo dentado en la corteza, enseguida distingo el aroma del romero en el aire.

Alarga el brazo y me ofrece una de las tres porciones. Me entran ganas de rechazar ese trozo de pan porque creo que así voy a mantener mi dignidad intacta, pero tengo demasiada hambre, así que me trago todo ese resentimiento y se lo arranco de los dedos.

El comandante se fija en mis manos.

—¿No preferirías quitarte los guantes para comer?

Me pongo rígida.

—No. Tengo frío.

Rip me observa, los dos me observan, y, aunque estoy hambrienta, siento un retortijón en el estómago. Son los nervios.

Él se lleva su trozo de pan a la boca, y yo imito el movimiento, de manera que los dos le damos un mordisco al mismo tiempo. Osrik, en cambio, se zampa su porción de un solo bocado. Mastica el pan con la boca abierta y haciendo un ruido bastante desagradable. Las migas acaban aterrizando sobre su jubón y él las aparta con aire distraído.

—¿Piensas ignorar y evadir todas mis preguntas? —suelta Rip después de tragarse el bocado de pan.

Mojo el pan en la última cucharada que me queda de sopa e intento que se empape bien de caldo para aprovechar hasta la última gota.

—¿Por qué quieres saber si cenaba en compañía de Midas?

Él apoya un brazo sobre la mesa. Soy incapaz de descifrar esa mirada.

—Tengo mis razones.

Termino lo que me queda de mi porción de pan, aunque estoy tan nerviosa que soy incapaz de saborearlo como me gustaría.

—Ah, claro. Y supongo que esas razones se resumen en conocer su punto débil, ¿me equivoco? Déjame adivinar: estás intentando averiguar cuánto le importo porque quieres saber qué puedes conseguir cuando me entregues a él —digo, e intento lanzarle una mirada igual de misteriosa que la suya—. Estás de suerte, comandante Rip, porque pienso revelarte un secreto. El rey Midas me ama.

—Oh, ya lo veo. Te quiere tanto que te tiene encerrada en una jaula —replica él con tono de mofa.

Ese retintín me saca de quicio y doy un golpe con el cuenco sobre la mesa.

—¡Era yo quien quería estar ahí dentro! —mascullo.

Rip se inclina sobre la mesa, como si se sintiera atraído por mi ira, por mi rencor. Empiezo a plantearme que ese haya sido su objetivo desde el principio, sacarme de mis casillas y ver cómo me desmorono delante de él.

—¿Quieres saber lo que pienso?

—No.

Él ignora mi respuesta.

—Creo que estás mintiendo.

Estoy tan furiosa que no me sorprendería que me saliera humo de las orejas.

—¿Ah, sí? Qué curioso, viniendo de ti.

Y por fin, por fin, ese ademán impasible e imperturbable empieza a desvanecerse. Estrecha esa mirada negra y siniestra.

—Ya que parece que quieres hablar de mentiras, dime algo, comandante, ¿este tipo de aquí, tu mano derecha, sabe lo que eres? ¿Y tu rey, también lo sabe? —le desafío.

Tanto él como Osrik se quedan de piedra.

Miro fijamente a Rip y, para mis adentros, me alegro de haber sido capaz de cambiar el rumbo de la conversación y de haber desviado toda la atención hacia él.

Me da la impresión de que sus púas se doblan. No sé si ese gesto es un reflejo de la rabia y de impotencia que ahora mismo corroen al comandante o si, al hacerlo, pretende asustarme todavía más.

La voz de Rip es un mero susurro. Un susurro áspero. Un susurro ronco. Como las rocas afiladas de un acantilado.

—Si te apetece charlar sobre eso, por mí no hay problema. Por favor —dice, y levanta una mano—, tú primero, Jilguero.

«Mierda.»

Echo un fugaz vistazo a Osrik, pero el tipo sigue petrificado. Ese mastodonte no muestra ninguna clase de emoción, ni siquiera sorpresa.

Sobre mi regazo, las cintas no paran de moverse, de retorcerse. Es por la adrenalina. Sé que es imposible que pueda verlas, pero aun así Rip desliza la mirada hacia el borde de la mesa, tal vez porque sospecha algo, y después me mira de nuevo a los ojos.

Siento que la sopa se agria en mi estómago y noto esa acidez arrastrándose por la garganta.

—Puedes seguir mintiendo como una bellaca, o sincerarte y contarme la verdad. Dime, Auren, ¿qué piensas hacer? —propone con una voz tan melosa que incluso empalaga.

Se me corta la respiración. El aire se me ha quedado atrapado en el pecho, como si fuese una criatura frágil y desvalida que no supiese dónde ir.

La verdad… La verdad es algo muy complicado.

El problema con las verdades es que son como las especias. Si añades una pizca a una receta, puedes enriquecerla y dotarla de matices hasta entonces desconocidos. Pero, si no calculas bien y te pasas, se vuelve incomestible.

Y, por lo visto, mis verdades siempre terminan arruinando la comida.

Sin embargo, me atrevería a decir que casi quiero escupirlas. Soltar todo lo que no he dicho en todo este tiempo. Deshacerme del peso de todos mis secretos. Aunque solo sea para sorprenderle, para pillarle desprevenido y darle de su propia medicina.

Es una opción muy tentadora, igual de tentadora es la luz para las polillas. La promesa de ese rayo de luz me atrae, pero sé que si abro la boca, la verdad acabará quemándome, chamuscándome.

Y por eso cierro el pico.

Rip sonríe con suficiencia y estira la espalda con aire engreído. Sé que se siente victorioso porque ha ganado esta pequeña batalla. No lo soporto. Aunque debo reconocer que me odio un poquito más a mí misma por ser tan cobarde.

—Gracias por la cena —digo, y me pongo en pie. Mi voz no revela ni una sola pizca de emoción.

De repente me siento agotada, consumida. No puedo con mi alma.

Osrik, el observador silencioso, el testigo mudo de esa absurda conversación, hace el gesto de levantarse, y le dedico una mirada desdeñosa.

—No te preocupes, ya encontraré el camino a mi caseta. Eso es lo que hace una mascota obediente, ¿verdad?

Me doy media vuelta y me marcho sin esperar a que el comandante me lo ordene, o me conceda su permiso para retirarme. Por suerte, no intenta detenerme y Osrik se queda donde está.

Por ahora, mis verdades incomestibles siguen guardadas a buen recaudo debajo de mi lengua. Su eterno sabor agridulce permanecerá ahí un tiempo más.

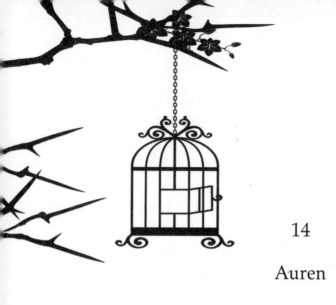

14

Auren

Con la capucha puesta y las manos en los bolsillos, observo a los soldados escondida en un agujero que he encontrado en esa cueva de hielo azulado. No es muy profundo, pero es lo bastante grande para que pueda sentarme dentro y pasar desapercibida.

Es la guarida perfecta porque, además de mantenerme un pelín apartada del resto, me permite ver todo lo que ocurre alrededor de la inmensa hoguera que han encendido en el centro de esta colina hueca.

Los carámbanos que cuelgan del techo no son inmunes al calor de las llamas y ya han empezado a gotear. Sobre el suelo advierto varios charcos, pero a nadie parece importarle. Todos se alegran de pasar la noche lejos de la nieve.

El delicioso aroma que proviene del asador, que lleva un buen rato dando vueltas sobre el fuego, me lleva a pensar que los cazadores han logrado encontrar carne fresca en este páramo helado. Se me hace la boca agua, pero no voy a caer en la tentación, no voy a acercarme. Tendré que conformarme con el cuenco de sopa y el trozo de pan que he cenado.

¿El lado bueno? Al menos he podido llevarme algo a la boca antes de salir de la tienda hecha un basilisco.

La próxima vez seré más paciente y me quedaré ahí dentro hasta que me sirvan una buena copa de vino.

Me acurruco entre esas paredes de hielo resbaladizo y contemplo con atención a todo el mundo. Debo admitir que siento curiosidad por esos soldados, así que me fijo en todo lo que hacen para comprobar si cometen algún fallo y examino sus interacciones. Después de oír a Rip jactarse de la lealtad de sus tropas, necesito comprobarlo con mis propios ojos. Eso sí, prefiero hacerlo desde lejos.

Supongo que no es de extrañar después de haberme pasado los diez últimos años de mi vida encerrada y aislada del mundo entero. Aunque mi pasado fue desafortunado, incluso tortuoso en varios momentos, anhelo poder tener una charla distendida y compartir anécdotas con otra gente además de Midas. Aun así, reconozco que cuando estoy rodeada de muchas personas sin la protección que me brindaba mi jaula dorada, me pongo un pelín nerviosa. Uno no puede fiarse de nadie.

Y menos de los soldados del Cuarto Reino. Según tengo entendido, son los más vengativos, más malvados y más letales de toda Orea.

Llevo un buen rato estudiándolos y, si debo ser sincera, no encajan en absoluto con esa descripción. Los rumores aseguran que son bárbaros sanguinarios, que tienen un corazón podrido y un alma depravada, pero a mí no me lo parece. Son hombres de carne y hueso, nada más. Sí, forman parte de un ejército enemigo, pero no son monstruos. O al menos yo no he visto ninguno de momento.

Y Rip...

Cierro los ojos y me abrazo las rodillas contra el pecho. Ojalá pudiera decir que me acurruco en esa pequeña grieta para entrar en calor, pero el verdadero motivo es otro. Me hago un ovillo para tratar de no derrumbarme y de mantener la entereza.

En el momento en que el comandante Rip puso un pie en el barco pirata y apareció en mi vida, el eje que sostenía mi mundo se torció. Cada vez que me cruzo con él, ese eje se dobla un poquito más.

Rip es astuto. Sé que cada vez que entabla una conversación conmigo intenta desestabilizarme, confundirme. Quiere manipularme para que me vuelva en contra de Midas.

Soy consciente de sus maquiavélicas estratagemas pero, aun así, ha logrado sembrar la duda de la sospecha. Es como una sombra en el suelo que, a medida que se va poniendo el sol, se va haciendo más y más grande.

Ahora mismo estoy aturdida, desconcertada, abrumada. Y, sobre todo, agotada. Demasiadas emociones, demasiados pensamientos, demasiadas dudas y demasiadas complicaciones. Lo más seguro es que esto sea exactamente lo que pretende Rip. Me fastidia pensar que le estoy siguiendo el juego, que he mordido ese anzuelo envenenado y por eso mi mente no deja de dar vueltas en una espiral agonizante y sin fin.

Me quedo ahí sentada unos minutos más, hasta que por fin logro serenarme y respirar con normalidad. En silencio, me doy un discursito motivador para recordarme que no puedo bajar la guardia, que no puedo dejar que mi coraza se desmorone.

En ese instante reparo en que ha empezado a nevar con fuerza y que los copos de nieve que caen de ese cielo sin estrellas son del tamaño de una avellana.

Echo un último vistazo a los soldados que están apiñados alrededor de la hoguera antes de escabullirme de mi escondite. Me ajusto el abrigo a mi alrededor y entierro las manos debajo de los brazos para evitar que se me congelen. Todavía me duele un poco el costado y mi mejilla sigue un pelín hinchada. Sé que el frío es un buen remedio para aliviar el dolor, así que doy las gracias por ello, a pesar de que tengo el resto del cuerpo entumecido, como adormecido.

Aunque, pensándolo mejor, quizá no tenga nada que ver con el frío.

No me quedo merodeando alrededor de la hoguera, sino que me dirijo hacia el carruaje porque intuyo que mi tienda no andará muy lejos. Lo único que me apetece es recostarme en el camastro, cerrar los ojos y dormir, pero no puedo. Todavía no.

No debo olvidar con quién estoy. No puedo despistarme ni un solo segundo porque, si lo hago, Rip aprovechará la ocasión para humillarme, para mortificarme.

Avanzo con paso firme y decidido hacia el campamento.

Las tiendas por las que paso parecen retales de cuero cosidos sobre la nieve y cada pisada se confunde con una puntada. Han reunido a los caballos en un establo improvisado y, aunque tienen el hocico metido en balas de heno, advierto las nubecillas de vaho que salen despedidas de su nariz. Han levantado una tienda que más bien parece una lavandería, pues los soldados que se encuentran ahí están frotando uniformes manchados de barro y untando betún negro sobre una colección de botas llenas de arañazos.

Aparte de un par de miradas de refilón, nadie parece prestarme la más mínima atención. Sigo avanzando por el campamento con la mirada clavada al frente. A pesar de llevar la capucha puesta, tengo la cara congelada. La nieve ya ha empezado a cuajar sobre la punta de las tiendas, empapando así la tela y cubriendo el aire con el inconfundible olor a cuero húmedo.

He descubierto que la mente humana tiende a hilar ciertos olores con ciertos recuerdos, de forma que, cuando percibes una esencia en concreto, los hilos se tensan y desentierran un recuerdo. Son como barcos que los marineros arrastran hasta el muelle, obligados a balancearse sobre un mar de sentimientos. Por desgracia para mí, el aroma a cuero húmedo no está amarrado a un bonito recuerdo.

Cuero húmedo. Ese cuero no estaba empapado por la nieve, sino por la saliva de mi boca y había absorbido mi voz, mi aliento. Eran tiras de piel que solo el Divino sabía de dónde habían salido. Estaba demasiado asustada como para escupirlas.

131

¿Ese recuerdo va a hilvanarse con la imagen que estoy viendo ahora mismo? ¿El olor a cuero húmedo ya no me recordará a esa asquerosa mordaza, sino a las tiendas del ejército del Cuarto Reino cubiertas de nieve?

Las ideas se arremolinan en mi mente y, en un abrir y cerrar de ojos, se desvanecen.

«El rey Midas me ama.»

«Oh, ya lo veo. Te quiere tanto que te tiene encerrada en una jaula.»

Frunzo el ceño, pero enseguida destierro las palabras de Rip de mi cabeza.

Pretende sembrar la discordia, abrir una brecha en mi relación con Midas. En ningún momento quiere charlar conmigo, mantener una conversación amigable o anodina. Es un estratega. Un estratega enemigo que trata de engañarme para conseguir que cambie de bando, para conseguir sonsacarme información sobre mi rey.

Y por ese motivo necesito encontrar un halcón mensajero lo antes posible. Solo así podré enviar un mensaje a Midas y alertarle del peligro que se avecina. Y entonces Rip se dará cuenta de una vez por todas de que mi lealtad hacia Midas es más sólida e inquebrantable que los muros de un castillo. Da lo mismo lo respetuoso y atento que finja ser conmigo, tengo que recordar la verdad.

—Es un cabrón arrogante y retorcido —murmuro entre dientes.

—Espero que no estés hablando de mí, milady.

Casi me da un infarto. Me vuelvo hacia la izquierda y veo que es Hojat. Está de perfil, removiendo una cazuela que ha colocado sobre una pequeña hoguera. Esta noche, la mitad de la cara que tiene marcada con esa enorme cicatriz parece de un rosa más intenso, como si el frío le irritara la piel de esa zona.

Me sorprende que ningún otro soldado se haya sentado alrededor del fuego para entrar en calor, pero, en cuanto me llega el tufillo de lo que sea que está cocinando en esa cazuela, entiendo por qué.

Me tapo la nariz y la boca con una mano para no vomitar.

—Por el amor del Divino, ¿qué es eso?

Hojat no levanta la vista del apestoso mejunje.

—Ajenjo, arañuela, cartílago de ganado y alguna que otra cosa más.

Arrugo la nariz.

—Huele... —Enmudezco cuando me doy cuenta de que me mira de reojo—. Ejem... Huele a picante, a acre —digo al fin, evitando así decir en voz alta lo que realmente pienso. «Horroroso. Asqueroso. Rancio. Podrido.»

No me explico cómo es capaz de aguantar tanto rato ahí, con ese hedor pestilente tan cerca de la cara.

—¿En serio? Quizá sea el trocito de intestino hervido que he añadido. El olor suele ser muy fuerte.

Esta vez no puedo controlar las náuseas y siento una arcada en la parte posterior de la lengua que parece quedarse atascada en mi garganta. Trago saliva e intento apartar los ojos de la cazuela.

—Por cierto, ¿por qué estás haciendo eso?

—Estoy probando un nuevo preparado para tratar dolores y achaques —explica, y, de repente, se pone derecho y por fin nos miramos cara a cara. Advierto un brillo especial en el ojo caído y deforme—. ¿Te gustaría ser la primera paciente en probarlo?

Abro la boca, incrédula.

—¿Pretendes que alguien se beba eso? —pregunto horrorizada.

—Por supuesto que no, milady. Voy a hervirlo hasta conseguir una textura de pomada. Será un ungüento tópico.

Ni siquiera puedo pestañear; estoy demasiado ocupada imaginándome al sanador toqueteando cartílagos hervidos e intestinos. Si mi piel no fuese de oro, estoy segura de que se habría teñido de verde.

133

Hojat continúa mirándome con ojos expectantes y es entonces cuando caigo en la cuenta de que está esperando a que le dé una respuesta.

—Oh, ejem, ¿quizá la próxima vez?

Su expresión se vuelve de profunda decepción, pero asiente con la cabeza.

—Por supuesto, milady. Veo que tu labio ha mejorado mucho.

Acaricio el corte con la yema de los dedos. No recuerdo la última vez que me miré en un espejo y, a decir verdad, prefiero que siga siendo así.

—Una lástima que no pueda decir lo mismo de tu mejilla —comenta con tono de broma, marcando aún más su acento sureño—. No aplicaste frío, tal y como te aconsejé, ¿verdad?

—Sí… —digo, tratando de no sonar muy culpable—. Durante un par de minutos.

El sanador resopla, sacude la cabeza y tuerce la comisura de los labios, fingiendo enojo y disgusto.

—Siempre me ignoran cuando les sugiero que apliquen frío sobre una lesión o picadura —farfulla en voz baja.

—Esta noche lo haré, te lo prometo —me apresuro a decir.

—Sí, claro —murmura, y pone los ojos en blanco, como si no se creyera ni una sola palabra de lo que acabo de decir—. Si quieres, puedo prepararte otro tónico para aliviar el dolor. Solo tendrías que dejarme echar un vistazo a las costillas…

Me pongo tensa de inmediato.

—No, gracias.

Hojat suspira.

—¿Qué os pasa a los vecinos de Alta Campana? ¿Por qué sois tan desconfiados?

«Los vecinos de Alta Campana. Ha visto a los demás.»

Tengo que hacer un tremendo esfuerzo para no ponerme a dar saltos de alegría.

—¿Cómo puedes reprochárnoslo? Somos prisioneros del ejército del Cuarto Reino.

—Todos somos prisioneros de algo, incluso de cosas que nos negamos a admitir.

Arrugo la frente al oír esa respuesta, pero ahora no tengo tiempo de analizar el significado.

—De hecho, ahora me disponía a hacerles una visita. Podría echarte una mano y tratar de convencerles de que acepten los remedios y tratamientos que les aconsejas. ¿Me acompañas? —propongo.

Es una mentira pésima. Lo sé y, a juzgar por cómo me mira, él también.

—¿Te permiten verlos? —pregunta un tanto dubitativo.

—Sí, sí —respondo enseguida.

No he debido de sonar muy convincente porque Hojat empieza a negar con la cabeza.

—Si quieres ver a los demás, lo primero que debes hacer es pedir permiso al comandante.

Se me escapa un bufido cargado de impotencia que, al colarse entre mis dientes, suena como el siseo de una serpiente.

—Por favor —insisto, pero esta vez con tono suplicante—. No pretendo causar ningún problema, te lo prometo. Solo quiero asegurarme de que están todos bien. Como buen sanador que eres, estoy segura de que me entiendes, ¿verdad que sí?

Sé que es un golpe bajo para Hojat, que acabo de tocarle la fibra sensible, pero a veces los golpes bajos dan buenos resultados.

Hojat me mira con expresión vacilante y compasiva y, durante un instante, creo que he logrado persuadirle, que mi estrategia ha funcionado. Pero entonces sacude la cabeza de nuevo.

—No puedo hacerlo, milady. Lo siento mucho.

—Yo la llevaré.

Los dos damos un respingo. Una soldado ha aparecido como por arte de magia justo a nuestro lado, como si hubiera estado agazapada entre las sombras y hubiese emergido de repente.

135

Ver a una mujer soldado me deja tan anonadada y tan perpleja que me quedo mirándola boquiabierta y con los ojos como platos varios segundos. Va ataviada con el uniforme de cuero marrón y negro, lleva una espada colgada de la cadera y nos observa con una expresión arrogante y engreída.

Tiene una tez tersa y lisa, de un hermoso color ocre oscuro y las mejillas ligeramente sonrosadas. Aunque se ha rapado la melena, salta a la vista que tiene el pelo color ébano. No puedo evitar fijarme en los delicados diseños que adornan el cuero cabelludo y que, con toda seguridad, ha trazado con una hoja de afeitar. Al principio me parecen pétalos, pero después entrecierro los ojos y me doy cuenta de que en realidad son dibujos de afilados puñales que se ha afeitado alrededor de la cabeza como si fuese una corona, con las puntas hacia arriba.

—¿Quién eres? —pregunto, y desvío la mirada hacia el diminuto pendiente que tiene en el labio, una esquirla de madera que encaja a la perfección en el arco de cupido de la soldado. Distingo el brillo carmesí de una minúscula piedra preciosa en la punta.

La soldado hace oídos sordos a mi pregunta. Toda su atención está puesta en Hojat.

—Deberías ir a por tu ración de cena antes de que todos esos capullos se zampen hasta la última migaja de pan, sanador.

La parte izquierda de su boca se retuerce en un intento de sonrisa, aunque se asemeja más a una mueca de dolor.

—No tardaré en ir. Tengo que seguir removiendo la preparación unos cinco minutos antes de dejar que se enfríe por completo —explica, y nos mira a las dos con cierta inquietud—. ¿Seguro que puedes acompañar a milady?

Hojat se empeña en dirigirse a mí como milady, pero nunca lo hace con retintín. De hecho, en ningún momento me ha tratado como a una prisionera. Reconozco que es imposible odiar a Hojat, sobre todo en momentos como este.

La soldado esboza una sonrisa de superioridad.

—Quédate tranquilo, sanador, me las arreglaré. Creo que podré escoltar a nuestra prisionera dorada hasta sus compañeros.

Hojat vacila.

—El comandante…

—No te preocupes —le interrumpe ella, y luego le da una palmadita en la espalda—. Que tengas buena suerte con tu preparación, sanador.

Hojat me lanza una miradita indescifrable, pero enseguida se vuelve hacia su cazuela para seguir removiendo el mejunje que ha ideado. Los ojos le hacen chiribitas, como si fuese lo más interesante que jamás ha visto. Hay algo que me atormenta, que me desasosiega. Estoy intranquila, como cuando sabes que se te ha metido un bicho entre las sábanas pero no consigues encontrarlo.

La mujer me da un buen repaso de pies a cabeza.

—Veamos qué tal están tus monturas. ¿Lista?

Miro a Hojat con el rabillo del ojo, pero el sanador nos ignora por completo.

Me aclaro la garganta y digo:

—Lista.

La sigo sin pensármelo dos veces, aunque sé que debo ir con pies de plomo. Tal vez sea peligroso, pero necesito saber que todas están sanas y salvas. Además, si la soldado no fuese de fiar Hojat me lo habría advertido…

¿Verdad?

15

Auren

$\mathcal{L}$a soldado se mueve como un pajarillo.

Sus pasos son ligeros, ágiles, sigilosos. En ningún momento da un pisotón sobre la nieve o arrastra los pies por el cansancio. No camina como el resto de los soldados. Ella parece levitar sobre el suelo y se desliza sobre ese manto de nieve con una elegancia y sutileza que me parecen increíbles. Yo, por mi parte, lo único que puedo hacer es intentar no resbalarme y caerme de bruces.

Me lleva en dirección contraria a la que creía que estaría mi tienda. Nos alejamos de la hoguera que hay en el centro de la cueva y que en estos momentos está abarrotada de soldados. Aunque no consigo pillarla mirándome, sé que lo hace, porque noto un hormigueo en el cuello, justo en la parte izquierda. Estoy convencida de que, en silencio, está tratando de tomarme la medida.

Esa observación tan escrupulosa y silenciosa me perturba, me inquieta. Aprieto los labios para no hablar. Espera a que nadie pueda oírnos para, al fin, dirigirme la palabra.

—Así que tú eres la famosa mujer de oro de la que todo el mundo habla.

—A menos que tengáis a otra escondida en vuestro alijo, sí.

La soldado resopla, aunque no sé si porque mi respuesta le ha irritado o, por el contrario, le ha divertido. Ojalá sea la segunda opción.

Nos acercamos a una hoguera bastante pequeña. Allí se ha reunido un grupo de unos treinta soldados más o menos y, de golpe y porrazo, gira hacia la izquierda y se esconde detrás de un montón de leña. Ese repentino cambio de rumbo hace que me tropiece, pero logro mantener el equilibrio.

Nos adentramos por un pasillo y, a lo lejos, distingo la silueta de varios soldados. Una vez más, dobla una esquina sin previo aviso y nos escurrimos entre unas tiendas atestadas de soldados.

Nos escabullimos por un sendero más apartado, más solitario. Tengo un mal presentimiento y, de inmediato, se me pone la piel de gallina.

—Me estás llevando a ver a las monturas… ¿Verdad?

—Eso he dicho, ¿no?

En fin, no es la respuesta que esperaba oír.

Cada vez que nos cruzamos con otro soldado, ella cambia de dirección. Después de dar tantos tumbos, estoy totalmente desorientada. Me preocupa que se esfuerce tanto por pasar desapercibida, por mantenernos en la más absoluta clandestinidad. Empiezo a marearme, a sentir náuseas. O la soldado sabía que el comandante jamás me habría permitido ver a las monturas y se está saltando las normas y, por lo tanto, se está jugando el pellejo por hacerme el favor, o…

«Oh, por el gran Divino. Va a asesinarme.»

Cada cambio brusco de dirección, cada giro inesperado que damos para esquivar a los soldados que merodean por ahí, me lleva a pensar que es la segunda opción.

«Gracias, Hojat.» Una lástima porque el sanador del ejército que no le hace ascos a los intestinos hervidos había empezado a caerme bastante bien.

Mis cintas tiritan de nervios bajo el abrigo, y justo cuando

139

estoy a punto de darme media vuelta y echar a correr, la soldado da una palmada.

—¡Sí!

Freno en seco y veo que ella sale disparada hacia una de las
tiendas. Después se agacha y se esconde junto a un barril de
madera que hay justo delante de la tienda.

Al percatarse de que me he quedado petrificada a varios
metros de distancia, me mira con cierta impaciencia.

—¿Qué estás haciendo ahí? Date prisa y ven a ayudarme
con esto.

Aunque estoy desconcertada, pestañeo varias veces y obe-
dezco sin rechistar. Su mirada es tan intimidatoria que no me
atrevería a llevarle la contraria. Me detengo frente al barril.

—¿Qué quieres que haga?

Ella pone los ojos en blanco.

—¿Tú qué crees? Agarra esto, anda —dice, y, sin darme
más indicaciones, empuja el barril, que cae en mis manos una
milésima de segundo después.

Ese dichoso barril pesa un quintal y, cuando lo agarro, dejo
escapar un grito de sorpresa. Por poco se me cae al suelo, suerte que entonces ella lo coge por la parte de abajo y lo levanta,
equilibrando así el peso.

Nos ponemos de pie, barril en mano, y el líquido que contiene en su interior se balancea por el movimiento.

—Venga, Ricitos Dorados. Vamos a mover un poco las piernas —dice, y un instante más tarde volvemos a escurrirnos por
ese angosto sendero, solo que esta vez con un barril a cuestas.

—¿Qué hay dentro de este maldito barril? —pregunto
apretando los dientes y haciendo malabarismos para no caerme.

—Es mío —responde ella con altanería.

—De acuerdo… ¿Y se puede saber por qué estamos cargan-
do con él?

—Porque esos cabrones del flanco izquierdo lo robaron del
flanco derecho. Lo único que he hecho es recuperarlo.

El líquido se bambolea de un lado para otro, al ritmo de nuestros pasos. Pese a llevar guantes, noto la aspereza y rugosidad de la madera en los dedos.

—¿Y tú perteneces al flanco derecho? —pregunto, aunque imagino la respuesta.

—Sí. A ver, levanta un poco más tu lado. No me obligues a hacer todo el trabajo a mí sola.

Quiero arrojarle una miradita asesina por encima del barril pero, cuando me pongo de puntillas para hacerlo, patino y por poco me voy al suelo. Mi escolta me está obligando a robar, a cometer un delito. Algo que, por cierto, no es lo más sensato teniendo en cuenta que aquí ya soy una prisionera.

¿El lado bueno? Al menos no parece que vaya a matarme. Tan solo soy la cómplice de un crimen.

La soldado sujeta con fuerza el barril y sigue andando con paso firme.

—Y dime, ¿te dolió?

Frunzo el ceño, confundida, y respiro hondo para tratar de disimular que estoy jadeando.

—¿El qué?

De pronto, gira hacia la derecha y me hace pasar entre dos tiendas que están tan juntas que casi se tocan.

—Todos los habitantes de Orea han oído hablar de ti. No sabía si eran sandeces, rumores que se inventa la gente para entretenerse, o si eras una mujer como cualquier otra que se dedicaba a pintarse la piel de dorado cada mañana. Pero ahora que te tengo delante me doy cuenta de que eres real. Y me gustaría saber si cuando el rey Midas te tocó y te convirtió en... esto te dolió —dice, y me mira de arriba abajo con una mirada inquisitiva.

La pregunta me deja bastante desconcertada. Estoy tan sorprendida que por un segundo me olvido de que estoy sujetando un barril de unos cincuenta quilos por lo menos. Si no he entendido mal, quiere saber si el proceso de convertirme en oro me dolió.

Es la primera vez que alguien me plantea esa pregunta.

Me han hecho toda clase de preguntas, por supuesto. Preguntas descaradas. Preguntas que jamás osarían hacerme si me consideraran una mujer que merece un mínimo de respeto y trato decente.

Puesto que Midas me ha convertido en su símbolo, todos se creen con derecho a preguntarme cualquier cosa para saciar su curiosidad. Los rumores y chismorreos han borrado todo rastro de humanidad en mi persona, y puesto que me ven como un personaje de fábula ni siquiera se abochornan cuando me hacen preguntas ofensivas y totalmente fuera de lugar.

Pero este caso es diferente. Es evidente que mi cuerpo de oro suscita toda clase de dudas, y esta soldado quiere saber qué significó para mí.

En ese instante me percato de que está esperando una respuesta, de que el silencio que se ha instalado entre nosotras se ha ido extendiendo como una sombra.

142

Me aclaro la garganta.

—No. No me dolió.

Ella se queda pensativa. La empuñadura de su espada golpea la madera del barril cada vez que da un paso.

—¿Te saca de quicio que allá donde vayas todo el mundo te mire, te observe?

Otra pregunta que jamás me habían hecho. Aunque esta vez no me quedo callada, sino que respondo de inmediato.

—Sí.

La palabra sale de mi boca como una estampida, involuntaria, inmediata, impredecible.

Siempre que Midas me mostraba en público para presumir de mí, ya fuese en el salón del trono a rebosar de juerguistas o en un desayuno íntimo preparado para impresionar a sus invitados, siempre ocurría lo mismo. La gente me miraba con los ojos como platos, sin pestañear. Después cuchicheaba y empezaba a esparcir rumores. Y, por último, me juzgaba.

Por eso conocer a Sail fue como inspirar una bocanada de aire fresco. Nunca me hizo preguntas comprometidas sobre mi piel, o mi pelo, o mis uñas. Tampoco me miraba boquiabierto o me trataba como un adorno dorado sin sentimientos. Él… me veía como una persona y siempre me trató como a una amiga. Sé que es algo muy simple y banal, pero, para mí, significó muchísimo.

Sail falleció y yo… Yo estoy aquí. Con una mujer que no conozco de nada. Lo único que sé de ella es que a Hojat le asusta un poco y que en su tiempo libre le gusta robar barriles.

A juzgar por los músculos que asoman por debajo de ese uniforme de cuero negro y la confianza con que agarra la empuñadura de la espada, parece una guerrera.

La estudio durante unos segundos, pero estoy agotada. Me queman los brazos y me flaquean las fuerzas.

—No aguantaré mucho más. Pesa demasiado —aviso.

Chasquea la lengua.

—Tienes que empezar a ejercitar esos brazos, tesoro —dice, y después señala un círculo de tiendas con la barbilla—. Es justo ahí.

Me conduce hasta una de ellas y, con sumo cuidado, dejamos el dichoso barril en el suelo. Cuando por fin soltamos el barril de las narices, ella dibuja una sonrisa de satisfacción de oreja a oreja. Yo, en cambio, hago una mueca de dolor y sacudo los brazos y las manos para intentar recuperar la sensibilidad.

Se cuela en la tienda y unos segundos después sale con un montón de pieles que arroja sobre el barril de cualquier manera.

—Ya está.

Echo un vistazo al barril y arqueo una ceja. «Menuda chapuza», pienso para mis adentros.

—No lo has escondido muy bien que digamos.

La soldado se encoge de hombros.

—Ah, ya servirá. Anda, ven —dice. Entonces se mete en la

143

tienda y sale con una copa de hierro forjado. Se arrodilla sobre la nieve, desliza la mano bajo la montaña de pieles y veo que palpa la parte inferior del barril hasta encontrar una especie de llave que gira. Oigo el inconfundible sonido de algo líquido.

Después se levanta, toma un buen sorbo antes de ofrecerme lo que queda en la copa.

Contemplo ese líquido granate y abro tanto los ojos que parece que vayan a salírseme de las cuencas.

—¿Es...?

—Vino. Los viñedos del Cuarto Reino son únicos.

Le arrebato la copa de las manos antes de que haya terminado la explicación y la vacío en un par de sorbos ávidos, ansiosos. Es un vino dulce, con notas picantes, con cuerpo, e intenso pero a la vez refrescante. Quizá hablo en nombre de mi síndrome de abstinencia, pero creo que es el mejor vino que jamás he probado.

Suelto un gruñido de satisfacción y me seco los labios con la manga del abrigo.

—Por el gran Divino, es un vino exquisito.

La soldado no se molesta en disimular una sonrisita de suficiencia.

—Lo siento.

Cuando me quita la copa y la arroja al interior de su tienda, tengo que hacer un esfuerzo tremendo para no hacer pucheros y suplicarle de rodillas que me sirva otra copa. Echaba tanto de menos una copa de un buen vino...

—Está bien, ahora te llevaré a ver a tus monturas. Pero ¿este asuntillo del barril? No has visto nada —me dice con tono serio y severo, y me señala con un dedo acusador—. No estoy de broma.

—Con el vino no se bromea —contesto.

—Bien. Vamos.

Tal vez sea porque tengo el paladar empapado de alcohol, pero lo cierto es que estoy mucho más tranquila y sosegada.

—Así que… eres soldado.

—Qué perspicaz. ¿Cómo te has dado cuenta? —responde con indiferencia.

—¿El rey Ravinger siempre ha permitido que las mujeres se alisten a su ejército?

Ella se vuelve y me lanza una mirada asesina. A pesar de la oscuridad nocturna, su mirada reluce en la negrura.

—¿Permitido? ¿Como si nos estuviera haciendo un favor a las mujeres?

—No, es solo que…

—Tiene suerte de poder contar con mujeres entre sus filas —espeta, sin tan siquiera darme la oportunidad de explicarme—. Todos los reinos de Orea deberían valorar a las mujeres, pero no lo hacen. Y por eso el Cuarto Reino siempre estará por encima de los demás.

Por la apasionada vehemencia de su voz intuyo que no es la primera vez que mantiene esta conversación con alguien.

145

—Lo siento —murmuro, con la esperanza de que la disculpa sirva para que se calme un poco—. Me ha sorprendido, eso es todo. Nunca había oído que los ejércitos de otros reinos aceptaran a mujeres como soldados.

Ella asiente con la cabeza mientras bordeamos una hilera de cubos que hay en el suelo.

—Ya te lo he dicho, el ejército del Cuarto Reino está por encima de los demás.

Deslizo las manos en los bolsillos del abrigo.

—¿Y los hombres…? ¿Abusan de las mujeres que sirven en el ejército?

—Supongo que lo que realmente quieres saber es si follan con nosotras.

—Sí.

Se encoge de hombros.

—A ver, siempre conoces al típico capullo machista que se cree mejor que cualquier mujer —empieza—, pero no es lo que imaginas. Ningún soldado de este ejército se atrevería a violar a una de las mujeres.

—¿En serio? —pregunto algo dubitativa.

—Por supuesto —responde ella con tal seguridad que despeja todas mis dudas—. El comandante le arrancaría la cabeza a cualquiera que hiciera algo tan deshonroso y depravado. Pero, además, este ejército es un clan. Es cierto que pasamos calamidades durante la formación y adiestramiento militar, pero todo el mundo aquí se ha ganado su puesto, ya tenga verga o vagina. Servir al ejército del Cuarto Reino y seguir las órdenes del comandante es un gran honor para nosotros, y nadie se lo tomaría en broma.

Habla de Rip como si fuese un héroe y acaba de asegurar que servir en su ejército es un inmenso honor. Es evidente que le respeta, le venera y le admira. De hecho, suena casi como una fanática.

146 Nunca habría imaginado a Rip o al rey Ravinger defendiendo la igualdad de género, luchando por la inclusión de las mujeres en todos los sectores profesionales. Midas jamás aceptaría que una mujer se alistara en su ejército.

En ese preciso instante me lanza una mirada cómplice, como si me hubiese leído la mente, y se pasa una mano por la cabeza para quitarse los copos de nieve que se han quedado entre su pelo rapado.

—La verdad es que no me extraña que la idea te haya parecido tan descabellada. Tu Rey Dorado quiere que las mujeres sean monturas, no que se sienten en una y luchen en el campo de batalla.

Prefiero no responder porque, para qué engañarnos, no puedo defenderle. Tiene razón.

—¿Cómo te llamas? —pregunto. Ahora que hemos robado un barril juntas, creo que es lo mínimo que debería saber.

—Lu —responde ella.

—¿Lu a secas?

—Talula Gallerin, pero si me llamas Talula, te juro que te patearé ese culo de oro, Ricitos Dorados.

Retuerzo los labios.

—Gracias por la advertencia. Oh, yo me llamo Auren.

—¿Auren a secas? —replica ella con tono irónico—. ¿No tienes apellido?

Me encojo de hombros.

—No tengo familia.

Lu enmudece al oír esa respuesta. La familia que me vio nacer hace tiempo que se desvaneció de la faz de Orea. Ojalá hubiese sabido que, después de esa fatídica noche, jamás volvería a verlos. Habría abrazado a mi padre un poquito más fuerte. Habría enterrado la nariz en la cabellera de mi madre mientras ella me acunaba entre sus brazos, y habría tratado de grabar su perfume a fuego en mi memoria.

Es curioso que haya olvidado su aroma y, sin embargo, recuerde a la perfección el sabor del caramelo de miel que me regaló esa noche. Sabía que eran mis favoritos, y fue una estrategia magistral para convencerme de que no era momento de acobardarse, sino de ser valiente.

Recuerdo palparlo en el bolsillo de mi camisón y de cómo se fue ablandando entre mis dedos, sudorosos y temblorosos. Si cierro los ojos, puedo rememorar su sabor, una explosión de intensidad chiclosa que se fundía en mi lengua y se entremezclaba con la sal de mis lágrimas.

Un caramelo pequeño y dulce para sobrevivir a una noche oscura y siniestra.

Destierro ese recuerdo de mi mente. Lo arrugo como aquella noche arrugué el envoltorio de papel del caramelo y lo guardé en lo más profundo de mi bolsillo.

Lu me lleva hasta una tienda bastante grande y nos detenemos justo enfrente. Fuera de la tienda nos encontramos con dos soldados; están sentados en una banqueta, junto a una pequeña hoguera. Las llamas les iluminan el rostro con un resplandor

147

anaranjado. Están entretenidos con una especie de juego, pues veo que tiran dados de madera después de agitarlos en el puño.

Al oírnos llegar, se vuelven. Me miran con los ojos como platos.

—¿Qué...?

Pero la pregunta queda suspendida en el aire cuando caen en la cuenta de que vengo con Lu.

El otro soldado suelta una sarta de improperios entre dientes y, de inmediato, se ponen de pie de un brinco y se cuadran.

—Capitán —dice el de la izquierda, y asiente con la cabeza. Su compañero escupe el cigarrillo que tenía en la boca, que al aterrizar sobre la nieve sisea como una serpiente enfadada.

—Buenas noches, caballeros —saluda ella con tono alegre—. Aquí a Ricitos Dorados le gustaría ver a las monturas.

Los soldados intercambian una mirada de incredulidad.

—Ejem...

148

Igual que ha hecho antes con Hojat, Lu esboza una enorme sonrisa y les da una palmadita en la espalda, atajando así cualquier clase de protesta.

—Solo serán cinco minutos.

Ni corta ni perezosa, Lu se acomoda en una de las banquetas y recoge el cigarrillo del suelo. Todavía humea un poco, pero igualmente lo acerca a la hoguera para volverlo a encender.

Lo coloca entre los labios, le da una calada y después mira a los soldados con una ceja arqueada.

—¿Y bien? A ver, ¿pensáis quedaros ahí quietos como dos pasmarotes? Os estoy esperando para echar una partida a los dados.

Los soldados se quedan perplejos, sin saber muy bien qué hacer, pero cuando Lu chasquea los dedos, salen disparados hacia la otra banqueta.

Primero Hojat se muestra un pelín incómodo e inquieto ante la presencia de Lu, y ahora estos soldados se dirigen a ella como capitán. Es evidente que no es una soldado raso, sino que tiene cierto estatus. Interesante.

Lu sonríe, satisfecha, y después me guiña el ojo en un gesto conspiratorio.

—Cinco minutos, tesoro. Ah, y ni se te ocurra intentar hacer ninguna estupidez. Porque no serías la única que se metería en un buen lío, nos entendemos, ¿verdad?

Asiento lentamente con la cabeza.

—Nos entendemos.

—Bien. Porque, si haces algo que desautorice su captura, no te irás de rositas. Habrá consecuencias, y tendrás que asumirlas —me advierte.

No me cabe la menor duda. Estoy segura de que aquí los errores se pagan, y con creces.

16

Auren

*N*o me quedo merodeando alrededor de la tienda durante mucho tiempo porque temo que, si lo hago, me invada el miedo y me eche atrás. Sé que, si me lo pienso mucho, terminaré dando media vuelta y pidiéndole a Lu que me deje jugar con ellos a los dados en lugar de enfrentarme a las monturas.

El problema es que no tengo ni la menor idea de qué voy a encontrarme y tengo un mal presentimiento. Algo me dice que me estoy jugando el pellejo para nada, porque las monturas no van a valorar el riesgo que estoy asumiendo por acercarme a verlas y, mucho menos, van a agradecérmelo.

Agarro una esquina de la portezuela de cuero, la levanto y entro en la tienda.

En cuanto la vista se ajusta a la penumbra que reina ahí dentro, hago un recuento mental. Confirmo que hay doce personas, el número de monturas que se embarcaron en esta travesía, y suspiro aliviada.

Aunque me quedo plantada en la entrada de la tienda y el frío se cuela por la portezuela, ninguna de las monturas se percata de mi presencia. Están enfrascadas en una tremenda discusión.

Hay montañas de pieles por todas partes, farolillos parpadeantes colgados en cada uno de los postes que sujetan la tela de la tienda y varias bandejas con raciones de comida tiradas en el suelo, olvidadas. El tamaño de la tienda es considerable pero una vez dentro parece diminuto con tanta gente ahí metida. Además, el ambiente es irrespirable porque no dejan de lanzarse reproches y de pelearse las unas con las otras.

Desvío la mirada hacia la montura que está desgañitándose, gritando como una histérica. Ahí está Mist, la montura de melena azabache, discutiendo con Gia, una montura joven y menudita con rasgos que me recuerdan a los de un duende. Están frente a frente, las dos de brazos cruzados, lanzándose miraditas cargadas de odio y desdén.

—¡Por el gran Divino, me has roto el maldito vestido! —gruñe Gia, que tiene la manga del corpiño hecha trizas.

Mist se encoge de hombros.

—Te advertí que no estiraras ese par de alambres que tienes como piernas en mi lado.

—Estiraré las piernas cuando y donde me venga en gana, Mist. Tú no estás al mando aquí y, por si no te has dado cuenta, estamos como sardinas en lata. Y tú tampoco ayudas mucho, ya que ocupas al menos el doble que yo.

Mist le enseña los dientes, como si fuese un lobo salvaje, como si estuviese a punto de abalanzarse sobre la garganta de la muchacha, pero entonces una montura pelirroja entra en escena.

—¿Cómo te atreves a quejarte, Gia? Isis apesta tanto que incluso las diosas que nos observan desde el cielo tienen que taparse la nariz para no vomitar.

Isis, la escultural montura que está en la otra punta de la tienda, se vuelve y fulmina a la pelirroja con la mirada.

—¿Disculpa? ¿Qué te crees, que tú hueles a rosas, zorra? —replica, y de repente se le ponen las mejillas coloradas—. Te aseas con harapos mojados en nieve fundida y cagas en un agujero, igual que el resto de nosotras, ¡así que no me vengas con sandeces! —exclama.

151

—Me da igual si apestáis o no —intercede Mist, que sigue mirando a Gia con los ojos entrecerrados—. Si vuelves a tocarme mientras estoy tratando de dormir, te juro que te arrancaré el pelo mechón a mechón.

Gia cierra los puños.

—¡Inténtalo, puta!

Varias monturas se unen a la riña para defender a una o a otra. Los insultos e improperios que se dedican son tan agresivos que por un momento temo que vayan a llegar a las manos.

Salta a la vista que a las monturas no les va muy bien que digamos. ¿El lado bueno? Las doce están vivitas y coleando. Me aclaro la garganta en un intento de hacerme oír entre los reproches e insultos que se están propinando.

—Ejem, ejem... Hola. —No es el mejor saludo, pero al menos consigo lo que pretendía, que dejen de discutir.

Al oír mi voz, dos rubias que hasta ahora estaban de espaldas se dan media vuelta de inmediato.

—¿Qué estás haciendo tú aquí? —pregunta Polly, mientras me escudriña de los pies a la cabeza. Aún conserva mi viejo abrigo de lana dorada y, a juzgar por cómo me mira, también conserva su desdén y desprecio hacia mí.

Mist dibuja un círculo a mi alrededor y todo el veneno que hasta entonces estaba escupiéndole a Gia cae directamente sobre mí.

—Oh, mirad, pero si es la preferida —comenta casi con asco.

Opto por ignorarla.

—Solo he venido para asegurarme de que estabais todas bien —me explico, mirando a mi alrededor.

Mist suelta una carcajada cargada de aversión y se deja caer sobre uno de los montones de pieles.

—¿Habéis oído eso? La preferida se ha dignado a bajar de su pedestal para comprobar que nosotras, unas humildes y desvalidas monturas, estamos bien. Qué considerada.

Mis cintas se retuercen en mi espalda, como si estuvieran ansiosas por desenroscarse y asestarle un empujón, tal y como ocurrió en el barco pirata.

A palabras necias, oídos sordos. Respiro hondo y hago caso al dicho.

—¿Todos estáis bien? —pregunto, y busco a Rissa entre la multitud.

No ha musitado una sola palabra desde que he entrado y ella es la montura que más nerviosa me pone. Necesitaba ver con mis propios ojos que las monturas estaban bien, pero estaría mintiendo si asegurase que ese es el verdadero motivo que me ha traído aquí. Ella es la razón principal por la que me he empeñado en visitar a las monturas.

Mi vida depende de ella.

Rissa se encoge de hombros y empieza a trenzarse varios mechones de pelo con aire distraído mientras me escudriña con esos ojos tan azules y tan astutos.

—Todo lo bien que podemos estar dadas las circunstancias.

Digo que sí con la cabeza.

—He visto al sanador del ejército y me ha comentado que algunas os habéis negado a que os examine. ¿Seguro que no necesitáis su ayuda?

Otra chica, Noel, pone los ojos en blanco.

—¿Confiar en uno de ellos? ¿En serio nos crees tan necias?

—No os hará daño.

Varias monturas se echan a reír mientras niegan con la cabeza.

—Supongo que ella sí es tan necia —murmura Noel.

—Tampoco debería sorprendernos tanto. Todas sabemos que el rey Midas no se acostaba con ella por su increíble intelecto, sino porque tiene el coño de oro —farfulla otra montura en voz baja, aunque todos oímos el comentario.

Me siento humillada. Me están sometiendo a un escarnio

153

público. Noto el ardor de la vergüenza en las mejillas y sé que debo de tener la cara como un tomate. Estoy abochornada. Una vez más, me han puesto en mi lugar. Nunca me verán como una igual, sino como una forastera. Aunque estuviesen tirándose los trastos a la cabeza cuando he entrado en la tienda, parece ser que al menos son capaces de ponerse de acuerdo en una cosa.

Me odian.

Inspiro hondo para intentar mantener la calma, para que sus palabras envenenadas no me atraviesen el corazón, sino que resbalen por mi piel como si estuviese untada de aceite.

—Si alguna de vosotras está herida o se encuentra mal, debería pedir ayuda al sanador. A mí no me ha hecho daño y os puedo asegurar que sus intenciones son buenas, no tiene mala voluntad.

—¿Y por qué iba a molestarse en hacerlo? —pregunta Mist.

—¿A qué te refieres?

Detrás de esa expresión de rencor y rabia, advierto cansancio, preocupación. Hace días que no se desenreda el pelo y luce unas ojeras tan oscuras que parecen más bien moradas.

—Es cuestión de tiempo que los soldados empiecen a aburrirse y quieran divertirse a nuestra costa. Aunque ese sanador sea de fiar y cumpla con su labor, no nos engañemos, acabaremos peor de lo que estamos.

Se me encienden todas las alarmas.

—¿Has oído a los soldados decir eso?

—No hace falta oírles —comenta Polly, que tiene la cabeza apoyada en el hombro de Rosh, la única montura masculina—. Mira a tu alrededor, Auren. Somos las prisioneras de un ejército de soldados que llevan demasiado tiempo durmiendo solos. Tarde o temprano van a empezar a propasarse, a abusar de nosotras. Todos los hombres son iguales —sentencia, y después levanta la mirada y le pellizca la mejilla a Rosh—. Menos tú, Roshy.

Él resopla y niega con la cabeza, pero sospecho que las palabras de su amiga le han ofendido. Echo un vistazo al resto de las monturas, y en todos sus rostros reconozco la misma expresión: impotencia, inquietud y resignación.

Todas y cada una de las monturas están convencidas de que, un día u otro, este cautiverio se convertirá en una cárcel de torturas, de violaciones, de sufrimiento. ¿Por qué no iban a creerlo? Pecarían de ingenuas si pensaran lo contrario.

A mí me ven como una escultura de oro sobre un pedestal, una obra de arte que observar embobados. Y a ellas… las ven como monturas, en sentido literal, meras sillas de caballo sobre las que galopar.

Se me revuelven las tripas y una marejada de temor y preocupación amenaza con ahogarme, con dejarme sin aire en los pulmones.

¿Y si llevan razón? ¿Y si los soldados del Cuarto Reino empiezan a abusar de ellas, a usarlas a su antojo, a aprovecharse de su superioridad física?

No es ningún secreto que las monturas están aquí y quién sabe cuántas semanas, o puede que meses, llevan estos hombres viajando día y noche, lejos de sus hogares, de sus esposas, de sus amantes.

Rip pondría la mano en el fuego por su ejército, o eso asegura él, e incluso Lu parece convencida de que ninguno se atrevería a hacerle daño a una mujer soldado, pero ¿qué hay de las monturas? Después de todo, pertenecen al enemigo.

—Bienvenida al mundo real, Auren —dice Polly con altivez—. Nosotras no somos las preferidas de Midas. No nos hemos ganado ese título y, por lo tanto, no gozamos de la misma protección que tú. Por eso nosotras estamos aquí, apretadas y apelotonadas mientras tú puedes pasearte a tus anchas por el campamento.

Todas las monturas asienten con la cabeza. Sus miradas son como puñales afilados y sé que les corroe la envidia, el odio, el desprecio. No se molestan en disimular que me aborrecen y esa inquina tan manifiesta me incomoda demasiado.

Ojalá pudiera gritarles que están equivocadas, que nadie va a hacerles ningún daño. Pero la verdad es que no lo sé a ciencia cierta y no quiero hacerles falsas promesas, ni crear falsas esperanzas. No me lo perdonaría.

—¿Sabéis dónde tienen a nuestros guardias reales? —pregunto casi con un hilo de voz. La poca confianza que había logrado reunir antes de entrar en esta tienda se ha desvanecido.

—Ni idea —responde Gia, mientras se arrodilla, cruza las piernas y se sienta sobre ellas. Después tira del bajo de ese vestido sucio y andrajoso para cubrirse las rodillas—. Nos han separado, supongo que para que no tratemos de hacer algo peligroso, como escapar de este infierno.

Asiento de forma distraída y analizo esos rostros cansados y temerosos. No me extraña que estén tan irascibles, que se ataquen entre ellas y que estén a punto de tirarse al cuello de una de sus compañeras por una discusión absurda. Están viviendo un huracán de emociones, y no las culpo por ello.

Están asustadas, apiñadas en esa tienda como hormigas en un agujero, y es imposible tener un instante de soledad, de privacidad. Tienen los nervios a flor de piel y cualquier comentario, por bienintencionado que sea, puede provocar un seísmo. Son las prisioneras del ejército más temido y más cruel de Orea, y les aterra la posibilidad de que en cualquier momento los soldados entren en esa tienda para abusar de ellas, maltratarlas, violarlas. Quizá yo también me enfadaría si no tuviese espacio para estirar las piernas o si compartiera camastro con alguien cuyo olor corporal me resulta insoportable.

Mis ojos vuelven a posarse en Rissa. Noto el peso de las palabras que no me he atrevido a decir en la lengua y siento que me cuesta hablar.

—Rissa, ¿puedo hablar contigo un momento?

Ella me observa sin parpadear, pero distingo un brillo cómplice en el océano azul de su mirada. Me empiezan a sudar las manos dentro de los guantes y, de repente, una pregunta empieza a retumbar en mi cabeza como si fuese un tambor.

Perdimos nuestros equipajes en el ataque pirata, por lo que llevamos el mismo vestido que teníamos puesto la noche que el capitán nos encerró en su camarote. Me pregunto si a ella también se le pone la piel de gallina cada vez que rememora ese fatídico episodio, si aún distingue el nauseabundo hedor de ese bárbaro en los pliegues de su falda. Me pregunto si ella también lo lavó a conciencia, como hice yo, si ha logrado limpiar las manchas de sangre.

Nos miramos en silencio, como si se tratase de un duelo. El resto de las monturas nos observa con los ojos como platos. La tensión se podría cortar con un cuchillo. Retuerzo las manos y, aunque no puedo comprobarlo, siento que mis tripas también se retuercen.

La pregunta no deja de rondarme por la cabeza, es como un buitre que dibuja círculos en el aire mientras vigila a su presa.

¿Se lo habrá contado?

157

17

Auren

Rissa me observa con esos ojos de color zafiro, pero la expresión de su hermoso rostro es indescifrable. No me sorprende. Rissa es hermética y sabe muy bien cómo interpretar su papel. No es una mujer impulsiva que, en un arrebato de pasión, sea capaz de revelar un secreto o delatar a una compañera.

Tampoco puedo juzgar a las otras monturas. Son expertas en fingir y unas maestras en el arte de elaborar acertijos y jugar con el doble sentido de las palabras.

—¿Puedo hablar contigo, por favor? —insisto. Ya no soporto más este silencio inquisidor.

Rissa me está mortificando públicamente y cada segundo es peor que el anterior.

De repente, pestañea y desvía la mirada hacia mi labio inferior, que en ese preciso instante me estoy mordisqueando porque estoy hecha un manojo de nervios. Conoce mi secreto más importante, mi secreto mejor guardado, y no sé si se lo ha contado a alguien. No tengo ni idea de lo que está pensando, y eso me inquieta.

Al fin, se levanta.

—Claro, hablemos.

Se me escapa un bufido de alivio que todo el mundo oye,

pero me da lo mismo. Con el corazón amartillándome el pecho, miro a mi alrededor en busca de un rincón un poco apartado para poder charlar con Rissa en privado. Imposible, el espacio es demasiado pequeño y todos oirían la conversación.

Rissa da un paso al frente.

—Ven. Los guardias nos dejan salir varias veces al día para estirar las piernas —dice, y eso hacemos.

Pero en cuanto ponemos un pie fuera, Lu se vuelve y me fulmina con la mirada. Rissa se dirige a los guardias.

—Voy a estirar un poco las piernas, muchachos —dice con esa sonrisa coqueta y amable que ha perfeccionado con el paso de los años mientras acaba de trenzarse un mechón de pelo con aire presumido e inocente. Hace días que lleva el mismo vestido, que no se pasa un cepillo por el pelo, pero aun así se las ingenia para seguir luciendo hermosa.

Uno de los guardias nos mira con los ojos entrecerrados, como si no acabara de fiarse de nosotras.

—Ya conoces las normas. De una en una.

—Podemos hacer una excepción —interviene Lu, que sigue mirándome fijamente—. Aquí nuestra Ricitos Dorados no se alejará demasiado, ¿verdad?

—No, no —respondo de inmediato.

El soldado tuerce el gesto, claramente molesto, pero no le queda más remedio que dar su brazo a torcer.

—Una vuelta a la tienda, nada más.

—Por supuesto —ronronea Rissa, y después se da media vuelta.

Empezamos a trazar un círculo alrededor de la tienda de las monturas y, bajo la oscuridad que nos brinda la noche, tengo la impresión de que gozamos de total privacidad.

No voy a negar que estoy como un flan; diría que incluso me tiembla todo el cuerpo mientras caminamos en silencio. Con el rabillo del ojo veo que Rissa roza la tela de la tienda con un dedo. Se oyen las voces amortiguadas de las monturas, que, por lo visto, son incapaces de mantener la paz durante más de cinco minutos seguidos.

—Ya sabes lo que voy a preguntarte —digo al fin, rompiendo así el silencio.

—¿Ah, sí? —responde Rissa con falsa modestia.

Qué desesperación. Estoy a punto de perder la paciencia y, para colmo, Rissa no piensa ponérmelo fácil. Lo sabía, sabía que me tendría con el alma en vilo durante unos minutos más.

Vivimos un episodio traumático con el capitán Fane, pero eso no significa que se haya convertido en mi aliada.

Andamos con paso de caracol para alargar ese momento pero sé que el tiempo apremia, así que decido insistir.

—¿Se lo has contado a alguien? —pregunto con un hilo de voz.

La única luz proviene de una luna eclipsada por nubarrones color ceniza.

—¿Contarle a alguien el qué? —responde ella como si tal cosa.

Aprieto la mandíbula, exasperada.

—¿Le has contado a alguien lo que le hice al capitán de los piratas?

La pregunta queda suspendida en el aire, como los copos de nieve que revolotean a nuestro alrededor. Pero una vez más, no contesta. Su silencio me resulta agónico. Al pasar junto a un farolillo que cuelga de la tienda vecina, su melena rubia se vuelve pelirroja.

Y, por fin, alabado sea el gran Divino, decide contestar.

—No se lo he contado a nadie.

Me llevo una mano al pecho y suelto un suspiro de tranquilidad.

—Gracias al Divino —murmuro, y de mis labios sale una nubecilla de vaho.

De repente, Rissa frena en seco y se vuelve para mirarme.

—Todavía —puntualiza.

Tendría que habérmelo imaginado. Demasiado bonito para ser cierto. Esa sensación de alivio y serenidad ha sido tan efímera que ni siquiera me ha dado tiempo de disfrutarla.

Observo su mirada. Ese azul tan puro y tan brillante no es más que un espejismo de bondad e inocencia, pues esconde una oscuridad siniestra.

—Me prometiste que no dirías nada —le recuerdo.

—Tengo que hacer muchas promesas, pero eso no significa que las cumpla todas —dice con un tono mordaz. Es una advertencia—. Por cierto, ¿cómo funciona?

Frunzo el ceño, sorprendida. No me lo puedo creer.

—Acabas de admitir que quizá no cumplas con tu promesa. ¿En serio crees que voy a contarte algo más?

Ella se encoge de hombros y se sacude unos copos de nieve del pelo.

—Quiero saber cómo funciona.

—¿Cómo funciona qué?

Rissa sonríe. Le acabo de pagar con su misma moneda y, al parecer, eso le divierte.

—Olvídalo. Supongo que cuando el rey Midas te tocó y te convirtió en oro, también te traspasó parte de su poder mágico. Y no quiere que nadie se entere de ese secreto —explica en voz baja.

Creo que el corazón me ha dejado de latir.

Rissa estudia mi expresión durante unos segundos y, aunque no sé qué diablos ha podido intuir, esboza una sonrisa victoriosa.

—Por eso se niega a convertir en oro a nadie más. No porque tú seas su única e inigualable preferida, sino porque no quiere volver a cometer el mismo error de compartir su magia con alguien que no la merece.

No está hablando conmigo, sino pensando en voz alta, tratando de plasmar en palabras lo que ha vislumbrado en mi mirada, en mi expresión.

Echo un vistazo a nuestro alrededor para cerciorarme de que seguimos a solas. Aunque ambas estamos murmurando, me aterroriza que alguien pueda estar escuchándonos a hurtadillas. Se me ha hecho un nudo en la garganta, como si tuviese un guijarro ahí atascado.

«Si algún día Midas llegara a enterarse de que hemos tenido esta conversación...»

—¿Siempre puedes usar su poder? ¿O solo en determinados momentos? —pregunta pensativa.

—Tienes que dejar de hacerme esa clase de preguntas, Rissa. No puedes contarle a nadie lo que ocurrió con el capitán Fane. Es un secreto que no se puede revelar, nunca —susurro mirando de un lado a otro. Mi voz temblorosa delata mi desespero, mi desasosiego.

Ella ladea la cabeza y sé que todos los engranajes de su cerebro están en pleno funcionamiento.

162

—¿Quieres mi silencio?

—Sí —respondo, haciendo especial hincapié en la palabra.

Advierto un destello en sus ojos, como el brillo que un pececillo advierte justo antes de morder un anzuelo.

—Está bien. Pero a cambio quiero oro.

Se me cae el alma a los pies. Aunque presentía que esto iba a ocurrir, albergaba la esperanza de que no pasara.

—Rissa...

Ella me mira sin remordimientos.

—En el mundo real, Auren, los secretos tienen un precio. Un precio que todos, incluso la chica dorada, tenemos que pagar.

Me entran ganas de echarme a reír, no porque esté equivocada, sino porque ha dado justo en el clavo.

Lo he perdido todo por culpa de los secretos. Dinero. Tiempo. Alegría. Momentos felices. He tenido que sacrificar mi infancia, mi libertad, mi propia felicidad.

La vida me ha enseñado que los secretos salen muy muy caros.

—Tengo que sobrevivir, igual que tú —añade Rissa con voz firme y decidida—. ¿Necesitas mi silencio? Bien, yo necesito oro. Ese es mi precio.

De repente, el tiempo parece ralentizarse y los segundos empiezan a alargarse. Ella mantiene la barbilla alta y la espalda bien recta, aunque presiento que está haciendo un esfuerzo por no retorcerse de dolor. Estoy segura de que aún no se ha recuperado del latigazo que el capitán Fane le asestó con su cinturón en la espalda, igual que yo tampoco me he recuperado de la patada que me dio en las costillas.

Sin embargo, las heridas que no dejan marca son las que más me inquietan.

Estoy a punto de desmoronarme y se me escapa un bufido alicaído.

—Siento que el capitán Fane se sobrepasara contigo —musito—. Siento haber dejado que llegara tan lejos.

Ella resopla.

163

—No estoy haciendo esto porque ese corsario se sobrepasara conmigo, y no quiero tu compasión. ¿Crees que es el primero que abusa de mí? Por favor, ese ha sido mi pan de cada día durante años. Además, en eso consiste mi trabajo como montura.

Sacudo la cabeza.

—Para, por favor. No banalices algo tan terrible y tan grave como es el abuso de una mujer. No finjas que no es nada. Al menos, no conmigo —digo—. Eres una montura real y, como tal, solo debes compartir lecho con el rey. Pero, más allá de eso, eres una mujer que merece ser tratada con amor y con respeto.

Esta vez estalla en una ruidosa carcajada; echa la cabeza hacia atrás y clava la mirada en ese cielo color plomizo del que siguen cayendo copos de nieve. Deja que esas motas gélidas aterricen sobre su rostro, se inmiscuyan por sus labios y le empapen su hermosa cabellera rubia.

Me cruzo de brazos en un claro gesto de enojo e irritación.

Enrosco los dedos porque creo que así podré contener ese torrente de emociones.

—¿Se puede saber qué te parece tan divertido?

Rissa niega con la cabeza y reanuda el paseo que estamos dando alrededor de la tienda. Me apresuro en alcanzarla.

—Después de todo este tiempo, ¿sigues pensando que todo eso es verdad? —pregunta.

En ese preciso instante pasamos por delante de los guardias y Lu, lo cual no puede ser más oportuno; aprovecho esos instantes de silencio para reflexionar antes de hablar.

¿Tiene razón? ¿Sigo pensando que todo eso es real?

Si Rissa me hubiese planteado esa misma pregunta hace un par de meses, habría contestado *ipso facto* que Midas me quiere. Siempre me ha querido, desde el día en que me rescató.

Y sin embargo…

«El rey Midas me ama.»

«Oh, ya lo veo. Te quiere tanto que te tiene encerrada en una jaula.»

Ahí está de nuevo, esa grieta en el cristal, la misma que se formó cuando pensé que Midas me iba a entregar al rey Fulke.

Esa diminuta fisura se va extendiendo, como una telaraña cuyos hilos de seda se van entretejiendo para ir agrandándose y esa pequeña imperfección va deslustrando el amor y la devoción que siempre he sentido por él. Cada día que pasa me cuesta más ver a través del cristal. Pero ¿es culpa mía? ¿El comandante Rip está consiguiendo que los pilares que sostenían mi vida empiecen a tambalearse?

—El amor y el respeto existen —replico en voz baja cuando rodeamos la tienda y perdemos de vista a los soldados.

Quizá ahora mismo esté un poco confundida y me cueste definir qué siento por Midas, pero mis padres se amaban. Los recuerdos se han ido difuminando con los años, pero sé que se profesaban un amor incondicional, un amor verdadero.

—Tal vez tengas razón —acepta ella con un tono de voz más suave, más triste—. Pero, para mujeres como nosotras, el amor y el respeto son una quimera, una utopía.

Me hace esa confesión con la mirada puesta en el horizonte, para que las nubes absorban esas palabras y las desaten en forma de gotas de lluvia.

—Somos mujeres hermosas, de una belleza incomparable. Nuestra misión consiste en alimentar la lujuria de los hombres, en interpretar el papel de seductoras. Pero el amor verdadero es algo inalcanzable para nosotras, Auren. Las únicas mujeres de Orea que son tratadas con respeto y veneración son las que ostentan un trono. Incluso en esos casos, siempre estarán en segundo plano, siempre serán «las esposas de». A estas alturas, creo que ya deberías haberte dado cuenta.

—El rey Midas...

Rissa no me deja terminar.

—El rey Midas es justamente eso, un rey. Y todos los reyes, sin excepción, ambicionan una cosa sobre todas las demás. Poder.

El pesimismo que rezuma su lengua es un veneno que no parece tener antídoto.

—Oro, Auren —repite en voz baja—. Si quieres que te guarde el secreto, quiero oro.

—No puedo convertirte en oro —le explico, y me froto los ojos mientras los bajos de nuestras faldas siguen barriendo la nieve.

Rissa es una mujer lista y no va a rendirse tan fácilmente.

—¿Puedes utilizar su poder pero solo de vez en cuando? Tiene sentido. Recuerdo que aquella noche terminaste agotada, al borde de la extenuación. Llegué a pensar que te ibas a desmayar después de transformar al capitán en una escultura de oro macizo y con los pantalones bajados hasta los tobillos.

—Sí, estuve a punto de perder el conocimiento.

El miedo y la adrenalina me ayudaron a seguir adelante.

Rissa se queda callada y pensativa durante unos instantes. Damos una vuelta más a la tienda y volvemos a pasar por delante de Lu y los guardias. Mi escolta me dedica una mirada mordaz para advertirme de que se me está acabando el tiempo.

—¿El rey Midas puede saber cuándo has utilizado su poder? —pregunta Rissa.

—¡Chist! —le ruego al oír la pregunta, y echo un vistazo atrás para asegurarme de que no nos han oído. No nos están prestando la más mínima atención. Lu está jactándose de que ha ganado la ronda y los dos soldados no dejan de refunfuñar de que es la suerte del principiante.

Me tranquilizo un poco al doblar la esquina, aunque la indiscreción de Rissa me saca de mis casillas.

—Si querías hacerte con un buen alijo de oro, deberías haberte llevado un buen pedazo del castillo de Alta Campana —murmuro.

—¿En serio crees que los guardias no nos vigilaban? Se pasan las veinticuatro horas del día inspeccionando cada centímetro del palacio —rebate Rissa, y me mira como si fuese idiota—. No soy tan estúpida. Puedo contar con los dedos de una mano las monturas que se atrevieron a robar un minúsculo pedacito de oro. A todas las pillaron. A todas, sin excepción. Ninguna se fue de rositas y, créeme, su destino no les mereció la pena.

Trago saliva y, sin querer, mi mente empieza a elucubrar toda clase de castigos. Jamás me había imaginado que Midas fuera tan quisquilloso con el oro y no tenía ni la más remota idea de que se llevaban a cabo minuciosas inspecciones para asegurarse de que nadie robaba nada del castillo, ni siquiera un trocito de la propia estructura.

—El oro que me consigas debe ser nuevo, no puede provenir de nada que el rey posea o haya tocado. Convierte las malditas cucharas de hojalata en oro si quieres, me da lo mismo. Pero necesito una cantidad considerable, tenlo en cuenta.

La idea de pasarle oro de contrabando empieza a atormentarme.

—¿Una cantidad considerable para qué? ¿Qué piensas hacer con el oro?

—Comprar mi contrato.

La respuesta es rápida y sucinta, por lo que intuyo que lleva tiempo planeándolo.

—Pero… el contrato de una montura real tiene un precio prohibitivo, casi inalcanzable. Necesitarías…

—Una cantidad ingente de oro —termina ella, y asiente con la cabeza—. Lo sé. Ahí es donde entras tú.

Sacudo la cabeza con vehemencia.

—Es imposible acumular todo ese oro sin levantar sospechas. El rey se enteraría.

—Jamás dejaré que eso ocurra. No pretendo que me pillen con las manos en la masa. Mi vida no puede acabar con mi cabeza clavada en una pica de oro.

—Esto es ridículo, Rissa.

—Cuando el jinete se queda satisfecho con el trabajo de la montura, suele darle una moneda extra. No es algo tan insólito —explica—. A lo largo de los años, muchos han sido los clientes que me han dado una propina.

—Pero…

Rissa hace un gesto con la mano para hacerme callar.

—Es muy sencillo, Auren. Intercambiaré todos los trocitos de oro que me des por monedas. Y cuando haya atesorado una buena cantidad, compraré mi contrato. Si el rey me pregunta de dónde he sacado esa fortuna, le diré que he ahorrado cada moneda extra que me he ganado durante los últimos siete años. Incluso comentaré que el capitán Fane disfrutó tanto de mi compañía que me regaló una suma muy generosa —dice, y sonríe con satisfacción—. El rey me creerá. Soy su mejor montura.

No puedo rebatir ese exceso de confianza porque en el fon-

167

do sé que es cierto. Lleva muchísimos años al lado de Midas y es la montura más seductora y profesional que jamás he visto.

—Por fin seré mi propia jefa —murmura, y se detiene en la parte trasera de la tienda.

En su voz percibo una seguridad inquebrantable, un deseo con el que lleva soñando mucho tiempo. Rissa es obstinada, y luchará con uñas y dientes para conseguirlo. Sé que cualquier intento de disuadirla o hacerla cambiar de opinión será en vano. Está decidida.

De repente, a Rissa se le iluminan los ojos.

—Libertad, Auren. Por fin seré una mujer libre, y tú vas a ayudarme a conseguirlo —continúa. Toma una bocanada de aire, como si ya pudiese saborear las mieles de tan ansiada libertad—. Tú me ayudas a comprar mi contrato real y a proporcionarme todo el oro que pueda necesitar para empezar de cero en otro lugar y yo guardaré tu secreto. Para siempre.

—Es un precio muy alto.

—Es un precio justo —recalca Rissa.

—Algunos dirían que hay secretos que se guardan por lealtad.

—Solo soy leal a mí misma —responde ella, sin un ápice de culpabilidad ni de vergüenza.

No puedo culparla por ello. En este mundo, ser noble, fiel y fidedigno a otras personas puede ser muy muy peligroso.

—No pretendo ir pregonando tu secreto, Auren. Pero estoy dispuesta a hacer lo que sea para ganarme la libertad.

No me cabe la menor duda. Es evidente que ha tomado una decisión y no hay marcha atrás. Piensa conseguir la libertad cueste lo que cueste, lo cual me pone en una situación más que comprometida. Sin embargo, no estoy enfadada con ella. Quiero ayudarla.

Solo espero que las cosas no se vuelvan en mi contra y acabe pagando yo las consecuencias.

—De acuerdo —digo. No me ha quedado más remedio que

ceder. Rissa deja escapar un largo suspiro, por lo que intuyo que estaba ansiosa por oír mi respuesta.

—Ni una palabra de todo esto a nadie y te prometo que tendrás tu oro. Un solo pago. Suficiente para comprar tu libertad y empezar una nueva vida en otra parte. Nada más.

—¿Cuándo? —me pregunta, y percibo el brillo de la impaciencia en su mirada.

Me estrujo el cerebro tratando de pensar qué puedo hacer y cómo puedo hacerlo. Nadie puede enterarse. Y, mucho menos, Midas.

—Ahora mismo no puedo transformar nada en oro. Lo haré cuando estemos de vuelta con el rey Midas.

—¿Por qué? ¿Necesitas tocar al rey para absorber su poder? —pregunta, y ladea la cabeza. Está ávida por recopilar más información.

Le lanzo una mirada letal.

—Cuando lleguemos al Quinto Reino, Rissa. Es todo lo que puedo ofrecerte. O lo tomas o lo dejas.

Silencio. Pero unos instantes después asiente.

—Trato hecho.

Regresamos a la parte delantera de la tienda en silencio y pasamos junto a los guardias una última vez.

—Se os ha acabado el tiempo —anuncia Lu.

—Ya habíamos terminado —le asegura Rissa con una sonrisa amable y bondadosa.

Pero esa sonrisa se desvanece cuando frena en seco frente a la portezuela de la tienda y casi choco con ella. Por suerte, logro esquivarla. Ese arrebato me ha pillado por sorpresa y, cuando la miro, parpadeo varias veces, mostrándole así mi confusión.

Ella me atraviesa con una mirada glacial y baja el tono de voz.

—En cuanto lleguemos al Quinto Reino.

Digo que sí con la cabeza.

Siento que está tratando de desnudarme con la mirada. Me

escudriña de arriba abajo para tratar de descifrar mi expresión y lenguaje corporal, para asegurarse de que mi promesa es sincera y de que pretendo cumplirla. Está tan cerca que incluso noto su aliento en mi mejilla. Las llamas de la hoguera transforman su rostro angelical en una mueca demoníaca.

—No faltes a tu palabra, Auren —murmura, y en su voz advierto fuego, uno que yo misma he avivado—. Si no cumples tu promesa, te juro que encontraré a alguien dispuesto a ofrecerme un acuerdo igual de suculento.

Sin mediar más palabra, Rissa se da media vuelta, entra en la tienda y me deja ahí, con la palabra en la boca, con una tremenda amenaza suspendida en el aire y con una duda rondándome por la cabeza: ¿quién de las dos terminará quemándose?

18

La reina Malina

*E*l claustro es la estancia que más detesto de todo el castillo.

Antes me encantaba. Cuando estaba lleno de plantas que mi madre cuidaba con cariño y esmero, cuando el aire que se respiraba aquí olía a tierra húmeda y a flores y a vida.

Ahora no es más que una tumba gigante.

Centenares de plantas, todas muertas y todas atrapadas dentro de su féretro dorado. El techo abovedado del claustro es de cristal, y el resplandor grisáceo y siniestro que ilumina la estancia hace que sea imposible escapar de ese brillo dorado tan vulgar y ordinario.

Cada una de esas plantas me trae un recuerdo.

Los dedos de mi madre manchados de tierra, su sonrisa cuando dejaba las tijeras de podar en mis manos. El tarareo de su voz mientras serpenteaba entre la infinidad de pasillos y regaba cada rosal de pitiminí, cada nuevo brote.

Entonces me fascinaba. Ahora me pone la piel de gallina.

Por supuesto, como reina regente, me veo obligada a venir aquí más a menudo de lo que me gustaría. Por caprichos del destino, es el salón que todos los nobles que vienen de visita a palacio insisten en ver con sus propios ojos. Lady Helayna se detiene y los pliegues del vestido acarician unos tulipanes perfectamente dispuestos, algunos un pelín inclinados por el peso de los pétalos.

Los ojos le hacen chiribitas. Tiene una melena negra que brilla tanto que podrías reflejarte en ella. Hoy se la ha recogido en un moño alto y desenfadado. Esta condesa, además de ser la viva imagen de la finura y la elegancia, pertenece a una de las familias más pudientes del Sexto Reino y ahora es su máxima representante. Una posición de poder muy poco frecuente para una mujer de familia influyente.

—Esto es extraordinario —dice. Se queda maravillada al ver la fuente de oro macizo.

Trato de admirar el claustro desde su perspectiva. La condesa roza las diminutas ondas del agua estancada con las yemas de los dedos mientras observa los chorros, que parecen haberse quedado congelados en el tiempo y ahora se asemejan más a cortinas doradas. En el fondo de aquel pozo antaño convertido en una preciosa fuente se advierte una salpicadura de agua que jamás volverá a su cauce, que jamás volverá a ser fresca y transparente. Un agua que no recuperará su pureza y que nadie podrá volver a beber para aliviar la sed. El agua que antes salía disparada de la parte superior ha quedado suspendida en un arco casi perfecto, un arco de oro sólido del mismo grosor que mi brazo.

—Roza la perfección, reina Malina. Es un espacio arrebatador.

—Me alegro de que os guste, lady Helayna. Debería haberos invitado a Alta Campana hace años.

—Sí, debo admitir que me siento afortunada por disponer de algo de tiempo libre para disfrutar de estos pequeños placeres —dice, y se atusa la parte delantera de la falda.

—¿Cómo os va? —pregunto, y empiezo a encaminarme hacia la salida a propósito. El viento sopla con fuerza y la nieve golpea los ventanales de cristal como si fuera un ejército de fantasmas furiosos. Una señal más de que esta estancia me persigue, me acecha. Lady Helayna intenta aflojarse la gasa transparente que recubre el cuello del vestido. Hace más de un mes que esconde el rostro tras un velo negro, pues sigue de luto. Tan solo se lo quita en los confines de su hogar o en presencia de la realeza.

—Oh, me las apaño bastante bien, su majestad.

El sonido de nuestros zapatos de tacón retumba en ese inmenso espacio y, aunque lo que más me apetece en este momento es huir de aquí a toda prisa, consigo mantener un paso lento y calmado. De repente, la condesa se para frente a las ramas de vid que se arrastran por la pared y no puedo evitar rechinar los dientes.

—Imagino que desde que falleció vuestro esposo las cosas no han debido de ser nada fáciles para vos —digo con voz amable y compasiva, y le sostengo las manos entre las mías en un gesto de consuelo cuando, en realidad, lo hago para distraerla de esa pared chabacana y guiarla hacia la salida.

Ese entramado de vides doradas puede resultar tentador a la vista, pero a lo largo de los años he descubierto que todo lo que contiene este castillo es insidioso, pérfido. Cada tallo, cada hoja y cada flor no son más que la carnaza de una trampa.

Lady Helayna hurga en su bolsillo y saca un pañuelo para secarse las lágrimas. Poco a poco, nos vamos acercando a la puerta.

—Sí, añoro a mi Ike. Era un hombre de buen corazón.

Era un infiel, como todos los demás, pero prefiero guardármelo para mí.

Agacho la cabeza.

—Lamento mucho no poder haber asistido a su funeral.

—Oh, ya asumí que tendríais quehaceres más importantes, su majestad. Supongo que estáis muy ocupada dirigiendo el reino —asegura, y se guarda el pañuelo.

Y justo cuando creía que había logrado salirme con la mía, la condesa repara en la jaula que ocupa el otro extremo de la

173

sala y se detiene en seco. Los barrotes de oro, además de rodear esa pajarera horrenda, se extienden hacia un pasadizo abovedado que conduce a otra estancia.

—Qué extraño —murmura, y se fija en el montón de almohadas y cojines de seda que todavía están repartidos por el suelo, como si la mascota de Tyndall siguiese holgazaneando por aquí día y noche.

Cuando mi marido me informó de que iba a ampliar las jaulas de Auren para que pudiese acceder al claustro, monté en cólera. Esta estancia, a pesar de que ahora la aborrezca, sigue siendo mía.

Mi madre atendía este precioso jardín, antaño a rebosar de plantas verdes y frondosas y ahora convertido en un cementerio repleto de tumbas metálicas. Aquí fue donde ella decidió pasar sus últimos días de vida; hizo traer el que sería su lecho de muerte hasta aquí arriba para morir rodeada de naturaleza y de verdor, para poder disfrutar del perfume de las flores hasta su último aliento.

Tyndall se cubrió de gloria el día que trajo a su preferida aquí. Jamás le perdonaré que permitiese que Auren campara a sus anchas por el claustro, pues fue allí donde mi madre fue más feliz y también donde falleció.

Quizá fue entonces cuando empecé a odiarle de verdad.

—¿Su majestad?

Miro a lady Helayna algo aturdida y pestañeo varias veces para volver a la realidad. Estaba tan absorta en mis pensamientos que ni siquiera me había dado cuenta de que estaba inmóvil y con la mirada clavada en la jaula.

Sacudo la cabeza y le dedico esa sonrisa fingida que llevo tantos años practicando.

—Os ruego que me perdonéis. Me temo que se avecina una buena tormenta —miento, y señalo los enormes ventanales, que están justo detrás de la jaula, con la barbilla.

Ella asiente y desvía la mirada hacia la bóveda de cristal,

donde ya ha empezado a cuajar la nieve. El cielo se ha transformado en un lienzo pintado de gris, un lienzo lúgubre y agorero.

—Debería marcharme antes de que empeore.

—Permitidme que os acompañe a la salida.

Pasamos junto a cuatro de mis guardias personales que están custodiando la puerta del claustro. Oigo sus pasos firmes y seguros tras los nuestros en cuanto empezamos el eterno descenso por las escaleras.

—Gracias por haberme invitado a tomar el té y por este agradable paseo por vuestro claustro, su majestad.

—No hay de qué. Espero que volváis algún día —contesto.

Espero y confío en que la condesa se arme de valor y saque el tema que las dos llevamos eludiendo toda la tarde, pero no dice ni mu. Aprieto la mandíbula de nuevo.

Cuando llegamos a la primera planta, las doncellas de lady Helayna ya están ahí, con su abrigo y sombrero en mano. Lo primero que hace tras ajustarse el sombrero es deslizar el velo por encima, ocultando así su rostro tras esa tela de gasa negra que simboliza el duelo.

Una de las doncellas la ayuda a ponerse el abrigo y es entonces cuando llega el momento de la despedida. Mantengo esa sonrisa afectuosa pero la realidad es muy distinta: estoy que echo humo por las orejas. Repaso la charla que hemos tenido y me reprendo por no haber dado con una táctica mejor, una táctica que hubiese funcionado. Es evidente que la estrategia que he elegido ha sido un fiasco. Y, al mismo tiempo, empiezo a cavilar a qué nobles podría persuadir sin la ayuda de la condesa.

Lady Helayna hace una pomposa reverencia y las faldas del vestido besan las baldosas de oro.

—Mi reina.

Le ofrezco la mano con una sonrisita más forzada e hipócrita de lo normal. Un día entero. Le he dedicado un día entero para nada, y encima…

Ella acepta mi mano y la estrecha con fuerza antes de inclinarse en una reverencia. Y es entonces cuando su expresión afable se torna más oscura y en su mirada advierto la sombra de la conspiración.

—Podéis contar con mi apoyo incondicional para gobernar el Sexto Reino y ocupar el lugar de vuestro marido.

Me quedo petrificada. La sensación fresca y revitalizante de la victoria se extiende por todo mi cuerpo, como si me estuviese sumergiendo en una bañera repleta de cubitos de hielo. El frío actúa como un bálsamo en mi espíritu y ese triunfo, aunque pequeño, me acerca un poquito más a recuperar el control absoluto de mi reino.

No tuve la suerte de nacer con un talento mágico, pero pienso demostrarle a Tyndall, a la corte, a todo mi reino, que yo también albergo un poder excepcional. Y gracias a él, el Sexto Reino prosperará y alcanzará la grandeza que se merece. Se convertirá en un reino fuerte e indestructible. Yo me convertiré en una reina fuerte e indestructible.

—Sin embargo, no estoy en disposición de hablar en nombre de las otras familias de la nobleza. Como entenderéis, las dudas o reservas que puedan tener otros aristócratas escapan de mi control —dice, y me entran ganas de poner los ojos en blanco—. Los Colier han dirigido el Sexto Reino durante generaciones, y así debe seguir siendo. Vos podéis gobernar Alta Campana, y el rey puede continuar ofreciendo su ayuda y asesoramiento al Quinto Reino y asegurar nuestras fronteras.

Esta vez, la sonrisa que dibujan mis labios es genuina. Que una mujer herede el papel de cabeza de familia no es algo habitual en la sociedad en la que vivimos, y sabía que era la oportunidad perfecta para ganarme un apoyo fundamental dentro del círculo de la nobleza. Una tarde en el claustro ha bastado para metérmela en el bolsillo.

Tener a la condesa de mi lado me servirá para ganarme la confianza de otros aristócratas. Sé de buena tinta que conversan entre ellos y según me han informado admiran y respetan a lady Helayna, por lo que intuyo que pueden dejarse influir por sus opiniones y decisiones. Si consigo que todas las mujeres respalden mi propuesta, la victoria será aplastante.

No todas las mujeres ostentan la misma posición que lady Helayna y, por supuesto, muy pocas son cabezas de familia, pero sé con certeza que todas, sin excepción, tienen su propio parecer en temas tan espinosos y peliagudos como la política, temas que debaten con sus maridos, que sí tienen voz y voto. Si se hace con astucia, y con disimulo, las opiniones de una esposa pueden transformarse en las ideas que hombres ignorantes defienden a capa y espada. Una mujer inteligente sabe manipular el inconsciente de un hombre.

—Os lo agradezco, lady Helayna. La corona os estará eternamente agradecida por vuestro apoyo.

—Las mujeres debemos ayudarnos porque la unión hace la fuerza —dice, y me parece advertir una sonrisa remilgada detrás del velo—. Que disfrutéis de lo que queda de día, su majestad.

—Y vos también —contesto, y agacho la cabeza con gesto cómplice.

En cuanto lady Helayna se da media vuelta y se marcha, todos mis asesores aparecen de repente, como aves de rapiña que descienden en picado para agarrar a su presa.

—Su majestad.

—Cuento con el favor de lady Helayna —comento con aire engreído, y los miro a los tres. Barthal, Wilcox y Uwen. Mi marido les ordenó que se quedaran en palacio para tratar asuntos de gobierno. Ahora deben responder ante mí.

—¿En serio? —pregunta Wilcox, con evidente expresión de incredulidad en su anciano rostro.

Asiento.

—Tal y como os he dicho en varias ocasiones, caballeros, no hay nada de malo en que gobierne durante la ausencia de mi marido.

—Por supuesto, mi reina —concede Uwen, y se ajusta un poco el cinturón para que ese enorme tripón no caiga por encima—. Lo que nos preocupaba era que el rey Midas nos dio instrucciones muy claras antes de partir de viaje. Nos ordenó que continuásemos con los negocios como hasta ahora y que enviáramos un halcón si surgía alguna duda, pero también para mantenerlo informado de todo lo que acontecía en el reino. Él es quien toma las decisiones, y...

—Yo seré quien tome las decisiones.

Llevo semanas trabajando día y noche para ganarme el respeto de mis súbditos, para demostrarles que soy más que una mujer florero y que puedo dirigir un reino igual, o incluso mejor, que Tyndall, y esos tres mequetrefes son mis mayores detractores. Ni siquiera se molestan en esconder su escepticismo. Y por eso me he dedicado en cuerpo y alma a ponerles en su lugar y a hacerles ver que se equivocan.

178

—Aunque creo que os lo he comentado antes, no me importa repetirlo. No hace falta enviar ningún halcón mensajero. Todas vuestras dudas y preocupaciones las compartiréis conmigo —sentencio.

Me vuelvo y empiezo a subir la escalinata. Aunque me avergüence reconocerlo, debo decir que me produce un inmenso placer que me sigan a todas partes, como perritos falderos que no son capaces de separarse de su amo.

—Pero los nobles... —empieza Barthal.

—Los nobles, como habéis podido ver a lo largo de esta semana, son leales a la familia Colier —respondo con total seguridad. No se oyen mis pasos porque esa alfombra dorada amortigua el sonido.

—Te has reunido con muchos nobles esta semana, eso es cierto —admite Barthal.

—Sí, y ninguno de ellos duda de que el Sexto Reino esté en buenas manos —puntualizo.

—Sin embargo, me temo que este cambio de poder que estás promulgando en el reino puede inquietar a algunas de las familias más respetadas e influyentes, y no podemos permitirnos ninguna discrepancia —añade Uwen.

Me detengo de forma abrupta y me doy la vuelta. Mis guardias están un paso por detrás de mí y el trío de asesores en el descansillo de la segunda planta.

—Mirad a vuestro alrededor. Alta Campana puede permitirse cualquier cosa —digo con tono severo y mirada glacial—. Si surgen discrepancias en un futuro, me encargaré de ellas, pero, por ahora, quiero que continuéis convocando a la nobleza. Quiero reunirme con un miembro de todas las familias aristócratas de Alta Campana. Sin excepciones.

Se miran entre ellos. Están intranquilos, ansiosos incluso. Quieren hacerme una pregunta, una que les atormenta, lo sé, pero no tienen agallas. Ninguno se atreve a preguntarme qué pretendo con ganarme el favor personal de la nobleza, qué intenciones escondo detrás de todas esas reuniones.

En el fondo, lo saben. O, como mínimo, sospechan que mi voluntad es que esos cambios sean permanentes, que el pueblo se arrodille ante mí, y no ante él.

Mi marido tiene poderes mágicos, una verborrea asombrosa y una capacidad de persuasión envidiable, pero yo tengo la sangre y la historia. Mis antepasados eran quienes gobernaban este reino, no los suyos. Su pasado es todo un misterio.

Como miembro de la estirpe Colier, conozco este reino como la palma de mi mano y, desde bien pequeña, me he codeado con la nobleza de Alta Campana, y sé muy bien cómo manipular su lealtad.

—Sí, su majestad —responde Uwen, y se inclina en una reverencia.

Los miro desde mi peldaño con desdén y frialdad.

—A menos que tengáis pensado seguirme hasta mis aposentos personales, creo que hemos acabado por hoy. Estoy cansada, y vosotros todavía tenéis trabajo por hacer. He redactado varias consultas y, de momento, sigo esperando qué habéis averiguado al respecto.

Wilcox se rasca la perilla.

—Sobre eso, su majestad. Las preguntas sobre nuestras fuerzas...

—Quiero que respondáis a todas mis preguntas, Wilcox.

—Lo sé, pero... —vacila, y entrecruza una mirada con sus compañeros, pero no encuentra su complicidad porque, de golpe y porrazo, Uwen parece fascinado con las baldosas del suelo y Barthal está ocupado arreglándose el broche de la solapa.

Wilcox resopla y me mira de nuevo.

—Perdóname si estoy hablando de más, pero esas consultas... Al leerlas, me ha dado la impresión de que te estás preparando para una guerra.

Le disparo una sonrisa benévola y, atravesándole con la mirada, bajo un peldaño. Y después otro, hasta llegar al descansillo. Me planto delante de Wilcox, que, pese a mantener la compostura, está como un flan. Abre esos ojos azules como platos mientras, en absoluto silencio, le atuso la insignia del Sexto Reino que lleva bordada en la túnica y le coloco bien el broche que adorna el cuello. Y entonces encierro el broche en el puño y tiro con fuerza. Ese gesto, un pelín agresivo, le pilla desprevenido y veo que se encoge de miedo.

Reprimo una sonrisa de regocijo y deslizo esa réplica de la famosa campana de oro para colocarla justo al nivel de la garganta.

—¿Recuerdas lo que el rey Colier, mi difunto padre, solía decir?

Wilcox traga saliva y dice que no con la cabeza. Está muy nervioso, porque la nuez se le mueve de arriba abajo.

—Te refrescaré la memoria. Dijo: «Ingenuo es el rey que no se prepara para un ataque. De los feudos que se extienden más allá de sus fronteras, pero también de quienes viven dentro de ellas» —cito. Suelto el broche y le miro a los ojos. Es entonces cuando caigo en la cuenta de que ha palidecido—. ¿No estás de acuerdo con tal afirmación, Wilcox?

Se le escapa un suspiro tembloroso por esos labios finos y ajados, y asiente con la cabeza.

—Sí, su majestad.

Con el rabillo del ojo, echo un vistazo a los otros dos asesores. Están estupefactos. A Uwen le sudan esas cejas espesas y pobladas y Barthal se ha quedado blanco como la cal.

Las palabras de mi padre me han ido como anillo al dedo para lanzarles una advertencia. Considero a mis aliados como una amenaza en potencia, y, si alguno de mis súbditos se atreve a entorpecer mis planes o a oponerse a mis decisiones, no me temblará el pulso. Lo desterraré.

—Espero que hagáis vuestras pesquisas y respondáis a todas mis consultas lo más pronto posible. Eso es todo, caballeros —digo, sin darles opción a réplica. Reconozco que disfruto viendo a esos asesores estirados tan agitados, tan nerviosos, tan sobrecogidos. Empiezo a subir de nuevo la escalinata, escoltada por mis guardias.

Al llegar al descansillo del segundo piso, apoyo la mano en la curvatura del pasamanos de oro y los miro desde ahí arriba.

—Oh, y hoy se ha suspendido el uso de todos los halcones mensajeros. Ningún mensaje podrá salir o entrar de palacio sin mi previa y expresa autorización.

Abren tanto la boca que por un momento creo que se les va a desencajar la mandíbula. Contengo la sonrisa y, un instante después, me doy la vuelta y me dirijo hacia mis aposentos a sabiendas de que cada día que pasa, cada reunión que mantengo, cada movimiento que hago, estoy un poco más cerca de sentarme en el trono de Alta Campana.

Cuando Tyndall quiera regresar al Sexto Reino, ya será demasiado tarde.

19

Auren

*H*e caído enferma.

Quizá esa horda de soldados me ha contagiado algo, o puede que sea por el estrés, o tal vez mi cuerpo ya no soporta ese frío glacial y eterno ni un segundo más.

Sea lo que sea, me da la sensación de que el cerebro me va a estallar dentro del cráneo. Hacía años que no me sentía tan débil, tan enferma. Este insufrible malestar me trae malos recuerdos de Zakir. Por aquel entonces estaba enferma día sí, día también. Igual que el resto de los niños.

Su negocio, que básicamente consistía en sobornar a críos con la promesa de una vida digna para después obligarnos a mendigar por las calles, iba sobre ruedas. Pero nunca tenía dinero para llevarnos a un médico, ni tiempo para cuidar de nosotros. No teníamos más remedio que soportar el dolor porque el muy canalla no estaba dispuesto a darnos ni un solo día de descanso. Decía que la gente se compadecía más por los niños enfermos, así que le iba de perlas.

Éramos muchos niños, por lo que teníamos que dormir muy apretados en camastros fríos, a veces incluso húmedos. La comida siempre era escasa y la higiene brillaba por su ausencia.

No me gusta recordar aquella etapa de mi vida. Tenía que hurgar en la basura en busca de sobras de comida. Desperdicios. Hubo días en que me alimenté a base de lo que otras familias tiraban. Aunque fuese un mendrugo de pan seco, tenías que llevártelo a la boca de inmediato porque si te descuidabas algún otro niño te lo había robado. Que cayéramos enfermos era lo mínimo que podía pasar.

Aun así, odio sentirme más débil de lo que ya estoy. Lo único que puedo hacer es intentar dormir y descansar y rezar porque nadie se percate de que soy más vulnerable que antes.

Casi suelto un bufido. El comandante sabe muy bien cuáles son mis talones de Aquiles. Y las monturas también, dicho sea de paso.

Han pasado tres días desde que Rissa puso precio a su silencio. Pero en estos tres días no he visto al comandante Rip ni una sola vez. Cada mañana, antes de que amanezca, me escabullo a hurtadillas de la tienda y echo un vistazo a su camastro. Y allí está cada madrugada, durmiendo como un lirón.

Cada noche, mientras los soldados están atareados montando el campamento, pruebo de escaparme para ir a ver a las monturas. Las dos primeras noches no lo conseguí. Unos soldados me mandaron de vuelta a la tienda, pero como soy más terca que una mula anoche volví a intentarlo. Los soldados que me habían visto con Lu estaban de guardia, así que me permitieron hacerles una visita. Aunque no salió como esperaba.

Las chicas no se dignaron ni a mirarme, salvo para escupirme sus frustraciones y quejas porque, según ellas, a mí me permiten campar a mis anchas por el campamento cuando a ellas no les dejan salir de esa tienda minúscula en la que viven hacinadas.

Al menos he podido confirmar que ningún soldado ha tratado de aprovecharse de ellas, al menos todavía. No voy a cesar en mi empeño, voy a seguir intentando abrir una brecha en esa coraza impenetrable para que se den cuenta de una vez por

183

todas de que no soy su enemiga. Pero debo admitir que es descorazonador porque, hasta el momento, no ha servido de nada.

Solo para que me odien aún más.

Sin embargo, las monturas no son el único motivo por el que atravieso el campamento cada noche. Es la excusa perfecta para buscar a los halcones mensajeros.

Cada día voy por un camino distinto para poder trazar un mapa del campamento. La distribución es casi la misma cada noche. Sería pan comido si no fuese un ejército tan numeroso.

Ahora mismo me da muchísima pereza tener que andar por la nieve y lidiar con doce monturas furiosas que me echan la culpa de todos sus males. Estoy demasiado cansada.

Al final decido tomarme la noche libre y dejarlo para mañana, cuando esta tremenda jaqueca haya mitigado un poco. Es como si las púas del comandante me estuvieran atravesando la cabeza.

184

«Y hablando del rey de Roma...»

La puerta del carruaje se abre. El resplandor grisáceo del atardecer ilumina la silueta de Rip. Le miro con los ojos entrecerrados.

Hoy no se ha puesto la armadura y no puedo evitar fijarme en que las costuras del abrigo de cuero están recubiertas de escarcha, como si se hubiesen congelado. Tiene el pelo un poco alborotado por el viento y no veo sus características púas por ningún lado.

—¿Te duele cuando las guardas? —pregunto, casi sin pensar.

Rip echa un vistazo a su antebrazo, como si le sorprendiera que sus púas no estuviesen al descubierto. Pensándolo bien, quizá mi pregunta le haya sorprendido.

—No.

—Hmm —murmuro, y me lamo los labios. Los tengo resecos y, al tragar, noto un ardor en la garganta horrible. Pero entonces me acuerdo de lo que quería hablar con él. Levanto la cabeza y cuadro un poco los hombros—. Quiero saber dónde están los guardias de Midas.

—¿Ah, sí? —pregunta él con voz grave, y apoya el hombro sobre el marco de la puerta del carruaje—. Bien, a mí me gustaría saber quién formaba parte de tu círculo más íntimo en el Sexto Reino.

Entorno los ojos y le lanzo una mirada afilada y punzante. Esta maldita migraña no me deja pensar rápido y tardo unos segundos en procesar sus palabras. Pero incluso cuando asimilo lo que acaba de decir, sigo un pelín confundida.

—¿Por qué siempre me haces preguntas tan extrañas? ¿Por qué quieres saber eso? —replico, a la defensiva y perpleja al mismo tiempo.

—¿Las monturas que visitas a diario son amigas tuyas?

Así que se ha enterado de que voy a verlas cada noche. Supongo que no debería sorprenderme. Aunque sí me asombra que no haya intentado impedírmelo.

Se me escapa una exhalación irónica mientras sacudo la cabeza y después me froto los ojos.

—Oh, sí. Me adoran. Nos trenzamos el pelo y nos contamos historietas sobre Midas tumbadas en la cama.

«Por el gran Divino, ¿en serio acabo de decir eso?» Creo que estoy más enferma de lo que pensaba.

Oigo una risita entre dientes.

—Interesante.

Me masajeo las sienes para tratar de mitigar ese dolor de cabeza, pero no sirve de nada. Siento que las garras de un águila me están rasgando el cerebro y, aunque la luz es tenue, me arden los ojos.

—¿Qué te parece tan interesante si puede saberse?

—Me parece interesante que no las consideres tus amigas y, sin embargo, te empeñes en ir a visitarlas cada noche. Me pregunto por qué lo haces entonces.

En boca cerrada no entran moscas. Me reprendo por haber sido tan metomentodo y haber iniciado una conversación cuando podría haber mantenido el pico cerrado y no interactuar con él. Pero soy demasiado curiosa, supongo.

—¿Piensas pasarte toda la noche plantado en la puerta de mi carruaje o me vas a dejar salir? Estoy agotada.

Rip inclina la cabeza hacia un lado y, de repente, las minúsculas púas que bordean la parte superior de sus cejas se vuelven más pronunciadas.

—¿Agotada? Qué raro, normalmente te zampas la cena de un solo bocado y sales escopeteada a ver a las monturas.

—Sí, pero como bien has dicho antes, no son mis amigas. Así que esta noche me ahorraré la excursión —espeto.

La charla con este hombre está empeorando el dolor de cabeza. Sé que me está analizando con esa mirada negra y siniestra, tratando de averiguar qué me ocurre.

—¿Estás enferma?

—Estoy bien. Y ahora, si no te importa… —digo, y señalo la portezuela del carruaje que él mismo está bloqueando.

Reconozco que no esperaba que se hiciese a un lado y me dejase salir tan fácilmente. Todavía no es noche cerrada pero los últimos rayos grisáceos del atardecer ya empiezan a desvanecerse. Inspiro hondo y esa bocanada de aire fresco es como un bálsamo instantáneo. Era justo lo que necesitaba después de pasarme todo el santo día encerrada en ese maldito carruaje.

Me empiezan a castañetear los dientes y me abrazo el cuerpo como si quisiese formar un escudo a mi alrededor. Trato de contener el tembleque creando esa especie de armadura que, además, puede servir para protegerme del comandante. Es un tipo hábil y sagaz, desde luego. Sabe cómo desnudarme, cómo encontrar esa minúscula brecha en mi corazón y descubrir lo que pretendo ocultarle. Y ahora mismo no tengo fuerzas para enfrentarme a él y eludir esas tácticas que, sin lugar a dudas, ha aprendido en el campo de batalla.

Por suerte, la tienda ya está instalada. Los soldados la han montado justo al lado del carruaje. Ahora mismo, lo único que me apetece es desplomarme sobre el camastro, hacerme un ovillo bajo un montón de pieles y no salir de ahí hasta que esa jaqueca cese y deje de amartillarme el cráneo.

Doy un paso y, de repente, empiezo a ver borroso y noto una punzada de dolor en la frente. Cierro los ojos en una mueca de dolor y siento que me fallan las piernas, como si ya no fuesen de carne y hueso, sino de gelatina. Creo que estoy a punto de desmayarme.

Rip es muy rápido de reflejos y, en un santiamén, siento sus dedos agarrándome del brazo para evitar que me caiga de bruces. Recupero el equilibrio gracias a él, y esa súbita sensación de mareo y desorientación desaparece de un plumazo, como si su brazo fuese la cadena de un ancla que creía haberse partido. Me balanceo, como una barca en el agua, y sigo bamboleándome mientras esa ancla me sostiene y me mantiene a flote.

187

Un segundo después, caigo en la cuenta de mi error…, no quiero depender de él. Abro los ojos de inmediato, me doy la vuelta y tiro del brazo para soltarme.

—¡No me toques! —grito, y miro a mi alrededor como un animal acobardado. El corazón me palpita tan rápido que por un momento creo que se me va a salir del pecho.

Vuelvo a sentir un ligero vahído, pero esta vez me adelanto y levanto las manos para advertirle que no se acerque ni un milímetro más a mí.

Rip endurece la mirada y, de repente, las púas empiezan a asomarse por las mangas y la espalda de su uniforme. Da la impresión de que han salido a la superficie para coger aire, como si pudiesen respirar. Cada uno de esos afilados aguijones se expande, como las costillas que conforman la caja torácica.

Su expresión es ahora severa, adusta.

—Apenas puedes mantenerte en pie. Estás enferma.

—Te he dicho que estoy bien.

Se acerca un poco más a mí, invadiendo así mi espacio vital, obligándome a echar la cabeza hacia atrás.

—Y yo te dije que no mintieras hasta que aprendieras a hacerlo mejor —murmura él; su voz se confunde con un gruñido grave, un sonido que me recuerda al de una sierra deslizándose por la madera—. Entra en la tienda. Enviaré al sanador.

Su orden me irrita sobremanera, porque eso era lo que pretendía hacer desde el principio. Pero me duele tantísimo la cabeza que no puedo pensar en una respuesta ingeniosa a la par que insolente. De hecho, con el comandante tan cerca ni siquiera puedo respirar.

Le maldigo en voz baja, me doy media vuelta con la mayor dignidad posible y me dirijo hacia la tienda. Centro toda mi atención en mis pies para no trastabillarme otra vez y noto su mirada clavada en la nuca hasta que entro en la tienda.

188 El interior de la tienda se siente aún un poquito fresco porque todavía no ha dado tiempo a que las brasas caldeen el ambiente, pero aun así me descalzo las botas repletas de nieve y me desabrocho el abrigo antes de dejarme caer sobre el camastro, que está justo a mano derecha, y de enterrarme bajo varias decenas de capas de pieles de animales.

Y justo cuando cierro los párpados para por fin echarme a dormir, alguien apoya la mano sobre mi frente. La cabeza me da vueltas y, por un instante, creo que es la mano de mi madre, que ha venido a desearme buenas noches.

Pero entonces reparo en los callos de la palma y en esa piel rugosa que se desliza por mi frente como papel de lija.

Es imposible que sea ella, pues las manos de mi madre eran suaves y delicadas. Cuando me acariciaba, lo hacía con mimo, con ternura. En cambio, quien sea que me está tocando la frente lo hace con indiferencia, con frialdad.

Doy un respingo y, todavía un poco soñolienta, pestañeo varias veces hasta ver la cara de Hojat delante de la mía con perfecta nitidez. Tardo unos segundos en comprender que es su mano la que está acariciándome la frente y, de repente, me invade el pánico.

Me despierto horrorizada, me incorporo en el camastro y, actuando por puro instinto, mis veinticuatro cintas se desenroscan y se extienden tras de mí. Pero ahí no termina la cosa: las cintas de satén se echan hacia atrás para coger impulso y golpean al pobre sanador en el pecho con fuerza, asestándole un fortísimo empujón.

Con los ojos como platos y una expresión de consternación, Hojat suelta un alarido y su cuerpo, menudo y escuálido, sale volando por los aires. Todo ocurre casi en cámara lenta y yo observo la escena con estupefacción.

Se me escapa un grito ahogado al ver que su cuerpo por poco aterriza sobre las brasas. Pero el cuerpecillo de Hojat continúa dibujando un arco en el aire, y, al darme cuenta de que está a punto de estamparse contra los postes de la tienda, inhalo hondo y contengo la respiración.

189

Un segundo antes de que Hojat se estrelle contra esos palos de madera maciza, Rip aparece y agarra al sanador en el aire, evitando así lo que prometía ser una terrible desgracia.

El comandante, que ha demostrado tener unos reflejos extraordinarios, deja a Hojat en el suelo y, sin apartar las manos de sus hombros, espera a que su sanador de confianza recupere el equilibrio. Si se hubiera golpeado contra los postes, la tienda se habría venido abajo y, para colmo, Hojat se habría abierto la cabeza, como mínimo. Suelto el aire que estaba conteniendo en los pulmones en un largo y sonoro suspiro de alivio.

Durante unos segundos, nadie se mueve, nadie dice nada. Con las cintas extendidas a mi espalda, el único ruido que se oye en esa tienda es mi respiración entrecortada.

Cuando por fin consigo serenarme y reponerme del susto, desvío la mirada hacia la portezuela de cuero de la tienda y me percato de que tras ella solo hay una oscuridad absoluta, por lo que supongo que la cabezadita que me he echado ha durado bastante tiempo.

Mi reacción ha sido desproporcionada, incluso exagerada y, presa del pánico, les he mostrado mis cartas o, para ser más precisa, mis cintas doradas.

Hojat da un paso atrás y se pone derecho. En un arrebato de amor propio, yergue la espalda y cuadra los hombros.

—Bien, es evidente que eres una mujer fuerte, milady —bromea, y se ríe con nerviosismo mientras se frota la mejilla izquierda con una mueca de dolor.

Avergonzada, repliego las cintas y me recuesto sobre el camastro. Bajo esa montaña de mantas, todavía me tiemblan las piernas.

—Lo siento. No pretendía… —empiezo, y me aparto unos mechones sudorosos de la cara—. Es que… No me gusta que me toquen. Nadie puede tocarme.

Él me mira con una mezcla de pena y compasión.

—No quería asustarte.

Me armo de valor y deslizo la mirada hacia Rip. No sé lo que está pensando. Su expresión es indescifrable y en la negrura de sus ojos no consigo reconocer ninguna emoción. El comandante me perturba y, de inmediato, se me acelera el corazón.

Tengo la frente y la espalda empapadas en sudor. Me arrepiento de haberme quedado dormida bajo todo ese montón de pieles porque ya no tengo frío. De hecho, estoy acalorada y al borde del sofoco. Y todo por culpa de Rip, que me está abrasando con su mirada.

20

Auren

$\mathcal{R}$ip y Hojat siguen ahí, inmóviles y observándome como un par de pasmarotes. Me siento como una cría pequeña a la que han pillado robando comida a escondidas.

Hojat parece nervioso y abochornado, aunque a juzgar por cómo entrecierra esa mirada pardusca intuyo que siente una enorme curiosidad por los lazos satinados que acaban de arrojarle a la otra punta de la tienda.

—Así que puedes moverlos —dice Rip, rompiendo así el incómodo silencio que se había instalado.

Su tono es pensativo, como si no estuviese hablando conmigo, tan solo pensando en voz alta. Se rasca la barbilla y repasa con la mirada mis veinticuatro cintas, que en estos momentos están extendidas sobre el suelo.

No sé qué decir. Estoy atrapada entre la verdad y la mentira, entre dos paredes que amenazan con aplastarme si no tomo una decisión lo más pronto posible. Sé que la elección correcta no existe, pues ninguna de las dos opciones me protegerá.

Por eso siempre que he podido he optado por el silencio, porque a veces el silencio es lo único que puede salvarte. Eso hacen los deificados, los devotos que habitan el Reflejo del Sáhara en el Segundo Reino. En cuanto cruzan el umbral de esas puertas y hacen voto de silencio, no hay vuelta atrás. Les cortan la lengua y nunca más tienen que volver a elegir entre revelar la verdad o contar una mentira.

A veces envidio a los beatos porque han aprendido a engañar a esas paredes demoledoras. Agacho la mirada y entierro las manos temblorosas entre las faldas del vestido, un vestido desteñido, arrugado, húmedo y repleto de manchas que prefiero ignorar. No parece el vestido dorado y deslumbrante que una vez fue. El peso de esa tela andrajosa me resulta tan molesto e irritante como la mirada de Rip.

—Sabía que te había visto usarlas cuando te caíste de la rampa del barco pirata de los Bandidos Rojos.

Me mantengo en silencio. No puedo negarlo, pero tampoco tengo que admitirlo.

—¿Por qué las escondes? —pregunta curioso. El comandante no menciona el hecho de que he estado a punto de matar al pobre Hojat, como si no me considerase una amenaza. Supongo que para alguien como Rip no lo soy.

Doy un capirotazo a las cintas para instalarlas a que se deslicen sobre el camastro. Acatan la orden *ipso facto*; se arrastran por el colchón y se hacen un ovillo a mi espalda.

—¿Por qué crees que escondo mis cintas? —replico, y se me quiebra la voz. Cada palabra suena como una rama al partirse—. ¿Debería mostrarlas siempre, dejarlas al descubierto para que todo el mundo las viera, para fanfarronear de ellas, igual que haces tú con tus púas?

Se encoge de hombros en un gesto de arrogancia.

—Eso es justamente lo que deberías hacer.

Resoplo.

—Qué fácil es para ti decirlo, comandante. Infundes terror, y nadie se atrevería a tocarte. Pero ¿a mí? —respondo, y agarro un puñado de cintas y las sostengo entre mi puño sudoroso—. No necesito otro motivo para que la gente me mire embobada y trate de ponerme una mano encima. Lo único que puedo hacer es esconderlas.

—¿Por eso no te gusta que te toquen?

Siento que estoy empezando a palidecer.

—¿Porque la gente… te ponía la mano encima para tocarlas? —insiste Rip, y señala las cintas con la barbilla.

Inspiro hondo pero me salvo de darle una respuesta porque, de repente, un ataque de tos seca me desgarra la garganta y rompe las costuras de su pregunta.

Hojat, que continúa paralizado en el otro extremo de la tienda, despierta del estado de *shock* al oírme toser.

—Perdón, comandante —murmura, y viene corriendo hacia mí.

Se arrodilla frente al camastro, abre el maletín donde guarda todos sus ungüentos y tratamientos y hurga en su interior.

—Sé que tienes fiebre y un buen resfriado. ¿Alguna otra dolencia, milady? ¿Las costillas, quizá?

Despido un bufido y me masajeo las sienes con los pulgares. La cabeza me está a punto de estallar.

—Me pica un poco la garganta y tengo jaqueca —admito—. Pero la lesión de las costillas está mucho mejor. Diría que ya me he recuperado.

El sanador me examina la cara.

—La mejilla y el labio tienen mejor aspecto.

Me acaricio el rostro.

—Sí, mucho mejor.

—De acuerdo, te voy a dar un remedio fabuloso. Te despertarás fresca como una rosa —dice, y saca tres viales y un paño en cuyo interior advierto varias hierbas medicinales. Hojat dispone todo sobre una manta de pieles, justo a mi lado, con sumo cuidado de no tocarme.

Echo un vistazo a esas minúsculas botellas de cristal.

—No tendrán intestinos hervidos dentro, ¿verdad?

Hojat niega con la cabeza y suaviza la expresión, que hasta el momento era de inquietud.

—Nada de intestinos esta vez, milady.

193

—Ese es el lado bueno —farfullo antes de ponerme a toser de nuevo.

Da un golpecito al vial que tengo más cerca. El líquido es aceitoso y de una tonalidad verdosa.

—Tómate la mitad ahora mismo, te aliviará la tos. No queremos que la infección llegue al pecho.

Como buena paciente, cojo el diminuto tubo de vidrio, retiro el tapón de corcho y vacío la mitad del vial. Pongo mala cara porque intuyo que el sabor va a ser muy desagradable, pero me llevo una grata sorpresa al notar un delicioso dulzor en el paladar.

—No está tan malo como creía —reconozco, y tapo el vial antes de entregárselo.

—He añadido unas gotitas de miel para disimular el sabor de los…

Alzo la mano enseguida.

—No me lo digas.

Sella los labios, aunque advierto un brillo de diversión en su mirada. Ya no me mira con recelo, ni tampoco con miedo, lo cual es un alivio.

—Si ves que la tos empeora, úntate una nuez de este ungüento en el pecho —indica, y señala la segunda botellita de cristal con el dedo—. Y por último, para calmar el dolor de cabeza, vierte el contenido del tercer vial en un paño, mézclalo con un poco de nieve y después coloca el paño sobre la frente. El frío de la nieve también te ayudará a bajar la fiebre.

Asiento y echo una ojeada a las hierbas secas que están envueltas en el paño.

—¿Y las hierbas?

—Colócalas bajo la almohada.

Arrugo la frente.

—¿Por qué?

Coge el retal de tela y lo desenvuelve. No son hierbas, como yo creía, sino flores secas.

—De donde vengo, colocar peonías debajo de la almohada trae buena suerte cuando estás enfermo, milady. Aunque me temo que tendrás que conformarte con dejarlas debajo de una de esas pieles —añade, y me guiña el ojo bueno.

—¿Me las regalas? —susurro, conmovida y sorprendida al mismo tiempo.

Veo que se le sonrojan las mejillas y, junto con esa repentina timidez, su acento se vuelve más marcado.

—Toma —dice, y me las ofrece.

Tres flores delicadas, unos tallos secos y varias hojas rotas y desmenuzadas. Las sostengo entre las manos con sumo cuidado y contemplo cada detalle. El rosa de los pétalos ha palidecido un poco y ahora es de un tono empolvado, aunque los bordes se han teñido de un tono marrón que me recuerda a la corteza del pan recién hecho.

—Gracias —murmuro, y los ojos se me llenan de lágrimas.

«Peonías para gozar de buena salud. Una rama de sauce para atraer a la buena suerte. Tallos de algodón para alcanzar la prosperidad. Una hoja carnosa de una planta de jade para vivir en armonía.»

Hojat titubea, tal vez porque se ha dado cuenta de que las peonías me han emocionado. Respiro hondo para serenarme, dejo las flores a un lado y me seco las lágrimas, que me estaban nublando un poco la visión.

—El frío en la frente te aliviará, pero si empiezas a encontrarte mal, no dudes en hacerme llamar, milady —dice.

—Eres un sanador muy bien preparado, un profesional de los pies a la cabeza —digo, y esbozo una sonrisa. Prefiero ignorar la presencia de Rip, y lo hago de una forma demasiado evidente y descarada. Ojalá se hubiera marchado, ojalá no hubiera presenciado esa escenita lacrimógena. Es cuestión de tiempo que me someta a un tercer grado y empiece a exigirme respuestas creíbles.

—No me queda más alternativa que serlo —responde Hojat, y se encoge de hombros. Un segundo después, comienza a recoger todos sus remedios y a guardarlos en su maletín—. Oh, también quería darte las gracias, milady.

—¿Por qué?

—Por hablar con las monturas. Gracias a ti, algunas de ellas han accedido a que las examine y les recete un tratamiento adecuado —contesta. Ha recuperado su alegría habitual y ya no queda ni rastro de ese ambiente enrarecido que se había instalado entre nosotros.

—¿En serio? —pregunto claramente asombrada. No esperaba que las chicas me escucharan, y mucho menos que me hicieran caso en cuanto a Hojat, pero me tranquiliza saber que por fin se hayan bajado del burro y hayan pedido ayuda al sanador. ¿Quién sabe qué clase de heridas sufrieron cuando nos capturaron los Bandidos Rojos?

—Sí. Ha sido una buena noticia, sobre todo teniendo en cuenta el estado de una de ellas —continúa mientras dispone los tres viales que me ha aconsejado en el suelo, junto al camastro—. Debe cuidarse mucho y velar por su salud. Estas tierras frías y húmedas no le hacen ningún bien, la verdad, y, para colmo, las raciones de comida no son muy abundantes que digamos.

Se dirige hacia la portezuela de la tienda, recoge un puñado de nieve y la guarda en el paño. Después añade unas gotitas del líquido del tercer vial y hace un nudo con los extremos del paño para sujetarlo todo bien.

—¿Se va a recuperar?

—Sí —responde el sanador, y me entrega el paño—. Evoluciona bien y, de momento, no hay señales de peligro de aborto.

Se me para el corazón.

—Espera. ¿Qué?

Hojat se da media vuelta y algo debe de vislumbrar en mi rostro porque su expresión cambia de inmediato. Mira a Rip, que sigue inmóvil en la otra punta de la tienda; no ha musitado una sola palabra en todo este tiempo, como si se hubiese transformado en una gárgola de piedra. Está de brazos cruzados y no consigo distinguir ninguna de las púas de los antebrazos.

—Mil disculpas —farfulla Hojat—. He dado por sentado que lo sabrías. En fin, pensaba que al visitarlas cada noche... Fallo mío, no importa.

—¿Quién? —pregunto con un hilo de voz. No consigo apartar la mirada de esas horribles cicatrices que le deforman parte del rostro, que ahora parecen retorcerse por culpa del remordimiento.

Hojat mira de nuevo a Rip, como si le estuviera pidiendo permiso. El comandante asiente, pero continúa con la mirada clavada en mí.

El sanador se revuelve, incómodo. Vacila durante unos instantes.

—Melena negra y lisa, un pelín arisca. Creo que su nombre empezaba por M...

Siento que algo se rompe en mi corazón, como una aguja de pino congelada que alguien aplasta con la suela robusta de una bota.

—Mist.

Él dice que sí con la cabeza.

—Eso es.

Exhalo la bocanada de aire que estaba conteniendo en el pecho, y en mi mente empiezan a revolverse toda clase de pensamientos. Me invade una vorágine de ideas que va dando vueltas hasta formar un remolino y, de repente, comienzo a marearme, a sentirme indispuesta.

—Embarazada —bisbiseo y, aunque sé que tengo los ojos abiertos, no veo nada—. Mist está embarazada —repito en un susurro ronco, áspero.

En sus entrañas está creciendo un bebé de Midas. No puede ser de otro.

Un repentino crujido me saca de ese estado de ensoñación

197

y mi mirada se posa en los tallos de las peonías. Al cerrar el puño, los he apretado y, bajo la presión, se han pulverizado. Ni siquiera me había percatado de que había cogido el ramillete de flores.

Suelto los tallos de inmediato, pero varios trocitos verdes se han quedado pegados a mi guante.

Mist está embarazada de un bebé de Midas.

Mist, la montura que ha sido más honesta y vehemente conmigo, la que ha demostrado sin ninguna clase de remilgos que me odia, que me desprecia.

En su vientre tiene la semilla de un heredero ilegítimo de Midas.

Las lágrimas se deslizan por mis mejillas, pero tengo tanta fiebre que ni siquiera las noto arrastrándose por mi piel.

Un bebé. «Un bebé de Midas.»

Algo que él me advirtió en infinidad de ocasiones que jamás podría tener. No podía permitirse el lujo de concebir un bastardo conmigo. La razón principal era que la reina Malina no había podido quedarse embarazada. Soy su montura más valiosa, su preferida, no una paridera. Según sus propias palabras, no habría sido justo para su esposa.

Se me escapa un sollozo. Me da la sensación de que me acaban de arrancar el corazón de cuajo, de que estoy desangrándome sobre el camastro. Quiero acurrucarme bajo esa montaña de pieles, enterrarme en la más absoluta oscuridad y protegerme de ese frío glacial. Albergo la esperanza de que Hojat retire lo que acaba de decir, de que admita que se lo ha inventado todo.

Pero en el fondo sé que no va a pasar. En el rostro deformado del sanador solo advierto sinceridad.

Cuando disfrutábamos de esos momentos tan íntimos en mi lecho, Midas nunca alcanzó el clímax en mi interior. No quería correr ningún riesgo. Con las otras monturas, en cambio, se mostraba menos precavido, menos cauteloso. No me afectaba demasiado porque sabía que todas tomaban algún remedio para evitar el embarazo. Midas se negaba en rotundo a administrarme esa hierba medicinal porque, según él, era peligrosa. Una vez, una de las monturas cayó enferma y falleció por culpa de ese remedio.

Con el rabillo del ojo, veo que Hojat intercambia una mirada cómplice con el comandante y le murmura algo en voz baja, pero estoy tan triste y destrozada que ni me molesto en tratar de entender lo que dice.

Se cuelga la correa de su maletín sobre el hombro y sale de la tienda. En cuanto desliza la portezuela de cuero, me cubro la cara con las manos y rompo a llorar. Soy incapaz de controlar el llanto.

Grietas. El cristal está repleto de grietas.

¿Cómo ha ocurrido? ¿Cómo he llegado hasta aquí? Pensé que nunca tendría que volver a ver esa telaraña en el cristal, que jamás contemplaría el mundo a través de añicos rotos, que mientras mi reflejo estuviera junto con el de Midas todo iría bien.

Y, sin embargo, esas grietas siguen apareciendo, siguen extendiéndose como una plaga. Sé que Midas retoza con todas sus monturas.

Diablos, pero si hasta presume de ello. Le gusta que sea testigo de sus orgías, que observe en silencio cómo hace realidad sus fantasías sexuales desde mi jaula de oro. Aunque suene un poco retorcido, tal vez creía que así me sentía incluida en la escena.

Con el paso de los años he aprendido a controlar los celos, a reprimir el dolor que me causaba verle fornicar con otras mujeres, pero esto… El vientre de Mist no tardará en empezar a crecer y, con él, el niño que ha engendrado con el hombre al que amo. ¿Cómo voy a apaciguar ese dolor?

Aunque al principio la noticia me ha caído como un jarro de agua fría, ahora es más bien como el sedimento que se asienta en el fondo de un riachuelo, esos guijarros que te arañan la planta de los pies y enturbian hasta las aguas más cristalinas.

Hasta ahora, siempre he optado por ignorar esa clase de noticias, por tratar de ver el lado bueno de las cosas. Pero que Mist esté embarazada cambia mucho las cosas. Esas aventuras lujuriosas y juegos sexuales puramente carnales se han convertido en algo mucho más importante.

Ahora comprendo por qué Mist me odia tanto.

Desde su punto de vista, yo soy la mujer que Midas admira, que tiene en un pedestal. No es solo la reina quien le preocupa, sino también yo. Y todo porque lleva al hijo del rey en sus entrañas.

«Por el gran Divino, qué desastre.»

Levanto la cabeza, aún con los ojos llenos de lágrimas. Rip se ha sentado sobre su camastro y el resplandor anaranjado de las brasas y del farolillo dibuja un juego de luces y sombras sobre su rostro. Es la viva imagen de un villano que observa satisfecho cómo su enemigo se desmorona.

No sé qué contenía ese vial, pero el efecto ha sido inmediato. A pesar de que ya no me pica la garganta, la opresión del pecho, la sensación de que la tienda va a engullirme en cualquier momento, todavía no ha desaparecido. Y no lo hará, pues no tiene nada que ver con que esté enferma.

—Adelante —digo con la voz anestesiada y la mirada vacía—. No te cortes y regodéate en mi miseria. Siembra la discordia entre Midas y yo. Aprovecha este momento de fragilidad para obligarme a cuestionarme lo que tenemos, lo que sentimos el uno por el otro. Haz que dude y que monte en cólera y que me revuelva en mi desgracia.

Quiero abofetearle. Quiero dar rienda suelta a mis cintas y que descarguen toda mi ira sobre él, que lo empujen y lo arrojen contra los postes de la tienda. Quiero enfrentarme a él y atacarle con todas mis fuerzas. Quiero dejar de sentir este inmenso vacío en el pecho, este dolor tan demoledor.

Los pómulos de Rip parecen haberse afilado un poco más y esas orejas puntiagudas me recuerdan lo que es. Mi oponente.

Mi enemigo. Un ser feérico famoso por su crueldad. Y, ahora mismo, eso es justo lo que quiero.

—Hazlo —siseo desafiante.

Noto un destello en su mirada, pero no consigo adivinar de qué se trata.

—Creo que no es momento para todo eso, Jilguero —responde él en voz baja.

La ira y la indignación se desatan en mi interior y me transforman en Leviatán.

—Que te jodan —espeto, y de mi lengua sale disparada una bala de ácido tan caliente que incluso consigue derretir el hielo que recubría mi alma—. Tenías todo esto planeado, ¿verdad? Me estás manipulando, ¡estás consiguiendo que me lo cuestione absolutamente todo!

Esa retahíla de palabras cargadas de rabia termina en una tos seca, pero ni siquiera la tos puede aplacar mi furia.

Rip, en cambio, permanece impasible. No muestra ni una pizca de remordimiento y su mirada sigue igual de oscura, vacía e inescrutable.

—Me resulta bastante curioso que me acuses de manipularte tan a la ligera teniendo en cuenta que tu querido rey lleva haciéndolo durante años y tú has preferido mirar hacia otro lado y hacerte la tonta.

En un impulso irracional, cojo el vial que tengo a los pies y se lo lanzo con rabia. Él levanta la mano y atrapa el frasquito de cristal al vuelo.

—¡Eso no es verdad! —chillo, y empiezo a peinarme el pelo con los dedos, a frotarme el cuero cabelludo, como si así pudiera arrancarme esas palabras despiadadas de la cabeza.

—Deja de mentirte a ti misma —comenta él con esa tranquilidad que me saca de mis casillas.

Creo que jamás he odiado tanto a alguien como a Rip en este momento.

—Apuesto a que ni siquiera es cierto —ladro—. Seguro

201

que has persuadido a Hojat para que me cuente esa patraña, ¿me equivoco?

—Por muy poderoso e influyente que pueda parecerte, no hay soborno en el mundo que pueda ofrecerle a Hojat para conseguir que mienta. Mi sanador es una persona íntegra y honesta, lo cual puede resultar desesperante a veces, no te voy a engañar.

Me hierve la sangre.

—Te odio.

El comandante ladea la cabeza.

—Estás descargando todo tu rencor en la persona equivocada, pero me gusta —dice, y dibuja una sonrisa salvaje. La punta de esos colmillos afilados reluce bajo la luz de las llamas—. Cada vez que te desahogas y desatas parte de la ira y el rencor que llevas años acumulando, te conozco un poco mejor, Jilguero.

Aprieto la mandíbula, exasperada.

—Tú no sabes nada de mí, no me conoces.

—Oh, claro que sí —replica él con voz grave y áspera, como cuando frotas dos piedras para intentar que salte una chispa y encender una hoguera—. Y estoy impaciente por saber más de ti. El día que por fin lo sueltes todo y te vacíes, tu ira iluminará el espíritu que te empeñas en mantener en las sombras —añade. El comandante adopta la postura de un ganador que presume de su superioridad—. Espero que ese fuego que habita en tu interior se avive y las llamas consigan abrasar a tu Rey Dorado hasta convertirlo en una montaña de cenizas.

Y esa es la gota que colma el vaso.

—Lárgate de aquí.

Sonríe con petulancia, el muy cabrón.

Con suma lentitud, y sin dejar de mirarme, se pone en pie y extrae las púas de la espalda y los brazos. La imagen me hace pensar en un dragón desplegando las alas.

202

Nuestras miradas se cruzan y, aunque pretendo lanzarle una mirada arrogante y altiva, las lágrimas parecen extinguir el fuego de la aversión que ahora mismo siento hacia él.

Durante un breve instante, suaviza la expresión y esos ojos inhumanos que no albergan ni una pizca de compasión reflejan algo que no es soberbia.

—¿Quieres saber lo que pienso? —pregunta sin alterar el tono de voz.

—No.

—Bueno, te lo diré de todas formas.

Le lanzo una mirada de absoluto asco.

—Qué bien, hurra.

Me parece distinguir una sonrisita, como si el comentario le hubiese divertido.

—Aunque ya no vives rodeada de barrotes, sigues encerrada en esa jaula. Y creo que una parte de ti prefiere quedarse ahí por miedo.

Trago saliva y todas mis cintas se tensan.

—Pero… —continúa, y da un paso al frente. Siento que está invadiendo mi espacio vital, que su aura invisible está lamiéndome la piel para comprobar qué sabor tiene antes de darme un mordisco—. Creo que otra parte de ti, esa parte que contienes y reprimes, está preparada para la libertad.

Las venas me palpitan al vertiginoso ritmo del latido de mi corazón. Cada pulsación es como un trueno y cada pestañeo, un rayo.

—Te gustaría, ¿verdad? Te encantaría verme hundida y abatida.

—Hundida y abatida, no. Olvidas que sé muy bien qué eres. Y, desde luego, eres mucho más de lo que te permites ser.

Me esfuerzo por no mostrar ninguna clase de reacción. Sus palabras son como dardos envenenados, golpes que no soy capaz de esquivar. No soy un autómata sin sentimientos, pero no quiero darle el gusto de saber que su opinión me está afectando.

—No pienso cambiar de bando. Si tengo que elegir, Midas siempre será la única opción.

Rip chasquea la lengua y simula tristeza, decepción.

—Oh, Jilguero. Por tu propio bien, espero que eso no sea verdad.

Y sin articular más palabra, se marcha de la tienda. En cuanto desaparece tras la portezuela, toda esa adrenalina y fortaleza se desvanecen y, de repente, me siento cansada y débil.

Me quedo en estado catatónico unos instantes.

Recojo el paño frío del suelo y me quito el vestido, los calcetines y los guantes. Deslizo el ramillete de peonías rotas debajo de las pieles que voy a utilizar como almohada y, al fin, me tumbo sobre el camastro.

Las crueles palabras de Rip no dejan de repetirse en mi cabeza mientras imagino el vientre de Mist creciendo mes a mes. Cada vez que pienso en Midas, veo su reflejo en el cristal, ese cristal repleto de grietas y fisuras que puede hacerse añicos en cualquier momento. Tampoco puedo dejar de pensar en el pobre Hojat, a quien he estado a punto de romperle el cráneo sin querer.

Sujeto ese paño helado sobre la frente y trato de convencerme de que las gotas que se escurren por mis mejillas son de la nieve que se está fundiendo, y no de las lágrimas que no puedo contener, y de que la jaqueca es mucho más dolorosa e insoportable que el vacío que siento en el corazón.

Supongo que el comandante tiene razón. Debería aprender a mentir, porque ni yo misma me creo mis palabras.

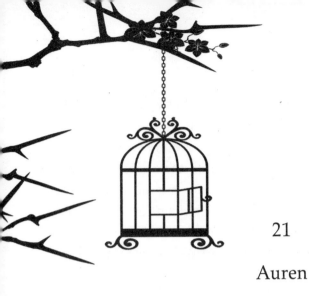

21

Auren

Contemplo anonadada cada rincón del elegante salón. Me fijo en los descomunales tapices que cuelgan del techo y rozan las baldosas doradas, las deslumbrantes paredes adornadas con embellecedores ornamentales. Una lámpara de araña ilumina la estancia, y los diminutos cristales, que más bien parecen carámbanos de hielo, emiten unos destellos que me hacen pensar en el brillo que suele tener la mirada de una persona enamorada.

Hace varios meses que me instalé aquí, pero todavía no me he acostumbrado a toda esta opulencia, al inmenso tamaño de este palacio. Todo es tan monumental, tan majestuoso y tan reluciente que, a pesar de ser mi hogar, me siento pequeñita y fuera de lugar.

La riqueza colma cada rincón del castillo de Alta Campana y es tal la abundancia y la exuberancia que a veces incluso me abruman. Por aquel entonces, Midas todavía no había decidido convertir todo lo que había en ese palacio en oro.

—¿Estás bien, preciosa?

Al oír la voz de Midas, se me escapa una sonrisa.

—Sí —respondo—. A mí me gusta tal y como está, ¿y a ti?

Estamos solos en el salón. Todavía me resulta extraño pensar que aquí es donde vivimos ahora. A veces me pellizco para comprobar que no estoy soñando. Me cuesta creer que este sea mi hogar y aún no me he familiarizado con la mayoría de las costumbres. Y del mismo modo que me está costando adaptarme a todo esto, también me está costando adaptarme a nosotros. Midas solía llevar pantalones andrajosos y botas llenas de barro y rasguños. Ahora, se viste con túnicas de seda y pantalones hechos a medida. Y, lo más extraño de todo, desde que nos instalamos aquí no se ha quitado la corona, que luce con orgullo sobre su melena rubia.

Se mueve como pez en el agua. Es como si hubiera nacido para esto. No parece sentirse incómodo con todos esos ropajes lujosos y elegantes, sino más bien todo lo contrario. Mudarse a Alta Campana le ha sentado de maravilla, a pesar de que ha tenido que asumir el papel de rey, con las responsabilidades que eso conlleva, demasiado pronto.

Estoy orgullosa de él. Orgullosa porque en ningún momento ha titubeado, porque no ha dado su brazo a torcer y porque ha respetado sus convicciones. Para ser un hombre que se crio en una granja y que se quedó huérfano mucho antes de lo que merecía, está haciendo una labor encomiable. Si no lo conociera, pensaría que lo educaron para ser rey.

Sus ojos, de un color pardusco que me recuerda a la vaina de un algarrobo, repasan cada centímetro del salón con meticulosidad.

Hoy nos hemos pasado el día recorriendo el castillo de punta a punta, transformando algún que otro objeto en oro macizo. Un alféizar por aquí, una alfombra por allá, tazas de té y cojines, candeleros de pared y pomos de puertas.

Ha anochecido hace unos minutos y el crepúsculo nos ha arrebatado los últimos rayos del día. Los criados ya han encendido la chimenea, que en este momento arde con rabia. El fuego es como una bestia nocturna que gruñe y crepita con fuerza pero, al mismo tiempo, emite un cálido resplandor color azafrán que ilumina toda la estancia.

Docenas de candelabros adornan la mesa del comedor, que espera pacientemente a que nos sentemos para disfrutar de una deliciosa cena. Han dispuesto la vajilla y la cubertería sobre el tablón de madera que Midas se ha empeñado en convertir en oro. Aún se aprecian los nudos y la rugosidad de la madera, solo que ahora es de oro, igual que la alfombra, las cortinas y los platos.

—No está mal —murmura Midas, y echa un vistazo a cada esquina y objeto decorativo que todavía no ha transformado, como los suelos de mármol blanco, las paredes con paneles de madera, el techo y los respaldos de los sillones—. Pero me gustará todavía más cuando todo sea de oro —añade, y me dedica una sonrisa—. Debes de estar hambrienta. Cenemos.

Apoya una mano en mi espalda y me acompaña hasta la mesa en un gesto de galantería que me sorprende y agrada por partes iguales. Dos de los criados han retirado dos sillas y están esperando a que nos sentemos. Todavía no me he acomodado en la silla cuando, de repente, alguien entra en el salón. Siento un escalofrío en la nuca al oír el sonido de unos tacones acercándose.

Me quedo inmóvil, incapaz de ayudar al criado a empujar la silla. Miro a Midas con los ojos como platos, pero él tiene la mirada clavada en la persona que acaba de entrar por esa puerta.

Es ella, su esposa, su reina.

Reconozco el frufrú de las faldas acariciando el suelo. Rodea la mesa y se sienta al lado de Midas, justo enfrente de mí.

La tensión que se respira en el ambiente se puede cortar con un cuchillo, y la reina Malina lo sabe. Noto un suave empujoncito a mis espaldas, murmuro un tembloroso «gracias» al criado y me acomodo en el asiento.

—Esposa, no esperaba que me acompañaras para cenar —dice Midas con un tono algo distante e indiferente para ocultar cualquier emoción.

207

La reina nunca cena con él, a menos que tengan invitados. Tan solo comparten el desayuno y, a veces, el té de la tarde, pero nunca la cena.

Se supone que la cena es mía.

Los criados nos sirven un cuenco a cada uno y nos llenan la copa de vino. Quizá se hayan dado cuenta de que el ambiente se ha enrarecido, pero en lugar de mostrarse incómodos, actúan con total profesionalidad.

—Acabo de llegar a palacio. He estado toda la tarde en la ciudad, y he pensado que podríamos disfrutar de una cena juntos —dice Malina con una tranquilidad inquietante.

Esta noche luce un peinado distinto. Se ha hecho la raya al lado, se ha recogido su hermosa cabellera blanca en un moño bajo, a la altura de la nuca, y se ha dejado algunos mechones sueltos para darle un toque más desenfadado. Lleva un vestido dorado, igual que yo, pero el suyo es mucho más elaborado, la falda es más abullonada y el corpiño está engalanado con encajes y volantes y lazos de seda.

A su lado, me da la impresión de que mi vestido de satén dorado es más bien un camisón, o, peor aún, un salto de cama. Los únicos adornos son las anillas dorados de los hombros que, en pocas palabras, sujetan ese trocito de tela.

—Me alegro de que me acompañes —responde Midas.

Bajo la cabeza y fijo la mirada en el cuenco de sopa que tengo delante. Desearía estar en cualquier parte menos aquí. Me está arrebatando el único momento que tengo a solas con él, y eso me enfurece. Midas y yo hemos dejado de ser inseparables y solo puedo compartir con él la cena, y a veces ni siquiera eso.

Sé que la reina me está escudriñando con la mirada porque noto un hormigueo frío en la cabeza, como si esos ojos azules y glaciales llevaran consigo el mismísimo invierno.

Oigo que Midas empieza a comer y me obligo a hacer lo mismo. No me atrevo a mirarle porque sé que ofendería a la reina y montaría en cólera. No quiero hacer nada que pueda llamar su atención. Solo quiero pasar desapercibida, así que no sorbo la sopa, ni dejo la cuchara en el cuenco. Intento no hacer ningún ruido.

Los tres cenamos en ese silencio tan incómodo que se alarga varios minutos. Tomamos el caldo de la sopa sin musitar palabra. Estoy segura de que la sopa es exquisita —todo lo que preparan las cocineras de palacio es una verdadera delicia— pero estoy tan nerviosa que ni siquiera detecto el sabor.

Malina está sentada con la espalda bien erguida y los hombros bien cuadrados, una postura aprendida que desprende rectitud y distinción. Encarna la absoluta perfección y su presencia es majestuosa a la par que un tanto abrumadora. Un fugaz vistazo basta para saber que pertenece a la realeza.

—Hmm —murmura mientras remueve la sopa con la cuchara, y después levanta la mirada y la posa en mí—. Parece que tu huérfana dorada ha aprendido a comportarse como es debido en la mesa. Ha mejorado sus modales desde la última vez y ya parece una señorita.

Me quedo petrificada y con la cuchara a escasos centímetros de la boca.

Midas suspira.

—Malina, no empieces.

La reina encoge los hombros con esa elegancia e indiferencia que la caracterizan, aunque su mirada se vuelve más gélida, más letal si cabe.

—Lo decía como un cumplido, Tyndall. La última vez que la vi comer, pensé que tendríamos que ponerle un babero para que no se mojara el regazo de estofado.

Bajo la cuchara y, al fin, despego la vista del cuenco. Nuestras miradas se chocan, azul y dorado, hielo y metal. En sus ojos veo la sombra de los celos, de la ira.

Y sé que ella debe de estar viendo lo mismo en los míos.

Midas me acaricia la pierna con el pie por debajo de la mesa.

Es un pequeño gesto cómplice que me consuela y, al fin, siento que puedo respirar. Pero también me recuerda que Malina puede provocarme todo lo que quiera, porque su estatus se lo permite. Para ella, soy la montura preferida que tolera. Soy la otra, y como tal debo mostrar respeto absoluto por la esposa del rey.

De una forma sutil, Midas me ha puesto en mi lugar y ese fuego que ardía en mi interior se extingue de un plumazo, como quien sopla para apagar una vela. Agacho la mirada.

—¿Qué te parece el salón? —le pregunta Midas a Malina para captar su atención y, de paso, cambiar de tema. Le agradezco que intente desviar la conversación de las críticas verbales de su mujer, pero, por una vez, me habría gustado que rompiera una lanza a mi favor y me defendiese.

Sé que es imposible. Es ella quien lleva una alianza de boda. Es ella quien se sienta a su lado en el trono, quien lo acompaña a todas sus visitas a la ciudad, a todos los actos oficiales. Todo eso está fuera de mi alcance.

Midas es ahora un rey, pero yo no soy una reina.

Malina mira a su alrededor y observa en silencio los cambios que ha sufrido el salón. Se fija en todos los detalles, pero, sobre todo, en todo lo que su marido ha convertido en oro. Me pregunto qué opina de todas esas pinceladas doradas que Midas va dejando a su paso.

Desde que el padre de Malina falleció, el pueblo ha apodado a Midas como el Rey Dorado. Se está ganando el título a pulso, desde luego. Está transformando el castillo, habitación por habitación. Cada día que pasa hay más superficies de oro.

A veces se empeña en que las cosas sean de oro macizo, como las plantas del claustro. En ese hermoso y exuberante jardín ya no volverá a brotar un nuevo retoño, ni tampoco volverá a llenarse de flores. Una declaración de intenciones, y de riqueza infinita, que no necesita palabras.

Pero no puede aplicar el mismo criterio para todo. Sería imposible conciliar el sueño en una cama de oro macizo, por ejemplo. Así que, por mucho que le pese, la mayoría de las veces solo puede transmutar el material. Tiñe las copas de cristal, altera los hilos y fibras de todos los tapices y alfombras para que se vuelvan dorados y colorea los marcos de madera. Y todo con tan solo tocarlos.

—No está mal —responde al fin Malina con frialdad e indiferencia.

—¿No está mal? —repite Midas, y arruga la frente en un gesto de extrañeza. Jamás me cansaré de contemplar ese rostro bronceado tan masculino, tan atractivo—. Alta Campana nunca ha lucido tan espléndida. Cuando termine de darle mi toque personal, será tan impresionante que nadie recordará cómo era antes.

De no ser porque la estaba observando, no me habría percatado de ese pequeño estremecimiento de dolor que le cambia la expresión. Es un gesto breve y efímero que tan solo dura un instante, pero lo he visto.

Me sorprende porque la reina de hielo nunca muestra otra emoción que altanería y desdén.

Malina traga saliva y, con la delicadeza digna de una reina, deja la cuchara sobre la servilleta.

—La sopa no es de mi agrado y me temo que no me está sentando bien al estómago —dice—. Creo que me retiraré a mis aposentos.

No puedo reprimir un suspiro de alivio, y de inmediato el peso de su presencia se desvanece. Por dentro estoy dando saltos de alegría.

Sin embargo, debería haber sido más precavida y haberme mantenido impertérrita porque la reina se ha percatado de mi reacción. Ahora me observa con los ojos entornados y sé que, si pudiera, me transformaría en una estatuilla de hielo ahí mismo.

Me pongo seria enseguida y recupero mi habitual ademán cordial y sumiso, pero ya es demasiado tarde.

El daño ya está hecho.

Un criado sale disparado de una de las esquinas del salón para apartar la silla antes de que Malina se ponga en pie. Se queda ahí inmóvil unos instantes y, de repente, apoya una mano pálida y fantasmal sobre el hombro de su esposo. Su piel parece de porcelana y es tan blanca que incluso se le transparentan las venas. Entrelaza los dedos con algunos mechones rubios del rey y juguetea con ellos.

—¿Vendrás esta noche? —le pregunta en voz baja.

Midas separa su pierna de la mía y asiente con la cabeza.

—Sí, por supuesto.

Malina sonríe de oreja a oreja, pero sé que tiene toda su atención puesta en mí. Siento que me ha robado ese alivio, esa tranquilidad de saber que íbamos a pasar la noche juntos. Se me revuelven las tripas.

—Maravilloso —ronronea Malina, que se inclina para darle un beso en la mejilla—. Disfruta de la cena con tu mascota, Midas. Te veré en mi lecho enseguida.

La reina intenta atravesar mi corazón con su mirada de hielo.

No sé qué percibe en mi expresión, pero es evidente que la hace sentir victoriosa. Satisfecha, Malina se pone derecha, se da media vuelta y se marcha del salón. Con el clic, clic de sus tacones como música de fondo, me quedo ahí, sentada, abatida y con un ataque de celos que debo reprimir.

No llores. No te atrevas a ponerte a llorar.

En cuanto la puerta del comedor se cierra, Midas alarga el brazo y me acaricia la barbilla con el pulgar.

—Auren.

Le miro. Reconozco esa expresión de inmediato. Lamenta lo que acaba de ocurrir, pero tiene las manos atadas.

—No puedes reaccionar a todo lo que dice.

Se me humedecen los ojos y no sé si voy a ser capaz de contener las lágrimas un minuto más.

—Lo sé.

—Oh, preciosa —murmura, y me acaricia con esos ojos parduscos—. Mi corazón es tuyo, ya lo sabes. Pero necesito un heredero, eso es todo.

Quizá no sea una reina, quizá no sea su esposa, pero tengo su corazón.

Es más que suficiente. Tiene que serlo. Aun así, no puedo remediarlo. Saber que yace con la reina me destroza por dentro.

Al principio Malina me ignoraba y, dicho sea de paso, lo prefería así. Supongo que creía que Midas se hartaría de mí y puede que a estas alturas ya se haya dado cuenta de que eso jamás ocurrirá.

Una lágrima se desliza por mi mejilla, pero Midas enseguida la seca con el pulgar. Ladeo la cabeza para sentirle más cerca.

—Ven aquí —susurra él. No hace falta que me lo diga dos veces. Me deslizo hasta su regazo y él me arrulla entre sus brazos. Los criados se escabullen del salón sin decir nada—. Te estás adaptando, date tiempo —dice, y me retira las trenzas del hombro.

—Supongo.

—El tiempo lo cura todo —asegura.

Me sorbo la nariz e intento recobrar la compostura.

—Sí.

Apoya la barbilla sobre mi cabeza y me abraza fuerte.

—Los dos sabíamos lo que iba a pasar cuando decidimos venir a Alta Campana.

—Sí, es solo… No imaginaba que iba a ser tan difícil —reconozco con un hilo de voz.

No imaginaba que iba a ser tan doloroso.

Me acaricia la espalda para tranquilizarme, para consolarme.

213

—Tenía que desposarme con Malina. Y no solo porque así asegurábamos el futuro del Sexto Reino, sino porque casarme con ella era la única forma de asegurar un futuro para ti —explica, y su voz retumba en mis oídos porque tengo la cabeza recostada sobre su pecho.

Tiene razón, por supuesto.

Me da un toquecito en la barbilla, así que levanto la cabeza y le miro.

—Auren, aquí estás a salvo, estás protegida. Y eso es lo que más me importa. Lo sabes, ¿verdad? Jamás permitiría que el mundo volviera a hacerte daño.

Asiento y mi mirada repta hasta sus labios. Quiero darle un beso en la mejilla, sustituir el beso que le ha plantado su esposa antes de irse, pero sé que es un gesto infantil y, al final, no lo hago.

—Estoy a salvo gracias a ti —murmuro con una media sonrisa.

Él me devuelve la sonrisa, esa sonrisa que me encandila e hipnotiza, esa sonrisa que hace que se me encoja el corazón en el pecho.

—Y aquí, conmigo, siempre lo estarás —me promete—. ¿Todavía tienes hambre?

Sacudo la cabeza. Apenas he probado bocado, y lo poco que he comido me ha sentado fatal.

—De acuerdo, ¿qué te parece si te acompaño a tus aposentos y mando a un criado que te suba algo de comida un poco más tarde?

—Sí, por favor.

Me da un delicado beso en la frente y me ayuda a ponerme en pie. Me rodea la cintura con el brazo y, juntos, salimos del comedor.

Subimos la infinita escalinata del castillo en completo silencio. Mis piernas ya se han acostumbrado a ese terrible ascenso, a esa interminable columna de peldaños, y ya no sufro tantas agujetas por las mañanas. Aun así, mi espíritu parece estar arrastrando los pies.

Cuando por fin llegamos al ático, Midas hace una señal a los guardias que custodian el vestíbulo. Atravesamos el umbral cogidos de la mano y nos detenemos en el centro de la habitación. No es cualquier habitación, sino mis aposentos, que además del dormitorio incluyen un vestidor y un cuarto de baño.

—¿Preparada? —pregunta.

Digo que sí con la cabeza aunque no puedo evitar resoplar al ver esos barrotes de oro.

Midas no escatimó en recursos y contrató al mejor y más reputado herrero de Orea para construir esto para mí.

Tardó varias semanas en completar el trabajo, una preciosa y elegante jaula. Pero no es una pajarera cualquiera, pues tiene capacidad para una persona y para todas las comodidades que pueda necesitar.

Su estructura redondeada podría considerarse una auténtica obra de arte; los barrotes de metal no son burdos, ni toscos, sino que giran en espiral y forman una especie de caracolas en los extremos, y la banda dorada que bordea la parte superior de la jaula está grabada con un sinfín de vides.

Es un trabajo soberbio y detallado y robusto. Ningún mortal podría doblar esos barrotes, o escurrirse entre ellos. Cuando Midas me prometió que se encargaría de mantenerme a salvo, le pedí que me lo demostrara con hechos, no con palabras.

Y eso es lo que ha hecho.

Se acerca con paso firme hacia la jaula y empuja la puerta. Me sorprende que las bisagras no emitan ni un solo chirrido. Midas entra conmigo. Los dos pasamos de largo de la cama y del sillón y nos dirigimos hacia el inmenso ventanal. Los bordes de los paneles de cristal están cubiertos de nieve que, a primera vista, parece azúcar en polvo. Las vistas no son sensacionales, pero aun así me encanta poder contemplar el exterior del castillo.

215

Noto que empieza a juguetear con las cintas de mi espalda y que esta noche he atado formando delicados lazos. Sé que con ese gesto tierno y cómplice pretende tranquilizarme, consolarme. Él sabe que la confrontación con Malina me ha dejado mustia y compungida, pero no es solo por eso. La jaula me proporciona seguridad, es verdad, pero ahí dentro me siento sola. Me aburro como una ostra. A veces me despierto en mitad de la noche con la sensación de que estoy atrapada.

—Come algo más esta noche —me indica.

—Lo haré.

—Y toca el arpa. Se te da de maravilla.

Me río y aparto la mirada del ventanal para observar el arpa dorada que me regaló hace un par de meses.

—Lo dices por decir. Se me da de pena.

Él tuerce la sonrisa.

—Con un poco de práctica, mejorarás.

—Tengo tiempo de sobra para eso —bromeo. Aunque prefiero mil veces estar aburrida de vez en cuando que volver a mendigar por las calles de la mano de un rufián como Zakir. Si lo único de lo que puedo quejarme es de aburrimiento, significa que llevo una vida digna y cómoda. Algo que no debo olvidar.

—Tengo una sorpresa para ti —anuncia de repente Midas.

Arqueo las cejas y me pongo a dar saltitos de alegría.

—¿De qué se trata?

Estoy que no quepo en mí de alegría. Qué emoción. No puedo evitarlo, me fascinan los regalos.

—Voy a mandar ampliar tu jaula. —Abro los ojos como platos.

—¿Qué...?

—Va a ser un pelín complicado y, por supuesto, no será de hoy para mañana —se apresura en explicar—. Los albañiles tendrán que derribar varias paredes para que los carpinteros puedan construir un pasadizo privado por el que puedas moverte con total libertad. Cuando esté terminado, podrás visitar la biblioteca y el claustro cuando quieras sin tener que salir de tus aposentos. Así, siempre te sentirás a salvo.

Me quedo boquiabierta sin saber qué hacer ni qué decir. Le observo con atención durante unos instantes para comprobar que realmente está hablando en serio.

—¿De verdad? —suspiro.

Su sonrisa me deslumbra, como siempre.

—De verdad.

Y antes de que pronuncie la última palabra, me lanzo a sus brazos y le lleno la cara de besos.

—¡Gracias, gracias, gracias!

Él se ríe a carcajadas, un sonido risueño y despreocupado que me alegra el alma y me serena el corazón.

—Sé lo mucho que te gusta leer y pasear por el claustro —dice, y se aparta un poco para poder mirarme a los ojos—. Y tú sabes lo mucho que me gusta hacerte feliz.

—Gracias —repito una vez más con una sonrisa de oreja a oreja. Si puedo ir al claustro siempre que se me antoje, ya no me sentiré encerrada en esta jaula. Podré disfrutar de las mejores vistas del castillo.

—¿Contenta? —pregunta.

Asiento.

—Muy contenta.

—Bien —murmura Midas, y me da un golpecito en la punta de la nariz.

La gigantesca campana de la torre del castillo empieza a repicar. Está marcando la hora de recogerse, de irse a dormir. Resuena de tal manera que puede oírse en toda la montaña, incluso en la ciudad de Alta Campana. La reverberación de esa campana parece formar ondas en el aire que se van propagando hasta los confines del reino.

Cuando el redoble de campanas deja de sonar, Midas me acaricia la mejilla con la mano.

217

—Te veré por la mañana. Intenta descansar esta noche. Mañana tenemos muchas cosas que hacer.

—Lo haré.

Le acompaño hasta la puerta de la jaula. Él sale, se da la vuelta y la cierra con llave. Desliza la llave en el bolsillo y le da unos golpecitos, recordándome así que nadie puede entrar ahí, que él y solo él puede acceder a mis aposentos, a mi pajarera.

—Buenas noches, Preciosa.

Enrosco los dedos alrededor de los barrotes.

—Buenas noches.

Midas cruza la habitación y desparece tras la puerta sin mirar una última vez hacia atrás. Mi sonrisa se desvanece en cuanto me quedo a solas. Intento no pensar en dónde va, en lo que va a hacer. Es su esposa, y yo la mascota dorada que ella tolera.

Me giro, apoyo la espalda sobre los barrotes y escudriño el interior de la jaula. Un sillón, una mesa, varios cojines y almohadas apilados sobre mi cama con dosel, una maraña de mantas y sábanas a los pies de la cama. Aquí dentro tengo todo lo que necesito, todas las comodidades que jamás pensé que tendría al alcance de la mano.

Midas nunca me ha decepcionado. Ya no estoy en peligro. Ya no vivo intranquila las veinticuatro horas del día. Ha cumplido con su promesa y no ha fallado a su palabra desde que me encontró.

Entonces, ¿por qué cada vez que la puerta de esa jaula se cierra me siento perdida?

22

Auren

—*E*h, chica dorada, ¿eres tú?

Me pongo tensa al oír el vozarrón de Keg y me detengo de inmediato. Todos los soldados que hacen fila para conseguir su ración de comida se vuelven y me miran.

Me asombra que Keg me haya reconocido en mitad de la multitud. Pensaba que lograría pasar desapercibida, pero es evidente que me he equivocado. Aunque es de noche, supongo que soy como un faro en mitad del océano, un resplandor dorado que se escurre entre siluetas oscuras y siniestras.

—Sé que puedes oírme, ¡así que arrastra ese culo hasta aquí ahora mismo!

Suspiro y, casi a regañadientes, me doy la vuelta y me encamino un tanto alicaída hacia la hoguera. Me da la impresión de que los soldados prefieren esquivarme, ya que, al verme, enseguida se apartan de mi camino. Tal vez la charlita de Osrik a ese par de soldados ha corrido como la pólvora por el campamento.

Keg echa una cucharada de comida al primer soldado que está esperando en la fila. Me detengo justo enfrente de él. Igual que en el desayuno, está removiendo ese gigantesco puchero, solo que, en lugar de gachas de avena, ahora contiene lo que a simple vista parece sopa.

—¿Dónde te habías metido? Esta mañana no te he visto merodeando por aquí, y ayer tampoco —dice con el ceño fruncido.

—He estado un poco indispuesta, la verdad.

A pesar de que empujé a Hojat y lo arrojé a la otra punta de la tienda como si fuese una bola de papel, el sanador se ha dedicado en cuerpo y alma a mi cuidado. No solo se ha preocupado de prepararme remedios medicinales para aliviar mis dolencias, sino que también me ha traído comida y varias mantas de pieles más, por si acaso.

Keg, cuya principal virtud no es la paciencia precisamente, chasquea los dedos para que se acerque otro soldado y pueda seguir sirviendo raciones.

—Oh, lo lamento —murmura—. ¿Sabes qué cura todos los males?

—¿Qué?

Me lanza una mirada cómplice y dice:

—Un buen cucharón de mi receta de sopa que sirvo en mi hoguera.

Se me escapa un resoplido.

—Lo siento. Intentaré recordarlo la próxima vez.

—Más te vale —dice, y me guiña un ojo—. ¿Ya estás mejor?

—Mucho mejor —le aseguro, y es cierto. La jaqueca ha desaparecido y ya no me duele la garganta. De hecho, no recuerdo la última vez que tosí. Ni siquiera noto las lesiones de las costillas, el hombro y la mejilla. Podría decirse que Hojat me ha dejado como nueva.

—Me alegro. Entonces no hay motivo por el que no puedas comer ahora —dice, y levanta una mano, indicando así a los soldados que están en la fila que no avancen, que se queden donde están. Después coge un cuenco de hierro forjado de la pila y me lo entrega—. Como te has perdido mi delicioso desayuno esta mañana, te toca una porción extra.

—Oye, tu desayuno me ha dado cagalera esta mañana. ¿Me darás una porción extra a mí también? —pregunta uno de los soldados mientras se ríe a carcajadas.

—No —contesta Keg—. Y has tenido cagalera porque el uniforme te aprieta ese barrigón desde primera hora de la mañana. —Algunos de los otros soldados se desternillan de la risa—. Toma —añade, y llena el cuenco hasta el borde—. Te vas a poner las botas.

—Gracias, Keg.

Me llevo el cuenco a los labios y tomo un sorbo de esa bazofia que más bien parece un intento fallido de sopa de pescado. Keg tiene razón, la cena que ha preparado esta noche es contundente, pero no en el buen sentido.

Aun así, no dejo ni una gota de sopa en el cuenco porque, a pesar de haber vivido y cenado en un palacio durante los últimos diez años, no soy en absoluto tiquismiquis con la comida. No le hago ascos a nada porque antes de eso pasé mucha hambre y no tenía ni un triste mendrugo de pan que llevarme a la boca.

Le devuelvo el cuenco en cuanto me termino la sopa.

—Gracias. Estaba… rica.

Más o menos. Digamos que se dejaba comer, pero en ningún caso repetiría.

A Keg se le hincha el pecho de orgullo. Por alguna razón que desconozco, al cocinero del ejército le encanta darme de comer.

—Sigues siendo la comensal más rápida que jamás he conocido, Ricitos Dorados.

Me quedo inmóvil y entorno la mirada.

—Has hablado con Lu, ¿verdad que sí?

Keg no es capaz de contener la sonrisa.

—Me parece que el apodo con el que te ha bautizado te va como anillo al dedo.

—Genial —murmuro con cierto desinterés y apatía, aunque la sonrisita que se me escapa me delata; reconozco que Lu ha dado en el clavo con el apodo, y que es bastante gracioso.

Esta especie de… de camaradería que tengo con él me resulta extraña a la par que curiosa. Keg nunca me ha tratado como a una enemiga, sino más bien todo lo contrario, como a una compatriota, una compañera. Tal vez ese sea uno de los motivos por los que he preferido evitarle durante este par de días. Siempre que hablo con Lu, o con Keg, o con Hojat, siento que estoy comportándome como una traidora.

—Eh, mamarracho, ¿cuánto tiempo voy a tener que esperar para la cena? —vocea uno de los soldados.

Keg pone los ojos en blanco.

—Este ejército está lleno de lloricas que se quejan de vicio.

Sonrío.

—Hasta pronto, Keg.

—Hasta mañana —recalca él—. Nos vemos en el desayuno.

—Hasta mañana, entonces —le prometo antes de alejarme de su hoguera.

Aprovecho para estirar las piernas y dar una vuelta por el campamento. Los soldados se apiñan alrededor de las hogueras y el constante murmullo de sus voces me recuerda al sonido del mar. Esta noche no nieva y el aire es fresco, limpio y vigorizante, esa clase de aire que solo se respira cuando la temperatura es invernal. Ahora que ya me he recuperado, debería aprovechar este momento para hacer una visita a las monturas, pero…

La idea de enfrentarme a Mist me provoca náuseas.

Además, ahora Rissa me mira con esa expresión sedienta e impaciente, como si yo fuese la respuesta a todas sus plegarias, la solución a todos sus quebraderos de cabeza. Aunque supongo que es mejor que las miraditas de odio y asco que me lanzan el resto de las monturas cada vez que me ven aparecer por su tienda.

No. Esta noche no me apetece ir a verlas.

Así que, en lugar de dirigirme hacia la tienda donde se alojan las monturas, deambulo por el campamento sin rumbo fijo. Me voy fijando en los carruajes en busca de alguna pista que pueda indicarme dónde guarda el comandante a los halcones mensajeros, aunque tampoco le pongo mucho empeño, la verdad. Una parte de mí se siente un poco culpable.

A pesar de mis reservas y prejuicios, Keg, Lu y Hojat me caen bien. Y eso… eso complica un poco las cosas; estoy empezando a darme cuenta de que no todo es blanco o negro, de que existe toda una escala de grises que nunca me había planteado. Hasta ahora.

Tendría la conciencia mucho más tranquila si fuesen crueles conmigo. Sí, todo sería mucho más fácil si este condenado ejército me estuviese tratando de una forma reprochable, malvada, horrible. De hecho, eso era lo que esperaba. Esperaba que me machacaran, que me humillaran, que me sometieran a una maldad que auguraba ser salvaje y sádica, que me hostigaran y me castigaran hasta destrozarme.

Pero no ha ocurrido nada de eso. El ejército del Cuarto Reino ha dejado de ser ese enemigo sin rostro que, según se rumorea, uno debe temer y odiar a partes iguales.

¿Dónde debo posicionarme? Hasta ahora estaba convencida de que el bando contrario, el bando de Midas, era el correcto, pero ahora empiezo a cuestionármelo.

De repente, ese huracán de sentimientos encontrados se desvanece en cuanto oigo unos gritos a lo lejos. Frunzo el ceño, cambio de dirección y me encamino hacia el ruido a toda prisa. En cuanto llego a los pies de un montículo de nieve bastante alto, lo que parece ser una multitud estalla en un «hurra» colectivo. Sin pensármelo dos veces, empiezo a escalar por la pendiente y a abrirme paso entre ese cúmulo de nieve virgen. Me resbalo varias veces pero al final consigo llegar a la cima del terraplén.

Al otro lado deben de haberse congregado unos doscientos soldados, iluminados por una tremenda hoguera que han encendido sobre el terreno. Han dibujado un círculo enorme sobre la nieve y dentro de él hay un grupo de hombres luchando entre sí, cuatro contra cuatro, para ser más exactos.

Los soldados, con el pecho al descubierto, se están peleando con tal brutalidad que incluso contengo el aliento. Algunos tienen el cuerpo acribillado de moretones y cardenales, y advierto varios regueros de sangre a sus pies, sobre la nieve. Se desafían como bestias salvajes, se atacan utilizando movimientos ágiles y expertos y asestan un golpe a su adversario siempre que se les presenta la ocasión.

Algunos luchan con espadas, otros con los puños, pero después de cada embestida, después de cada golpe, ya sea certero o fallido, los espectadores reaccionan con vítores de celebración o con los insultos más groseros y ofensivos que uno puede imaginar. Todos presencian ese brutal y sanguinario espectáculo con gran entusiasmo y fervor. Cada vez que un soldado golpea a otro, dan un tremendo pisotón sobre la nieve, un estruendo violento, casi inhumano, que retumba en ese páramo helado y hace vibrar el suelo. Siento un escalofrío por la espalda.

De pronto, uno de los luchadores desenfunda un puñal, se agacha y en un abrir y cerrar de ojos consigue hacerle un corte en la tripa a uno de sus rivales. Al ver que el chorro de sangre le salpica el rostro y mancha la nieve, se me pone la piel de gallina.

Un segundo después, alguien sale volando por los aires y, al aterrizar sobre la nieve, levanta una polvareda blanca a su alrededor. Su oponente no está dispuesto a darle tregua porque de inmediato se sienta a horcajadas encima de él y empieza a aporrearle la cara con los puños, sin parar. Incluso desde ahí arriba puedo oír cómo le rompe los huesos. Y juro que no exagero. Enseguida reconozco el inconfundible olor metálico de la sangre, que no deja de brotar del pómulo del soldado que sigue tendido en el suelo.

Hasta ahora, los soldados se habían comportado de una forma dócil, obediente, disciplinada. Marchan durante el día en perfecta formación y por la noche trabajan codo con codo para montar e instalar el campamento en un santiamén.

Me da la sensación de que he retirado el telón, de que estoy presenciando lo que realmente se esconde detrás de bambalinas, detrás de esa apariencia sumisa y civilizada, y que podría describir con una sola palabra: crueldad. Estos hombres son guerreros profesionales y la emoción y exaltación que muestran los espectadores es la prueba irrefutable de que son hombres sanguinarios que han hecho de la violencia su profesión, o puede que incluso su pasión.

Un silbido ensordecedor detiene la refriega *ipso facto*. Escudriño a todos los presentes en busca del origen de ese agudo pitido y encuentro a Osrik.

Se ha colocado delante de la multitud, fuera del círculo donde se estaba celebrando ese combate de lucha libre. Con las piernas separadas y esos brazos fornidos cruzados sobre el pecho, observa a los asistentes con una expresión imperturbable y autoritaria. Es en ese instante cuando caigo en la cuenta de que Osrik es quien está al mando de tal exhibición de violencia.

Dice algo a los combatientes y casi de inmediato los ocho soldados abandonan el círculo, algunos cojeando, otros sangrando. Sus torsos, todavía desnudos, están plagados de heridas y cardenales, y todos tienen las mejillas sonrosadas por el frío y los labios hinchados por los puñetazos recibidos. Pero aun así sonríen. Sí, sonríen, como si darse esas palizas fuese algo divertido.

Creo que este ejército necesita aprender a matar el tiempo con otra clase de aficiones.

Hojat también está ahí abajo, corriendo de un lado para otro con su inseparable maletín, echando un vistazo a las lesiones de los soldados. Empieza a aplicar ungüentos y a poner vendajes sobre las heridas mientras los combatientes se dan palmaditas en la espalda e intercambian toda clase de insultos e improperios y los espectadores dedican burlas y aplausos a los protagonistas.

Decido que no pinto nada allí, que no quiero atestiguar otro baño de sangre por puro entretenimiento y diversión. Sin embargo, en cuanto muevo un pie para marcharme, con el rabillo del ojo veo que Osrik señala con un dedo a la multitud y elige a otro grupo de luchadores.

Me quedo boquiabierta al darme cuenta de que ha seleccionado al jovencísimo asistente, Palillo. Con su melena castaña y desgreñada y ese uniforme de cuero marrón que no termina de ajustarse bien a su cuerpo, Palillo parece un muchacho flacucho y menudo, un hilo de alambre endeble y frágil en comparación con esos hombretones corpulentos y bruscos. Quizá por eso se haya ganado el apodo de Palillo.

Sin amedrentarse, Palillo entra en el círculo de lucha, se desprende del abrigo de cuero y de la camisa y los arroja al suelo. Ahora que muestra ese pecho lánguido y huesudo, todavía destaca más que antes. Cierro los puños cuando el público le jalea mientras el pobre muchacho trata de no perder los nervios sobre la nieve.

Osrik parece dudar durante unos instantes, pero al final elige a otro luchador. El tipo luce una melena rubia que me recuerda a la planta de la mostaza. Es de un amarillo muy intenso y, en ese ambiente tan macabro y oscuro, llama muchísimo la atención. Esa brillante pincelada de color no encaja con la barbarie que estoy presenciando.

No es un soldado robusto y fornido, sino más bien alto y delgado, pero aunque no tenga la complexión hercúlea de la mayoría de sus compañeros sigue siendo un hombre hecho y derecho, un hombre con músculos, con edad y con experiencia. No es quién para enfrentarse cuerpo a cuerpo con un crío.

Cuando quiero darme cuenta, las piernas me están arrastrando por la pendiente de ese montículo de nieve. Me deslizo entre la multitud que sigue apiñada alrededor del círculo, me abro paso a empujones y me escurro como una serpiente entre varias filas de cuerpos fortachones, robustos y sudorosos.

Consigo llegar a primera fila justo a tiempo para ver cómo el tipo de cabellera amarilla le asesta un codazo a Palillo, justo en el estómago. La fuerza del golpe lo deja sin aire en los pulmones y el pobre se doblega como…, en fin, como un palillo partido.

La ira empieza a nublarme la visión hasta sumergirme en un océano de aguas bravas.

Palillo levanta los brazos para protegerse la cabeza mientras trata de esquivar una sucesión de puñetazos continuos, propios de un boxeador profesional, rápidos y ágiles. El hombre dibuja una sonrisa, como si estuviera pasándoselo en grande mientras zurra a un niño indefenso. El aire está cargado de la emoción de los asistentes, que no dejan de gritar y vitorear a los luchadores, aunque no logro distinguir qué dicen.

Aúllan como animales salvajes para que el espectáculo se vuelva más cruento, más encarnizado.

No pienso permitir que Mostaza le aseste otro golpe a Palillo, así que sin pensármelo dos veces doy un paso al frente y entro en el círculo de lucha. Con ademán resuelto y decidido, me planto delante de Palillo y lanzo una mirada furiosa y desafiante al soldado de cabellera rubia.

227

23

Auren

El soldado de cabello mostaza da un respingo y se detiene justo a tiempo. Un segundo más tarde y me habría atizado un buen bofetón, o algo peor. Abre los ojos como platos mientras baja los puños y mira a su alrededor, como si buscase una razón lógica que explicase mi repentina aparición en el círculo de lucha.

La multitud empieza abuchearme. Los soldados, un tanto confundidos y claramente molestos por la interrupción, no tardan en expresar su malestar y empiezan a quejarse. Sus palabras, burdas y vulgares, son dardos envenenados que se me clavan en la espalda.

Ahora que estoy más cerca, me doy cuenta de que Mostaza es mayor de lo que creía; llevar la barba afeitada le otorga un aire más juvenil, pero su mirada es la de un guerrero que ha sobrevivido a incontables batallas.

—Deja al chico en paz —le exijo. Me sorprende que haya sido capaz de controlar la voz, de que no se me haya quebrado bajo la presión.

—Ejem… ¿Qué? —responde Mostaza, que me mira con la boca tan abierta que por un momento creo que se le va a desencajar la mandíbula.

En ese preciso instante se oye un silbido nítido y agudo, y

es entonces cuando Osrik entra en escena. Es un maldito armario empotrado y, con cada paso que da, juraría que el suelo vibra. O quizá me esté equivocando y sea yo, porque me tiemblan hasta las pestañas.

—¿Qué coño crees que estás haciendo? —espeta, y se detiene justo delante de mí.

Levanto la barbilla. No pienso acobardarme ahora.

—Detener esto. No voy a permitir que se apalee a este pobre muchacho para entretener a tus soldados y que pasen un buen rato a costa de su sufrimiento y humillación.

Osrik abre la boca, dispuesto a replicarme, y no puedo evitar fijarme en el pendiente de madera que lleva en el labio inferior y en la sien, que está palpitando de ira y rabia.

—¿Disculpa? Pero ¿quién coño te crees que eres?

Palillo, que sigue detrás de mí, interviene con su vocecita infantil.

—Señorita, no deberías haber entrado en el círculo.

Le miro por encima del hombro.

—No te preocupes, Palillo. Puedo resolver esto solita.

Osrik escupe una carcajada cruel.

—No, en realidad no puedes. Y el chaval tiene razón. No deberías haber cruzado la línea del círculo de lucha.

—No —añade Mostaza mientras se balancea sobre sus talones y cruza los brazos sobre ese pecho desnudo, fuerte y bronceado—. Explícale las normas, Os.

Osrik me mira con severidad.

—Si alguien tiene la valentía, u osadía, de entrar en el círculo de lucha, tiene que luchar.

—Y quitarse la camisa. No te olvides de ese importante detalle —recalca Mostaza con una sonrisa maliciosa—. No querrás que se te manche la ropa de sangre —añade, y me guiña un ojo.

Se me revuelven las tripas.

—Cierra esa bocaza, Judd —ordena Osrik.

229

—Señorita, no pasa nada, en serio —insiste Palillo.

Que precisamente él, un crío indefenso, sea quien intente protegerme a mí me parte el corazón. Pero me mantengo en mis trece y no bajo del burro, ni siquiera cuando la multitud ahí congregada empieza a perder los nervios, a gritar más fuerte. Aunque ninguno de los soldados allí reunidos se atreve a poner un pie dentro del círculo, me da la impresión de que están apretujándose a mi alrededor, como si quisieran presionarme, asfixiarme. La tensión se palpa en el ambiente y el aire, antes fresco y vigorizante, se ha enturbiado con tanta grosería y suciedad y se ha vuelto casi irrespirable. Y siento toda esa mugre pegada en la piel.

Osrik fulmina al muchacho con la mirada.

—Vuelve a ponerte en formación, muchacho.

Palillo acata la orden y se revuelve a mis espaldas, pero yo me muevo con él y sacudo la cabeza.

—No.

Me da igual lo corpulento, fortachón, sádico o vengativo que sea Osrik. Hay cosas que te dan el coraje necesario para enfrentarte a un gigante, y la injusticia es una de ellas.

Osrik echa la cabeza hacia atrás y suelta un suspiro larguísimo, como si estuviera tratando de encontrar algo de paciencia en ese ambiente denso y enturbiado. Al ver que su táctica no ha parecido funcionar, da un paso hacia delante, acercándose así un poquito más a mí. Si lo ha hecho a propósito para intimidarme, debo admitir que ha funcionado. Podría aplastarnos a Palillo y a mí en un abrir y cerrar de ojos, y sin siquiera despeinarse.

Pero, aun así, no doy mi brazo a torcer y me mantengo firme. Porque hubo un tiempo en el que yo sufrí la misma suerte que Palillo, y no tenía más remedio que luchar con uñas y dientes por las calles. Los críos que mendigábamos en mercados y plazas nos peleábamos por conseguir una triste limosna mientras Zakir se dedicaba a apostar las cuatro monedas que lográbamos reunir. Nunca hubo nadie que sacara la cara por mí y me defendiera ante tal abuso, a pesar de que lo deseara con todas mis fuerzas.

Y ahora pienso hacer por Palillo lo que nadie hizo por mí.

—Hazme lo que quieras, pero no pienso mirar hacia otro lado y dejar que le deis una paliza a Palillo.

Judd, que está a mi lado, deja escapar un silbido por lo bajo.

Osrik pone los ojos en blanco y, de repente, su barba parece más salvaje y desaliñada de lo habitual.

—Quizá esto te sorprenda un poco, ya que estás acostumbrada a vivir entre algodones en tu castillo de oro —empieza—, pero adivina el qué. En el mundo real no existe esa vida cómoda y despreocupada, y mucho menos en el ejército del Cuarto Reino. Aquí todo el mundo tiene que ganarse su sitio. Incluido Palillo.

Cierro los puños.

—Es un crío.

—Sí, y va a tener que aprender a defenderse. Así se asegurará de que un día, tarde o temprano, será un buen soldado y podrá tener un futuro, un sueldo digno y una reputación intachable. Él eligió estar aquí —explica Osrik, y señala el círculo con la mano—. Esto no es un espectáculo de entretenimiento barato, y no voy a dejar que le den una paliza. Esto es un entrenamiento, joder.

Esa revelación me deja boquiabierta y toda mi rabia e indignación empiezan a desinflarse. Me vuelvo hacia Palillo, que me mira avergonzado.

—Tú… ¿Tú quieres pasar por esto?

Él asiente lentamente, como si temiera que la respuesta fuese a herir mis sentimientos.

—Sí, señorita. Sir Os y sir Judd siempre me dejan entrenar un poco durante los círculos de lucha.

Por el gran Divino, ¿dónde hay un agujero en el suelo cuando más lo necesitas?

—Ah. De acuerdo... —farfullo, y me aclaro la garganta mientras trato de reunir algo de dignidad—. Os dejo que continuéis, entonces. Yo... tengo que marcharme.

Osrik se mueve hacia un lado, pero no para dejarme pasar, sino todo lo contrario, para bloquearme el paso. Levanto la mirada, furiosa, y veo que está sonriendo como un memo engreído.

—No tan rápido. Ya has oído la norma. Si entras en el círculo de lucha, tienes que luchar.

Le lanzo una mirada asesina.

—Si no te apartas, ya puedes despedirte de tus pelotas porque pienso reventártelas de un rodillazo.

Judd suelta una carcajada.

—Eso sí sería un buen espectáculo de entretenimiento.

Osrik sigue con esa sonrisa de superioridad pegada en la cara.

—Venga, va. Me encantaría ver cómo lo intentas.

Los soldados parecen volverse locos porque, al oír la provocación de ese fanfarrón, estallan en gritos y aullidos frenéticos, un rugido que más bien parece salido del hocico ensangrentado de una bestia salvaje. Osrik me está acorralando delante de todo el mundo, me está retando a un duelo y, para colmo, está disfrutando de lo lindo.

—Por si no te habías dado cuenta, ya no estás en el Sexto Reino, mascotita. Si quieres soltar acusaciones y dar órdenes a diestro y siniestro, te aconsejo que te lo pienses dos veces. Y las normas son las normas. Has entrado en el círculo, y ahora debes atenerte a las consecuencias. Punto.

Niego con la cabeza, y lo hago con tal ímpetu que varios mechones de pelo se sueltan de la trenza. El sudor empieza a empaparme la nuca, la frente.

El gigante de Osrik se inclina hacia delante y se queda a escasos centímetros de mi rostro. Me estremezco y echo la cabeza un pelín atrás.

—Ohh, venga, enséñame esas zarpas de oro, mascota. Veamos cómo sales de esta.

Los gritos de la multitud son ensordecedores. Me instan a luchar, a batirme en ese duelo absurdo. Esos bramidos emiten una especie de energía que me golpea la piel, apalea esa aparente firmeza y resolución y me empuja y vapulea desde todas las direcciones. Con cada alarido, con cada palabra de desprecio y provocación, el aire se va llenando de violencia y crispación y siento que voy a explotar en cualquier momento.

El estrépito y la presión me asedian, me hostigan y lo único que quiero es que se callen.

—Callaos —digo, pero las manos ya me han empezado a temblar y se me ha secado la boca, y todo por culpa de los berridos de esos espectadores sedientos de sangre.

—Tú has sido la que has entrado en el círculo por tu propio pie. ¿Qué creías que iba a pasar? —pregunta.

—No me lo había planteado, la verdad —murmuro, y esa es la verdad. Al oír lo que supongo que él considera una excusa pésima, Judd echa la cabeza hacia atrás y ladra una risotada que retumba en el aire.

A Osrik le encantaría que mordiera el anzuelo e intentara atacarle porque los dos sabemos que no sobreviviría ni al primer asalto. No soy tan ingenua. Soy consciente de que, si le ataco, le estaré dando vía libre para que él se defienda y, peor todavía, para que me ataque a mí. Gracias, pero no.

—Vamos, mascota de Midas. ¿Dónde están tus agallas? —insiste Osrik con tono burlón.

Todo mi cuerpo se pone tenso y el estruendo es tan atronador que ni siquiera soy capaz de distinguir el latido de mi corazón de los pisotones que esos bárbaros están dando al suelo.

Doy un paso atrás. Y después otro, y otro.

Osrik recorta la distancia de una sola zancada.

—¿Qué ocurre? No me digas que tienes miedo. Oh, ¿estás asustada?

Estoy muerta de miedo. Pero no es solo él quien me aterroriza. Estoy aquí, en este páramo helado, pero mi mente me traslada a otro lugar, a otra época; estoy arrinconada contra una pared de ladrillos ásperos y rugosos que me arañan la piel de la espalda. Varios hombres me toquetean, me manosean las cintas, me tiran del cabello, jalan de las faldas de mi vestido.

La turba de hombres de aquel entonces, aunque no era ni de lejos tan multitudinaria como esta, pues no debían de ser más de seis, sonaba exactamente igual. Un clamor familiar que amenazaba con aplastarme.

En aquella ocasión me derrumbé, y no quiero que vuelva a pasar lo mismo.

—Basta, Os.

No me explico cómo la voz de un solo hombre es capaz de hacerse oír en mitad de ese griterío. De repente, todos los soldados enmudecen y la burbuja de presión se desvanece.

Me vuelvo y enseguida reconozco la silueta de Rip. Verle ahí plantado es como un jarro de agua fría.

El cabrón de Osrik tiene la osadía, y la cara dura, de echarse a reír.

—Qué lástima, justo ahora que la cosa empezaba a ponerse interesante. Me faltaba un tris para convencerla.

La expresión de Rip es indescifrable. Con esa mirada negra y siniestra, repasa a todos los soldados que siguen apiñados alrededor del círculo.

—Volved al campamento, todos.

Los soldados obedecen al instante y empiezan a dispersarse a toda velocidad, como quien escapa de una tormenta eléctrica inminente.

La rapidez con la que los reclutas acatan órdenes me sigue pareciendo impresionante. Ninguno rechista, ninguno gruñe en voz baja, ninguno osa sublevarse. En menos que canta un gallo, pasan de ser una horda de hombres enloquecidos a un regimiento de soldados disciplinados. Han jurado absoluta obediencia a su comandante, y todos cumplen con su promesa.

Osrik mira a Palillo.

—Vamos, muchacho. Dejaremos el entrenamiento para mañana.

Palillo asiente con la cabeza y se apresura en recoger la ropa del suelo. Se vuelve hacia mí, nervioso y algo dubitativo.

—Ejem, señorita…

—¿Sí?

—Gracias por haber intentado protegerme, pero la próxima vez… ¿te importaría no hacerlo? Van a pasarse semanas dándome el coñazo por esto.

—No volveré a hacerlo. Lo siento.

Osrik y Judd se ríen por lo bajo.

—Vigila esa lengua, Palillo.

El muchacho se vuelve hacia Rip, que no sé cómo se las ha ingeniado para llegar hasta nosotros sin hacer el más mínimo ruido. De hecho, ni me había dado cuenta de que estaba a mi lado.

—Perdón, señor —responde Palillo claramente arrepentido.

El comandante asiente.

—Puedes marcharte.

No hace falta que se lo diga dos veces. Palillo se da media vuelta y sale disparado. Cualquiera que lo viese diría que le persigue una manada de lobos.

Como quien no quiere la cosa, hago lo mismo. Me vuelvo, dispuesta a marcharme de allí, pero tal y como imaginaba no consigo dar más de tres pasos.

—Tú no.

Con un suspiro, me detengo y me giro, aunque no pienso darle el gustazo de mirarle a la cara. En lugar de eso, observo la retirada de los soldados, que se dirigen en silencio al campamento.

En cuestión de segundos, las únicas personas que quedamos en el círculo de lucha somos Rip, Osrik, Judd y yo.

Me miran con tal intensidad, con tal escrutinio, que se me pone la piel de gallina. Sé que he hecho el ridículo más espantoso al meter las narices en asuntos que no me incumben y entrar en el círculo sin pensar en las consecuencias. Y también sé que he metido la pata hasta al fondo al sacar conclusiones precipitadas. Pero saber que Rip lo ha presenciado todo empeora aún más las cosas.

Me siento vulnerable. Apaleada. Como si fuese uno de los soldados que ha salido herido y maltrecho del círculo de lucha.

Desvío la mirada hacia el comandante. Todos los músculos de mi cuerpo están en tensión.

—Está bien, ya podéis empezar —digo.

Rip arquea una ceja negra y poblada, y las púas diminutas y afiladas que bordean la ceja acompañan el movimiento.

—¿Empezar a qué?

Hago un gesto de desdén con la mano.

—A burlaros de mí por haber entrado en vuestro dichoso círculo de lucha. A soltarme un sermón sobre sacar conclusiones precipitadas, y erróneas, sobre el ejército del Cuarto Reino. A tomarme el pelo con comentarios sarcásticos. Sea lo que sea que vayáis a hacer, hacedlo ya y acabemos con esto lo antes posible —digo. Al pronunciar la última frase, mi voz suena débil y temblorosa, lo cual me enfurece sobremanera.

—Quizá más tarde —responde el comandante, y me parece distinguir una nota de diversión en su voz—. Por el momento, vamos a resolver un asunto que tenemos pendiente.

Se me encienden todas las alarmas.

—¿Qué asunto, si puede saberse?

Aunque es imposible adivinar qué está maquinando, estoy convencida de que no puede tratarse de nada bueno.

—Ya has oído a Os. Has entrado en el círculo de lucha y, si quieres salir de él, vas a tener que luchar.

Me quedo boquiabierta.

—No puedes estar hablando en serio.

—El comandante siempre habla en serio, monada —añade Judd—. Es una de sus peores cualidades.

Rip deja escapar un suspiro exasperado y murmura:

—Os.

Acto seguido, Osrik le asesta una fuerte colleja a Mostaza, que, en lugar de acobardarse y pedir perdón, se echa a reír, como si nada.

Sacudo la cabeza, desconcertada. Y es entonces cuando empiezo a atar cabos.

Son… amigos.

Intuía que Osrik era la mano derecha de Rip, su segundo de a bordo, pero hasta ahora no había sido testigo de la camaradería que existe entre ellos, de la confianza que se profesan. El hecho de que el comandante, un infame asesino, mantenga una relación de amistad con ese par de bárbaros cambia mucho las cosas. La revelación me deja pasmada, pero también pensativa. Mi mente rememora cada interacción entre ellos y la analiza con minuciosidad en busca de indicios de esa inesperada fraternidad.

—¿No tienes nada que decir? —pregunta Rip, devolviéndome así a la realidad.

Digo que no con la cabeza.

—Sí, ¿puedo irme ya? Tengo frío.

—Oh, por supuesto que sí. En cuanto termine la pelea —responde él con una sonrisa socarrona, una contestación que parece hacer mucha gracia a sus dos aliados.

Estoy comenzando a hartarme de ese jueguecito.

—No sé luchar —admito apretando los dientes.

—No encontrarás lugar mejor para aprender —rebate Rip.

Los miro fijamente a los tres mientras espero en silencio a que alguno suelte una coletilla, algún comentario ingenioso que provoque las risas de los demás, pero nadie dice nada.

237

Cuesta creerlo pero sí, está hablando en serio. Y no solo eso, me da la sensación de que la idea de verme luchar contra uno de sus vasallos le entusiasma. Ahora entiendo por qué sus soldados son tan pérfidos y crueles. Lo han heredado de él.

Me cruzo de brazos.

—No pienso luchar.

—Tú misma, aunque presiento que no vas a descansar mucho esta noche, porque vas a tener que dormir aquí, en el círculo, a la intemperie —explica Rip con ese tono sereno y calmado.

Noto un ligero espasmo en la mandíbula. El tic. Es la señal inequívoca de mi desasosiego. No me cabe el menor atisbo de duda de que, si me niego a luchar, cumplirá con su palabra y me dejará ahí toda la noche. El comandante es de esa clase de canallas a los que parece faltarles un tornillo.

—Estoy seguro de que no aguantará mucho, comandante. Un par de horas y se le habrán gangrenado los dedos de los pies —dice Judd, una observación que no ayuda mucho, la verdad.

—Ya puedes despedirte del camastro y de las mantas de pieles —añade Osrik.

Aprieto fuerte los puños. Supongo que ese es el castigo por interrumpir su estúpido círculo de lucha, o tal vez por serle leal a Midas.

—Os odio —farfullo.

—El odio es una emoción que puede ser muy útil cuando te enfrentas cuerpo a cuerpo contra alguien. Aunque nunca debes dejar que te domine. Controla tus emociones, utilízalas con cabeza y verás los resultados —me allecciona Rip. Menudo cretino arrogante.

—Por el gran Divino, ¿es que no me habéis oído? ¡No voy a luchar! —grito, y esta vez ni me molesto en disimular mi enfado. Tengo frío y, para ser sincera, ese trío me intimida bastante.

El comandante me mira a los ojos, y en esa negrura ines-crutable y misteriosa no veo un ápice de vacilación, de titubeo. No va a cambiar de opinión.

—No vas a poner un pie fuera de este círculo hasta que lo hagas.

Y en ese instante emito un gruñido de frustración e impo-tencia, un gruñido que más bien parece el de un animal salvaje.

—¿Por qué eres tan imbécil?

—¡Ajá! Llevo años haciéndole esa misma pregunta.

Reconozco la voz de inmediato. Lu. La soldado, que se acer-ca a nosotros con esos andares tan livianos, tan etéreos, que parece revolotear como una mariposa sobre la nieve; sus pisa-das apenas dejan marcas perceptibles en el suelo. Tiene la mano apoyada sobre la empuñadura de su espada y en su mirada advierto el brillo de la emoción.

—¿Qué me he perdido? —pregunta, y se coloca entre Rip y Judd. Otra pieza del rompecabezas de ese insospechado pero evidente círculo de camaradas.

239

Judd, que sigue con el torso desnudo y al que por lo visto no le afectan las temperaturas bajo cero, le rodea los hombros con un brazo. Un gesto de familiaridad que no da lugar a dudas: son amigos.

—Aquí, nuestra amiga Ricitos Dorados creía que íbamos a someter a Palillo a un escarnio público, que íbamos a darle una paliza por puro entretenimiento, así que decidió intervenir.

Miro a Lu y se me escapa un resoplido.

—¿Hay alguien a quien no le hayas contado el maldito apodo que se te ha ocurrido?

Ella esboza una amplia sonrisa, y el pendiente que lleva en el arco de Cupido parece iluminarse de rojo.

—La verdad es que ha corrido como la pólvora —explica, satisfecha por haber dado con un mote tan ingenioso—. Pero no nos desviemos del tema. ¿Has entrado en el círculo de lucha?

«Como vuelvan a mencionar esa estúpida norma una vez más...»

—¿Y con quién se va a enfrentar? —pregunta Lu, que está tan contenta y exultante que prácticamente está dando saltitos de alegría.

—Con nadie —respondo.

—Conmigo —informa Rip al mismo tiempo.

Le atravieso con la mirada y, durante un segundo, se me para el corazón.

¿Enfrentarme a él? ¿Ha perdido el juicio? Osrik ya me parecía un contrincante invencible, pero si lucho contra el infame comandante del ejército más cruel y sanguinario de Orea no viviré para contarlo.

—No. Y es un no rotundo —digo, y doy un paso hacia atrás, como si distanciarme un poco de él mejorara las cosas.

Dibuja una sonrisita de suficiencia y advierto la sombra de un colmillo afilado.

—¿Te asusta? —me reta, y lo hace con ese tono meloso que me pone los pelos de punta.

—Por supuesto que me asusta. Eres el comandante del ejército del Cuarto Reino —replico—. Y tu maldito apodo es Rip porque degüellas a tus víctimas, ¡les cortas la cabeza!

Al oír esas palabras, los cuatro se quedan inmóviles, como si estuvieran asimilando lo que acabo de decir. Unos instantes después, parecen volverse locos y estallan en risotadas que ni siquiera intentan contener. Se están desternillando de la risa delante de mis narices, qué poca vergüenza.

Estoy confundida y algo aturdida porque ahora sí que no entiendo nada.

—¿Qué diablos os parece tan divertido?

A Osrik le ha dado un ataque de risa histérica y el pecho le vibra tanto que parece que vaya a explotar. Judd está doblado de la risa y se abraza la tripa, como si le doliera el estómago de tanto reírse. Lu también se está tronchando de risa y no deja de secarse las lágrimas.

—Eso, Rip —dice entre carcajadas—. Cuéntale a Ricitos Dorados qué nos parece tan divertido.

El comandante es el primero en recuperar la compostura, aunque no consigue recobrar su expresión impertérrita y autoritaria de siempre.

—¿Quién de vosotros se ha encargado de difundir ese rumor? —pregunta.

—¡Culpable! —reconoce Judd con orgullo, y se pasa una mano por esa tupida melena de color mostaza—. Me alegra saber que ha llegado a oídos de nuestros vecinos del Sexto Reino.

Arrugo la frente mientras trato de no perder el hilo de la conversación.

—Esperad… ¿Qué?

Esta vez es Osrik quien responde a mi pregunta.

—Ese apodo se nos ocurrió a nosotros —explica con una sonrisa torcida. Ver a Osrik sonriendo da un poquito de grima, la verdad—, pero no porque se dedique a ir cortando cabezas a diestro y siniestro. Una jugada maestra, Judd, enhorabuena.

Mostaza, claramente satisfecho de su hazaña, se hincha como un pavo real.

—Sabía que funcionaría.

Estoy hecha un lío.

—Entonces, el apodo del comandante… ¿No es porque decapite a sus víctimas? —repito con voz débil.

Lu dice que no con la cabeza.

—No, aunque es lo más desternillante que he oído en mucho tiempo. ¿En serio todos los vecinos del Sexto Reino piensan eso?

Me encojo de hombros.

—No lo sé. Lo escuché en algún lugar.

—Por el gran Divino, ahora entiendo por qué los guardias de Midas casi se mean encima cada vez que te ven —le comenta a Rip entre risas.

Todo mi cuerpo se pone rígido al oír ese comentario.

—¿Los guardias? ¿Mis guardias? —le pregunto al comandante.

Posa esa mirada negra e insondable en mí.

—Los guardias de Midas, sí.

Ignoro su malintencionada aclaración.

—Quiero verlos —digo, y doy un paso hacia delante. La revelación me ha dejado inquieta, preocupada, desesperada.

Él ni siquiera pestañea.

—No.

La rabia que siento hace que mis cintas se tensen.

—¿Por qué no? Nunca me has prohibido visitar a las monturas.

—Es distinto.

—¿En qué sentido, si puede saberse? —insisto.

—La única misión de esos soldados era protegerte, y es evidente que fracasaron —dice con tono serio, y ahora sí vuelve a mostrar ese ademán impasible y distante—. No se merecen que les hagas ninguna visita.

Frunzo el ceño, extrañada.

—No hables así de ellos. Se dejaron la piel, y muchos la vida, tratando de esquivar a los Bandidos Rojos. Créeme, hicieron todo lo que pudieron. Quiero verlos —repito, esta vez con un tono más exigente, y le disparo una mirada desafiante que se podría traducir como: «Y no pienso aceptar un no como respuesta».

Los otros tres observan ese duelo verbal en silencio. Casi puedo notar sus miradas clavadas en nosotros.

El comandante da un paso al frente, y una milésima de segundo después, doy un paso atrás. Trato de convencerme de que es una reacción corporal automática, un gesto involuntario provocado por todas esas púas brillantes y afiladas que sobresalen de varias partes de su cuerpo, pero, para qué engañarnos, el comandante intimida con o sin ellas.

—De acuerdo —dice. A decir verdad, no esperaba que accediera a la primera de cambio.

Aunque no debería haber cantado victoria tan pronto. A estas alturas ya debería haber aprendido que el comandante es un hombre retorcido y maquiavélico y, al ver asomar esa sonrisita engreída, debería haber presentido por dónde iban a ir los tiros.

Rip empieza a inclinarse hacia mí, y lo hace con tal lentitud que empiezo a asustarme.

—Si tienes tanta prisa por verlos, te aconsejo que empecemos lo antes posible —dice, y su mirada negra resplandece—, porque, tal y como te he advertido antes, no vas a salir del círculo hasta que luches.

24

Auren

*E*l comandante dibuja un círculo a mi alrededor, como un depredador rodea a su presa.

La púa que tiene entre las escápulas sobresale de tal manera que parece la aleta de un tiburón emergiendo entre las olas del océano.

Osrik, Judd y Lu se han puesto en guardia, dispuestos a enfrentarse en un combate a tres. Ahí no hay alianzas que valgan, cada uno lucha su guerra. A juzgar por las lindezas que vociferan, los insultos que se dedican y las provocaciones que se lanzan, esas batallas cuerpo a cuerpo parecen ser su pasatiempo favorito.

Sin embargo, no puedo prestarles toda la atención que me gustaría porque no me atrevo a despegar la mirada del tipo que me ha desafiado a un duelo y que, en este preciso instante, me está hostigando.

La hoguera está a mi izquierda; las llamas cubren el suelo nevado con un manto color azafrán e iluminan ese páramo glacial con un resplandor anaranjado, intenso y ardiente.

—Todavía pareces asustada —dice Rip, y se detiene justo delante de mí.

—Sería una estúpida si no lo estuviese.

Me da lo mismo que no degüelle a sus enemigos. Sigue

siendo un asesino. Es capaz de aniquilar y masacrar a un ejército, de arrasar ciudades y de derrocar reinos. Su cuerpo es la viva imagen de la brutalidad, de la fuerza más inhumana. Casi puedo reconocer el vibrato de la violencia resonando en sus venas.

—Tienes razón —murmura, y se desabrocha el entallado abrigo de cuero y lo deja caer al suelo. Se me acelera el corazón.

Me repasa de arriba abajo con la mirada, seguramente para ponerme aún más nerviosa.

—¿No quieres quitarte todas esas plumas, Jilguero?

Me ajusto el abrigo que le robé al capitán pirata alrededor del cuerpo.

—No, gracias.

Retuerce los labios y, con una lentitud propia de un caracol, va desatándose las tiras de cuero negro que le sujetan el jubón. Las púas que le recubren los antebrazos y la espalda se retraen bajo su piel y un segundo después se desliza esa vestidura de cuero por encima de la cabeza y la arroja sobre el abrigo.

El comandante no me quita ojo de encima, tampoco cuando se deshace de la túnica de algodón negro. Ahí está, a apenas un metro de distancia, con el torso totalmente desnudo. Y entonces el tiempo se detiene, como si los granitos de tierra de un reloj de arena se hubiesen quedado suspendidos en el interior del cristal.

Al verle así, con el pecho al descubierto, me estremezco. Rip es un hombre que intimida, desde luego. Pero también es atractivo. Tiene una especie de magnetismo que te hipnotiza y una belleza mística que te cautiva.

De repente, comprendo a los insectos que revolotean alrededor de plantas carnívoras por voluntad propia. La atracción es tan fuerte y la fascinación tan inmensa que te olvidas del peligro que esconde hasta que ya estás atrapada y no tienes escapatoria.

245

¿Cómo puede ser que él sea quien esté medio desnudo y sin embargo sea yo la que se siente vulnerable?

¿El lado bueno? Al menos las vistas son estupendas.

Aunque trate de controlarme, se me van los ojos y no puedo evitar fijarme en cada centímetro de su torso. La fuerza de Rip es sobrenatural. Su cuerpo es como un buque de guerra, preparado para soportar cualquier ataque, para abatir a cualquier adversario. Cada uno de sus músculos roza la perfección y parece estar tallado en mármol blanco. Esa visión hace que se me reseque la boca.

Su piel, aunque pálida, no tiene un aspecto fantasmal y enfermizo, como la tez de la reina Malina. Parece suave como el terciopelo, como si alguien la hubiese cincelado y pulido, y advierto una ligera capa de vello sobre el pecho. Mis ojos se deslizan hacia la hilera de puntos negros que tiene en los antebrazos.

Deberían resultarme extravagantes, o aterradores, o monstruosos, pero la verdad es que no me parecen ninguna de esas cosas.

Es la viva imagen de un ser feérico.

El comandante no se mueve ni un ápice. No se esconde, sino más bien todo lo contrario. Me permite que le mire, que contemple cada centímetro de su cuerpo. Esa actitud deja entrever que se siente orgulloso de ser quien es. De ser lo que es.

Algo en mi interior se revuelve. No consigo apartar la mirada de esa sofisticación salvaje, de esa elegancia depredadora. Siento el latido del corazón retumbando en mis oídos, y mi respiración se ha vuelto entrecortada, casi jadeante.

Sin darme cuenta, me he ido acercando poco a poco a él. De hecho, estamos tan cerca que las faldas de mi vestido rozan sus pantalones. Rip sigue inmóvil. Creo que ni siquiera está respirando. Observo esos cuatro puntos negros, situados entre la muñeca y el codo, donde yacen sus púas cuando se repliegan. Me fijo en esas minúsculas hendiduras que tiene en la piel y distingo la punta brillante de los garfios plateados que esconden debajo. Es curioso porque, ahora que están ocultos, no aprecio bultos extraños, ni ninguna protuberancia bajo la piel. Es como si estuvieran soldados a los huesos.

—Increíble… —susurro anonadada.

Me dejo llevar y acaricio esas diminutas hendiduras negras que tiene en esa piel color ceniza con la yema de los dedos. Se me escapa un grito ahogado al notar que la tela del guante se me ha quedado trabada en la punta de la púa. Es como la zarpa afilada de una garra, siempre al acecho, siempre preparada para clavarse en una presa.

Rip se aclara la garganta, y el ruido me despierta de mi ensoñación.

Me siento avergonzada por haber tenido el descaro de tocarle sin su previo consentimiento, y aparto la mano enseguida.

—Lo siento —balbuceo—. No sé qué me ha pasado.

Los ojos del comandante, tan oscuros que es imposible distinguir el iris de la pupila, parecen más grandes, como si el negro de la córnea se estuviese extendiendo y ganando terreno al blanco.

—A ti no te gusta que te toquen. A mí, en cambio, no me importa, ya lo ves.

Me ruborizo. Percibo algo en su voz que me embauca, una caricia que suaviza esos rasgos tan afilados y tan masculinos, una delicada caricia que se desliza por mi piel. Aunque reconozco que me encandila, también me da miedo.

A estas alturas debo de estar roja como un tomate, pero no aparto la mirada, ni doy un paso atrás. Me he convertido en ese insecto que la planta ha conseguido seducir y ahora estoy atrapada en sus garras carnívoras, a punto de morir devorado.

Durante todo este tiempo nunca he dado un paso en falso con él. Siempre me he andado con pies de plomo y he tratado de ser cautelosa y prudente por su reputación de bárbaro desalmado. En parte porque puede poner en riesgo mis secretos más íntimos, pero también porque supone una amenaza para Midas.

Pero ahora mismo acabo de descubrir que hay otro motivo por el que debo mantener esa cautela cuando estoy cerca de él. Y está relacionado con el ardor que en estos instantes siento en el pecho, con los escalofríos que me produce el delicioso ronroneo de su voz.

En mi mente empiezan a sonar todas las alarmas, pero qué sonido tan melódico, tan pegadizo, tan bonito.

El comandante baja la barbilla.

—¿Sabías que el color de tus mejillas se oscurece cuando te sonrojas? Adopta un tono parecido al ocre oscuro —murmura Rip, y pronuncia cada palabra con ese tono grave y profundo, un tono que penetra mi piel y logra meterse en lo más profundo de mi ser.

248 Me estremezco, como si la mano de un fantasma me estuviese acariciando la espalda. El mundo desaparece a mi alrededor. Ni siquiera oigo a esos tres matándose a palos. Estamos solos, él y yo, yo y él.

—Dime la verdad, ¿por qué te llaman Rip? —pregunto, aunque no reconozco el susurro que escapa de mis labios.

Él sacude la cabeza.

—Ya conoces las normas, Auren. Una mentira a cambio de una mentira, o una verdad a cambio de una verdad. Esas son las normas del juego.

Trago saliva, aunque noto la boca pastosa.

—Entonces prefiero no saber la respuesta.

—Un día, tarde o temprano, querrás saberla —replica él, y su expresión se vuelve un pelín menos severa y adusta, quizá por esa sonrisa perezosa que ha dibujado. Retrocede un paso y deja caer los brazos a los lados—. Y ahora, luchemos.

La burbuja que nos envolvía estalla de sopetón. Ocurre de un momento a otro, como quien apaga la llama de una vela de un solo soplido. Parpadeo y agito la cabeza, como si acabara de despertar de un sueño.

—Si quieres ver a tus guardias, vas a tener que pasar por el aro —me recuerda.

Ese torbellino de sentimientos confusos e ilógicos desaparece en cuanto vislumbro de nuevo esa máscara de arrogancia e insolencia. Para él no soy más que un títere, una marioneta que puede manejar a su antojo y a la que puede obligar a hacer toda clase de piruetas. Tengo que acabar con esto, y cuanto antes.

—Está bien —digo—. ¿Qué quieres que haga?

—Para empezar, mejorar tu postura. No es la apropiada.

Echo un vistazo a mi cuerpo.

—¿Qué le ocurre, si puede saberse?

—Estás demasiado tensa. Si te atacase ahora mismo, estás tan agarrotada que no podrías reaccionar con soltura, con fluidez —explica, y una vez más traza un círculo a mi alrededor—. Debes estar preparada para moverte en cualquier momento y, para ello, no puedes tener todos los músculos contraídos.

Me obligo a respirar hondo y a expulsar el aire poco a poco. Solo así consigo que mi cuerpo se relaje, al menos un poquito.

—Mejor —apunta él.

Y entonces me ataca.

Sin previo aviso, sin alterar la expresión. Nada. Se abalanza sobre mí a la velocidad de un rayo. Pestañeo y, cuando vuelvo a abrir los ojos, una milésima de segundo después, estoy tumbada boca arriba, aturdida y noqueada. Me quedo sin aire en los pulmones y expulso una nube de vaho que se cierne sobre mis labios.

Rip está ahí de pie, con los brazos cruzados sobre el pecho y con esa actitud vanidosa y engreída que tanto me saca de quicio.

Consigo levantarme del suelo y, después de un breve ataque de tos, me sacudo la nieve del culo.

249

—¡Eres un imbécil integral!

Sonríe de oreja a oreja. Sí, el muy cretino sonríe. Me olvido de esa belleza mística, de ese momento mágico que hemos vivido. Ahora mismo, lo único que quiero es abofetearle.

—¿A qué demonios ha venido eso?

Mis palabras echan chispas y sé que, en cualquier momento, una de ellas va a provocar un fuego voraz.

—Estamos luchando —me recuerda el muy canalla, que parece estar pasándoselo en grande.

—¡No estaba lista!

—Tu oponente nunca va a esperar a que lo estés para atacarte, Auren. En un combate, las cuentas atrás no existen —me explica, como si yo fuese idiota.

—No puedo enfrentarme a ti —espeto. El comandante es un guerrero encarnizado, un luchador nato, un oponente imposible de batir. Y no quiero volver a convertirme en esa pobre niña que tenía que guerrear por las calles para conseguir una triste moneda y a la que sometían a toda clase de humillaciones. Me niego a pasar por eso otra vez.

—¿No? Vaya, pues lo siento mucho por ti —contesta Rip.

Se da la vuelta —sigo sin entender cómo es capaz de moverse con tal rapidez— y, de pronto, aparece detrás de mí. En un abrir y cerrar de ojos, me agarra los dos brazos y los sujeta contra mi espalda, impidiéndome así que pueda moverlos. Suelto un gruñido de dolor, pero el comandante ni se inmuta. Apoya la otra mano entre mis omóplatos y empuja con fuerza, lo cual me obliga a inclinarme hacia delante. Estoy totalmente a su merced y, para colmo, noto que le estoy rozando los muslos con las nalgas.

—Intenta soltarte —sugiere con esa voz calmada, como si no me tuviera sometida a su voluntad, bufando como un gato enfurecido.

Pruebo a librarme de él y empiezo a forcejear y a revolverme, pero enseguida me doy cuenta de que no puedo ponerme derecha porque él es demasiado fuerte, y no va a ponérmelo fácil, obviamente. Tampoco puedo inclinarme más porque, de hacerlo, me caería de morros al suelo. Por mucho que retuerza las muñecas y tire con todas mis fuerzas, no consigo que Rip me suelte los brazos. Mis cintas se tensan y empiezan a agitarse como serpientes alborotadas que quieren embestir y morder a quien las amenaza. Aprieto los dientes y trato de contenerlas, de mantenerlas enrolladas a mi cintura.

—No puedo.

Rip chasquea la lengua. Supongo que es porque no he estado a la altura de sus expectativas.

Un segundo después, me suelta. Doy un traspié porque ni siquiera soy capaz de ponerme derecha sin perder el equilibrio. Cuando levanto la vista del suelo, él ya está delante de mí, listo para un segundo asalto y con esa actitud petulante que tanto me exaspera. Le lanzo una mirada cargada de odio y me aparto los mechones de la cara mientras él me observa con aire pensativo y arrogante. Los extremos de mis cintas vibran de rabia e impotencia.

—Intenta golpearme —dice.

No hace falta que me lo repita dos veces. Es lo que más me apetece ahora mismo. Arremeto contra él con los puños cerrados. No tengo ni la menor idea de dónde debería golpearle, pero supongo que quitarle esa cara de soberbio y engreído de un puñetazo puede ser un buen comienzo.

Pero incluso antes de que pueda levantar la mano, el comandante me coge de la cintura, me da media vuelta, arrastra un pie por la nieve para despegarme las piernas del suelo y, cuando me quiero dar cuenta, tengo la mejilla sobre la nieve. Y todo en un tris.

—Sabes de sobra que así no podrás golpearme —dice, y percibo cierto regodeo en su voz.

Hecha una furia, trato de darme la vuelta en la nieve, pero él adivina mis intenciones y me clava la rodilla en la espalda para inmovilizarme. Me invade una ira furibunda, una rabia incontrolable porque además de humillarme me está haciendo daño, maldita sea.

—¡Apártate, joder!

—Oblígame a apartarme —contesta él.

¿Cómo he podido pensar que era un tipo apuesto y atractivo? Si lo he dicho, lo retiro. Es un cabrón horroroso.

Empiezo a soltar patadas, a dar corcovos con las caderas, pero no sirve de nada. Tras cada intento fallido de zafarme del comandante, él responde hundiendo un poco más la rodilla sobre mi espalda. A medida que van pasando los segundos, me voy indignando un poco más, enfadando un poco más. Aunque mi cuerpo se niega a dejar de menearse y se resiste a rendirse, sé que no voy a lograrlo. No tengo fuerzas ni para aguantar un solo asalto. Soy demasiado débil.

—Defiéndete y deja de contenerte —me ordena Rip con severidad, algo que me sorprende—. Ya sabes lo que tienes que hacer. Si quieres salir del círculo, antes tienes que luchar, pero luchar de verdad.

El frío de la nieve hace que me arda la mejilla que todavía sigue pegada al suelo, pero mi ira arde con más ímpetu si cabe.

—¡Lo estoy intentando!

—No, no te estás esforzando en lo más mínimo —gruñe el comandante—. Presta atención a tus instintos y deja de contenerte.

De repente, al caer en la cuenta de lo que pretende, dejo de forcejear y me quedo quieta.

—No puedo usar mis cintas.

—¿Por qué no?

¿Por qué? Porque Midas no querría que lo hiciese. Porque no debo exhibirlas a ojos de extraños. Porque debo mantenerlas en secreto. Porque debo mantener todo en secreto.

Rip deja escapar un bufido de impotencia, de descontento, como si me hubiera leído los pensamientos. Y entonces me suelta y, al fin, levanta esa descomunal rótula de mi espalda. Con la ayuda de las manos y las rodillas, consigo ponerme en pie. Tengo copos de nieve en el pelo y en la cara, el vestido empapado y un humor de perros.

Él me observa con el ceño fruncido, como si estuviese airado y decepcionado. Esa mirada intensa y penetrante me hace sentir mucho más pequeña, más pusilánime y más insignificante si cabe. Su respiración sigue siendo lenta y regular, como si arrojarme al suelo le hubiese supuesto el mismo esfuerzo que chasquear los dedos.

—¿Por qué te empeñas en seguir ocultando lo que eres? —pregunta con cierta exigencia. La ira le oscurece los rasgos, e incluso esa pincelada de escamas grises que tiene en las mejillas parece adoptar un tono más siniestro.

—Ya sabes por qué —replico, y en mi voz se percibe rencor.

Él debería entenderme mejor que nadie. Quizá por eso me irrita y me saca de quicio cada dos por tres. Una parte de mí considera que debería ser un aliado, y no un enemigo.

—No, no lo sé —contesta—. Ilumíname, por favor.

Estoy que echo humo por las orejas, pero trato de mantener el control. Los dos nos miramos como si estuviésemos lanzándonos dagas voladoras invisibles. Mis cintas empiezan a pellizcarme la piel. Con esos pequeños repizcos me están diciendo que no entienden por qué sigo empecinada en ocultarlas cuando Rip me está provocando de una forma tan evidente y descarada.

—Son un secreto —respondo al fin—. Mi secreto.

Él sacude la cabeza, como si no estuviese de acuerdo.

—No las subestimes, tus cintas son mucho más que eso. Tu secreto ha salido a la luz: ya sé que tienes unas cintas en la espalda, y que puedes moverlas a tu voluntad. Pero las reprimes porque te avergüenzas de ellas.

Se me enciende la mirada y de inmediato tenso todos los músculos de la espalda. Acaba de meter el dedo en la llaga. Sí,

253

el comandante ha descubierto mi talón de Aquiles y ha desenterrado una canción olvidada, una melodía triste y melancólica que retumba en el inmenso vacío que siento en el pecho.

—Cállate.

Pero él no va a callarse, y mucho menos va a disculparse. No va a parar porque es el comandante del ejército del Cuarto Reino y, por alguna maldita razón, su misión en estos momentos es desarmarme, lograr que me desmorone delante de sus narices.

Y ha empezado por mis cintas.

Rip da un paso hacia delante y acorta aún más la poca distancia que nos separa.

—Las ves como tu punto débil, cuando en realidad son tu punto fuerte, Auren. Utilízalas.

De repente, siento una punzada de miedo. Es como un muelle que se ha soltado y ahora no deja de botar en mi interior. Con el paso de los años, he aprendido a esconderlas, a llevarlas siempre atadas alrededor de mi cuerpo, a mantenerlas ocultas a ojos de los demás.

El comandante se cierne sobre mí y el resto del mundo desaparece. Hay algo en su porte, en su presencia, que es capaz de abrumarme, de absorberme por completo.

—No le des tantas vueltas —me gruñe a escasos centímetros de mi cara—. Deja de pensar en los demás. En él. En esconderlas.

Me doy la vuelta.

—Para ti es muy fácil de decir. No tienes ni idea de las cosas que he tenido que soportar, que tengo que soportar.

Advierto el brillo de una emoción en su rostro, una emoción oscura y tenebrosa, una emoción que me aterra. Tengo el presentimiento de que he ido demasiado lejos, de que he cruzado una línea roja.

—¿Eso crees? —contesta él—. ¿Que no tengo ni idea?

Noto un nudo en la garganta. Trago saliva para tratar de

engullirlo, y con él, el temor que empieza a asediarme, pero no logro zafarme de él. Me da la impresión de que me ha llevado hasta el borde de un acantilado y de que puede empujarme hacia el abismo en cualquier momento.

—Qué eres, Auren.

No es una pregunta, sino una exigencia, una orden que pronuncia rechinando los dientes. Estoy segura de que no voy a superar esta prueba porque, para mí, la victoria es una utopía, algo que jamás conseguiré.

Niego con la cabeza y cierro los ojos.

—Para.

Sin embargo, él no va a dejar que me escabulla tan fácilmente. Siento la presión de su aura, avasalladora e implacable, igual que él. Rip está tratando de arrancar la coraza bajo la que me he cobijado durante tantos años y me temo que las bisagras que la sujetan no van a aguantar mucho más.

—Dilo. Di lo que eres.

La cabeza me va a estallar. Mis cintas se retuercen. Abro los ojos y le miro con desprecio, con resentimiento.

—No.

El comandante es como una gota de tinta flotando en el agua. Como una nube de tormenta en un cielo despejado. Como una profunda sima por la que me arrojaría sin pensármelo dos veces. Y le odio por ello. No soporto que me haya puesto contra las cuerdas, que se crea con el derecho de hacerme toda clase de exigencias.

Jamás lo había visto tan furioso. Aprieta los dientes con fuerza y las palabras suenan como el gruñido de una bestia sin domesticar.

—Dilo, Auren.

Intento marcharme, huir de esa cruel emboscada, pero él me acecha y me sigue casi pisándome los talones. No me concede ni unos segundos para poder pensar con claridad.

Y entonces se cuadra delante de mí y me bloquea el paso.

255

No tengo dónde ir, me tiene acorralada. La presión amenaza con abatirme, y siento que todo mi cuerpo tiembla de rabia y de pánico. El latido de mi corazón me aporrea el pecho, el cráneo y los tímpanos cuando veo que se cierne sobre mí como un nubarrón de tormenta a punto de descargar rayos y truenos.

—¡Dilo de una puta vez! —me ruge a la cara, y la coraza se cae por su propio peso.

Me quiebro.

—¡SOY UN SER FEÉRICO!

Y en ese preciso instante se desata una ira incontrolable en mi interior, una ira que me inunda y me desborda, una ira que fluye por todo mi cuerpo. Siento que las aguas bravas de esa furia desbocada inundan mis cintas, que se estremecen y empiezan a desenroscarse de mi torso.

Se desenrollan como los zarcillos dorados de un ciclón y los extremos se doblan, adoptando la forma de una mandíbula abierta, lista para atacar y morder. En un abrir y cerrar de ojos, mis veinticuatro cintas se han desplegado.

Salen disparadas de mi espalda, me arrancan el abrigo de plumas por el camino, y varias de ellas se enredan alrededor de las piernas del capitán, tiran con una fuerza titánica y después lo arrojan al otro extremo del círculo de lucha.

Rip levanta una nube de copos de nieve al aterrizar sobre el suelo. La caída es tan brutal que siento que me vibran hasta los dientes, pero me da lo mismo. Ha hecho pedazos algo que era fundamental para mí, para mi supervivencia en este mundo, y dudo mucho que pueda reparar el daño que me ha hecho.

No pienso tener un ápice de piedad, así que me dirijo a él con paso firme y decidido. Todo mi ser rezuma satisfacción, como si una bestia salvaje se hubiese apoderado de mí. Y esa bestia está tremendamente orgullosa y satisfecha de haberle lanzado al suelo y de verle a él, y no a mí, tirado sobre la nieve.

Levanto una cinta y esta, por voluntad propia, tensa el extremo y afila la punta. Sale disparada hacia el cuerpo del comandante, dispuesta a golpearle con toda su fuerza, a hacerle pagar por todo el sufrimiento que me ha causado.

Pero entonces, haciendo gala de la agilidad y destreza que le caracterizan —y que hoy todavía siguen impresionándome—, se pone de pie de un brinco y se planta delante de mí. Está preparado, como si llevara mucho tiempo esperando este momento.

Un instante más tarde, Rip levanta el brazo derecho y esquiva mi ataque; cinta y púa chocan en el aire, como los filos de dos espadas.

El estruendo metálico reverbera a lo largo de la cinta de seda dorada, desde la punta hasta la base que se funde con mi columna vertebral, y todos los huesos de mi cuerpo vibran.

Rip se mueve muy rápido. Antes de que pueda recoger la cinta, alarga el brazo, agarra la cinta y la enrolla entre esas púas afiladas. La sujeta con firmeza y empieza a tirar de ella con tanta fuerza que por un momento creo que va a arrancármela de cuajo. Poco a poco, va arrastrándome hacia él, como quien tira de la correa de un perro.

Con un chillido de impotencia y exasperación, arremeto contra él y cuatro cintas más salen desbocadas de mi espalda, pero el malnacido se las ingenia para atraparlas en el aire. Las sujeta en ese puño descomunal y siento que las aplasta con los dedos, como si fuesen pececitos atrapados en una red de pesca. Aprieta tanto el puño que, por mucho que tire y tire de ellas, sé que no voy a lograr que las suelte. Estoy vislumbrando una muestra de su fuerza feérica, pero estoy convencida de que no es más que la punta del iceberg.

El comandante no cesa en su ataque y tira de las cintas con tanto ímpetu que consigue darme la vuelta y por poco me vuelca al suelo. Planto los pies en la nieve para mantener el equilibrio y no caerme de bruces, pero entonces él empieza a deslizar ambas manos por las cintas a la vez que tira de ellas,

257

remolcándome así hacia él. Trato de clavar los talones, de frenar esa embestida, pero mis pies se resbalan por la nieve hasta que mi espalda se topa con su pecho.

—Basta —dice.

Le asesto un codazo en la tripa. El muy cretino ni siquiera suelta un gruñido, lo cual me irrita y me cabrea todavía más. Con la mano que tiene libre, agarra el resto de las cintas y las sujeta con fuerza para inmovilizarlas, para que no pueda utilizarlas para defenderme, para golpearle.

Me roza el lóbulo de la oreja con la mandíbula. Me estremezco al notar esa tez rugosa y áspera acariciando la mía y, de repente, me doy cuenta de que nuestros cuerpos están pegados, de que puedo sentir el calor de su pecho en mi espalda.

—Basta, Auren.

Dicta la orden con esa voz grave, profunda, serena, una voz capaz de apaciguar a la bestia salvaje en la que, al parecer, me he convertido, una voz capaz de calmar la rabia que se había apoderado de mí.

Entre jadeos, parpadeo y ese huracán de ira y odio desaparece de un plumazo. Bajo la mirada y veo que me está rodeando la cintura con un brazo. No advierto ninguna púa afilada y noto su mano apoyada sobre mi cadera.

Sigue con mis veinticuatro cintas en el puño, pero ha dejado de apretar y no me hace daño. El corazón me palpita con tanta fuerza que más bien me parece estar oyendo el redoble de un tambor de guerra. Y ese latido acelerado y ensordecedor me aporrea las sienes y resuena por mis venas.

No sé cuánto tiempo permanecemos así, ni tampoco en qué momento exacto dejo de revolverme y forcejear, pero poco a poco, con la misma lentitud con la que una tortuga surca los mares, voy recuperando la calma y los músculos de mi cuerpo empiezan a relajarse.

Mis cintas, que siguen aprisionadas en su mano, se deshacen de esa rigidez y recobran su flexibilidad habitual. Y en cuanto lo hacen, el comandante las libera, retira el brazo de mi cintura y da un paso atrás. Esa pérdida de contacto físico hace que me estremezca.

De repente, me siento agotada.

Él se coloca delante de mí mientras mis cintas se enrollan alrededor de mi torso y envuelven mi cintura.

Saben que ha llegado el momento de la retirada. Levanto la mirada y respiro hondo.

Presiento que Rip no va a desaprovechar la oportunidad de regodearse. O de burlarse de mí.

Y por eso me quedo de piedra cuando, en lugar de eso, esboza una sonrisa genuina. No es una sonrisa arrogante, ni condescendiente, ni burlesca. Es una sonrisa amable. Es una sonrisa de orgullo.

—Ahí está, Jilguero —ronronea con esa voz melosa que me hipnotiza—. Por fin has encontrado tu espíritu de lucha.

25

Auren

De la hoguera que iluminaba el círculo de lucha solo quedan las ascuas.

Me resulta cuando menos curioso que el fuego se haya extinguido justo cuando las llamas de mi ira desatada han empezado a sofocarse, justo cuando mi exhibición de fuerza sobrenatural ha empezado a apagarse.

Me siento como uno de esos leños carbonizados, recubiertos de quemaduras y todavía humeantes por la intensidad del calor abrasador.

Contemplo esos zarcillos grises danzando en el aire y, de repente, distingo una estrella en mitad del cielo, un punto de luz rutilante que parece asomarse de entre las nubes, como si estuviese vigilándome, como si el Divino hubiese abierto un ojo.

Clavo la mirada en el suelo.

—¿Por qué lo has hecho?

Rip no ha musitado una sola palabra en los últimos minutos, quizá porque se ha percatado de que necesitaba algo de tiempo para pensar, para recapacitar. O tal vez se esté regodeando en silencio porque por fin ha conseguido lo que quería.

Seguimos dentro del círculo de lucha, pero Osrik, Judd y Lu han desaparecido. No tengo ni idea de en qué momento se han marchado. Ni siquiera sé si nos han visto, si nos han oído.

Siento un suave cosquilleo en las cintas y, si cierro los ojos, todavía puedo notar el tacto áspero de la palma de su mano en cada una de ellas. El comandante recoge el abrigo de plumas del suelo y me lo ofrece. Está hecho trizas, pero agradezco el detalle. Es como si él hubiese intuido que necesitaba algo a lo que aferrarme, aunque fuese ese horrendo abrigo, porque salta a la vista que estoy a punto de desmoronarme, de venirme abajo. Se lo quito prácticamente de las manos y lo doblo entre mis brazos.

—Te refieres a por qué te he presionado —adivina él.

—Sí —contesto con la mirada fija en las plumas del abrigo que le robé al capitán y con mis veinticuatro cintas envueltas a mi alrededor para ayudarme a mantenerme entera, a no romperme en mil pedazos ahí mismo.

—Porque necesitabas que lo hiciese.

No soporto esa soberbia. Es un gañán que cree conocerme, pero no sabe nada de mí.

—No tienes ni idea de lo que necesito —respondo sin alterar la voz, y entonces le miro a los ojos y añado—: Estás haciendo todo esto por ti. Lo que no logro comprender es por qué.

—Debo admitir que lo estoy disfrutando —reconoce sin ninguna clase de remordimiento.

—¿Es por Midas? —pregunto, porque necesito entender lo que está pasando, encajar las piezas, averiguar qué le pasa a ese hombre por la cabeza y, sobre todo, conocer sus verdaderas intenciones.

El comandante pone los ojos en blanco.

—¿En serio tenemos que hablar de él?

—¿Por qué le odias tanto?

Su mirada se vuelve glacial.

—La pregunta que deberías hacerte es: ¿por qué tú no le odias?

No voy a caer en la trampa. Esta vez no.

—¿Es solo porque tu rey es su enemigo o es algo más personal?

261

—El rey Ravinger tiene todo el derecho de declararle la guerra a Midas. Y para mí será todo un honor liderarla, créeme —dice, y después recoge la túnica y se la pone por la cabeza.

—Pero ¿por qué? ¿Qué te ha hecho Midas, si puede saberse? —insisto—. Es un buen rey.

Rip suelta una risa burlona mientras se coloca el jubón negro y se abrocha las tiras de cuero a ambos lados del pecho.

—Oh, sí. El rey Midas, famoso por convertir en oro todo lo que toca, aclamado y amado por sus súbditos —murmura con evidente ironía, y después me mira de reojo—. Qué raro que en Alta Campana abunde la pobreza y la gente viva en la más absoluta miseria, cuando él, con solo tocar una piedra, podría salvar a su propio pueblo del frío y la hambruna. Sí, desde luego es un gran rey.

Se me revuelve el estómago y noto un sabor amargo en la lengua. Abro la boca para salir en defensa de Midas, para rebatir esa sarta de acusaciones infundadas, pero no me salen las palabras.

Porque… Rip tiene razón.

Lo vi con mis propios ojos cuando atravesamos la ciudad de Alta Campana.

Chabolas desvencijadas, casi en ruinas, a punto de desmoronarse a la sombra de un castillo dorado. Hombres y mujeres escuálidos, algunos incluso cadavéricos, vestidos con harapos.

El comandante debe de suponer que no tengo argumentos para contradecirle pero no se pavonea, ni tampoco se burla, lo cual debo confesar que me sorprende.

—Ahora entiendes por qué me encantaría bajarle un poco los humos. Aunque sospecho que mi rey tiene otros planes reservados para él.

Se me encienden todas las alarmas.

—¿A qué te refieres?

Él sacude la cabeza.

—A nada que debas saber.

Me siento impotente, frustrada. Le miro con los ojos entornados.

—¿Dónde ha quedado aquello de «una verdad a cambio de una verdad»?

—Acabo de contarte una ahora mismo. Las verdades del rey Ravinger no forman parte del juego.

—Lo cual te viene de maravilla —murmuro, y desvío la mirada hacia el humo que aún desprenden los troncos de la hoguera—. Osrik y los demás... ¿Me han visto? ¿Han oído todo lo que he dicho? —pregunto avergonzada. No me atrevo ni a mirarle a la cara.

—Sí.

Cierro los ojos y aprieto con fuerza los párpados. Mis veinticuatro cintas se ponen tensas, rígidas.

—Me estás destrozando —susurro, y un soplo de aire frío me acaricia la mejilla. Es como un beso triste, afligido.

No le oigo acercarse, pero no hace falta porque lo siento en la piel, en las entrañas, en todo mi ser. ¿Cómo no hacerlo? Hay algo en él que sigue presionándome, que sigue rogándole a mis instintos que se despierten de ese letargo invernal.

—A veces —murmura—, las cosas deben destrozarse para poder alzarse de nuevo, volver a construirse.

La estrella centellea, como si tuviese corazón propio.

Tardo un buen rato en abrir los ojos, en respirar hondo y recobrar la serenidad.

—Quiero ver a los guardias.

Tal y como imaginaba, está tan cerca que, si me inclinara unos milímetros, podría apoyar el oído sobre su pecho y escuchar el latido de su corazón.

Rip ladea la cabeza.

—Está bien, Jilguero. Te llevaré a ver a los guardias.

Salimos del círculo de lucha, pero él no se separa de mi lado. Con cada paso que damos, nuestras botas se hunden en la nieve, dejando un rastro de agujeros en el camino.

263

Me echo el abrigo por encima de los hombros. Por suerte, solo se ha desgarrado la espalda y aún puedo ponérmelo para arroparme y guarecerme de las bajas temperaturas. De repente, estoy temblando de frío. La rabia es una emoción tan intensa, tan ardiente, que es capaz de hacerte entrar en calor, pero en cuanto se desvanece, te invade un frío glacial, un frío propio de otro mundo.

Rip no deja que nos adentremos en el campamento, sino que prefiere que lo bordeemos. Pese a que pueda parecer contradictorio, en ese sendero oscuro marcado por diminutas antorchas que emanan una luz tenue y anaranjada, no me siento tan intimidada por él. Nuestras sombras bailan entre ellas, se entrelazan, se unen y se separan en danza magnética, como si pudiesen percibir algo familiar.

—¿Desde cuándo sirves al rey Ravinger? —pregunto con un hilo de voz, aunque sé que oye cada una de mis palabras, de mis respiraciones. Quizá incluso el *staccato* del latido de mi corazón.

—Me da la impresión que desde siempre.

Sé muy bien a qué se refiere. Conozco demasiado bien esa sensación.

—¿Y sabe que estoy aquí, contigo?

Rip asiente.

—Está al corriente.

El miedo que se balanceaba en mis tripas se transforma en un bloque de hielo. No sé muy bien por qué, puesto que hace varias semanas que soy una de las prisioneras del ejército del Cuarto Reino. Sin embargo, una cosa es que Rip sea mi captor y otra muy distinta es saber que voy a acabar en manos del Rey Podrido. Estoy segura de que, en cuanto se enteró de que su ejército me había capturado, su mente ya empezó a discurrir varias maneras para utilizarme a su favor.

La vida me ha enseñado que eso es lo que hacen los hombres. Utilizar a las mujeres en beneficio propio.

—Si te ordenase que me mataras, ¿lo harías? —pregunto sin pensar, y le miro con el rabillo del ojo.

Se detiene en seco, como si la pregunta le hubiera pillado desprevenido.

—Eso no va a ocurrir.

Arqueo las cejas, sorprendida por tal ingenuidad.

—No estés tan seguro. Soy la preferida de Midas, y todos sabemos que ellos dos son enemigos acérrimos —insisto, y bajo aún más la voz por miedo a que algún chismoso pueda estar escuchándonos—. Y por si eso no bastase para condenarme, acabo de confesar que soy un ser feérico de pura raza, los traidores más odiados y perseguidos de toda Orea. Tres de tus soldados me han oído gritarlo a los cuatro vientos, y podrían delatarme en cualquier momento. Tú y yo sabemos que es una información muy valiosa.

—Jamás le dirían una sola palabra de esto a nadie, a menos que yo se lo ordenase. Son mi Cólera.

Frunzo el ceño.

—¿Tu qué?

Rip me mira de reojo.

—A Lu se le ocurrió el nombre hace ya varios años. En pocas palabras, son mis elegidos. Me brindan su ayuda, me asesoran en la toma de decisiones, lideran su propio regimiento en el ejército y, si se presenta una misión peliaguda o peligrosa de la que no puedo encargarme personalmente, es a ellos a quienes recurro.

Reconozco que la revelación me deja atónita. Lo que me asombra no es que tenga una pequeña tropa de soldados que le hayan jurado lealtad hasta la muerte, sino la convicción con la que habla de ellos. Confía plenamente en esos tres energúmenos, lo intuyo por el timbre de su voz.

Sin embargo, eso no significa que yo pueda fiarme de ellos.

—Han sido testigos de mi confesión. Me han oído reconocer que soy un ser feérico. ¿En serio crees que no se lo van a contar a nadie? ¿Que no han informado ya a tu rey?

265

—No lo creo. Lo sé.

Es evidente que está convencido, que pondría la mano en el fuego por todos y cada uno de ellos. Hay una duda que lleva días rondándome por la cabeza, y creo que ha llegado el momento de resolverla.

—Saben que tú eres un ser feérico, ¿verdad?

A pesar de la negrura que nos envuelve, veo que asiente con la cabeza.

—Lo saben.

Si no estuviésemos caminando, me habría sentado para procesar lo que acabo de oír. Sacudo la cabeza para tratar de ordenar todas las preguntas que quiero hacerle.

—Pero eso es… es… ¿Cómo?

—Ya te lo he dicho, son mi Cólera. Han estado a mi lado desde el principio, y nunca me han fallado, ni una sola vez. A veces confío más en ellos que en mí mismo. Jamás me traicionarían.

—Pero eres un ser feérico. Los ciudadanos de Orea nos odian. Aunque tu Cólera te guarde el secreto, ¿cómo es posible que nadie haya adivinado lo que eres? ¿Cómo es posible que la verdad no haya salido a la luz?

Sus ojos se iluminan como dos estrellas en mitad de la penumbra.

—Podría hacerte la misma pregunta.

—Me escondo y me esfuerzo por pasar desapercibida —respondo—. O eso hacía antes de abandonar Alta Campana. Tú, en cambio, no has ocultado tus rasgos feéricos desde que el rey te nombró su comandante. ¿Cómo es posible que nadie se haya dado cuenta?

El comandante encoge los hombros.

—Los mortales acostumbran a creerse todo lo que oyen, sobre todo si están predispuestos a ello. Creen que soy el monstruo que el Rey Podrido diseñó y creó a su antojo, y permito que lo crean porque me conviene.

—¿Y tu rey lo sabe?

Estira la comisura de los labios en una sonrisa maliciosa.

—Esa es otra pregunta sobre el rey y, como ya te he dicho antes, no forman parte del juego.

Mastico sus palabras como si fuesen un trozo de carne, tratando de triturarlas para poder digerirlas y evitar que se me atraganten.

—Espero que tengas razón sobre tu Cólera —murmuro. De lo contrario, estoy en un buen aprieto.

—La tengo. Pero ahora me debes una verdad.

Siento el aleteo de una bandada de pájaros en el estómago. Estoy hecha un manojo de nervios.

—¿Qué quieres saber?

—¿Quién es tu familia?

Los huesos que me protegen el pecho parecen fundirse y, por un segundo, dejo de respirar. Ni siquiera me molesto en disimular mi sorpresa. No esperaba que me preguntara eso, desde luego.

—Mi familia está muerta —farfullo.

Él hace una pausa en el camino.

—Un nombre, Jilguero.

La pregunta queda suspendida en el aire. No debería haber entrado en este estúpido jueguecito de verdades. Debería haberme imaginado que el precio que tendría que pagar iba a ser demasiado alto.

—No recuerdo el apellido de mi familia —confieso, y siento una punzada de dolor. La confesión me araña las entrañas y reabre una herida que creía cerrada.

Me concede unos instantes de silencio. Quizá sea otra de sus maquiavélicas estratagemas para hacerme creer que no va a insistir, que no va a seguir escarbando en mi pasado, pero sé que no se va a dar por vencido. A eso es precisamente a lo que se dedica, a desafiar a sus enemigos, a ponerles contra las cuerdas, a desenterrar recuerdos olvidados y a hurgar en las

267

heridas de las personas. Tal vez por eso se ganase el apodo de Rip, porque descabeza las mentiras de sus adversarios y se las arranca de cuajo para así conocer sus verdades.

—¿De dónde eres?

—¿Por qué quieres saberlo? —pregunto—. ¿Cómo piensas utilizar esa información en contra de Midas?

Aunque en ese sendero la negrura es casi opaca, vislumbro que cierra el puño.

—Ya te lo he dicho antes, no estamos hablando de él.

Y, de repente, la calma silenciosa y pacífica que se había instalado entre nosotros se desvanece. No queda ni rastro de esa serenidad, de ese aparente entendimiento. Pero es mejor así, me digo para mis adentros. El comandante y yo somos enemigos y lo más lógico y coherente es que nos comportemos como tal.

—Osrik me lo dejó bien claro el día que llegué aquí. Esperabais que cantara como un pajarillo, que revelara los secretos mejor guardados de Midas —digo con cierto retintín—. Así que deja de negar que esta conversación es, en realidad, un interrogatorio para averiguar información sobre Midas. Me haces sentir como una estúpida. No vuelvas a intentar engañarme, es lo mínimo que espero del comandante de este ejército.

Él se ríe entre dientes, pero es una risa áspera y maliciosa.

—La única persona que te engaña es tu querido Rey Dorado. Dime, ¿en qué momento decidiste arruinarte la vida a cambio de que él viviera como un rey? —pregunta con crueldad.

Aprieto los labios, airada e indignada. Sin embargo, ese alarde de perversidad no solo me recuerda que es un cretino de tomo y lomo, sino también que es mi raptor y yo, su prisionera. Su repentino enfado me coloca de nuevo en un lugar más familiar. Lejos queda ese momento confuso que hemos vivido esta noche. No somos amigos. No somos aliados. Jugamos en bandos opuestos.

—Si tengo que elegir, siempre lo elegiré a él —sentencio en mitad de ese sendero lóbrego y oscuro.

—Sí, sí. Eso ya lo he oído antes —replica él con tono mordaz—. Pero, aun así, me asaltan varias dudas. ¿Qué pasaría si los papeles se intercambiasen? ¿Crees que Midas protegería a capa y espada tus verdades, tus secretos? ¿Qué ha sacrificado tu rey por ti?

—Ha hecho muchos sacrificios —respondo de inmediato.

Su expresión se torna apática, indiferente y tan glacial como el aire nocturno.

—Ya. Como aleccionarte para que te avergüences de ser quien eres.

Noto un estremecimiento en la espalda. Ha sido un golpe bajo, y me ha dolido. Siento el inconfundible cosquilleo húmedo de las lágrimas en los ojos y me apresuro en secarlas antes de que se deslicen por mis mejillas. Estoy furiosa, pero no con él, sino conmigo. ¿Por qué dejo que sus palabras me afecten tanto? Debería hacer oídos sordos a todo lo que dice. ¿Cómo es posible que siempre se salga con la suya y consiga atravesar mi coraza?

Rip se vuelve y señala algo con el dedo. A unos pocos metros de nosotros, diviso un carruaje bastante grande y con barrotes a los cuatro lados, la clase de carruaje que se usa para encerrar a prisioneros de guerra. Lo custodian varios soldados ataviados con el uniforme del ejército del Cuarto Reino. Al lado han encendido una pequeña hoguera para no morir congelados. Al vernos llegar, algunos se miran con cierto nerviosismo.

—Tus guardias están ahí. Estoy seguro de que te dejo en buenas manos. Ahora que estáis todos juntitos, podéis intercambiar historias sobre la grandeza y generosidad de Midas. Yo tengo cosas mejores que hacer.

Siento una tremenda opresión en el pecho al oír esa fría e irónica despedida. El comandante se da media vuelta y se marcha ofendido, no sin antes ladrar una orden a los soldados ahí reunidos. Aunque tengo su permiso para ver a los guardias, les advierte que me vigilen, que no me quiten el ojo de encima. Y entonces desaparece entre las tiendas del campamento sin volver la vista atrás, totalmente ajeno a la lágrima que se ha quedado congelada en mi mejilla.

El dolor del pecho no se desvanece, ni siquiera cuando al fin puedo ver a los guardias y asegurarme de que están todos bien. Me alegro de que estén sanos y salvos, de que no les hayan torturado o asesinado, pero aun así me quedo abatida, devastada.

Me quedo devastada porque la persona a quien estaba buscando, a quien realmente quería ver, no está ahí. La única persona que me transmite esa sensación de familiaridad y de hogar cuando estoy cerca de ella no está ahí.

El dolor de no encontrar a Digby entre los prisioneros es como el de un puñetazo en la boca del estómago. Duele. Toda esperanza está perdida, y eso duele.

270   Los guardias de Midas están bien, pero mis guardias no.

Sail navega a la deriva por algún remoto lugar y sus restos yacen en una tumba de nieve, y el cuerpo de Digby se ha esfumado de la faz de Orea. Y tengo que asumir esas dos pérdidas justamente ahora, mientras las palabras punzantes de Rip me rasgan el pecho.

Regreso a mi tienda con aire alicaído y compungido, y con borbotones de lágrimas deslizándose por mis mejillas. En el cielo, aquella estrella titilante se apaga y vuelve a esconderse entre las nubes.

26

La reina Malina

—**M**aldita sea.

Al susurrar tal blasfemia, Jeo, el tipo atractivo que en este preciso instante está echado en el diván, levanta la cabeza de la almohada y me mira.

—¿Qué ocurre?

Aparto la vista de la carta manuscrita, suspiro y la tiro con desprecio sobre el escritorio.

—Franca Tullidge no puede acudir a la reunión porque no está en Alta Campana. Está de viaje y no volverá hasta dentro de seis meses —explico molesta y enfadada.

—¿Y eso es malo? —pregunta Jeo.

Me masajeo las sienes para tratar de despejar la mente y me recuesto en el sillón. Pongo toda mi atención en Jeo.

—Sí, es malo. La familia Tullidge cuenta con una guardia privada de setecientos hombres. Hombres que tal vez vaya a necesitar, así que es de suma importancia que sellemos un acuerdo y me jure lealtad absoluta.

Jeo se pone de pie de un brinco y, sin querer, me distraigo. Se ha quitado la camisa nada más llegar y se pasea por el salón con el torso al descubierto. Los lunares de su piel son como motitas de canela espolvoreadas por todo su cuerpo, como si el Divino hubiese añadido un toque especiado al cuerpo musculoso y decadente de Jeo a modo de adorno, de mera decoración.

Coge el cántaro de cristal que hay sobre la mesa y llena dos copas. Es un vino endulzado con miel. Me tomo unos instantes para disfrutar de su físico. Él se acerca con las copas en la mano; sus andares me recuerdan a los de una pantera, elegantes a la par que desafiantes. Su melena pelirroja, por otro lado, me hace pensar en la sangre de un animal recién cazado.

Me ofrece una copa y después se apoya en el borde del escritorio. Me roza el muslo con la rodilla y, a pesar de las múltiples capas de mi falda y de la tela áspera y gruesa de su pantalón, siento el ardor que emana su cuerpo.

—Cuando llegue el momento, cuando necesites que las familias nobles del reino se pongan de tu lado y luchen en tu nombre, créeme que lo harán —afirma con un exceso de confianza; después se lleva la copa a los labios y se bebe de un solo trago la mitad del vino que se ha servido.

Tomo un sorbo de ese vino dulzón.

—¿Eso crees?

Él asiente.

—Eso creo, mi reina.

—Parece que estás muy seguro.

Jeo se termina hasta la última gota de vino.

—Y lo estoy —responde, y después se encoge de hombros y deja la copa sobre la mesa—. Eres una Colier. Tal vez el oro de Midas pueda deslumbrar, o incluso cegar, al resto de Orea, pero el Sexto Reino confía en tu linaje, en tu apellido. Si llamas a filas a tus súbditos, responderán.

Tamborileo los dedos contra el cristal.

—Eso ya lo veremos.

Espero no tener que llegar a recurrir a eso, la verdad. Mi intención es mover los hilos necesarios para obligar a Midas a abdicar y cederme el trono, pero no puedo dejar ningún detalle al azar. Debo contemplar cualquier imprevisto, cualquier fallo.

Tyndall, aunque es un marido pésimo, ha demostrado ser un gobernante excelente. No solo porque le formaron para serlo, igual que a mí, sino porque, tal y como bien ha dicho Jeo, sabe deslumbrar a la gente.

Ese tipo sabe cómo impresionar, cómo hilar una historia para cautivar a sus oyentes, cómo ganarse la fascinación y admiración de sus súbditos. Ha llenado las arcas de muchos nobles de oro que, gracias a él, viven rodeados de lujos y comodidades. Sé que a esos nobles no podré convencerlos, pues no dispongo de tantas riquezas.

Sin embargo, también cuenta con una larga lista de enemigos. Mucha gente se queja de las condiciones míseras en las que vive. Cuando el rey Midas transformó el humilde castillo de Alta Campana en este mastodonte de oro macizo, cometió un terrible error: no tuvo en cuenta la clase de sombra que oscurecería esa hazaña.

Los plebeyos, los campesinos, los granjeros... No pensó en ellos, ni en sus necesidades, pues consideraba que estaban por debajo de él.

Cuando termine con la lista de aristócratas a los que creo que puedo persuadir, el siguiente paso será dedicarme en cuerpo y alma a convencer a esas masas olvidadas, a todos esos súbditos que viven casi en la inmundicia y que envidian las inmensurables riquezas de la aristocracia que los gobierna.

Sí, muchísimas personas odian al rey. Y, de hecho, su esposa es una de ellas.

Me relamo los labios, que aún conservan el sabor de ese vino dulce, y dibujo una sonrisa de satisfacción. Voy a echar por tierra toda esa palabrería barata y voy a destinar cada minuto de mi tiempo a destruir su imagen pública, a despedazar esa fachada de oro reluciente.

Le arruinaré la vida. Y cuando ya no goce del prestigio y la autoridad de los que ahora se vanagloria, me encargaré personalmente de que toda Orea desprecie al Rey Dorado. Y yo

273

seré coronada como reina de Alta Campana, una reina amada y respetada por sus súbditos.

Jeo me contempla con esa expresión cómplice y astuta.

—Conozco muy bien esa mirada —murmura, y me señala con el dedo—. Estás tramando algo.

Se me escapa una risita.

—Por supuesto.

Soy una experta en conspiraciones. No es por alardear, pero se me dan de maravilla, lo cual es una suerte si tenemos en cuenta que me faltan dos cualidades fundamentales para ganarme el respeto de todo el mundo: un poder mágico y una verga.

Es una lástima que carezca de lo primero, pero ¿lo segundo? He descubierto que la mayoría de los mortales con verga son, en pocas palabras, una auténtica decepción.

Desvío la mirada hacia la entrepierna de Jeo. En fin, excepto aquellos que puedes comprar.

Alguien llama a la puerta, y suelto un pequeño bufido. La interrupción no debería pillarme desprevenida porque no me dejan en paz. Siempre hay alguien que necesita algo. Aunque puede resultar agotador, me gusta estar disponible porque al fin acuden a mí para resolver sus problemas. Ahora son mis órdenes las que esperan recibir. Como debe ser.

—Adelante.

Mi asesor, Wilcox, entra en el salón y enseguida repasa a Jeo con esa mirada añil. Aprieta esas dos líneas que tiene como labios, el único gesto de desagrado que se atreve a mostrar delante de mí. Aunque presiento que, por dentro, está echando sapos y culebras, igual que hizo la primera vez que me presenté a cenar con Jeo del brazo.

Wilcox considera repugnante y de muy mal gusto que me acompañe una montura masculina en actos públicos, una opinión que me hizo saber mientras disfrutaba de una agradable cena.

Ese repentino ataque de dignidad me pareció, cuando menos, curioso. Dudo que alguna vez le haya hecho un comentario parecido a mi marido, que iba a todas partes con su harén de monturas. Por no mencionar a esa zorra dorada.

Jeo se levanta de mi escritorio y se da media vuelta con una sonrisa de oreja a oreja. Le encanta provocar a Wilcox, y más ahora que sabe que ese vejestorio desaprueba nuestra relación.

El asesor se acerca a mi escritorio y se inclina en una pomposa reverencia.

—Su majestad, espero no interrumpir.

—Todavía no —responde Jeo, y le guiña un ojo con lascivia.

Wilcox aprieta con fuerza la mandíbula, molesto y ofendido. Él cree que esa perilla desaliñada y canosa le ayuda a disimular esa clase de gestos, pero se equivoca.

Cuando Jeo rodea mi sillón para colocarse detrás de mí, él lo ignora por completo. La montura posa esas manos enormes y fuertes sobre mis hombros y empieza a masajearlos sensualmente. Tocar a la reina con tal naturalidad no solo es un alarde de poder, sino también una declaración de intenciones en toda regla, y yo se lo permito.

—Hmm, estás muy tensa, mi reina —arrulla Jeo.

Mi asesor se pone colorado y tengo que hacer un esfuerzo tremebundo por no sonreír. Todavía no he conseguido averiguar si detesta nuestras exhibiciones de intimidad porque son una muestra descarada e insolente de mi deslealtad hacia Tyndall o, simplemente, porque soy una mujer que contrata monturas para satisfacer sus necesidades carnales.

O quizá sea un poco por ambas cosas.

—¿Necesitas algo, Wilcox? —pregunto como si nada. Mientras, los dedos diestros de Jeo continúan masajeándome la espalda con movimientos firmes a la par que deliciosos.

Wilcox aparta los ojos de las manos de Jeo y me mira.

—Perdón. Ha llegado esta carta para ti —me informa, y da un paso al frente.

275

Alargo el brazo y tomo el pergamino enrollado.

—Gracias.

Cuando veo el sello de lacre carmesí, el corazón me da un brinco, aunque mantengo la expresión impertérrita para no delatar mi sorpresa.

—Puedes retirarte, Wilcox.

Mi asesor se da media vuelta y se marcha sin decir ni mu, algo extraño en él porque le gusta tener la última palabra en todo; por lo visto, estaba ansioso por largarse del salón y alejarse de la presencia de mi montura.

En cuanto cierra la puerta, suelto un larguísimo suspiro.

—¿Qué ocurre? Cualquiera diría que has visto un fantasma. Estás pálida como la nieve, aunque eso es lo normal en ti —bromea Jeo.

Sé que, por pura cortesía, debería reírle la gracia, pero no puedo. Estoy absorta observando el sello en blanco que decora el lacre agrietado. No contiene ningún emblema, ningún escudo, ningún sigilo, pero no hace falta porque solo una persona podría remitir una carta sin sello.

—Los Bandidos Rojos.

Las manos de Jeo se quedan inmóviles sobre mi cuello.

—¿Los piratas han contestado?

Respondo con un simple balbuceo. Después deslizo el dedo bajo la solapa de la carta y rompo el lacre rojo. Despliego el pergamino y leo la carta a toda prisa. No puedo evitar fijarme en los manchurrones de tinta, en esa caligrafía chapucera que parece más propia de un analfabeto. Aunque debería alegrarme de que en esa panda de corsarios haya alguien que al menos sepa escribir.

Leo el mensaje una segunda vez. El corazón me aporrea el pecho.

—Por el gran Divino…

—¿Qué pasa? —pregunta Jeo, que rodea el escritorio para sentarse frente a mí. Su rostro, varonil y atractivo, es la viva estampa de la preocupación.

Parpadeo varias veces para tratar de ordenar la mente, en estos momentos hostigada por una avalancha de interrogantes.

—No la tienen.

Abre esos ojos azules como platos.

—¿A la puta dorada? Joder, ¿por qué no? —pregunta, furioso—. Les avisaste con muchísima antelación para que arrastraran sus panderos sebosos hasta las Tierras Áridas a tiempo.

Sacudo la cabeza, dejo caer la carta y me levanto del sillón.

—Malina…

Me doy la vuelta, loca de contento. Jeo, al verme tan pletórica y con una genuina sonrisa de felicidad, parpadea, claramente desconcertado.

—El ejército del Cuarto Reino asaltó el barco pirata —susurro, aún maravillada ante tal giro de los acontecimientos—. Se llevaron a las monturas, a los guardias, a todo el mundo. Y ahora son sus prisioneros.

Arquea esas cejas pelirrojas.

—¿Y la perra de oro?

Sonrío tanto que incluso me duelen las mejillas.

—A ella también la han capturado.

Jeo esboza una sonrisa de oreja a oreja, una sonrisa idéntica a la mía. Sabe que la noticia supone un triunfo para mí. Creí que las mazmorras de los Bandidos Rojos serían el lugar perfecto para esa zorra. Pero ¿esto? Esto es, sin lugar a dudas, mucho mejor.

—¡Joder, qué bien! —exclama Jeo—. Esto se merece un brindis.

Y mientras llena otra copa de vino hasta el borde, me entra un ataque de risa, una risa histérica y ronca. No recuerdo la última vez que me reí. Juraría que hacía años que no soltaba una carcajada.

Ha desaparecido de mi vida. Por fin.

No volveré a verla nunca más. No volveré a ver la cara de

277

bobalicón que se le pone a Tyndall cada vez que la ve entrar en el salón del trono. Parecía que fuese a comérsela con los ojos, y lo peor de todo es que no hacía ni el esfuerzo de disimular.

Su preciada favorita ahora está en manos de su peor enemigo, y no hay nada que él pueda hacer para evitarle el sufrimiento y el calvario que le espera en esa celda.

La victoria tiene un sabor dulce.

Sacudo la cabeza. Todavía no me creo el golpe de suerte que he tenido. Diría que todo ha salido a pedir de boca, pero me quedaría corta, ha salido aún mejor.

—Van a despellejarla viva —digo, incapaz de ocultar la emoción.

—Esos soldados son peores que los piratas de nieve —comenta Jeo, que se bebe la mitad del vino que se ha servido de un solo trago y después me ofrece la copa.

Esta vez no me ando con remilgos y tomo un buen sorbo de ese vino dulzón. La montura desenrolla el pergamino y lee la carta por encima.

—Ajá, ¡esos saqueadores de tres al cuarto están que trinan, y no me extraña! El ejército del Cuarto Reino se llevó a las monturas y, para colmo, su capitán se escapó del barco con todo el oro que nos habían robado. Qué mala suerte.

—Le ordenaré a Uwen que les haga llegar un cofre con monedas de oro a modo de compensación —digo. Jeo se queda pasmado ante tal revelación. Encojo los hombros y añado—: Son mercenarios reconocidos. Una sustanciosa ofrenda de oro bastará para que pueda contar con ellos como aliados.

La montura se acerca a mí y me rodea la cintura con un brazo.

—Mi reina, eres una mujer brillante.

Sonrío antes de tomar otro sorbo de vino, y después apoyo el borde de la copa de cristal en los labios de Jeo, que me observa con una mirada lujuriosa y hambrienta. Inclino ligeramente la copa para que ese elixir dulzón se arrastre hasta su lengua húmeda. En cuanto la copa se vacía, la dejo sobre el escritorio y él desliza las manos hasta mis caderas.

Ladeo la cabeza y su expresión se torna libidinosa, casi obscena, lo cual me excita. Ese gesto, que a primera vista puede parecer involuntario, es una invitación tácita, un ruego silencioso que Jeo no tarda en satisfacer. Me acaricia el cuello con los labios y empieza a besarme y a mordisquearme esa zona tan sensible, tan erógena.

Cierro los ojos cuando noto que su lengua empieza a moverse hacia mi mandíbula y, cuando sus labios carnosos rozan los míos, suelto un gemido de placer. Siento unas llamas abrasadoras en el vientre. La idea de fornicar con Jeo a sabiendas de que le he arrebatado todos los jueguecitos a Tyndall aviva aún más ese fuego interior. Su harén de monturas jamás volverá a poner un pie en este palacio. Mi cortesano, en cambio, está estrujándome las nalgas y frotándose la verga en mis faldas en este preciso instante.

Mi lengua busca la de Jeo y, al encontrarla, noto el sabor de ese vino especiado, de mi ansiada victoria.

—Mmm, qué delicia —murmura sin separar sus labios de los míos.

—¿El vino? —pregunto con una sonrisa remilgada.

—Tú —contesta él—. Me encanta cuando te pones en plan reina retorcida y maquiavélica, pero, cuando todas esas confabulaciones salen tal y como habías planeado, te transformas en una mujer empoderada. Verte así me la pone dura como una piedra.

Y para demostrármelo, empuja las caderas hacia delante para que pueda palpar su impresionante miembro viril rígido y erecto bajo la tela de sus pantalones.

—Voy a hacerte mía ahora mismo, mi reina —dice, y siento sus dientes recorriendo el perfil de mi oreja—. Voy a follarte sobre el escritorio, con esa sonrisa malvada y perversa que tienes ahora mismo.

279

El estómago me arde por la pasión desenfrenada que siento ahora, por la adrenalina que generan las palabras obscenas e indecentes que me dedica Jeo, por una lujuria que jamás fue mía. Siempre me habían ignorado, siempre me habían dejado de lado.

Pero esa etapa de mi vida ya se acabó.

—Hazlo bien —le ordeno con un ronroneo imperioso antes de bajar la mano y acariciarle la entrepierna. Me gruñe al oído, un sonido que me estremece, que me hace sentir poderosa y femenina.

Jeo se agacha, me agarra con fuerza por la cintura, me levanta del suelo y me lleva en volandas hasta el escritorio, que está a tan solo dos pasos. Sus manos se pierden por debajo de mis faldas y, poco a poco, va empujando todas esas capas de gasa blanca hasta mi cintura.

Cuando sus dedos rozan los rizos húmedos que recubren el interior de mis muslos, sonríe y me da un suave mordisco en el labio inferior.

—Qué reina más traviesa.

—Deja de parlotear y fóllame.

Él suelta una carcajada mientras se desabrocha el botón de los pantalones y se los baja hasta los tobillos.

—A tu servicio, su majestad.

Jeo me penetra un segundo después, y lo hace con tanto ímpetu que mi cuerpo se resbala por la superficie de madera del escritorio. Pero la sensación es deliciosa. Es justo lo que quería, lo que le he pedido, y lo que me merezco.

Él se inclina sobre mí y me sujeta de las caderas para evitar que me escurra por la mesa, y todo mientras me embiste con una fogosidad visceral.

—¿Estás disfrutando, mi reina? —pregunta, y hunde su boca en mi cuello para chuparme y mordisquearme la piel. Siento un escalofrío de puro placer.

Estoy disfrutando, pero quiero más. Quiero todo lo que Midas jamás me dio.

Apoyo una mano sobre ese pecho fornido y empapado en sudor y le empujo.

—Al suelo.

Mi montura tuerce la sonrisa, pero acata la orden y se aparta de mí para tumbarse en el suelo. Le veo tendido a mis pies, a mi merced, y me estremezco. Por mis venas fluye excitación, poder, placer.

Me bajo del escritorio y me pongo de pie encima de él, separando bien las piernas. Le miro fijamente y él emite un gruñido profundo y salvaje cuando desvío la mirada hacia su verga, que sigue dura, dilatada, rígida.

—Por favor, mi reina. No seas tan cruel.

Me gusta que suplique.

Me arremango las faldas del vestido, doblo las rodillas y voy bajando poco a poco hasta sentir que su verga se hunde en mi interior, tal y como a mí me gusta. Una reina sentándose en su trono.

Las gotas de sudor se le han acumulado en la frente y cada vez me sujeta con más fuerza por la cintura, pero yo continúo balanceándome sin prisa, disfrutando de cada fricción de su miembro. Cabalgo como una amazona, con la cabeza echada hacia atrás, disfrutando de ese éxtasis carnal, de ese juego decadente a la par que excitante.

—Joder, su majestad —murmura apretando los dientes.

Todo mi cuerpo se contonea al ritmo de mis gemidos. Me dejo llevar, me desprendo de todos mis escrúpulos y tabúes y saboreo las mieles del placer, un placer que durante mucho tiempo me ha sido negado. No volverá a ocurrir. No volveré a quedarme de brazos cruzados mientras otros me arrebatan lo que es mío.

A partir de ahora, haré lo que quiera, cuando quiera.

—Oh, sí, claro que lo harás —susurra Jeo; supongo que, sin darme cuenta, he pensado en voz alta—. Haz lo que quieras pero, por favor, córrete en mi polla.

Suelto una carcajada gutural, pero enmudezco en cuanto él alza las caderas y me embiste en un movimiento profundo y violento para así alcanzar esa zona escondida que no sabía que existía hasta que le conocí a él.

Meneo las caderas por puro instinto para alimentar a esa bestia hambrienta que se ha despertado en mis entrañas, una bestia que solo puedo satisfacer con esa clase de placer, con esa clase de poder.

Jeo suelta un gruñido ronco y empieza a follarme con dureza desde el suelo mientras yo cabalgo sobre mi montura y empiezo el ascenso al séptimo cielo, una sensación tan placentera que no existen palabras para poder describirla.

Alcanzo el clímax y, poco a poco, el ardor de las llamas empieza a apagarse. Se me escapa un suspiro trémulo, como quien se siente liberado. Tres profundas acometidas más y Jeo blasfema entre jadeos mientras su semen impregna mi entrepierna con un calor húmedo y desconocido.

Recorro los músculos de su pecho con las uñas, clavándolas ligeramente, dejando un rastro de arañazos rojos sobre su tez moteada de lunares canela.

—¿Y? —pregunta con una sonrisa de satisfacción. Respira hondo y se coloca las manos debajo de la cabeza, como si estuviese tomando el sol—. ¿Lo he hecho bien, mi reina?

Me tomo unos instantes para recuperar el aliento y después me levanto. Al apartarme, él emite un quejido. Me gusta ese sonido.

—Lo has hecho bastante bien —respondo con aire despreocupado, y me dirijo hacia una puerta tras la que se hallan mi habitación y mi cuarto de baño—. Pero ahora necesito que me duches y que recojas este desastre.

Un segundo más tarde, oigo que se pone de pie y se acerca a mí de puntillas. Noto el calor de sus labios en el cuello mientras me abraza por detrás.

—Solo si puedo hacerlo con la lengua.

Se me escapa una sonrisita de suficiencia.

—Harás lo que tu reina te ordene.

Se ríe, y esa risa genuina es la recompensa que necesito.

—Sí, su majestad, lo haré.

Él y todos los demás.

27

Auren

$\mathcal{N}$o pego ojo en toda la noche. Incapaz de conciliar el sueño, doy vueltas en el camastro.

El resplandor anaranjado de las brasas se ha ido debilitando con el paso de las horas; cuando entré en la tienda, esos pedruscos de carbón eran de un rojo incandescente, un rojo vívido e intenso. Ahora, en cambio, no son más que un montón de cenizas humeantes y el gélido aire nocturno parece haberse tragado toda su calidez.

Y en mitad de esa fría oscuridad, mis pensamientos no dejan de hostigarme.

Desde el día en que el comandante Rip me tomó como prisionera, en el barco pirata de esos miserables Bandidos Rojos, he estado esperando que hiciese algo horrible, que sus soldados me martirizaran o torturaran hasta la muerte.

Pero, hasta el día de hoy, no ha ocurrido ninguna de las dos cosas.

De hecho, para ser justa, debo admitir que me han tratado con dignidad y respeto. Incluso me atrevería a decir que se han mostrado amables conmigo. Se me han concedido derechos y libertades que Midas jamás habría aceptado.

Lo que está en riesgo es mi lealtad, una palabra como cualquier otra, un valor moral, una convicción a la que me estoy aferrando como a un clavo ardiente. Me aterroriza pensar en lo que puede ocurrir si empiezo a titubear, si empiezo a desconfiar de mi rey.

Sé que no puedo fiarme de Rip. Lo sé, pero...

Pero.

Tal vez tampoco pueda fiarme de Midas.

Y justo cuando estoy cavilando esa idea traicionera, caigo en la cuenta de que la he articulado en voz alta. Es una confesión entre susurros, una revelación triste y atormentada que tan solo las ascuas ya frías pueden oír.

Me incorporo en el camastro y me pongo el vestido; ya no se ajusta a mi figura porque, de tanto llevarlo, la tela ha cedido y ha perdido toda la forma. Lo he lavado a mano varias veces, he frotado las manchas a conciencia, pero da lo mismo. Aunque esté limpio, siempre se ve sucio. Me arropo con ese abrigo hecho jirones y me calzo las botas; ya que no puedo dormir, al menos voy a aprovechar el tiempo y a dar una vuelta por el campamento.

No he vuelto a ver a Rip desde la acalorada discusión que tuvimos anoche.

No tendría que importarme tanto. De hecho, debería darme lo mismo. Pero sospecho que me está evitando, que me está castigando. Y esa indiferencia me está matando por dentro.

Me agacho para salir de la tienda y, al poner un pie en el suelo, se oye el crujir de la nieve fresca bajo la suela de mis botas. Esta noche hemos acampado junto a un pequeño lago helado que brilla bajo la luz de una luna que está en cuarto creciente.

Aunque camino sin rumbo fijo, no tardo en darme cuenta de que estoy dirigiéndome hacia el este del campamento, donde están alojadas las monturas.

Me detengo frente a su tienda y enseguida reconozco a los dos guardias que custodian la portezuela. Son los mismos que me permitieron entrar cuando vine con Lu. Están jugando a las cartas y, al oírme llegar, levantan la mirada de la mesa.

El que está más cerca, un soldado de melena castaña, arquea las cejas sorprendido.

—Mi señora —me saluda—. Hacía días que no te veíamos por aquí.

—Lo sé —farfullo, pero prefiero no darles explicaciones—. ¿Os importa que les haga una visita?

—Es muy tarde —responde el otro guardia—. Pero puedes quedarte unos minutos. He oído murmullos ahí dentro, así que deben de estar despiertas.

Asiento con la cabeza y me acerco a las solapas de lona de la entrada, pero antes de que pueda levantarlas, alguien se me adelanta desde el otro lado y me bloquea el paso.

Doy un respingo. No esperaba esa repentina aparición.

—Polly.

Lleva su melena rubia y tupida recogida en dos trenzas gruesas, pero salta a la vista que tiene el pelo enredado y grasiento. Y ha perdido peso. Está mucho más delgada de lo habitual. Sin una pizca de maquillaje dorado en el rostro, sin una túnica elegante, sin una sonrisa coqueta. Parece agotada, aunque en su mirada advierto dureza, severidad.

—Hola —responde con evidente frialdad, y se cruza de brazos—. ¿Qué estás haciendo aquí?

Al oír ese tono de desprecio, empiezo a ponerme nerviosa.

—Esto… Solo vengo de visita. Quería saber qué tal estabais.

—Estamos bien —espeta.

Alargo el cuello en un intento de echar un vistazo al interior de la tienda, pero ella se mueve para impedírmelo.

—¿Ocurre algo?

Polly niega con la cabeza.

—Cuando te han oído charlar con los guardias, me han enviado a mí para decirte cuatro cosas. No puedes entrar.

Arrugo la frente, perpleja y desconcertada.

—¿Por qué no?

Ella me desafía con la mirada, con esa mirada azul tan intensa, tan glacial.

—Nadie quiere verte.

Se me ponen los pelos de punta al oír a Polly hablarme con tanto resentimiento.

Los soldados, que están a mi derecha, se revuelven en los taburetes, como si esa escenita de humillación y deshonra pública los incomodara. Estoy avergonzada, y aunque trate de disimularlo sé que el rubor de mis mejillas me delata.

—Tienes que dejar de venir a nuestra tienda —prosigue Polly con altanería y soberbia—. No eres de las nuestras y no queremos que sigas metiendo las narices en nuestros asuntos para después irles con el chisme a tus nuevos amiguitos del Cuarto Reino.

—¿Qué?

Polly pone los ojos en blanco.

—Oh, por favor. Como si no lo supiéramos. ¿Crees que somos tontas? No hay guardia que te custodie y campas a tus anchas a cualquier hora del día. Sabemos que te has convertido en la putita del comandante.

Me quedo con la boca abierta, en estado de *shock*, y, durante un breve periodo de tiempo, se me para el cerebro y soy incapaz de procesar y asimilar lo que acabo de oír.

—No… No soy su putita.

Ella pone cara de aburrimiento, como si no se creyese ni una sola de mis palabras.

—Por si no lo sabías, ese par de soldados que hacen guardia frente a nuestra tienda hablan, cuchichean. Duermes en la tienda del comandante cada noche. No somos tan mentecatas, y no vamos a permitir que nos utilices para apuñalar a nuestro rey por la espalda. No vuelvas a venir por aquí, traidora.

Y entonces apoya las manos sobre mi pecho y me empuja.

No me da un empujón muy fuerte, pero me pilla tan desprevenida que pierdo el equilibrio y me tropiezo. Polly jamás

287

me habría puesto una mano encima, y mucho menos para agredirme. No se habría atrevido.

Los guardias se ponen en pie de inmediato y dan un paso al frente para intervenir.

—Basta de cháchara —le ladra uno de ellos a Polly—. Regresa a la tienda.

A Polly se le ilumina la mirada, como si la reacción de los soldados acabara de confirmar sus sospechas, de afianzar sus terribles acusaciones y ratificar mi traición a Midas. Con una sonrisa de profundo aborrecimiento, se da la vuelta y desaparece tras las puertas de lona. Me quedo ahí plantada como un pasmarote.

Ni siquiera puedo mirar a los guardias a los ojos. Estoy abochornada, muerta de vergüenza. Agacho la cabeza y encojo los hombros, como una flor cuando se marchita.

—No te preocupes por ellas, milady —dice uno.

Asiento con la cabeza y me marcho de allí antes de cometer una estupidez, como ponerme a llorar como una magdalena delante de ellos.

Mortificada y ultrajada, camino por la nieve como alma en pena.

Me arrastro por las sombras del campamento, un campamento ahora sumido en el más absoluto silencio porque los soldados, los mismos que por lo visto creen que soy la puta de Rip, están durmiendo a pierna suelta.

«No vuelvas a venir por aquí, traidora.»

Las lágrimas amenazan con empezar a brotar, pero no quiero echarme a lloriquear. Polly no se merece que derrame ni una sola lágrima por ella, así que respiro hondo y me contengo. La vergüenza da paso a la rabia, a la ira. Las palabras envenenadas que me ha dedicado Polly reflejan mis miedos. Mi miedo a fallar a mi palabra, a dudar de mi lealtad, a dejar que alguien me manipule y corrompa mis principios morales.

No soy una traidora.

No lo soy.

Ese convencimiento, esa certeza de que no soy una desertora que se arrima al sol que más calienta, me anima y me llena de energía. Siento que, de repente, alguien ha avivado unas brasas que se habían apagado.

La luna empieza a esconderse tras las nubes, pero distingo dos estrellas que revolotean a su alrededor, como dos luciérnagas.

Emite un resplandor plateado muy suave y tenue que no consigue iluminar las sombras, pero es suficiente para orientarme. Es perfecto para adentrarme en el campamento y pasar desapercibida. Con paso decidido y mirada salvaje, y con la acusación de Polly quemándome los oídos, sigo mis instintos, como si supiera dónde debo ir. O quizá sean las diosas, ese par de luciérnagas, quienes estén guiando mi camino.

Y justo cuando estoy pasando junto a un establo improvisado atestado de caballos, todos con la cabeza gacha y la mirada adormilada, lo oigo.

Un suave gañido.

Freno en seco, ladeo la cabeza y afino el oído. Vuelvo a oír el sonido, esta vez un poco más débil, pero lo suficientemente claro para adivinar de dónde proviene.

Doy media vuelta y acelero el paso. El corazón me late tan rápido que temo que vaya a explotar. A estas horas de la noche hace un frío insoportable, pero esa repentina descarga de adrenalina hace que me olvide por completo de él.

Ahí está, un poco más allá de ese establo, escondido detrás de una carreta cargada con decenas de balas de heno.

Ese es el carruaje que andaba buscando, recubierto de tablones de madera negra y brillante, sin ninguna clase de adorno. En su interior oigo el inconfundible aleteo de unas alas, el susurro de las plumas al rozarse. Estoy a punto de salir disparada hacia él, pero trato de controlar ese impulso y me obligo a acercarme con sigilo para no llamar la atención.

Cuando llego al carruaje, descubro que no tiene puertas a los lados, sino una pequeña trampilla en la parte trasera. Miro a mi alrededor, para asegurarme de que nadie me ha seguido hasta ahí, de que los caballos son mi única compañía. Algunos se mueven, otros resoplan, pero la mayoría duerme plácidamente y, con cada exhalación, expulsan unas nubecitas de vaho.

Apoyo una mano temblorosa sobre el picaporte y la diminuta puerta de la trampilla cede de inmediato. Tan solo se oye un leve chirrido. Mis ojos tardan unos instantes en ajustarse a la oscuridad que impera ahí dentro pero, en cuanto lo hacen, me invade una sensación triunfante. Por fin he ganado una batalla.

Ahí están los halcones mensajeros del ejército.

28

Auren

$\mathcal{L}$a negrura es absoluta, casi opaca, pero el destello de esas pupilas y el movimiento de esas siluetas elegantes a la par que espeluznantes no dejan lugar a dudas: ahí dentro hay cuatro halcones.

Puedo dar fe de que las aves están domesticadas porque, al 291 verme, no se asustan, ni tratan de atacarme, tan solo me miran con indiferencia.

A pesar de estar sumidos en esa penumbra, veo que son cuatro ejemplares magníficos, de un tamaño colosal. Las plumas, de una tonalidad leonada preciosa y muy brillantes, recubren todo su cuerpo, desde el pico hasta las garras.

Me fijo en todos los detalles de la jaula, en los posaderos construidos en las paredes, en los huesecillos de roedores muertos que alguien se ha encargado de barrer y amontonar en una esquina del suelo. En la parte superior hay otra trampilla de madera para que los halcones puedan entrar y salir, y por ese diminuto agujero se cuela un rayo de luz de luna.

Trago saliva y echo un vistazo a la superficie de madera que tengo justo enfrente, un tablón que sirve como escritorio, perfecto para escribir un mensaje. Aquí tengo todo lo que necesito, desde pedazos de pergaminos en blanco que guardan enrollados en minúsculos agujeros tallados en la pared, hasta plumas y tarros de tinta colocados en una serie de muescas hechas a medida.

Echo un segundo vistazo a mi alrededor. Silencio. No se oye ni una mosca.

No hay tiempo que perder. Cojo un rollo de pergamino y arranco un pedacito. Lo estiro bien, coloco un tarro en un extremo para evitar que se enrolle y después sumerjo la punta de la pluma en la tinta para que se empape bien.

Tengo los nervios a flor de piel. Me temblequea tanto la mano que por poco vuelco el tintero, pero por suerte consigo cogerlo antes de que se vuelque y derrame la tinta sobre el escritorio.

—Tranquilízate, Auren —murmuro.

Apoyo la plumilla metálica sobre el pergamino y escribo el mensaje tan rápido que más bien parecen garabatos de un iletrado, y no la caligrafía cursiva y embellecida que suelo utilizar en mis misivas. Pero no me queda otro remedio porque no puedo entretenerme. Además de tener prisa, estoy demasiado alterada, en parte por la adrenalina y en parte por el miedo. No me ando con rodeos y el mensaje acaba siendo bastante simplón, pero dadas las circunstancias es lo mejor que puedo hacer.

> Los soldados del Cuarto Reino me han capturado, y a los demás también. Marchan hacia ti. Prepárate.
>
> Tu preciosa

Dejo la pluma en el soporte correspondiente y encuentro una cajita de arena fina. Cojo un pellizco de arena y la esparzo sobre las palabras todavía húmedas para que la tinta se seque más rápido.

En cuanto se ha secado lo suficiente como para no escurrirse por el pergamino, empiezo a enrollar el papel, pero entonces oigo que se acercan unos soldados. Me quedo petrificada.

—¿Te queda tabaco? —pregunta una voz ronca.

—Joder, me queda un montón. Lo guardo en el maldito bolsillo. Pero no te voy a dar nada, caradura.

—Vete al carajo. Necesito un cigarrillo.

Un suspiro de exasperación. Dejan de caminar y, de repente, escucho el inconfundible sonido de una cerilla al prenderse. A juzgar por la conversación, solo son dos pero están a unos pocos metros de distancia y van a pasar por delante del carruaje de los halcones. Si se dirigen al establo, me van a pillar con las manos en la masa.

Me muerdo el labio y observo el pergamino que tengo en la mano. Podría escabullirme ahora mismo, guardar la carta a buen recaudo e intentar enviarla en otro momento.

Pero tal vez esta sea mi única oportunidad.

Con el corazón amartillándome el pecho y con varias gotas de sudor deslizándose por mi espalda, me inclino hacia delante y alargo el brazo para tratar de alcanzar uno de los posaderos que hay en el interior del carruaje.

Los soldados están charlando y, de vez en cuando, tosen al tragarse el humo del tabaco. «Que no cunda el pánico, Auren», me digo para mis adentros. Abro la mano y muestro el pergamino a los halcones con la esperanza de que estén tan bien entrenados como parece.

El halcón más grande hace el amago de morder a los otros tres, como quien reivindica que el trabajo es suyo, desciende desde su percha y aterriza sobre el posadero que tengo junto a mi mano. No es la primera vez que le encargan enviar un mensaje, desde luego. El halcón se gira para que pueda llegar a sus patas.

«Gracias al Divino.»

Sujeto el tubito metálico que tiene atado a la pata izquierda y abro el tapón.

Si no me falla la memoria, la izquierda indica el norte y la derecha, el sur.

Los soldados reanudan la ronda nocturna y se me encienden todas las alarmas. Estoy tan nerviosa que por poco se me cae la dichosa carta de las manos. Me las ingenio para meterla en el vial de metal y me apresuro en volver a cerrar bien el tapón con la yema de los dedos.

El halcón estira la pata, imagino que para asegurarse de en qué dirección debe ir, y un instante más tarde, en un movimiento diestro y experto, alza el vuelo y desaparece por la trampilla que hay en el techo del carruaje.

Oigo una retahíla de palabras malsonantes y unos pasos esquivos sobre la nieve.

—¿Qué demonios ha sido eso? —gruñe uno de los soldados.

El otro se ríe por lo bajo.

—¿En serio te has cagado en los pantalones? Pero si solo es un halcón.

Con sumo cuidado, cierro la diminuta puerta de la carreta, pero estoy tan nerviosa que prefiero no echar el pestillo, por si acaso hago algún ruido y levanto las sospechas de los soldados.

—¿Y por qué coño ha salido ese pajarraco a estas horas? No hay ni un maldito mensaje.

Estoy paralizada y con los ojos como platos. El corazón me late tan fuerte que creo que se me va a salir por la boca.

—Ese pajarraco caza por la noche, imbécil.

—Ah.

Suelto el aire que estaba conteniendo en un suspiro de alivio. Retiro la mano del picaporte y, con el sigilo de un felino, rodeo el carruaje y consigo esquivarlos. La nieve cruje bajo mis pies, pero, por suerte, los caballos están justo detrás de mí, por lo que el ruido no llama la atención de los soldados. Poco a poco, voy alejándome de ahí.

—Maldita sea, esos caballos apestan.

—Joder, te quejas más que un crío. ¿Por qué siempre me ponen a patrullar contigo?

—Porque te doy tabaco —responde el soldado.

—Ah. Claro, claro —contesta el otro entre risas.

Me agacho para poder echar un vistazo por debajo del carruaje; enseguida distingo dos pares de botas negras al otro lado. En silencio, me arrastro como un cangrejo, hacia atrás. Aunque me he arremangado el vestido hasta las rodillas, tengo los bajos de la falda empapados por la nieve. Me deslizo hacia la parte delantera del carruaje sin apartar la mirada de esas botas, que caminan hacia el lado contrario, justo donde está la trampilla. De repente, se detienen en seco.

—Anda, qué raro. El pestillo no está echado.

Empiezo a sudar frío. Empalidezco. «Mierda.»

Presa del pánico, busco a mi alrededor algún lugar donde poder esconderme, pero lo único que veo es una tienda que está a unos quince metros y, para colmo, tendría que pasar por delante de sus narices para llegar a ella. Aunque es un plan arriesgado, solo tengo una opción, recular y volver atrás, hacia los caballos. Pero ¿y si se asustan y empiezan a rechinar?

—¿Piensas quedarte toda la noche mirando el jodido pestillo? Cierra esa maldita puerta de una vez y volvamos a la hoguera. Aquí hace un frío que pela, se me ha congelado hasta la polla.

Un bufido.

—Anda, no exageres. Y no pongas como excusa el frío; todos sabemos que la tienes pequeña.

—Vete a la mierda.

El soldado obedece porque un segundo después se oye un chasquido metálico y los halcones responden con un gañido, aunque no sé si de agradecimiento o de protesta. Sigo agazapada entre las sombras para no perder de vista a ese par de guardias, que en ese preciso instante se dan media vuelta y se marchan en dirección al calor de una de las hogueras que aún permanece encendida.

Me invade tal sensación de alivio que me dejo caer sobre la nieve. Me da lo mismo que la nieve me moje el vestido. Por qué poco. Me quedo ahí sentada unos segundos, con una mano sobre el pecho, tratando de calmarme y recuperar el aliento.

Pasados unos dos minutos más o menos, me levanto del suelo y empiezo a caminar, esta vez con paso rápido y ligero. La adrenalina todavía corre por mis venas. Cuando por fin diviso mi tienda, vacía y totalmente a oscuras, empiezo a asimilar lo que acaba de suceder.

«Lo he conseguido.»

¡Sí, lo he conseguido! He podido enviarle un mensaje a Midas. Al menos ahora estará prevenido y podrá prepararse para lo que se le viene encima. La ventaja con la que contaba el Cuarto Reino, que era el factor sorpresa, se ha evaporado de la noche a la mañana.

Tengo los músculos de la cara entumecidos por el frío, los labios teñidos de una tonalidad azulona y no puedo controlar el castañeteo de los dientes, pero aun así esbozo una sonrisa victoriosa. Y a pesar de tener el vestido empapado y estar al borde de sufrir una hipotermia, me siento dichosa, eufórica, orgullosa de mi gesta. Ha sido un milagro, pero lo he conseguido.

No soy una traidora. Soy leal a Midas, y acabo de demostrarlo.

Sin embargo, esa sonrisa triunfante se va desdibujando poco a poco. Ni siquiera he podido saborear las mieles de la victoria, ni regocijarme en esa sensación de satisfacción y regocijo por haber logrado tal hazaña, porque, de golpe y porrazo, esa alegría me sabe agria, amarga.

En mis entrañas se instala una sensación horrible, como si ese impulso de demostrarle a Polly y al resto de las monturas que estaban equivocadas hubiese sido un tremendo error.

Arrepentimiento. Sí, eso es. Lo que parece estar pudriéndose en mi estómago es remordimiento.

Mi respiración se ha vuelto agitada, nerviosa. Clavo la mirada en la falda del vestido, que está completamente calada. Debería sentirme orgullosa por haberme mantenido firme en mis convicciones, por no haber fallado a mi palabra, por no haber permitido que Rip me engañase y me hiciese creer que era mi amigo. Debería estar regodeándome porque el ejército más sanguinario de Orea me ha subestimado, porque sus técnicas de manipulación, toda esa falsa camaradería, no les ha funcionado conmigo. Debería estar feliz porque he ayudado a mi rey en un asunto de vida o muerte, porque he demostrado con hechos, y no solo con palabras, de qué bando estoy y porque eso —ser leal y fiel— es lo correcto.

Porque… es lo correcto, ¿verdad?

En un abrir y cerrar de ojos, los cimientos sobre los que había construido todos mis principios y valores éticos empiezan a desmoronarse y en mi interior empieza a librarse una batalla encarnizada. Siempre he sabido de qué bando estaba, del bando de Midas.

Entonces, ¿por qué diablos me siento así?

Sacudo la cabeza. Tengo que dejar de darle tantas vueltas. Lo hecho hecho está. Por mucho que me arrepienta, ya no hay vuelta atrás.

Con tan solo pensar eso, ya me siento culpable.

Me da la sensación de que en mi mente se han arremolinado nubes de tormenta, unas nubes turbias y agitadas y oscuras. Entro en la tienda y empiezo a desvestirme como un autómata, sin pensar.

Con un finísimo rayo de luz de luna como única iluminación, me desabrocho el abrigo, me descalzo y me quito el vestido y los leotardos de lana. Todo está empapado, así que lo cuelgo con la esperanza de que se seque para mañana. Trato de avivar las brasas, pero hace horas que se han apagado y están totalmente frías. Por mucho que remueva los pedazos de carbón, no voy a conseguir que se enciendan y llenen la

297

tienda de ese calor tan familiar y ese resplandor anaranjado tan agradable.

Y por ese motivo, y porque la llama del farolillo también se ha extinguido, no caigo en la cuenta de que no estoy sola en la tienda. Al oír una voz grave y penetrante, me sobresalto.

—¿Te ha sentado bien el paseo, Auren?

Se me escapa un grito ahogado y me doy la vuelta de inmediato. Me llevo una mano al pecho; casi me da un infarto. Con los ojos como platos, me invade el pánico, hasta que distingo esa línea de púas afiladas en la espalda de la silueta que merodea entre las sombras.

Es curioso que la silueta de un monstruo pueda tranquilizarme.

—Me has asustado —murmuro con voz temblorosa, y dejo caer la mano.

—¿En serio?

Se sienta en el borde del camastro y se queda inmóvil. Percibo algo extraño en su voz. No está utilizando ese tono autoritario, distante y un pelín arrogante tan propio de él.

Empiezo a inquietarme.

El rayo de luz plateada que se cuela en la tienda dibuja una línea en el suelo, una línea que nos separa, que define con perfecta claridad qué espacio ocupa cada uno.

Él se queda ahí sentado, en la penumbra. No musita palabra, no mueve ni un solo músculo. El resplandor blanquecino se refleja en las escamas que recubren sus pómulos y sé que tiene los ojos abiertos porque advierto un brillo iridiscente que los delata. Es como un gato salvaje que, agazapado entre las sombras, espera el momento perfecto para abalanzarse sobre un ratoncillo indefenso.

—¿Rip? —llamo. Mi voz suena frágil y temerosa, lo cual me exaspera.

No obtengo respuesta. Además de nerviosa, estoy bastante asustada. Aterrada, me atrevería a decir. Hace unos instantes, al descubrir que era él y no otra persona la que estaba en la tienda, he sentido alivio y ahora, en cambio, siento pavor. Últimamente todo son contradicciones.

Vestida únicamente con mis enaguas, siento que las rodillas empiezan a temblarme, pero no sé si estoy tiritando de frío o de miedo.

Doy un paso atrás y, en ese preciso instante, él se pone de pie con un movimiento elegante y sensual, un movimiento que jamás esperaría de un hombre como él. Me estremezco, como un conejo que ha caído en una trampa, pero no me atrevo a retroceder más porque temo que el cordel que noto alrededor del cuello vaya a ahogarme.

Me siento amenazada y, de forma instintiva, mis cintas empiezan a desenrollarse, como si presintieran que el ataque es inminente.

Tres zancadas más y se coloca delante de mí. Está tan cerca que tengo que echar la cabeza hacia atrás para poder mirarlo a los ojos. No me había percatado, pero se me ha resecado la boca y me da la sensación de que no puedo despegar la lengua del paladar.

Apenas nos separan una decena de centímetros; su piel desprende un ardor que me atemoriza, como si la sangre feérica que corre por sus venas estuviera hirviendo. Es un calor abrasador, un calor sofocante que parece engullirse el frío que hasta ese momento reinaba en la tienda.

Quizá este sea el final. Quizá por fin haya llegado el momento en el que voy a ser testigo de la mezquindad con la que, según cuentan mitos y leyendas, el comandante trata a sus víctimas. Y lo voy a vivir en mis propias carnes.

Tengo el presentimiento de que este amable interludio está a punto de llegar a su fin, de que voy a conocer al verdadero Rip, un ser despreciable y desalmado. Ahora ya podré odiarle con toda mi alma, y todos mis quebraderos de cabeza, dudas y temores se esfumarán.

Así que planto bien los pies en el suelo, cuadro los hombros, levanto la barbilla y me preparo para recibir el golpe con dignidad. Mi intuición me dice que el comandante va a ajustar el nudo de la horca, me va a empujar y, tras unos segundos de angustia, me va a dejar ahí, colgada de un poste de la tienda, con mi cuerpo inerte meciéndose en la soga.

Sin embargo, con Rip nunca acierto. Es un tipo imprevisible y, hasta el día de hoy, jamás se ha comportado como creía que iba a hacerlo.

De repente, me agarra por el cuello. Va a estrangularme con sus propias manos, aquí y ahora. Me encojo de miedo cuando noto sus dedos alrededor de la garganta, pero en lugar de ahogarme, me acaricia la nuca con la yema de los dedos, una caricia que me quema la piel, como si estuviera marcándome con un hierro candente.

—No tenía ni idea de que iba a encontrarte en ese barco pirata —murmura, y su voz suena como las olas del mar al bañar la orilla, como un arrullo suave capaz de amansar a una fiera.

Pestañeo en la oscuridad. Tengo que hacer de tripas corazón para sostenerle la mirada, para ignorar el calor que emana su piel.

Lo ha vuelto a hacer. Me ha confundido, una vez más. Y no sé qué decir, ni qué hacer. Por un momento temo que todo sea una estratagema para partirme el cuello. Tal vez debería apartarme de él, utilizar las cintas para empujarlo y arrojarlo a la otra punta de la habitación y así recordarle que no me gusta que me toquen... Pero no hago nada de eso, y no sé muy bien por qué.

—No tenías que llevarme contigo —respondo, con un tono un poco distante, como si estuviera a la defensiva. Al hablar, mis cuerdas vocales vibran bajo la palma de su mano.

Sin previo aviso, me acaricia la yugular con la yema de los dedos. El corazón me va a estallar.

—Oh, claro que sí, Jilguero.

Y entonces Rip se inclina hacia delante y me roza los labios con los suyos.

Se me escapa un grito ahogado, pero eso no impide que pueda saborear sus labios. Inspiro hondo y absorbo su respiración, su aliento.

El comandante no va más allá; no prueba a besarme de forma apasionada, como si no pudiera controlar sus instintos más primitivos. El beso se queda en esa caricia tierna e inocente, labio contra labio, y después se aleja.

No me percato de que había cerrado los ojos hasta que los abro de golpe, sobresaltada. Su mano, que sigue rodeándome el cuello, se desliza lentamente hasta mi mandíbula. Lo hace con tal delicadeza que me da la sensación de que me están acariciando las alas de una mariposa.

—Te gustará saber… —empieza, en voz baja, y sus ojos recorren cada centímetro de mi rostro.

Le observo en silencio, aturdida y un poco abrumada mientras trato de comprender lo que acaba de suceder. Todavía siento ese delicioso cosquilleo en los labios.

—¿Saber el qué? —pregunto, y mi voz parece resonar en la oscuridad.

Aparta la mano y mi cuerpo se balancea hacia el suyo, como si se negara a despegarse de él, como si anhelara el contacto con su piel.

—Que llegaremos al Quinto Reino muy pronto.

Sus palabras son como un jarro de agua fría. Han roto el hechizo mágico de ese momento tan íntimo, y tan confuso.

Algo en mi interior se desinfla.

—Oh.

Me retira un mechón de pelo del hombro y el mero roce de su piel es como otro beso de mariposa. Y entonces me lanza una mirada de soslayo, una mirada dura como el granito.

—Estoy seguro de que tienes muchas ganas de ver a tu

rey —continúa, con una expresión indescifrable—. Sobre todo después de haberle enviado un mensaje.

Al oír esas palabras, doy un paso atrás, como si acabara de cruzarme la cara de un bofetón. El comandante se da media vuelta y se marcha de la tienda. Me quedo inmóvil, atónita y boquiabierta en esa estancia fría y oscura.

Lo sabe. Me ha besado. Lo sabe.

Me ha besado.

Sabe lo que he hecho y aun así… me ha besado.

29

Auren

*U*na ventisca invernal aúlla fuera de ese enorme y oscuro ventanal. Las ráfagas de viento azotan las banderas del castillo, se inmiscuyen entre las grietas del cristal, produciendo así un sonido sibilante, parecido al de un lamento, y el granizo golpea con fuerza los muros de piedra.

Es paradójico estar viendo una tormenta de hielo tan brutal y salvaje en mitad de la noche desde mi cuarto de baño, donde me estoy dando un baño caliente y reparador. Los zarcillos de vapor han creado una especie de bruma en la habitación que impide ver con claridad. Las gotas de sudor parecen lágrimas de purpurina dorada sobre mi piel y, mientras me dedico a holgazanear en el agua, siento que cada músculo de mi cuerpo se relaja y languidece.

Un súbito grito me sobresalta y rompe ese momento de profundo y sosegado descanso.

Asomo la cabeza por el borde de la bañera, con el ceño fruncido. Intento mirar a través de esa nube de vapor, pero es más densa y espesa que antes, y el rugir de la tormenta cada vez es más ensordecedor.

Me parece oír algo, o a alguien, quizá una voz. Miro a mi alrededor y, en voz alta, llamo:

—¿Midas?

Pero no obtengo respuesta, y me resulta imposible ver más allá de la puerta. De repente, el calor que reina en el baño, y que antes me resultaba reparador, se me hace bochornoso, pegajoso, y me da la impresión de que el agua en la que sigo zambullida se está calentando cada vez más.

Bajo la mirada al notar algo viscoso en la yema de los dedos, algo parecido al jabón que he echado antes en la bañera para que se llenara de espuma. Saco la mano de la bañera y las gotas que se escurren de mis dedos y se deslizan por el brazo aterrizan en la bañera formando pequeñas ondas.

Me acerco la mano a los ojos para poder examinarla mejor, con más nitidez, y descubro que no es jabón.

Tengo las cuatro puntas de los dedos recubiertas de oro líquido.

—No…

Enseguida saco la otra mano del agua y agarro los cuatro dedos que parecen estar fundiéndose. Aprieto con fuerza, como si así pudiera detener ese desangramiento dorado.

Pero mi mano izquierda también está goteando oro.

De pronto, un destello de luz ilumina el cuarto de baño. Es un destello brillante, cegador. Me doy la vuelta hacia el ventanal y me doy cuenta de que ha amanecido, pero ha sido de sopetón, como si la fuerza de la tormenta hubiera engullido la noche.

Siento pánico y se me acelera el pulso.

Sacudo las manos, presa del histerismo, pero lo único que consigo es salpicar el cuarto de baño con gotarrones dorados. Algunos incluso terminan rociándome el rostro. A simple vista, cualquiera diría que me he manchado con pintura dorada.

—Mierda.

El oro empieza a resbalarse por las muñecas, por los codos, por los hombros, por los senos. Me pongo de pie de un brinco y por poco me resbalo en la bañera. El corazón me aporrea el pecho con fuerza, como si estuviese tratando de escapar de ahí.

—¡No! —grito, pero el oro no me obedece. Ahora esas lágrimas doradas también serpentean por mi tripa, por mis piernas, por los pliegues de mi piel.

—Auren.

Levanto la cabeza y veo a Midas, pero parece molesto. Enfadado. Furibundo. En su mirada avellana no advierto una pizca de consuelo, ni de empatía, ni de lástima. Y sé que es culpa mía.

—Ayúdame —le ruego entre sollozos.

Midas no se mueve, tan solo observa cómo esa capa de oro líquido se va extendiendo por todo mi cuerpo hasta recubrirlo por completo. En cierto modo, siento que me está momificando. Mi piel era de oro, pero no de este oro, un oro que me consume, un oro que más bien parece una herida supurante que se va esparciendo hasta infectar todo mi ser. Va a acabar conmigo.

Se me escapa un grito ahogado al darme cuenta de que el líquido se está endureciendo, convirtiéndome así en una escultura de oro macizo.

305

—¡Midas! —chillo, una llamada de socorro, de pura desesperación—. ¡Midas, haz algo!

Pero él sacude la cabeza. Le brillan tanto los ojos que incluso puedo distinguir el reflejo de mi cuerpo en ellos. Ya no está furioso, pero tampoco me mira con compasión, ni con un ápice de cariño. Y eso me asusta.

—Continúa, Preciosa. Necesitamos más —dice en voz baja, pero con severidad.

Pruebo de levantar una pierna, de salir de la bañera y huir de ese cuarto de baño, pero el oro ya se ha solidificado bajo las plantas de mis pies. No puedo mover los tobillos, ni tampoco las rodillas. Y la bañera… también se ha transformado en un bloque de oro macizo.

Me estoy convirtiendo en una escultura, y no puedo hacer nada para evitarlo.

Cada vez que tomo aire, el oro que recubre mi piel se vuelve más duro, más denso, más robusto.

Las lágrimas empiezan a brotar de mis ojos, pero también son de oro. Se deslizan por mis mejillas como la cera derretida de una vela y se solidifican al llegar a la mandíbula, al cuello.

Mis cintas también entran en pánico y empiezan a retorcerse a mi espalda, pero están empapadas y el peso no les permite moverse con ligereza. Con las puntas plegadas y afiladas, tratan de arrancarme esa capa dorada y rígida de la piel, como un cincel que esculpe un bloque de mármol, pero no pueden. No pueden y, para colmo, cada vez que tocan ese líquido insidioso se quedan adheridas a él, como las hormigas a la savia.

Me invade un miedo terrible al ver que las veinticuatro cintas están combándose en ángulos imposibles, atrapadas en ese fluido dorado que amenaza con petrificar cada centímetro de mi cuerpo. Siento un profundo dolor en el pecho, como si una mano invisible y gélida me hubiese atravesado el corazón y estuviese estrujándolo con fuerza.

Angustiada y aterrada, clavo la mirada en Midas.

—¡Haz algo! —le suplico, pero es un error.

En cuanto abro la boca, el oro se inmiscuye por la comisura de mis labios y me cubre la lengua y los dientes. Intento gritar, pero lo único que sale de mi garganta es un sonido estrangulado, un sonido que recuerda a las burbujas de magma al explotar.

El líquido sigue avanzando implacable; se escabulle hacia mi tripa, trepa hasta mis ojos, tiñendo así mi visión de dorado, e impregna mi nariz con su esencia metálica. Inmoviliza todos mis huesos, envuelve mi corazón y se apodera de mi mente.

En un abrir y cerrar de ojos, me he convertido en una efigie sólida y áurea.

No puedo respirar, ni pestañear, ni pensar. Soy como Lingote, el pájaro del claustro que, de un día para el otro, dejó de piar y de volar, y vivió posado en una percha el resto de la eternidad.

Midas se acerca, me acaricia la mejilla y tamborilea los dedos sobre el metal.

—Eres tan perfecta, preciosa… —murmura antes de inclinarse y darme un beso en los labios, pero no siento nada. Quiero llorar, pero tampoco puedo porque los lagrimales también se han solidificado.

La nube de vapor se ha vuelto tan densa que no puedo ver más allá de mis narices. El oro que se ha colado en mis oídos me impide oír con nitidez. Pero aun así grito. Grito y grito y grito, aunque sé que nadie puedo oírme porque el oro también me ha obstruido la garganta. El oro me va a ahogar, me va a matar y viviré atrapada en él por el resto de mis días.

Siento una especie de pellizco en el pecho y, de repente, abro los ojos.

Me despierto de un sobresalto, meneando los brazos y con la respiración entrecortada. Tomo una bocanada de aire, como si por fin hubiera logrado salir a la superficie de ese océano de oro macizo.

Tengo el camisón y los leotardos empapados de sudor y el pelo hecho una maraña de nudos húmedos.

Algunas de mis cintas se zarandean a mi alrededor, inquietas y agitadas, y las que aún se mantienen enrolladas alrededor de mi torso me constriñen, provocándome así un dolor insufrible.

Me incorporo en el camastro con un movimiento brusco y súbito y decido poner fin a esa tortura. Consigo que las cintas dejen de retorcerse con ese frenesí enloquecido y que dejen de oprimirme las costillas, y después empiezo a apartarlas de mis piernas y de mi torso. Con las manos temblorosas, voy desenredándolas mientras trato de deshacerme de esa pesadilla que sigue hostigándome.

La forma en la que Midas me miraba… Intento borrar esa imagen de mi mente porque me provoca escalofríos. «No era real —me digo para mis adentros—. No era real.»

Hasta que no logro retirar todas las cintas no empiezo a serenarme. Cierro los ojos y, ya mucho más tranquila, inspiro hondo.

—¿Una pesadilla?

Doy un respingo sobre el camastro y con el rabillo del ojo distingo la silueta de Rip, que se está vistiendo. Me pregunto si me ha despertado él o ha sido el pellizco de mis cintas.

Echo un fugaz vistazo a la portezuela de la tienda y veo que aún es noche cerrada; según mi reloj interno, todavía faltan un par de horas para que amanezca.

—Eh…, sí —reconozco algo avergonzada mientras mi mente sigue tratando de borrar las imágenes de ese horripilante sueño—. Te has despertado pronto —observo, y de inmediato me arrepiento de haber soltado un comentario tan absurdo y ridículo, y más después de lo que ha ocurrido entre nosotros hace apenas unas horas. Me siento estúpida.

308 Me pregunto en qué momento ha regresado al camastro para dormir y descansar un poco, o si ha podido pegar ojo. Lo cierto es que estaba tan cansada que prácticamente me desmayé sobre la cama.

—Quiero que el ejército se ponga en marcha lo antes posible —dice mientras se ajusta el cinturón—. Hemos dado algunos rodeos y siempre hemos tomado el camino más largo para evitar sorpresas, pero reconozco que estoy ansioso por llegar al Quinto Reino.

Noto un sabor extraño en el paladar y en la garganta, y sospecho que es el sabor del remordimiento. Tengo una disculpa en la punta de la lengua, pero hay algo que me frena, que me impide expresarla en voz alta. ¿El orgullo? ¿La vergüenza? ¿Un argumento que justifique y defienda lo que he hecho? No lo sé.

Me incorporo, pero en lugar de apartar esa montaña de mantas de pieles, la ajusto alrededor de mis hombros y observo al comandante.

A pesar de que mi mente todavía no ha procesado lo ocurrido, una cosa está clara: él me besó. Mi cuerpo, por otro lado, parece haber memorizado cada fracción de segundo de ese momento. Pero ¿por qué lo hizo?

Igual que sucedió anoche justo antes de quedarme sumida en un sueño turbulento y errático, un huracán de sentimientos encontrados amenaza con arrasar mi mente. Me da la impresión de que mis pensamientos discuten, se rebaten y se contradicen, y no sé cuál de ellos lleva razón. Estoy demasiado confundida.

Porque el beso del comandante, un beso suave y delicado y oscuro, no sabía a conspiración.

No, ese beso sabía a deseo.

—Rip…

Sin embargo, no me deja acabar. Con ese tono frío y distante, y sin dignarse a mirarme a la cara, dice:

—Te sugiero que te levantes y empieces a prepararte. Partiremos al alba.

Ni siquiera me da tiempo a responder porque cuando abro la boca ya se ha marchado. Con un suspiro que suena a derrota, me desperezo y me visto en un santiamén. Cuando retiro la solapa que hace las veces de puerta, me topo de frente con dos soldados que están esperando impacientes a que salga para empezar a desmontar la tienda.

Farfullo una disculpa por haberme demorado tanto y me dirijo hacia las hogueras para llevarme algo al estómago. Enseguida descubro que ese día los cocineros también se han pegado un buen madrugón. Encuentro a Keg junto a un carruaje, sirviendo raciones de comida desecada a una fila de soldados que no dejan de refunfuñar. Las gachas de avena no son un manjar exquisito, desde luego, pero al menos están calientes, y cuando llevas semanas marchando por páramos helados, un cuenco de gachas bien calentito sienta de maravilla.

—Buenos días, Ricitos Dorados —saluda Keg, y me pasa un panecillo que está más duro que una piedra y una tira de carne desecada y salada.

—Buenos días.

Aunque Keg está hecho todo un parlanchín, hoy no está para mucha cháchara. Todos los soldados están enfrascados en alguna tarea, se mueven por el campamento a toda prisa, desmantelando tiendas, preparando a los caballos. El ambiente que se respira esta mañana huele a impaciencia, a premura. Sigo el ejemplo y, en lugar de entablar una conversación con Keg y distraerle, dejo que centre toda su atención en sus quehaceres y me marcho. Doy un mordisco a la ración de comida que me ha ofrecido, pero está tan dura que al masticarla incluso me duele la mandíbula.

Cuando llego a mi carruaje, me llevo una grata sorpresa. Ahí está Lu, ayudando al conductor a preparar a los caballos para el viaje.

Lu se da la vuelta y, al verme, encorva una ceja.

—Ricitos Dorados —dice, y se gira de nuevo para ajustar las correas que sujetan la montura.

—Buenos días, Lu —murmuro, y acaricio el cuello del caballo con la mano, que llevo enfundada en un guante, mientras admiro ese pelaje azabache tan brillante.

Al terminar, le da unas palmaditas en el lomo y se vuelve hacia mí.

—El comandante se ha despertado con un humor de perros. Por casualidad no sabrás por qué está de malas pulgas, ¿verdad?

Noto que se me sonrojan las mejillas.

—No.

Aunque trato de mantener la expresión impasible, mucho me temo que no lo he conseguido porque Lu emite un gruñido de incredulidad.

—Ajá… Me lo imaginaba.

Quiero evitar esa conversación a toda costa así que, de repente, muestro un gran interés por la crin del caballo y me esfuerzo por no despegar la vista de él.

—¿Me permites un consejo, Ricitos Dorados?

Empiezo a inquietarme.

—Eh…, claro.

—Déjate de pamplinas y toma las riendas de tu vida de una maldita vez.

La miro, desconcertada.

—¿Qué?

Lu suspira y se acerca al conductor, que en ese instante está subiendo el último peldaño de la escalerilla para acomodarse en su banqueta.

—Vete a dar una vuelta, Cormac.

El hombre, que estaba a punto de sentarse y disfrutar de un merecido descanso después de tanto trajín, suelta un bufido de exasperación pero acata la orden sin rechistar. Se da la vuelta, baja la escalerilla y se marcha. Todavía me impresiona que los soldados respeten y obedezcan a Lu.

Cuando por fin nos quedamos a solas con los caballos y el sol empieza a despuntar por el horizonte, Lu se apoya en una de las paredes del carruaje y me mira directamente a los ojos. Me observa durante unos segundos, como si estuviera estudiándome, tratando de adivinar lo que se me pasa por la cabeza.

—Tú y yo somos dos mujeres que vivimos en un mundo de hombres. Estoy convencida de que sabes muy bien a qué me refiero.

Agacho la barbilla.

—Sí, lo sé.

—Bien —dice, y asiente con la cabeza. Al hacer ese movimiento, da la impresión de que los puñales que lleva afeitados en la cabeza se claven en sus sienes—. Entonces sabrás que tenemos dos opciones —prosigue, y levanta un dedo—. La primera, conformarnos. Actuar tal y como ellos esperan de nosotras, comportarnos para agradarles, para satisfacerles. Es la opción fácil, desde luego.

Me revuelvo, nerviosa. Lu ha conseguido captar mi atención y, a decir verdad, estoy deseando que continúe con lo que, a primera vista, parece un alegato feminista, pero esa intriga se mezcla con la zozobra.

—¿Y la segunda opción?

Entonces levanta otro dedo, pero de la otra mano. Quizá parezca un detalle sin importancia, pero aun así no puedo evitar fijarme.

—La segunda opción es más difícil. Más difícil para nosotras, claro —admite, y me mira fijamente a los ojos, sin pestañear—. Siempre habrá alguien que intente convencernos de que elijamos la primera opción. Pero no podemos caer en la trampa. No podemos quedarnos acurrucadas en una esquina y dejar que el mundo nos controle a su antojo. Tenemos que ser valientes, tomar las riendas de nuestra vida, elegir por nosotras mismas y ser dueñas de nuestras propias decisiones.

Deja caer las manos y, en ese preciso instante, las piezas del rompecabezas encajan: Lu sabe que he enviado la carta. Sin embargo, hay algo que todavía no consigo comprender: por qué no me han puesto unas esposas y me han encerrado en el carruaje de los prisioneros, junto con los guardias de Midas.

—Pero tú y yo somos distintas —respondo con voz ronca—. Tú eres una guerrera y yo soy… —Pero no puedo terminar la frase porque ni siquiera sé lo que soy.

No sé qué soy ahora.

Pero sí sé lo que una vez fui: una niña feérica inocente y cándida a quien, de la noche a la mañana, arrancaron de su mundo, de su familia, de su hogar. Me vendieron a unos miserables que se dedicaban a la trata de personas. De cría, me utilizaron para mendigar por las calles y cuando fui lo bastante mayor, para cosas tan terribles que prefiero no mencionar.

Perdí toda esperanza de una vida mejor.

Después conocí a Midas. Él me sacó de la indigencia y de la desolación, y me ofreció algo distinto, algo que anhelaba desde hacía muchos años.

«Seguridad.»

A su lado me sentía a salvo, pero ¿es suficiente? ¿Puedo vivir así el resto de mi vida, o aspiro a algo más?

—Eres lo que tú eliges ser —dice Lu, y, por alguna razón, me entran ganas de llorar.

Se me hace un nudo en la garganta y me cubro la cabeza con la capucha. Está amaneciendo, pero como el cielo está encapotado, los primeros rayos de sol desprenden un resplandor grisáceo que me produce una especie de cosquilleo en la piel.

—¿Y qué tiene que ver todo esto con Rip? —pregunto en voz baja.

Ella se encoge de hombros.

—Nada. Todo. Eso también tendrás que decidirlo tú, Ricitos Dorados.

313

Lu le da otra palmadita al caballo, desliza la mano hacia el bolsillo, saca un par de terrones de azúcar y se los ofrece.

—Te diré una cosa más.

—¿El qué?

El caballo le agradece esa inesperada recompensa acariciándole la mano con el hocico. Lu sonríe y después se vuelve hacia mí.

—¿La mujer feérica que vi en el círculo de lucha? —pregunta con un hilo de voz, para que ni siquiera el alba pueda oírnos—. Ella también era una guerrera. Y, en mi opinión profesional, podría llegar a ser una leyenda.

Lu se marcha y se aleja con esos andares elegantes, ágiles, livianos, como un pájaro cuando alza el vuelo.

Subo al carruaje en silencio y me llevo una mano a la cintura. Palpo mis cintas con una sonrisa en los labios.

«Una guerrera.»

Sí, creo que me gustaría ser una guerrera.

30

Auren

—¿A eso lo llamas un bloqueo? ¡Mi sobrina de tres años se defiende mejor que tú!

Me seco el sudor de la frente con la manga del abrigo, bajo los brazos, que siento agotados y doloridos, y lanzo una mirada asesina a Judd.

—¡Lo estoy intentando!

Lleva un buen rato dando vueltas a mi alrededor con la sutileza y liviandad de un bailarín, acorralándome y golpeándome una vez tras otra con una espada de madera. He tratado de esquivar todas sus embestidas, de bloquear todos sus ataques, pero no lo he conseguido ni una sola vez.

Hace un par de horas dibujó una versión reducida del círculo de lucha en la nieve, arrastrando el talón a nuestro alrededor, y desde entonces no ha dejado de patearme el culo, de hacerme picadillo sin tan siquiera despeinarse.

—Pues échale más ganas —contesta él, y se detiene frente a mí—. ¿Dónde están tus instintos? ¿Los dejaste en Alta Campana?

Aprieto los dientes, rabiosa. Ojalá pudiera arrancarle esa melena mostaza mechón a mechón. El muy cretino esboza una sonrisa al verme tan enfadada, como si pudiera leerme los pensamientos.

Lu y Osrik se mantienen al margen, pero observan atentos el espectáculo desde fuera de ese círculo improvisado. Es la segunda noche consecutiva que los cuatro nos reunimos ahí fuera. Después de mi charla con Lu, estuve dándole vueltas al tema durante todo el viaje. Cuando paramos para montar el campamento, estaba hecha un manojo de nervios. No sabía cómo reaccionaría Lu, pero cuando le pedí que me ayudara a entrenar, dibujó una sonrisa de oreja a oreja y aceptó la proposición sin pensárselo dos veces. Nos pusimos manos a la obra esa misma noche, con la inestimable ayuda de Judd y Osrik.

Sin embargo, nos anduvimos con mucho cuidado y nos aseguramos de entrenar lejos del campamento, lejos de fisgones y entrometidos. Esta noche solo contamos con un par de antorchas y el tenue resplandor de la luna para iluminar el espacio, pero es más que suficiente.

Hasta el momento, el único que ha entrado en el círculo de lucha ha sido Judd. Tengo el presentimiento de que, si me enfrentara a Lu y a Osrik, no aguantaría ni el primer asalto.

Lu es más rápida que el viento, se mueve con la ligereza de una pluma y, aunque es más menuda que Judd, no hace falta ser un genio para saber que es una guerrera intrépida y sanguinaria. Y Osrik… Ese tipo es una maldita bestia y, a pesar de que intuyo que ya no me odia, esa expresión huraña todavía me asusta.

Ahora mismo, los dos están sentados fuera del círculo, compartiendo una manta de piel y bebiendo vino, para entrar en calor. De vez en cuando, me gritan algún consejo del tipo:

—No eres un saco de boxeo, deja de actuar como tal.

Sí, consejos muy útiles.

—Estamos en mitad de la nada, congelándonos el trasero para que puedas utilizar tus cintas sin que nadie te vea —dice Judd, y sacude la cabeza—. Pero te olvidas de utilizarlas en cada maldito asalto.

Me planto en mitad del círculo, con las manos apoyadas sobre las caderas, y estiro el pecho mientras trato de recuperar el aliento. No sabía que una pudiese asarse de calor estando rodeada de hielo.

—No es que me olvide —explico—, pero desde que cumplí los quince años y brotaron de mi espalda, siempre las he mantenido en secreto. Me he acostumbrado a llevarlas siempre ocultas, a reprimir todos sus impulsos. Es como si lo tuviera grabado a fuego.

—¡Pues desgrábatelo, joder! —ladra Osrik.

Lo que decía. Muy útiles.

Le atravieso con la mirada.

—Gracias por el consejo, lo probaré.

Judd se pone a aplaudir para captar de nuevo mi atención. Se ha quitado la camisa, dejando al descubierto ese torso atlético y musculoso, pero no pienso quejarme porque considero que es lo mínimo que me debe después de hacerme morder el polvo.

—Son tu mejor arma, Ricitos Dorados. Tienes que aprender a utilizarlas a tu favor.

Suspiro y agacho la mirada, mortificada. Me invade una sensación de profunda frustración, de fracaso absoluto.

—Lo sé.

De repente, oigo unos pisotones acercándose a mí y, cuando despego la vista del suelo, veo que tengo a Osrik a apenas un palmo de distancia. Me mira con el ceño fruncido y una expresión hostil.

—Solo necesita un poco de motivación.

Sin previo aviso, echa el brazo hacia atrás, como para coger impulso, y me asesta un puñetazo brutal en el hombro. Es como si me hubieran arrojado una piedra desde una catapulta.

El impacto no solo me entumece todo el brazo, sino que me derriba y me caigo de culo sobre la nieve.

—¡Ay! —mascullo entre dientes.

Osrik me mira sin una pizca de arrepentimiento y se cruza de brazos, como si estuviese aburrido.

—Acabas de conocer a mi puñetazo amable. Te he tumbado con un solo golpe, Ricitos Dorados. Has caído como un saco de patatas.

—Tú sí que eres un saco de patatas —rezongo.

Me pongo de pie con cierta torpeza. Me duele tanto el hombro que por un instante creo habérmelo dislocado. Lo masajeo suavemente y, con sumo cuidado, lo roto hacia delante y atrás para comprobar que está en su sitio.

—Preferiría no conocer a tu puñetazo no amable.

—Vaya, qué lástima. Porque vas a conocerlo ahora mismo.

Abro los ojos como platos al ver que vuelve a levantar el brazo, pero antes de que pueda lanzarme un segundo puñetazo en el otro hombro, tres de mis cintas se extienden a mi alrededor y se abalanzan sobre Osrik. Se enroscan alrededor de su muñeca y antebrazo y, a pesar de ser de satén dorado, se ponen tan rígidas que más bien parecen hechas de acero.

El soldado intenta zafarse de ellas y empieza a zarandear el brazo con fuerza, pero mis cintas no están dispuestas a ceder. Detrás de esa barba espesa y tupida, advierto el brillo de una sonrisa.

—¿Lo ves? Motivación.

Lu aplaude.

—¡Bien hecho, Ricitos Dorados!

Al fin suelto a Osrik, que sigue mirándome con cierta arrogancia, pero debo admitir que me siento orgullosa porque por fin he sido capaz de esquivar un golpe.

—Dejémoslo aquí por hoy —dice Judd, que enseguida recoge la camisa del suelo para ponérsela—. Se me están congelando los huevos aquí fuera.

Lu pone los ojos en blanco y se acerca a mí.

—Y luego dicen que las mujeres somos el sexo débil. Los

hombres son tan fuertes como ese par de pelotas desinfladas que les cuelgan entre las piernas.

Suelto una carcajada y me agacho para coger un puñado de nieve virgen. Me lo llevo a la boca y la sensación solo puede describirse como celestial. Mastico los minúsculos copos de nieve, que van deshaciéndose en mi lengua y enfriando mi cuerpo, que sigue acalorado y sudoroso.

—Así que ahora te interesan mis pelotas desinfladas, ¿eh? —bromea Judd.

—Lo único que me interesa es saber que aún las conservas. Así, la próxima vez que me toques las narices, te daré tal patada en tus partes nobles que verás las estrellas, la galaxia y el universo entero —responde ella, arrastrando las palabras.

Judd y Osrik hacen una mueca de dolor, como si estuvieran imaginándose la escena.

Lu me guiña un ojo.

Los dos soldados recogen las antorchas que habían traído hasta aquí mientras Lu se encarga de guardar la botella de vino y la manta de pieles en una bolsa antes de regresar de nuevo al campamento.

—Toma, tus cintas se lo han ganado —dice Lu, y me ofrece la botella de vino.

—¿Disculpa? ¿Mis cintas se lo han ganado? ¿Y qué hay de mí?

—Has oído bien, Ricitos Dorados. Cuando te sientes amenazada o te pones hecha una furia, te olvidas de contenerlas, de coaccionarlas. Y es entonces cuando tus cintas toman la batuta y se encargan de dominar la situación. Pero eres tú quien debe dominar la situación, no ellas. Así que te aconsejo que aprendas a controlarlas, a utilizar cada una de ellas en favor propio. Son tu mejor baza, no la desaproveches.

Asiento con la cabeza. Me acerco la botella a los labios y me bebo el culín de vino que quedaba de un sorbo.

—En pocas palabras, tienes doce pares de brazos más. Joder, como aprendas a usarlos, tus enemigos se cagarán en los calzones nada más verte —añade Judd, que camina a mi lado.

Esos cumplidos alimentan el ego de mis cintas, que enseguida se hinchan de orgullo.

Cuando la última gota de vino se desliza por mi paladar, bajo la botella.

—Chicos, ¿no creéis que esto es un poco contraproducente para vosotros?

Lu me mira de reojo.

—¿Qué quieres decir?

—En teoría, soy vuestra enemiga y, sin embargo, me estáis entrenando para que aprenda a luchar como una guerrera de verdad.

Judd me da un golpecito con el codo, muy suave, pero aun así me encojo de dolor porque tengo las costillas amoratadas de todos los golpes que no he conseguido bloquear o esquivar. Él se da cuenta y sonríe.

—No eres nuestra enemiga.

«... Todavía.»

Aunque ninguno de los tres articula la palabra, me da la impresión de que resuena en ese páramo helado. Una pregunta queda suspendida en ese ambiente frígido, una pregunta que poco a poco se va congelando, materializándose en algo sólido pero intocable, prístino.

—Pero ¿por qué lo hacéis? —insisto—. Si sabéis que voy a volver.

Voy a volver a él. A sus brazos.

—Supongo que estamos un poco a la expectativa, Ricitos Dorados. No sabemos qué rumbo va a tomar todo este asunto —dice Lu, pero la respuesta me parece bastante ambigua.

—De todas formas, aún no estás preparada para enfrentarte a nosotros —añade Osrik—. No aguantas ni una palmadita en el hombro.

319

Giro la cabeza hacia la izquierda, como si me hubiese dado un latigazo en el cuello, y le lanzo una mirada asesina.

—No ha sido una palmadita.

Él se encoge de hombros.

—Tienes que empezar a curtirte, a aprender a soportar el dolor. Tu umbral del dolor da risa.

Eso no puedo rebatírselo. Tiene razón.

—Por cierto, cambiando de tema, ¿vosotros tres sois los únicos miembros de la Cólera de Rip? —pregunto curiosa.

—Primero nos vienes con ese cuento de que somos enemigos. ¿Y ahora pretendes sacarnos información privilegiada, que te desvelemos nuestros secretos? —pregunta Judd, arqueando una ceja.

Me apresuro en negar con la cabeza.

—Lo siento. Es solo que me picaba la curiosidad. No tenéis que responder.

Él se aclara la garganta.

—Diría que a nuestros enemigos se les da bastante mejor esto del espionaje, ¿no creéis?

Los otros dos asienten con la cabeza.

Me tropiezo, pero al menos no me caigo de bruces.

—No, os lo prometo, no era mi intención…

Los tres se echan a reír a carcajada limpia.

—Te estamos tomando el pelo, Ricitos Dorados —ríe Lu.

Dejo escapar un suspiro de alivio.

—Oh.

Se ríen unos segundos más…, pero ninguno de los tres responde a mi pregunta.

Subimos una pequeña cuesta tras la que han erigido el campamento. Todavía es pronto porque los soldados siguen charlando alrededor de las hogueras y entonando canciones de taberna con esas voces graves y varoniles.

—Hasta el próximo entrenamiento, Ricitos Dorados —se despide Judd.

—Sí, y a ver si empiezas a mejorar un poco —comenta Osrik.

Veo que Lu le asesta un codazo en la boca del estómago, un golpe enérgico que el inmenso menhir no esperaba porque suelta un gruñido de dolor mientras se frota la tripa.

Con una sonrisa, me despido de las tres Cóleras. Nuestros caminos se separan en cuanto llegamos al campamento. Aunque Judd me ha hecho picadillo en el círculo de lucha, me siento llena de energía. De repente, se me ocurre una idea, así que cambio de rumbo y, en lugar de dirigirme hacia mi tienda, voy en busca de Keg.

Le encuentro frente a su hoguera, por supuesto, pero parece ser que ya ha terminado de servir todas las raciones que había preparado para cenar. Tiene la espalda reclinada sobre la lona de una tienda y está tocando la armónica, aunque no reconozco la canción. La cadencia es alegre y animada, pero es tan rápida que me resulta imposible distinguir el compás. A su alrededor debe de haber unos diez soldados, todos absortos en una partida de dados. En cuanto Keg me ve llegar, deja de tocar la melodía.

—¡Hola, Ricitos Dorados!

Me acerco a él con una sonrisa en los labios.

—Tocas muy bien la armónica.

Él asiente.

—Cocinar no es lo único que se me da de maravilla.

Uno de los soldados resopla, pero Keg opta por ignorarlo.

Echo un vistazo a la armónica. El metal que recubre la superficie está pulido, por lo que intuyo que está hecha a mano.

—¿La has hecho tú?

—No, mi abuelo. Él fue quien me enseñó a tocarla.

—Es una armónica hermosa —murmuro mientras contemplo los preciosos grabados tallados en el metal. Parecen granos de trigo.

—¿Quieres tocar algo? —dice, y me ofrece la armónica.

Digo que no con la cabeza.

—Solo sé tocar el arpa.

Él emite un silbido de admiración.

—¿El arpa? Maldita sea, ese instrumento es pura elegancia. Solo una chica que vive en un castillo sabría tocarla.

Prefiero obviar el detalle de que mi arpa estaba hecha de oro macizo.

—Quizá algún día pueda oírte tocar —dice, y baja la mano—. Pero si no has venido a verme por la comida o la música, ¿a qué debo el placer de tu visita?

—Ya que lo preguntas, he venido a pedirte ayuda con un asunto.

En su mirada advierto el brillo de la curiosidad.

—Soy todo oídos.

—¿Crees que podría conseguir una bañera o algo parecido? ¿O es mucho pedir?

Keg arquea esas cejas negras y espesas y se retira los tirabuzones detrás de la oreja.

—¿Una bañera? ¿En un ejército errante y nómada?

Me encojo de hombros.

—Preparas tus manjares en una olla gigantesca, así que si alguien puede ayudarme, ese eres tú.

Keg se tamborilea los dedos en la barbilla, pensativo, como si estuviera cavilando algo, y después da un respingo.

—Ya está, ya lo tengo. Acompáñame.

Sabía que no me fallaría. Cruzamos el campamento hasta llegar a una tienda dedicada única y exclusivamente a hacer la colada. Me cuelo por debajo de la lona y miro a mi alrededor. Hay unas cubas enormes, la mayoría llenas de uniformes en remojo. Son bastante profundas y tienen forma cilíndrica, por lo que intuyo que puede caber una persona menuda si dobla las rodillas. Esbozo una sonrisa de felicidad.

—Keg, eres un genio.

—Cocinero, músico, genio… —enumera—. La lista de atributos es infinita.

Los soldados que deambulan por esa lavandería improvisada mientras hacen la colada nos miran con el rabillo del ojo y Keg chasquea los dedos.

—¡Eh, vosotros dos! —grita, y señala a un par de soldados—. Necesitamos esa cuba.

Los soldados arrugan el ceño, pero obedecen a la primera. No se molestan ni en escurrir la ropa. Sacan todas las prendas de la cuba, todavía llenas de jabón, y las arrojan a la siguiente cuba.

—Gracias. Ahora vamos a necesitar que nos echéis una mano para transportarla —anuncia Keg.

Los soldados intercambian una mirada de confusión.

—¿Transportarla adónde?

Keg me mira de reojo.

—Oh, ejem, yo os marcaré el camino.

Los soldados titubean, pero Keg vuelve a chasquear los dedos y, casi de inmediato, vacían esa enorme cuba de agua fuera de la tienda, sobre la nieve, y después la cargan sobre los hombros.

—Marca el camino, Ricitos Dorados —dice Keg.

Con una sonrisa de oreja a oreja, cojo un par de pastillas de jabón del suelo y las guardo en el bolsillo. Salgo disparada de la lavandería acompañada de Keg. Los dos soldados me siguen sin rechistar.

Me conozco el campamento como la palma de la mano, y elijo el camino más rápido. Keg me mira extrañado, como si no entendiera nada.

—¿No vamos a tu tienda? —pregunta.

Digo que no con la cabeza.

—La bañera no es para mí.

Sé que la respuesta no ha despejado sus dudas y que, con toda probabilidad, le ha confundido aún más, pero prefiero no dar más información por el momento. Serpenteamos por el campamento hasta llegar a nuestro destino, la tienda donde se alojan las monturas.

Señalo un espacio vacío que hay junto a la hoguera.

—Dejadla ahí, por favor.

Los soldados que vigilan a las monturas levantan la vista de las cartas, sorprendidos.

—¿Para qué es eso?

Mis ayudantes dejan la cuba en el suelo, tal y como les he indicado, se encogen de hombros y se marchan sin decir ni mu. Los guardias nos observan con detenimiento, esperando una explicación.

—Es para las monturas. Para que puedan darse un baño decente, lavar la ropa, asearse… —digo.

Los dos guardias sacuden la cabeza.

—Lamento decirte que no va a poder ser.

—Es solo una bañera —discuto—. Las monturas no son una panda de criminales. Primero las secuestraron los Bandidos Rojos, y después vosotros. Hace semanas que viven enclaustradas en esa minúscula tienda y se tienen que lavar con harapos y nieve —prosigo, y esta vez me muestro implacable—. Así que vosotros dos vais a ayudarme a llenar esta cuba de nieve, vais a esperar a que el fuego la derrita y después vais a permitir que esas monturas puedan darse un baño en paz. Y punto.

Menuda retahíla de órdenes. No sé quién se queda más anonadado, si los guardias, Keg o yo.

Los guardias me miran atónitos, pero no pienso bajarme del burro. Les sostengo la mirada y no doy un solo paso atrás.

Keg, que sigue a mi lado, se agacha y recoge un puñado de nieve. Después lo arroja al interior de esa bañera improvisada.

—Ya la habéis oído, muchachos —les dice con una sonrisa de suficiencia—. Poneos manos a la obra antes de que os dé una patada en el culo. Y uno de vosotros que se encargue de avivar el fuego, o nos pasaremos horas esperando a que la nieve se derrita.

El vozarrón de Keg era el empujoncito que necesitaban para ponerse en marcha. En cuestión de segundos, los cuatro nos dedicamos a llenar la cuba de nieve, puñado a puñado. Keg saca varios pedruscos de la hoguera y los echa a la bañera. La nieve emite un siseo ensordecedor. Ha sido una idea brillante porque así se funde más rápido.

Cuando por fin terminamos de llenarla, tengo las manos entumecidas y los guantes empapados, pero me da lo mismo. Estoy satisfecha. Escurro los guantes y los guardo en el bolsillo del abrigo. Los cuatro observamos en silencio cómo los últimos copos de nieve se van fundiendo.

De pronto, advierto un ligero movimiento con el rabillo del ojo. Enseguida reconozco a Polly y a Rissa. Están asomadas a la portezuela de la tienda, y noto sus miradas displicentes clavadas en la nuca. No voy a andarme con rodeos; voy directa a ellas, hurgo en mi bolsillo y saco las pastillas de jabón.

—Hay suficiente para todas —digo.

Las monturas se limitan a mirar el jabón, la bañera, la hoguera, los guardias.

Polly aprieta los labios.

—Si esperas que nos arrodillemos y te besemos los pies, entonces es que eres más estúpida de lo que parece.

—No espero nada —replico, y es la verdad.

No espero que me lo agradezcan. Ni siquiera espero una tregua. Tan solo quería darles algo, por insignificante que fuera, que pudiera hacerles sentir mejor. Porque ellas no han hecho nada para merecer esta tortura, porque nada de esto es culpa suya. Y sé que el día a día en el campamento no es nada fácil para las monturas. Es lo mínimo que puedo hacer para aliviar su sufrimiento, aunque sea solo un poquito. El comandante, por extraño que parezca, me ha concedido varias libertades y comodidades y, para ser sincera, no puedo quejarme. Creo que ellas también se merecen que las traten con dignidad y respeto, y por eso les he conseguido esta bañera.

325

—Disfrutad de un buen baño —digo, y después me doy la vuelta y me marcho.

Keg se apresura en alcanzarme y me acompaña hasta mi tienda.

—Ha sido todo un detalle por tu parte —murmura.

—Pareces sorprendido.

—Este ejército está lleno de cotillas entrometidos. Me llegó el rumor de que esas mujeres te habían dado la espalda.

Noto el ardor de la vergüenza en la punta de las orejas.

—Oh.

Que ese par de guardias hubiesen atestiguado tal humillación ya me parecía horrible, pero saber que se ha convertido en el chismorreo del ejército me resulta mortificante.

—Algunos dirían que no se merecen que las trates con tanta amabilidad, con tanto afecto —recalca Keg.

Sacudo la cabeza sin despegar la vista del suelo.

—La amabilidad y el afecto no deberían ganarse. Todo el mundo debería ser tratado así.

Keg se ríe por lo bajo.

—Mi madre solía decir algo parecido —responde, y me mira de reojo—. ¿Y sabes una cosa?

—¿Qué?

—Que era una mujer muy lista, maldita sea.

31

Auren

*D*espués de vivir en el Sexto Reino durante los últimos diez años, creía haber pasado toda clase de inviernos, desde los más suaves e indulgentes hasta los más gélidos e inclementes. Pero, cuando atravesamos la frontera y nos adentramos en el Quinto Reino, me doy cuenta de que estaba equivocada.

El frío que azota el Sexto Reino suele traducirse en ventiscas glaciales, en copos de nieve que más bien parecen afiladas agujas de hielo, en los estridentes lamentos de la viuda de la tempestad, ese viento huracanado que solo sopla en Alta Campana, y en un sudario infinito de nubarrones borrascosos.

Sin embargo, el frío que asola el Quinto Reino es distinto.

Alcanzamos las tierras del rey Ravinger al mediodía, con las vistas de un océano ártico en el horizonte. Advierto varios bloques de hielo tan transparentes que parecen hechos de cristal. Navegan a la deriva, al compás de la marea y sin rumbo fijo. Varios pájaros marinos descansan sobre esos pedazos de hielo, esperando el momento apropiado para zambullirse en el agua y pescar alguna presa.

Más allá, vislumbro varios icebergs de color azul cerúleo flotando sobre el agua; de lejos se confunden con centinelas de hielo que custodian y protegen el puerto. Esas excepcionales montañas insumergibles oscilan sobre las olas, pero lo hacen con orgullo.

Instalamos el campamento justo aquí, a orillas del océano. Cuando cae la noche, el hielo que recubre el suelo reluce, pero esas aguas, de un azul intenso y brillante durante el día, se tiñen de negro carbón. El romper de las olas me recuerda a la melodía de una balada romántica.

No, jamás había conocido un frío tan crudo y tan severo como este.

Lo que se extiende a mis pies es un desierto de nieve, un erial helado que no se parece en absoluto a Alta Campana. El frío que reina en ese páramo no es tempestuoso, ni ensordecedor, ni asolador. Es un frío silencioso. Inmóvil. Una calma glacial que parece estar en paz con el paisaje.

Sin embargo, el clima no es lo único que ha cambiado. Esta noche, los soldados están más tranquilos, más sosegados. En cuanto han cruzado la línea que separa ambos reinos, este frescor manso y vigorizante parece haber apaciguado todas sus inquietudes y preocupaciones.

Ceno a solas en mi tienda y, al terminar, decido salir a dar un paseo hasta la orilla. Han encendido varias hogueras y ya hay varios grupos de soldados apiñados a su alrededor. A medio camino cambio de opinión y, en lugar de encaminarme hacia esa playa de aguanieve repleta de hombres, me dirijo hacia la sombra de unos peñascos que atisbo a mano derecha.

Las rocas, de color gris y repletas de agujeritos, están agrupadas en lo que, a simple vista, parece un racimo, como si fuesen canicas de cristal erosionadas por las olas y arrastradas hasta esa playa de hielo por la marea.

Me escabullo por el campamento con la esperanza de que en ese rincón de la playa pueda encontrar algo de privacidad, porque eso es lo que necesito en una noche como esta.

Trepo por esos pedruscos con sumo cuidado y lentitud, ya que la superficie es muy resbaladiza. Clavo el tacón de la bota y, con las manos enfundadas en mis guantes, voy escalando hasta la roca más alta del racimo. Una vez encaramada en la cima, inspiro hondo y me tomo unos instantes para disfrutar de las vistas. Después, empiezo el descenso por el otro lado.

Y justo cuando estoy a punto de bajar las últimas piedras, golpeo la punta del pie con un pedazo de hielo y patino. Trato de mantener el equilibrio y hago toda clase de malabares con los brazos, pero al final me caigo hacia delante. De repente, alguien me agarra por la espalda del abrigo y evita que me rompa la crisma contra esas rocas.

En mitad de una caída que prometía ser letal, mi cuerpo queda suspendido en el aire. Miro por encima del hombro y descubro que es Rip. Abro tanto los ojos que parece que vayan a salírseme de las órbitas. Era la última persona que esperaba encontrarme ahí.

—Me he resbalado —murmuro, y enseguida me reprendo por haber musitado un comentario tan banal, tan ridículo y tan evidente. Por un lado, me siento avergonzada porque el comandante ha sido testigo de esa caída estúpida y torpe y, por otro, me siento aliviada porque ha evitado que me rompa el cráneo ahí mismo.

Bajo la luz plateada de la luna, veo que arquea una ceja.

—Ya me he dado cuenta.

Él agacha la cabeza para indicarme que baje por mi propio pie. Un tanto nerviosa y aturullada, me pongo derecha para recuperar el equilibrio y retomo ese peligroso descenso por las piedras. Su presencia me inquieta, me perturba.

Rip no suelta mi abrigo hasta llegar a tierra firme. En cuanto pongo un pie de nuevo en la nieve, le falta tiempo para apartar la mano, como si estuviera ansioso por soltarme, como si le hubiese fastidiado tener que cogerme para evitar una desgracia.

Aunque sé que no debería molestarme, me molesta.

Me giro hacia él.

—Gracias —digo en voz baja.

Él asiente con la cabeza, pero su expresión es imperturbable, más fría que un témpano de hielo.

—Deberías haber extendido tus cintas de inmediato, te habrían ayudado a amortiguar el golpe. Tienes que aprender a estimular tus instintos, a agudizar tus cinco sentidos —contesta él a modo de reprimenda.

Se me escapa un bufido.

—No eres el primero que me lo dice.

Me sacudo los copos de nieve de las plumas del abrigo y echo un vistazo a mi alrededor. Esa diminuta playa está vacía. Al otro extremo de la orilla, a unos doce metros de distancia, se alza otro montón de pedruscos, lo que la convierte en un rincón secreto y escondido. Una costa clandestina en mitad de un océano blanco.

—¿Qué estás haciendo aquí? —le pregunto.

—Esperar.

Ladeo la cabeza, curiosa.

—¿Esperar el qué?

330 Rip me observa en silencio durante varios segundos, como si estuviera debatiéndose entre responder a mi pregunta o dejarme con la duda. Supongo que al final se decanta por la segunda opción, porque no dice nada.

Me embarga una sensación de profunda decepción, pero a quién pretendo engañar, que Rip me ninguneé o me trate con indiferencia es algo que me he ganado a pulso yo solita. A decir verdad, me lo merezco. Tendría que haber dejado que me descalabraran esos pedruscos. Tendría que haberme encerrado en una celda el día que me encontró en ese barco pirata. Tendría que odiarme porque soy su enemiga. Me merezco todo eso, y mucho más.

—Lo siento —susurro. No estoy muy segura de por qué le estoy pidiendo perdón, pero la verdad es que mis palabras de disculpa son sinceras.

Su expresión se mantiene impasible e indescifrable.

Al darme cuenta de que tampoco va a responder a eso, me entran ganas de dar media vuelta y marcharme de allí. Estoy a punto de hacerlo, pero no lo hago.

No lo hago porque hay algo que me obliga a quedarme ahí, cerca de él.

En esa playa de aguas gélidas con aroma a salmuera, los dos nos miramos fijamente, sin musitar palabra. Solo puedo pensar en una cosa, en sus labios rozando los míos. En ese beso tierno y ligero como una pluma, un beso que no encaja en absoluto con su reputación de guerrero despiadado, un beso que no cuadra con esos rasgos tan afilados y masculinos.

Sé que no debería importarme en lo más mínimo, pero debo admitir que no quiero que me odie. No quiero que me azote con el látigo de la indiferencia.

Todo mi cuerpo rememora esa noche. Su aliento cálido, el tacto de la yema de sus dedos cuando me acariciaban la mejilla. Cada vez que cierro los ojos y rememoro ese momento, el corazón me late con más fuerza mientras mi mente trata de averiguar qué significó, por qué lo hizo.

¿Por qué lo hizo?

Desde el día en que lo conocí, he intentado luchar contra él con uñas y dientes. He intentado odiarle. Echarle la culpa de todas mis desgracias, pero…

Pero.

El argumento de que el comandante es mi enemigo ya no me sirve. Por mucho que me empeñe en creerlo, ha caído por su propio peso.

Algo ha cambiado. Algo se ha resquebrajado. Algo se ha roto. Y no puedo seguir negándolo. Siento que soy como uno de esos bloques de hielo que se han desprendido de un inmenso glaciar y ahora navegan a la deriva por un océano solitario y desconocido.

Quizá el origen de la grieta fue ese beso o, mejor dicho, ese casi beso. O quizá fuesen todas la provocaciones y desafíos que me lanzaba. O quizá la sonrisa de orgullo que me regaló cuando por fin liberé mis cintas y admití lo que soy.

O tal vez las cosas empezaron a cambiar desde el principio,

desde el día en que me vio en ese barco pirata y adivinó quién era. Tal vez mi destino cambió en el mismo instante en que bajé por la pasarela de ese maldito barco pirata.

Me abrazo el cuerpo y miro hacia otro lado, hacia ese inmenso océano que se extiende a mis pies. La mirada del comandante todavía me intimida y sé que, si tengo los ojos puestos en él, las palabras se me van a atragantar.

—Nunca me has tratado como a una prisionera —murmuro.

Cruzo los dedos porque el murmullo de las olas no enmudezca mis palabras; estoy hecha un flan y no me veo capaz de alzar más la voz.

—Creí que era una táctica, una argucia propia de un comandante pérfido. Y quizá lo fuese, o lo sea. No lo sé. Contigo nunca sé nada, porque me confundes. Todo este maldito ejército me desconcierta —admito en voz alta, y resoplo mientras sacudo la cabeza.

Me cuesta respirar porque el peso de la confesión es como una losa que me oprime el pecho, los pulmones. Esto podría ser un tremendo error. Pero todo el mundo insiste en que debo prestar más atención a mis instintos, y mis instintos insisten en que debo parar. Parar de tener esas reacciones impulsivas e impetuosas y tratar de ver las cosas desde una perspectiva distinta.

Porque aunque ese beso fuese una delicada carantoña, una caricia suave, casi etérea, sentí que me calaba hondo, que me calaba hasta los huesos. Y eso no puede ser ningún truco ni artimaña.

¿Verdad?

El silencio que reina en ese paraje gélido hace que sea la noche perfecta para dar voz a esos pensamientos tímidos. Perfecta para contemplar el vaivén de las olas, y para por fin tomar consciencia de que hay algo en mí que también se remueve, se mece. Mis mejillas se debaten entre el rubor y la escarcha, entre el calor interno y el frío exterior.

En el cielo, las nubes se deslizan como si alguien estuviese corriendo una cortina, para que así las estrellas puedan ser testigo de mis palabras.

—Pero hoy me he dado cuenta de algo —prosigo con una media sonrisa. De fondo se oyen las olas del mar rompiendo contra las piedras, un sonido brusco y seco seguido de un ronroneo adormecedor.

—¿De qué? —pregunta Rip.

Los dos tenemos la mirada clavada en ese mar oscuro.

—De que, aunque me estés engañando, te estoy agradecida. Por todo.

El comandante no responde, pero está tenso, rígido. Sospecho que incluso está conteniendo la respiración.

—Me salvaste de los Bandidos Rojos, pero creo que también me salvaste de mí misma. Y a pesar de que todo esto no sea más que una astuta manipulación, una estratagema para conseguir algo a cambio, ha merecido la pena. Para mí está suponiendo un gran aprendizaje.

Una pausa. Y, de repente, su voz retumba en la penumbra.

—¿Y qué has aprendido?

—Que he vivido muchos años encerrada en una jaula que yo misma he creado.

Al fin me doy la vuelta y observo su rostro de perfil. Las escamas que bordean el hueso del pómulo relucen bajo el pálido resplandor de la luna. Después me fijo en esa mandíbula marcada y angulosa, en esas cejas pobladas y espesas, en las púas que asoman de su espalda. Las olas siguen rompiendo contra las piedras, y el rocío salado me salpica la piel de la cara.

—Soy leal a Midas, pero... me siento culpable por haber enviado el halcón.

Estoy convencida de que las diosas me estaban poniendo a prueba, pero no sé si he cumplido con sus expectativas o si, por el contrario, las he decepcionado. Lo que sí sé es que, desde que mandé ese dichoso mensaje, he estado hecha un mar de dudas, inquieta y confundida.

Rip no dice nada durante unos instantes, pero percibo un sutil cambio en esa postura tan rígida y envarada. Relaja un pelín los hombros, y las púas se repliegan ligeramente, como si hubiesen soltado un suspiro.

—Que mandaras esa carta no cambia las cosas. O, al menos, no como tú crees.

Arqueo las cejas, sorprendida por tal revelación.

—¿A qué te refieres?

—Él ya lo sabía. El rey Ravinger envió una misiva a Midas en cuanto se enteró de que te había encontrado.

Mi corazón da un traspié, se salta varias pulsaciones y recupera su latido habitual.

«Lo sabe. Midas ya está al corriente de la situación.»

El rugido que siento en mis oídos me impide escuchar el murmullo de las olas, y tengo que sacudir la cabeza para librarme de ese ruido ensordecedor.

—¿Y por qué tu rey iba a hacer algo así? Pensaba que el plan inicial era sorprender a Midas, pillarle con la guardia baja y así iniciar una aguerrida negociación. ¿Por qué iba a deshacerse del factor sorpresa?

—El ejército del Cuarto Reino no necesita el factor sorpresa —dice, y, aunque suene arrogante, debo reconocer que no le falta razón—. Al rey Ravinger le gusta intimidar a sus enemigos, vanagloriarse de sus proezas. Estoy seguro de que el día que le comunicó a Midas que su ejército tenía a su posesión más preciada sintió un inmenso regocijo.

Trato de asimilar las palabras de Rip, la verdad que acaba de revelarme. Mi cabeza es un torbellino de emociones y pensamientos, pero no quiero zambullirme en una conversación sobre las jugadas maestras de un rey. Esta noche no.

Así que, en lugar de indagar más en ese asunto, cambio de tema de conversación.

—Antes, cuando te he preguntado qué estabas haciendo aquí, me has dicho que estabas esperando. ¿Qué querías decir? —pregunto, esta vez con la esperanza de que me responda.

Alza la mirada y señala el cielo con el dedo.

—Estaba esperando eso.

Desvío la mirada hacia el cielo y enseguida me percato de que algo ha cambiado. La luna se ha teñido de azul y, en cierta manera, es como si ahora luciera un velo de color zafiro. El resplandor cerúleo que ahora baña ese paisaje invernal emana cierta tristeza, cierta nostalgia. Observo maravillada el cielo y, de repente, vislumbro una estrella fugaz, una estrella que parece desprenderse del firmamento y desciende en caída libre hasta desaparecer detrás del horizonte.

—Hala. Nunca había visto un cielo así.

—Es una luna de luto —comenta Rip en voz baja, casi… triste—. Ocurre una vez cada muchos años. Los seres feéricos solían reunirse en este reino para presenciar este fenómeno.

Se me hace un nudo en la garganta. Y en ese preciso instante otra estrella se cae de la bóveda celeste y se pierde en la lejanía. Da la impresión de que se haya sumergido en ese océano de aguas negras. Enseguida entiendo por qué la llaman luna de luto. Ese azul apagado y tenue le otorga una apariencia lúgubre, atribulada. Y a su alrededor, el cielo nocturno no deja de derramar lágrimas de luz cósmica.

—Las diosas concibieron esta noche para que podamos recordar —prosigue Rip, y se me pone la piel de gallina—. Los seres feéricos contemplamos el cielo y honramos a nuestros ancestros, lloramos su pérdida y, sobre todo, los recordamos.

Me gustaría preguntarle a qué ancestros honra él, qué pérdidas llora, a quiénes recuerda. Pero sé que es demasiado personal y no tengo ningún derecho. Continúo apreciando esa maravilla orquestada por las diosas. El halo azul que emana la luna está cambiando de tonalidad y se está tornando cada vez más oscuro, más siniestro.

Rip agacha la cabeza, se gira y nuestras miradas se cruzan. Creía que sus ojos eran insondables, tan negros como la boca de un lobo, como un pozo sin fondo, pero estaba equivocada. No son opacos, ni tétricos, ni desalmados. Cuando me mira, hay algo que nada en esas aguas negras.

Me da miedo que, si me quedo demasiado rato mirándolos, ese mismo algo empiece a nadar en los míos. Así que vuelvo a apartar la mirada y esta vez utilizo el cielo como excusa.

Presiento que hemos firmado una tregua temporal, y eso me tranquiliza, y me quita un peso que hasta ahora cargaba sobre mis hombros.

Cuando otra estrella se descuelga del cielo y se hunde en el agua, empiezo a rumiar. Quiero demostrarle mi gratitud y la mejor manera de hacerlo es regalándole una verdad, sin esperar otra a cambio.

—En una ocasión me preguntaste de dónde venía, pero no te contesté.

336

Sé que me está mirando de refilón porque siento que sus ojos negros me absorben, como el rocío de la mañana impregna las hojas resecas del bosque.

—Provengo de muchos lugares. De Alta Campana, por supuesto. Pero, antes de mudarme ahí, viví en varias aldeas del Segundo Reino. Una de ellas se llamaba Carnith —explico. Se me quiebra la voz al pronunciar ese nombre, pero consigo mantener la compostura—. Y antes de eso, pasé una temporada en un puerto pesquero de la costa del Tercer Reino.

Aquel océano era muy distinto a este. Aún recuerdo el aroma de aquella playa, de los puestecillos que abundaban en el mercado, de aquella orilla atestada de barcos y ruido y transeúntes.

—Los barcos siempre llegaban al puerto cargados de mercancía y zarpaban vacíos. Era un puerto muy bullicioso. Apestaba a pescado podrido y a hierro forjado. Recuerdo que llovía a cántaros —relato en un tono que más bien parece una canción de cuna.

—¿Y antes de eso? —pregunta Rip con cautela. El corazón me amartilla el pecho porque me duele pensar en ello, desenterrar todos esos recuerdos.

No he pronunciado ese nombre en voz alta en mucho muchísimo tiempo. Solo una vez me atreví a murmurarlo en sueños.

—Annwyn —susurro—. Vivía en Annwyn.

El reino de los seres feéricos.

Al recordar mi hogar, el lugar que me vio nacer, algo se rompe en mi interior, como una estrella cuando sale del cascarón.

Veinte años. Han pasado veinte largos años. Desde entonces, no he tenido la oportunidad de regresar, ni de respirar ese aire fresco y vigorizante, ni de andar por sus tierras dulces y apacibles, ni de oír la melodía del sol al amanecer.

Después de esa revelación, Rip y yo nos quedamos contemplando la luna de luto en silencio, pensativos. No decimos nada más, sino que permanecemos ahí sentados, sobre las piedras. La quietud que se ha instalado entre nosotros no es incómoda, ni tensa, ni inquietante. Quizá, para los dos, es un consuelo. Cada uno de nosotros representa un trocito de nuestro hogar, y tal vez eso es lo que anhelamos y lamentamos más.

Empiezo a tiritar, así que me ajusto el abrigo a mi alrededor y me tapo la cabeza con la capucha. Al darse cuenta de que estoy muerta de frío, Rip se levanta.

—Hora de irse, Jilguero.

Se me encoge el corazón al oír el apodo. Cuando vuelva a los brazos de Midas, voy a echar de menos estos momentos. Voy a echarle de menos a él.

Esa afirmación, además de reveladora, es una verdad como un templo, una certeza que me sacude y desconcierta. De repente, todo mi mundo se pone patas arriba.

Pero lo que más me sorprende y me asusta es que, por extraño que pueda parecer, mi conciencia está tranquila y no me siento mal por ello.

Voy a echarle de menos, y sería absurdo seguir negándolo. Solo estaría engañándome a mí misma.

Rip me ayuda a trepar por aquella montaña de rocas y me acompaña de vuelta al campamento. El fulgor índigo que emitía la luna empieza a desvanecerse y las estrellas vuelven a anclarse al cielo, como lágrimas secas.

Cuando llegamos a nuestra tienda, él se detiene frente a la puerta.

—Llegaremos al castillo de Rocablanca mañana por la noche.

Siento que mi corazón da un respingo en mi pecho.

—¿Tan pronto?

Rip asiente, con esa mirada penetrante clavada en mí. Trato de leer su expresión pero, como siempre, es como un libro cerrado.

—El rey Ravinger no tardará en llegar. Así podrá dar la bienvenida a Midas.

Abro los ojos como platos y, de repente, el miedo se apodera de mí.

—¿Tu rey va a venir?

—Te aconsejo que te prepares.

Quiero pedirle que sea más claro porque necesito saber para qué debo prepararme exactamente, pero Rip se da media vuelta y me deja con la palabra en la boca. El Rey Podrido está de camino.

Y, aun así, no sé qué me pone más nerviosa, si ver al rey Ravinger cara a cara o reencontrarme con Midas.

338

32

Auren

*S*i bien anoche reinaba un silencio sepulcral en el campamento, hoy la tensión se puede cortar con un cuchillo. ¿El motivo? Esa edificación con varios chapiteles que se cierne a lo lejos.

Hace unas horas cruzamos las puertas de la capital del Quinto Reino y, tras marchar por las calles de la ciudad, llegamos al castillo de Rocablanca. Detrás de él se divisan unas montañas de hielo reluciente que rodean unas llanuras de nieve virgen y lisa, una nieve tan brillante que incluso bajo la luz de un sol invisible irradia un fulgor centelleante.

Antes de que anocheciese nos ha invadido una bruma blanca y espesa. Ha sido como si todas las nubes se hubieran unido para coser un vestido al cielo, un vestido cuyas faldas cubrieron todo el paisaje, hasta el horizonte.

La ciudad de Rocablanca está construida alrededor del castillo, por lo que tiene forma de anillo. Me he encaramado a la cima de una colina para poder disfrutar de unas vistas privilegiadas. Desde ahí arriba puedo distinguir varias tiendas, edificios de viviendas austeras, barrios de casitas para familias acomodadas. He intentado dormir, pero no dejaba de dar vueltas en el camastro y al final me he rendido. Llevo admirando la ciudad desde entonces. El campamento está a mis espaldas y Rocablanca, a mis pies. A pesar de la distancia, puedo distinguir el fuego que chisporrotea en las chimeneas de las casas y los farolillos de aceite que iluminan las calles de la ciudad.

—¿Qué estás haciendo a estas horas aquí arriba, Ricitos Dorados? —pregunta Judd, que se acerca con su habitual actitud de fanfarrón mientras se atusa su melena mostaza.

—No podía pegar ojo —respondo, y echo un vistazo al palacio.

Midas está en algún lugar de ese castillo. Me pregunto con quién se codeará, qué compañías habrá encontrado, qué estará haciendo en este momento. Me pregunto si sabe que estoy aquí.

En este preciso instante podría estar asomado a una de las ventanas del castillo, vigilando el ejército del Cuarto Reino, escudriñando el campamento que hemos instalado en la frontera de Rocablanca. Puede que haya reconocido mi silueta sobre la cima de esta colina y me esté mirando.

Judd suelta un gruñido, un gruñido que interpreto como: «Rocablanca no es para tanto».

—Vamos. Tengo un trabajito para ti.

Y sin dar más explicaciones, me deja ahí plantada, como un pasmarote. Salgo disparada tras él para no quedarme rezagada.

—¿Qué clase de trabajito?

Judd me lanza una miradita con el rabillo del ojo.

—Ya lo verás.

Debo admitir que ha conseguido despertar mi curiosidad. Él marca el camino mientras yo tengo que hacer malabarismos para tratar de no perderle la pista. No entabla conversación, pero lo prefiero porque se escurre entre las tiendas y zigzaguea por el campamento a la velocidad de un rayo, así que lo último que necesito es una distracción.

Todos los soldados bajan la cabeza al ver a Judd, o se cuadran y se llevan una mano a la frente, el clásico saludo militar, en señal de respeto. Por lo visto, la mayoría de los soldados tampoco ha podido conciliar el sueño esta noche. Se acerca el amanecer y, con él, tal vez la guerra.

—¿Me vas a decir adónde vamos? —pregunto al fin, porque me da la impresión de que llevamos varios kilómetros caminando por la nieve y empiezo a estar cansada.

—Chist —responde él.

Abro la boca para preguntarle qué diablos está pasando, pero él me dedica una mirada mordaz y severa, como si me hubiera leído la mente.

Suelto un bufido, pero mantengo el pico cerrado.

Seguimos andando unos minutos más, hasta que mis oídos reconocen el sonido de unas voces femeninas. Echo un vistazo a mi alrededor para confirmar mis sospechas: hay un grupo de mujeres soldado reunidas alrededor de una hoguera, y Lu es una de ellas.

Empiezo a hacer aspavientos con las manos para saludarla, pero Judd me agarra del abrigo, me arrastra hasta la parte trasera de una tienda y, con aire molesto y airado, se lleva un dedo a los labios, indicándome así que me esté calladita.

—¡Chist! ¿Es que quieres que me pillen, o qué?

Parpadeo, sorprendida por su reacción. Encojo los hombros y levanto los brazos, un gesto que se traduce en una pregunta fácil de interpretar: «¿Qué he hecho mal?», pero él da la callada por respuesta. Se echa a caminar y me hace señas para que le siga.

Nos agachamos detrás de una tienda y avanzamos a gatas para no llamar la atención.

Pasamos junto a una pequeña manada de caballos y, de golpe y porrazo, Judd frena en seco. Casi me choco contra él. Me pongo de puntillas para tratar de ver qué está mirando, y entonces entiendo por qué se ha parado de una forma tan brusca.

—¿Qué estás haciendo aquí? —pregunta la soldado con tono de desconfianza. Entre esa maraña encrespada de rizos castaños, vislumbro una pipa de madera detrás de su oreja.

341

—Inga, un placer volver a verte —saluda Judd.

Ella estrecha la mirada con escepticismo; se relame las muelas y después chasquea la lengua, como si estuviera tratando de quitarse algún resto de comida que se le había quedado entre los dientes.

—¿Ah, sí? ¿No deberías estar con el flanco izquierdo? He oído que tus camaradas están sacando brillo a sus egos, que están alardeando de sus hazañas para ver quién la tiene más larga. ¿Qué pasa? ¿También necesitan un discursito motivacional para no mearse en los pantalones en la víspera de una batalla? —pregunta con tono burlón y una sonrisa sarcástica en los labios.

Judd pone los ojos en blanco.

—Por favor. Todos sabemos que son los soldados del flanco derecho quienes se hacen pipí encima antes de una batalla —contesta, y clava la mirada en la cintura de la mujer—. Y hablando del tema, ¿pantalones nuevos? —añade con una sonrisa socarrona.

Si las miradas mataran, Judd ya estaría criando malvas.

—Dejémonos de chorradas. He acompañado a Auren hasta aquí porque necesita hablar con Lu —explica, y después abre los ojos y la boca de forma exagerada, simulando así estar a punto de revelarle un secreto—. Es un poquito urgente. Está en ese momento del mes, tú ya me entiendes.

Me quedo petrificada, boquiabierta y muerta de vergüenza. Tierra, trágame.

Inga me mira.

—Ah —exclama—, o sea, que la bandera roja está ondeando, ¿eh?

Mortificada, empiezo a negar con la cabeza, pero Judd me da un pisotón en el pie. Un pisotón que me hace ver las estrellas.

—Nn… sí —farfullo con una mueca de dolor.

Ella asiente.

—Si no encuentras a Lu, no te preocupes. Vuelve aquí y búscame.

—Lo tendremos en cuenta —dice Judd con una sonrisa hipócrita. Después me mira y hace un gesto con la cabeza para que le siga.

Ni siquiera me atrevo a mirar a Inga. Estoy tan abochornada que mi cara debe de parecer un tomate a punto de explotar.

—Gracias —murmuro.

En cuanto alcanzo a Judd, le lanzo una mirada asesina.

—¿A qué demonios ha venido eso? —pregunto rechinando los dientes.

Él se ríe por lo bajo y se escabulle entre dos tiendas. Escudriña nuestros alrededores con esa mirada azul cielo y por fin encuentra lo que andaba buscando.

—Lo sabía.

Sale corriendo hacia lo que, a primera vista, parece un montón de pieles. Empieza a retirarlas una a una y entonces veo de qué se trata.

No puedo creer lo que estoy viendo. Me entran ganas de abofetearle.

—¿En serio? —pregunto con indiferencia.

—Vamos, ayúdame a levantarlo.

Hago lo que me pide, aunque a regañadientes. Lu me hizo la misma jugada. Voy a cargar con un maldito barril de vino. Otra vez.

Me da la impresión de que pesa más que el otro, pero quizá sea por las agujetas. Llevo varios días dejándome la piel en los entrenamientos y me duelen hasta las pestañas.

—¿Puedes alzarlo un poco más? —pregunta Judd, que está sosteniendo el otro extremo del barril—. Eres más endeble de lo que creía.

Le fulmino con la mirada.

—Quizá sea por toda la sangre que estoy perdiendo. Ya sabes, estoy en ese momento del mes.

Judd se echa a reír.

—He tenido que improvisar. Es lo primero que se me ha ocurrido.

Me cuesta una barbaridad sostener el maldito barril mientras Judd me obliga a zigzaguear entre las tiendas, a escabullirme como una vulgar ladrona por el campamento. La verdad es que estoy sudando tinta. Cada vez que vemos a alguien, no tenemos más remedio que agacharnos y escondernos detrás de un carruaje para que no nos pillen *in fraganti*.

Después de esa incursión clandestina, conseguimos trasladar el barril hasta la otra punta del campamento, donde un grupo de soldados están sentados alrededor de una hoguera, masticando la insípida ración de comida en completo silencio.

Cuando Judd deja el barril en el suelo y sus amigotes se percatan de qué se trata, empiezan a vitorearle y a dedicarle toda clase de alabanzas. Ese ambiente taciturno y alicaído se transforma en una fiesta. En un abrir y cerrar de ojos, uno de ellos ya ha retirado el tapón y ha empezado a vaciar el barril, copa a copa.

Me quedo un pelín rezagada, observando la escena, que me resulta de lo más divertida. Judd reparte palmaditas en la espalda por doquier e intercambia algunas palabras con ellos. Al verme ahí, se acerca y me ofrece una copa de vino.

—¿Es una tradición? ¿Robar el barril de vino del flanco contrario?

Judd dibuja una sonrisa de oreja a oreja.

—Así es.

Sonrío, sacudo la cabeza y tomo un pequeño sorbo de vino, como si de una cata se tratase. Ese delicioso elixir despierta todas mis papilas gustativas con ese dulzor decadente.

—Mmm.

—Lo sé —dice orgulloso—. Es el mejor vino que encontrarás en el campamento. El resto no es más que meado de caballo diluido en agua.

Arrugo la nariz al imaginarme esa asquerosa mezcla.

Después de tomarnos varias copas de vino, Judd me acompaña hasta mi tienda, un gesto caballeroso que no esperaba de él. Es entonces cuando caigo en la cuenta de que el amanecer es inminente, pues el cielo ya ha empezado a clarear. Aunque creo tener decenas de astillas clavadas en los guantes y aunque los brazos me duelan una barbaridad por haber arrastrado ese dichoso barril por todo el campamento, lo cierto es que esa pequeña travesura me ha distraído, al menos un rato, y estoy agradecida por ello.

—Gracias por haberme dado algo que hacer —le digo a Judd cuando llegamos a mi tienda.

—Cuando quieras. Tenías ese semblante.

—¿Qué semblante?

Él me dedica una sonrisa, pero no esa sonrisa sarcástica y mordaz tan suya, sino una sonrisa compasiva.

—El semblante de alguien que está a punto de librar una batalla.

—Pero no voy a librar ninguna batalla.

Judd arquea una ceja.

—¿Estás segura de eso?

Sé leer entre líneas y sé lo que está insinuando, pero no sé qué decir. La verdad es que sí tengo la sensación de estar preparándome para algo, pero no estoy muy segura de para qué porque no tengo ni la más remota idea de a qué voy a enfrentarme mañana. Lo único que sé es que tendré que armarme de valor, que no podré escapar de ello.

Me revuelvo, nerviosa.

—¿Crees que el rey Ravinger declarará la guerra? ¿Crees que mañana tendrás que saltar al campo de batalla y luchar en nombre de tu rey?

Judd se encoge de hombros.

—¿Quién sabe? Eso depende de los reyes. Yo solo estoy aquí por el vino.

Se me escapa una carcajada. Con esa broma absurda, Judd ha conseguido amainar la tormenta que había empezado a arremolinarse en mi estómago.

Capto un ligero movimiento con el rabillo del ojo y, al volverme, veo que Rip está esperándome en la puerta de la tienda. Su postura es rígida y firme, su expresión severa y circunspecta. Tiene el ceño fruncido, los labios apretados en una fina línea y los ojos clavados en mí.

Mi sonrisa desaparece de inmediato.

Al verme de repente tan seria, Judd también se da la vuelta.

Rip posa la mirada en él durante una fracción de segundo.

—Márchate —le ordena.

Judd me lanza una mirada que no soy capaz de interpretar y, con las manos metidas en los bolsillos, se marcha, llevándose consigo hasta el último resquicio de distracción.

Cuando nos quedamos a solas, Rip me señala la tienda con la barbilla. Me agacho, retiro la solapa que hace las veces de puerta y, al entrar, me recibe el agradable calor de esas brasas incandescentes. Rip entra detrás de mí y parece acompañarle una bocanada de aire gélido.

El ambiente está enrarecido. Algo no anda bien. Tengo un mal presagio.

La tensión se palpa en el ambiente y el comandante está demasiado taciturno, demasiado serio. Hasta su aura ha cambiado; la noto inquieta, agitada, preocupada.

Entrelazo los dedos de las manos.

—¿Qué ocurre?

Él se queda donde está, en la entrada de la tienda. Apenas nos separa medio metro y, sin embargo, me da la impresión de que está demasiado lejos y al mismo tiempo demasiado cerca.

—El rey Ravinger llegará muy pronto para encontrarse con Midas.

La tormenta que se revolvía en mi estómago descarga un

relámpago. No debería estar tan asustada porque sabía que, tarde o temprano, este momento iba a llegar. Aun así, ahora que sé que es inminente, me invade el miedo, el terror.

—¿Qué va a pasar?

¿Qué me va a pasar a mí? ¿Y a Midas? ¿Y a él?

Rip niega con la cabeza.

—Eso está por ver.

Me rodeo el cuerpo con los brazos, como si así pudiera protegerme de la angustia y la preocupación. Él me escudriña con la mirada y me abrazo tan fuerte que ni siquiera noto las cintas enroscadas a mi alrededor.

—Tengo una pregunta para ti —dice, rompiendo al fin ese silencio abrumador.

Presiento que preferiría no oír la pregunta.

—¿De qué se trata?

Me observa fijamente, sin pestañear. Esa mirada negra y penetrante me perturba.

No sé qué ve, ni qué piensa.

Siempre ocurre lo mismo cuando estoy a solas con él, pero esta vez quiero gritar.

—¿Quieres quedarte?

Me muerdo el labio inferior mientras su pregunta retumba en mi cabeza.

—¿Quedarme? —repito casi sin aliento.

Rip da un paso al frente y, aunque solo sea un insignificante paso, la distancia que ahora nos separa es ínfima. Está muy cerca, igual que lo estaba aquella noche, la noche en que envié el halcón mensajero a Midas. Callado. Pensativo. Su cuerpo desprende una intensidad que absorbe el aire que nos envuelve, que despierta todos y cada uno de mis sentidos, que me pone la piel de gallina.

Baja el tono de voz.

—No tienes que volver si no quieres. Puedo conseguir que te quedes.

347

Me quedo sin aire en los pulmones al escuchar su proposición. Estoy perpleja, confundida. Y no sé qué diablos decir.

—Tú eliges. Pero tienes que darme una respuesta ahora, antes de que llegue el rey Ravinger.

Estoy tan nerviosa que empiezo a caminar de un lado a otro de esa minúscula tienda.

—¿Por qué me ofreces esa opción? —pregunto apabullada e inquieta—. Soy tu prisionera, Rip. No me cabe la menor duda de que tu rey querrá utilizarme como moneda de cambio o, peor todavía, para chantajear a Midas. Tú eres el comandante de su ejército y, según tengo entendido, es más que probable que mañana se declare una guerra entre los dos reinos. ¿Cómo te atreves a preguntarme si quiero quedarme aquí? No puedes hacer nada.

Él mantiene esa postura de orgullo y superioridad, una postura dura e inflexible, como los muros de un castillo.

348

—Sí puedo, y por eso te lo pregunto. Tienes elección, Auren.

Maldita sea, estoy hecha un lío. Estoy tan histérica que ni siquiera puedo pensar con claridad.

—Tu rey jamás lo permitiría. Y menos si tiene pensado pedir un rescate por mí. Ravinger pretende utilizarme para sacar tajada de todo esto, y lo hará.

—No si me dices que quieres quedarte.

Paro en seco y le miro boquiabierta, anonadada.

—¿Qué te ocurriría a ti, a tus soldados?

—No tienes que preocuparte por eso.

Se me escapa un resoplido.

—¿Que no tengo que preocuparme? Está a punto de estallar una guerra, ¿cómo no voy a preocuparme? No puedo quedarme aquí, Rip.

Por primera vez desde que ha entrado en la tienda, advierto un destello de emoción en su rostro. Frunce el ceño y distingo enfado, un enfado oscuro y súbito.

—¿Por qué no?

Me llevo una mano a la frente y me masajeo la sien en un intento de silenciar todas las voces que retumban en mi cabeza.

—Porque no.

Él niega con la cabeza y rechina los dientes.

—No me sirve. Quiero una respuesta de verdad, una respuesta sincera.

—Ni siquiera sé qué me estás proponiendo. ¿Qué pretendes? ¿Esconderme? ¿Borrarme de la faz de Orea? No puedo hacerle eso a Midas.

El enfado que había percibido en su expresión no es nada comparado con la rabia e indignación que veo ahora. Es una ira tan intensa que incluso puede palparse y, de inmediato, el ambiente de la tienda se enturbia, como si se hubieran colado nubarrones de tormenta por la portezuela.

—Midas. —Escupe la palabra de su boca como si fuese un insulto, algo despreciable—. ¿Dónde queda todo lo que me has dicho en la playa? ¿Vas a dejar que vuelva a encerrarte en una jaula, como si fueses un mísero pájaro?

—No —respondo con aire resuelto y decidido—. Las cosas van a cambiar. Yo he cambiado. Mantengo todo lo que dije.

Rip resopla. Un sonido horrendo, un sonido que denota incredulidad.

—¿De veras crees que las cosas van a cambiar? No te creía tan tonta.

Cierro los puños, furiosa.

—No soy tonta.

—Tu querido Midas te trata como a una mascota. Te utiliza. Te manipula. Se aprovecha de tu fidelidad, de ese amor retorcido que crees sentir por él.

Me arroja esa retahíla de acusaciones como si fuesen puñales afilados.

—Él me mantuvo a salvo.

349

—A salvo —gruñe él, como si fuese un lobo salvaje y hambriento—. Siempre el mismo maldito argumento. Oh, sí, qué gesto tan generoso y magnánimo fue el de encerrarte detrás de unos barrotes y bautizarte como su zorra preferida.

Me encojo de dolor al oír esas palabras. Es como si me hubiera dado una bofetada con la mano abierta, un golpe bajo que me exaspera y me duele al mismo tiempo.

—Piensa lo que quieras, pero nadie había hecho nada parecido por mí —replico, y me reprendo porque mi voz ya no suena tan firme como antes, sino un pelín más quebradiza, más frágil. Me da rabia que, a diferencia de él, no sea capaz de controlar mis emociones—. Deambulaba por las calles como alma en pena, mendigaba día y noche por un mendrugo de pan. La gente me acosaba, me maltrataba, me ninguneaba, me odiaba. ¿Crees que Midas me utiliza? Pues no es nada comparado con los suplicios que he tenido que soportar en manos de otros.

Rip ni se inmuta. Su aura sigue irradiando esa furia vehemente que me pone los pelos de punta.

—¿Qué pasa? ¿Te has quedado mudo de repente? —pregunto a modo de provocación—. ¿No te gusta oír que un ser feérico, uno de los tuyos, no haya triunfado en este mundo, como tú? Vaya, siento mucho no haberme vendido al Rey Podrido. De haberlo hecho, quizá ahora estaría al mando de este ejército y tú serías el trofeo de Midas. Vivirías confinado en una pajarera de oro y tu única compañía serían los mirones indiscretos que pagarían una fortuna por tocarte esas púas.

De repente, todas sus púas se encrespan, como si estuvieran imaginándose la escena.

—Deja de ser tan complaciente. Deja de conformarte con ser una mascota que vive en una jaula.

Y en ese instante pierdo los nervios.

—¡Vete al infierno! —grito, pero mi voz suena más bien como un rugido.

Él sacude la cabeza.

—No, Auren. Tú eres la que necesita arder para así renacer de tus propias cenizas y luchar. No sigas permitiendo que él te controle, que dirija tu vida, que apague tu luz. No sigas permitiendo que el mundo te pisotee, joder —brama, y doy un respingo—. Si quisieras, podrías brillar más que el sol. Pero prefieres quedarte en la sombra y marchitarte. Esa ha sido, hasta ahora, tu elección.

Una lágrima se derrama por mi mejilla, hasta la barbilla.

—Quieres que huya como una cobarde, pero Midas no me asusta. A pesar de todas esas barbaridades que acabas de soltar, él me ama y sé que va a escucharme —digo, y trato de eliminar cualquier ápice de dolor de mi expresión—. ¿Por qué lo haces? ¿Qué ganas tú con todo esto? —exijo saber.

Sin embargo, las preguntas que de verdad quiero hacerle son otras. ¿Qué significó tu beso? ¿Qué significa este tira y afloja constante?

Percibo un tic en su mandíbula, como si estuviera conteniendo las palabras, decidiendo cuáles pronunciar y cuáles tragarse.

—Todo el mundo merece poder elegir. Yo te estoy ofreciendo eso, una elección.

—No puedo abandonar a la única persona que me ha protegido.

Rip suelta un gruñido de impotencia y se pasa una mano por esa melena azabache y espesa, nervioso y desesperado.

—Mira, sé que todos hacemos lo que podemos por sobrevivir. No te estoy juzgando por ello.

Suelto una carcajada cargada de rencor y escepticismo. El interior de la tienda empieza a iluminarse, anunciando así el temido amanecer.

—Eso es lo único que has hecho desde que te conocí. Me has juzgado por haber decidido ocultarme, por haber querido pasar desapercibida, por haber mantenido en secreto quién era para así poder sobrevivir. Ahora no finjas lo contrario.

—Está bien —dice, y baja la mano—. Pero no tienes que seguir escondiéndote. Ya no.

Mi expresión se torna fría, distante. Me tiemblan las rodillas, pero me esfuerzo en disimularlo.

—Ya te lo dije. Si tengo que elegir, Midas siempre será la única opción.

Advierto un ligero movimiento en su garganta, como si estuviera asimilando lo que acabo de decir, digiriendo la amargura de mis palabras. Su mirada, en cambio, sigue siendo fría como un témpano de hielo, igual que su respuesta.

—Entonces no hay nada más que hablar.

33

Auren

*E*l rey Ravinger llega acompañado por una bandada de alas madereras. Es la primera vez que veo esas bestias voladoras. Quedan muy pocos ejemplares vivos y, si no me falla la memoria, hace un siglo estuvieron a punto de extinguirse. Solían vivir en plena libertad en todos los rincones de Orea, pero ahora tan solo los más adinerados pueden permitirse el lujo de poseer uno. Reyes, por ejemplo.

Un par de horas después del amanecer, han aparecido seis de esos enormes pájaros volando por el cielo. Aunque el término «pájaro» no les hace justicia, desde luego.

La parte externa de las plumas que recubren sus alas es parduzca, un tono amarronado que recuerda a la corteza de un árbol, y la parte interna, de un blanco níveo, igual que el resto del cuerpo. Eso les permite mimetizarse con las nubes mientras vuelan. Las alas son de un tamaño descomunal, por cierto. Cuando las despliegan deben de medir unos seis metros más o menos.

Sin embargo, a diferencia de los pájaros, no tienen pico, sino un hocico repleto de dientes puntiagudos y afilados, perfectos para atrapar una presa sin tener que aterrizar.

Esa es una de las razones por las que prefiero no acercarme demasiado.

Así que, a una distancia más que prudente, vislumbro el momento en que las seis aves madereras, con sus correspondientes jinetes, descienden en picado desde el cielo y aterrizan en el corazón del campamento. Un segundo después, desaparecen de mi vista. Vago sin rumbo fijo entre las tiendas, pero el ambiente que se respira es espeluznante. La mayoría de los soldados han ido a dar la bienvenida al rey y esperan órdenes, por lo que el campamento parece haberse convertido en un pueblo fantasma. Demasiado silencio, demasiada quietud. Es como esa bocanada de aire que inspiras antes de soltar un grito desgarrador. Me pregunto si habrá ocurrido lo mismo en la ciudad de Rocablanca, si también se habrá instalado esa aura tan estremecedora ahora que el ejército del Cuarto Reino ha invadido su frontera.

No soporto esa tensión. No soporto ver a los soldados afilando las espadas, colocándose esa armadura metálica de color negro en lugar de su uniforme de cuero.

Estoy hecha un flan. No soy capaz de seguir deambulando por el campamento, así que me siento junto a una hoguera para contemplar la danza hipnótica de las llamas con el crujido constante de los leños de fondo.

—¿Es ella?

Me sobresalto. No había oído llegar a los tres soldados. Es como si hubiesen aparecido allí como por arte de magia. Me levanto y, al darme la vuelta, me topo con dos soldados que no me resultan en absoluto familiares y con Lu.

Lu también se ha puesto la armadura. Atisbo una cota de malla asomándose por el cuello.

—Sí, es ella —responde Lu con expresión seria.

Los miro un poco aturdida.

—¿Qué está pasando?

—El rey ha ordenado que te protejamos. No quiere poner en riesgo tu seguridad —informa uno de los soldados.

Aprieto los labios. Estoy atrapada en el campamento de

un ejército. No corro ningún peligro. Ni siquiera Midas puede llegar aquí.

—Querrás decir que tu rey ha ordenado que me vigiléis —recalco, y la mirada de Lu confirma mis sospechas—. Está bien. No pienso moverme de aquí, así que poneos cómodos —ofrezco, y señalo las banquetas vacías que hay repartidas por el suelo.

El guardia dice que no con la cabeza.

—El rey ha ordenado que te mantengamos en un lugar seguro. Llévanos hasta tu tienda, mi señora.

Desvío la mirada hacia Lu.

—¿Esto va en serio?

Ella se encoge de hombros.

—Lo siento, Ricitos Dorados. Esas son las órdenes.

No sé por qué me sorprendo tanto. Quizá me haya vuelto una ingrata consentida después de todas estas semanas siendo su prisionera, pero sin ser tratada como tal.

—¿Han llegado a un acuerdo? —pregunto—. ¿Me vais a entregar a Midas? ¿A cambio de qué? ¿Qué rescate habéis pedido?

Lu apoya una mano sobre la empuñadura de la espada.

—Todavía no lo sé.

Asiento. Detesto tanta incertidumbre.

La soldado me mira de arriba abajo. Intuyo que quiere decirme algo, pero sea por la razón que sea, prefiere morderse la lengua y no soltar prenda.

—¿Lista para irnos, mi señora? —pregunta el guardia.

Digo que sí con la cabeza, porque ese es mi carácter, ser complaciente, seguir órdenes sin rechistar. Pero lo que realmente quiero es quedarme junto a esta hoguera, estrechar a Lu entre mis brazos y decirle que, si no vuelvo a verla, la echaré de menos. Quiero darle las gracias, a ella y al resto de los miembros de la Cólera, por haberme ayudado.

Tal vez Lu haya apercibido ese desasosiego, ese anhelo

355

de despedida, porque de repente da un paso hacia delante y murmura:

—Recuerda lo que te dije, Ricitos Dorados. Toma las riendas. No dejes que el mundo te controle a su antojo, ¿de acuerdo?

No puedo responder porque temo echarme a llorar ahí mismo. Y Lu no parece la clase de persona a la que le gusten las escenas lacrimógenas, así que respiro hondo y asiento con la cabeza.

Guío a los guardias hasta mi tienda en completo silencio. No puedo dejar de rumiar, de darle vueltas a la cabeza. Me deslizo hacia el interior de la tienda, pero los dos soldados se quedan fuera, haciendo guardia. Vislumbro sus siluetas justo delante de la puerta.

Sé que, si me tumbo en el camastro, voy a volverme loca. Tengo que mantenerme ocupada. Me aseo, me trenzo el cabello, recojo las cenizas y relleno el cubo con carbón nuevo, aunque la verdad es que no sé si Rip volverá a dormir en esa tienda. Enrollo las mantas de pieles que hay sobre mi camastro. Las desenrollo. Las vuelvo a enrollar. Quizá debería tratar de echar una cabezadita y descansar un rato, así que las desenrollo una vez más. Me acuesto. No puedo dormir.

Encuentro las tres peonías que Hojat me regaló. Están destrozadas, casi al borde de la desintegración, pero hay una que se ha mantenido bastante entera. Arranco la flor del tallo y me la guardo en el bolsillo.

Echo un vistazo a la tienda. Ese minúsculo espacio ha llegado a convertirse en mi refugio, en mi remanso de paz y, después de hoy, no volveré nunca más. Es una despedida en toda regla.

Siento una especie de nudo en la garganta, un nudo que amenaza con ahogarme. Me palpo el cuello con la mano, convencida de que así podré mitigar ese repentino dolor.

Sin darme cuenta, acaricio la cicatriz que me dejó el puñal del rey Fulke, un regalito de nuestra breve pero intensa «amistad». Recuerdo ese momento y, una vez más, el miedo se apodera de mí. La última vez que estuve entre dos reyes casi muero degollada.

¿Qué me va a ocurrir esta vez?

No sé cómo diablos lo hago, pero en un momento dado me quedo dormida en el camastro.

Sin embargo, algo me despierta de una forma brusca y repentina. Percibo un cambio en el ambiente, pero a simple vista todo parece estar igual que antes. Me incorporo y me froto los ojos para espabilarme un poco. Estiro los brazos, me despered, retiro las pieles, me levanto, sacudo las diversas capas de tela que conforman la falda del vestido porque se han quedado algo apelmazadas, me dirijo hacia la parte frontal de la tienda y me asomo por la portezuela.

Mis perros guardianes continúan sentados ahí fuera, charlando en voz baja. Afino el oído, pero no consigo oír la conversación. Me pongo el abrigo y, a pesar de que no está nevando, me cubro la cabeza con la capucha y me enfundo los guantes. Respiro hondo, me agacho y salgo al exterior.

Los dos guardias se ponen de pie de un brinco.

—Mi señora, se supone que no puedes salir de la tienda.

—Tengo que utilizar la letrina.

Veo que se miran de reojo y sospecho que no van a dar su brazo a torcer, que van a seguir las normas a rajatabla. Siento impotencia y no voy a molestarme en ocultarla.

—¿Vuestro rey os ha dicho que no me permite salir a mear? Porque de ser así, tenemos un problema bastante peliagudo —comento con impasibilidad.

El guardia de la izquierda se sonroja, como si hablar de pis le avergonzase.

—Perdón, mi señora. Por supuesto que puedes usar la letrina. Te escoltaremos hasta allí —dice su compañero.

Asiento y dejo que marquen el camino. Nos alejamos del campamento, cruzamos un terraplén y después nos adentramos en un bosquecillo de árboles que más bien parecen esqueletos de madera, pues no tienen ni una sola hoja. Ahí han instalado las letrinas. Los guardias no parecen dispuestos a concederme ni un solo minuto de privacidad, así que, un pelín abochornada, no me queda más remedio que hacer mis necesidades con ellos dos a un par de metros de distancia. ¿El lado bueno? Pronto ya no tendré que orinar en la nieve.

Cuando termino, sin moverme de detrás del árbol, alargo el cuello y veo que los guardias están de espaldas. Están subiendo el pequeño montículo de nieve tras el que están las letrinas. Al principio creo que lo hacen para darme un poco más de intimidad, pero cuando uno de ellos señala algo con el dedo, me doy cuenta de que el motivo es otro. Algo ha llamado su atención.

Empiezo a inquietarme. Noto un escalofrío en la espalda y, sin pensármelo dos veces, me encamino hacia el montículo. La nieve me llega hasta los tobillos, pero me da lo mismo. Cuando me reúno con ellos en lo alto de esa pequeña colina, se me escapa un grito ahogado.

La ciudad está rodeada, sitiada.

El ejército del Cuarto Reino ya ha formado filas en el valle helado que bordea la ciudad de Rocablanca, como la herradura negra de un caballo. Los soldados están listos para atacar y asaltar el castillo.

Desde ahí arriba, ese semicírculo de soldados ataviados con su armadura negra parece una mano abierta, una mano que está a punto de cerrarse en un puño y aplastar a toda una ciudad. Y tengo la sensación de que esa mano también está en mi estómago, apretándolo con fuerza.

Esos soldados no guardan ningún parecido con los hombres con quienes he estado conviviendo todas estas semanas, hombres que se apiñaban alrededor de hogueras, que se trataban con camaradería y compartían anécdotas divertidas. Sin embargo, sí pude advertir un destello de la brutalidad de esos soldados cuando los vi combatiendo en el círculo de lucha.

Sabía que, tarde o temprano, este momento iba a llegar, así que no sé de qué me sorprendo.

—¿El Cuarto Reino está atacando? —susurro.

—Todavía no —responde el guardia de mi izquierda.

Escudriño las diversas formaciones de soldados en un intento de reconocer algún rostro familiar, pero estoy demasiado lejos. Desde ahí arriba no parecen más que hormigas negras listas para empezar a dispersarse por la ciudad, pero aun así entorno un poco los ojos para tratar de enfocar mejor la vista y sigo examinando todas las tropas.

Estoy buscando una melena mostaza, un tipo mastodóntico, una mujer ágil y veloz como el viento.

Púas afiladas que sobresalen de una espalda.

Sin embargo, no logro distinguirlos entre la muchedumbre. Es imposible desde tan lejos.

No sé qué pensaba que iba a ocurrir cuando llegáramos aquí. La idea de que pudiera estallar una guerra estaba ahí, suspendida en el aire, pero no me parecía real.

Pero ahora… Ahora sí parece real.

—Vuestro ejército va a diezmar la ciudad en un santiamén.

Los guardias no parecen opinar lo contrario porque no dicen ni mu. Siento una punzada de dolor y de tristeza en el estómago al pensar en todos los hombres, mujeres y niños inocentes de Rocablanca.

—Se lo tienen merecido —comenta el otro guardia, sin una pizca de compasión—. Se lo han buscado. El Quinto Reino invadió nuestras fronteras y asesinó a varios de nuestros hombres.

Me giro hacia él para poder mirarle a los ojos.

—¿Cómo te llamas?

—Pierce, mi señora.

—Bien, Pierce, según tengo entendido vuestros soldados masacraron al ejército del Quinto Reino en cuanto cruzaron la frontera, y sin tan siquiera despeinarse. No dejaron títere con cabeza —comento—. ¿No te parece suficiente?

Él se encoge de hombros.

—A nuestro rey no.

Enrosco los dedos entre las faldas y estrujo la tela con todas mis fuerzas.

Sé que Midas engañó al rey Fulke con sus astutas argucias para que atacara la frontera del Cuarto Reino. Que sea leal a él no significa que sea una ingenua, ni una necia. Este embrollo es culpa de Midas, eso es innegable. Pero declarar una guerra, organizarse y prepararse para masacrar todo un reino… Con solo pensarlo siento una opresión en el pecho que me asfixia, que me desmoraliza.

Detesto estos jueguecitos de poder que se traen los reyes.

El castillo de Rocablanca ondea sus banderas púrpura a media asta, en señal de luto por el fallecimiento de su rey. La muralla que acordona la fortaleza reluce bajo la suave luz del sol. Advierto varias tonalidades grisáceas y blancas, como si estuviera hecha de bloques de mármol y, tras esos inmensos muros, vislumbro varios chapiteles que, con orgullo, señalan a las divinidades que moran en los cielos.

Las vistas son increíbles, lástima que el ejército del Cuarto Reino haya rodeado la ciudad.

—Vamos, mi señora —me dice Pierce—. Hora de volver a la tienda. Allí estarás más segura.

—No quiero volver a mi tienda —respondo.

Si estoy enclaustrada en una tienda, no podré ver nada, no podré saber lo que está ocurriendo. La idea de pasarme horas ahí, ajena a lo que ocurre en el campo de batalla, me inquieta, me atormenta.

Pierce me mira con compasión.

—Mil disculpas. Nosotros solo seguimos órdenes.

Aprieto los labios, frustrada y hundida. Ellos se dan media vuelta y empiezan a andar. Por suerte, vamos siguiendo la línea del terraplén de nieve que bordea el campamento, lo que me permite seguir observando lo que ocurre en la ciudad.

El ejército del rey Ravinger, además de sanguinario, es multitudinario. En esa llanura blanca han formado filas un sinfín de soldados y, aun así, el campamento no ha quedado del todo desierto. Todavía quedan varias decenas de soldados pululando por aquí, vigilando el perímetro. Algunos están montados a caballo, otros de pie.

Pero ninguno de ellos bromea, ni bebe, ni juega una partida de dados alrededor del fuego. Nadie sonríe. Todos saben que es un día crucial y por eso están concentrados, tensos, listos para recibir la orden de atacar en cualquier momento. Me fijo en cada uno de ellos, pero ninguno me resulta familiar.

Y entonces, justo cuando vamos a cruzar ese terraplén y deslizarnos por la pendiente, lo noto.

Un latido, una vibración.

Una única pulsación que se va extendiendo por el paisaje como si de una ola errante se tratase. Paro en seco. La sensación es tan sobrecogedora que incluso se me ha erizado el bello de la nuca. Estoy segura de que está pasando algo.

—¿Qué ha sido eso? —susurro atemorizada. Las palmas de las manos me han empezado a sudar y el corazón me late a mil por hora.

Los guardias se vuelven y arrugan la frente, un pelín desconcertados por la pregunta.

—¿Qué ha sido el qué, mi señora? —pregunta Pierce.

Por puro instinto me doy la vuelta para echar un último vistazo a la ciudad acorralada por ese ejército cruel y desalmado. Y es entonces cuando lo veo.

Allí, en la retaguardia, diviso un tipo vestido de negro de pies a cabeza.

A pesar de la distancia que me separa de él y a pesar de no haberle visto nunca, sé quién es. Lo sé porque lo siento en mis entrañas. Esa figura imponente irradia poder, un poder que solo podría compararse con un aluvión de agua sucia y mancillada que desborda un río.

El Rey Podrido.

Esa silueta amenazante empieza a moverse. Avanza dando zancadas y, de repente, tras cada una de sus pisadas, la llanura blanca y pura y reluciente que conforma el suelo empieza a cambiar, a transformarse.

A morir.

Abro los ojos como platos mientras se van dibujando unos zarcillos marrones sobre la nieve. Ese es el rastro que el Rey Podrido deja a su paso. Ravinger está exhibiendo su poder; está arañando el suelo con unas zarpas invisibles, abriendo heridas condenadas a infectarse, a descomponerse.

Sobre ese manto nevado empiezan a aparecer venas de sangre envenenada. El color me recuerda al marrón apagado de la corteza de un árbol marchito. Esas líneas se van extendiendo por el paisaje, como si ese páramo blanco fuese un lago helado que se está agrietando, un lago cuya delicada superficie está a punto de romperse y desmoronarse.

Con cada paso que da, el hielo se resquebraja un poco más. La vibración de su extraordinario poder hace temblar el suelo. Se me revuelven las tripas y el sabor ácido de la bilis trepa hasta mi garganta. El poder que emana el rey es horrendo y repugnante, es como una enfermedad que va infectando y pudriendo todo lo que encuentra a su paso.

El rey Ravinger sigue avanzando, sigue corrompiendo el paisaje, destruyendo esa planicie blanca y brillante. Las grietas amarronadas van tiñendo la nieve y destruyendo su pureza cristalina, y esa alfombra de copos de nieve se va oscureciendo hasta adoptar una tonalidad enfermiza, una mezcla pardusca con toques amarillentos.

El miedo parece haberme paralizado. No puedo despegar los ojos de esa figura solemne y misteriosa, ni tampoco puedo respirar con normalidad. Me cuesta entender que los soldados no huyan despavoridos del campo de batalla, que no huyan de él. No sé cómo pueden mantenerse en formación porque, a pesar de estar lejísimos de la acción, todos mis instintos me están gritando que salga corriendo de ahí.

El rey alcanza las tropas situadas en la parte exterior del semicírculo, pero no se detiene. Se dirige hacia uno de los pasillos que hay entre las distintas formaciones y sigue caminando. Sin embargo, su poder no desintegra la nieve que pisan los soldados. Las líneas de podredumbre que pervierten el suelo ni siquiera rozan sus botas. El control que el rey ejerce sobre su poder me asombra, pero también me intimida.

Ese hombre no domina un poder mágico; ese hombre es la personificación del poder.

Los andares del rey Ravinger son firmes, seguros, y no deja de caminar hasta llegar a la primera línea del frente, con toda la fuerza y autoridad de su ejército a sus espaldas y con ese halo de putrefacción a su alrededor.

Todos los rumores que corren sobre él son ciertos.

No es de extrañar que un ser feérico como Rip le siga allá donde vaya. La figura del rey emana un poder salvaje y desmedido, una fuerza sobrehumana que no parece conocer límites.

Después de tal exhibición, no me cabe la menor duda de que es un rey temible, un rey que provoca el pánico y el caos allá donde va. Ravinger acaba de demostrar que puede pudrir el mundo, que puede destruirlo con tan solo chasquear los dedos.

La pregunta es: ¿a quién pretende pisotear y destruir?

34

Auren

*E*stoy sentada en la tienda, con la mirada perdida en el infinito.

Hay un péndulo balanceándose en mi cabeza, en mi pecho. Oscila hacia delante y hacia atrás cada vez que tomo aire, cada vez que mi corazón late.

Pasado y presente. Aciertos y errores. Verdades y mentiras. Certezas e incógnitas. Dudas y convicciones. Recelo y confianza.

Es un tictac constante, un compás eterno.

He perdido la noción del tiempo. No sé cuánto rato llevo ahí sentada, inmóvil, cavilando. Lo único que sé es que sigo con la mirada perdida, con ese dichoso péndulo meciéndose de un lado a otro cuando, de repente, oigo unas voces fuera de la tienda.

La solapa de cuero de la entrada está subida, como una puerta abierta que invita al visitante a pasar. Respiro hondo y me pongo de pie. Una vez más, me cubro la cabeza con la capucha, me enfundo los guantes y me abrocho el abrigo.

Cuando asomo la cabeza, siento el cálido hormigueo del sol en la cara. Esos rayos de sol me habrían cegado de no ser porque tengo a Osrik cerniéndose sobre mí cual imponente torreón.

Hace una señal a mis perros guardianes y, de inmediato, Pierce y su compañero se marchan, dejándome así a solas con Osrik.

Me impresiona igual que el día en que lo conocí. Es una mole, una masa de pura intimidación, pero resulta aún más estremecedor con la armadura puesta. No envidio al herrero que tuvo que tomarle medidas para elaborar la placa que le protege el pecho.

Hoy se ha dignado a recogerse esa melena castaña alborotada y despeinada en una coleta, a la altura de la nuca. La barba, en cambio, la lleva tan desaliñada como siempre.

Me mira desde las alturas, con dos espadas colgadas de las caderas, un casco debajo del brazo y su ya habitual expresión de malas pulgas. Siempre tiene el ceño fruncido y esa mirada dura, severa. Osrik representa el arquetipo de un soldado del Cuarto Reino, con un pendiente de madera en el labio y esas ramas retorcidas que decoran la empuñadura de las dos espadas.

—¿Qué ha pasado? —pregunto, aunque apenas puedo hablar de lo nerviosa y asustada que estoy. Afino el oído, pero no consigo distinguir los inconfundibles sonidos de una batalla. Todo sigue en absoluto silencio—. ¿Va a estallar una guerra?

—Todavía no se sabe —responde él—. El rey Ravinger ha pedido una reunión cara a cara. Midas ha enviado a uno de sus asesores.

El corazón me da un brinco.

—Entonces, ¿han iniciado negociaciones? ¿Es posible que no entren en guerra? —farfullo. Recupero la esperanza al saber que quizá puedan llegar a un acuerdo que satisfaga a ambas partes.

—Es posible. Pero Midas también ha hecho una petición.

Todas mis esperanzas quedan suspendidas en el limbo.

—¿Qué petición?

—Nos pide un gesto de buena voluntad.

Escupe las palabras. Es evidente que Osrik no cree que haya ni una pizca de «buena voluntad» en el mensaje de Midas.

—Menudo cabrón, debería ser él quien nos ofreciera algo.

No está en posición de exigirnos nada porque nosotros tenemos las de ganar.

No hace falta ser un genio para adivinar a qué se refiere con ese «gesto».

—Midas quiere que me entreguéis.

Osrik dice que sí con la cabeza.

—Así es. El asesor llegó con un mensaje de Midas. No dejaba lugar a dudas. Cito literalmente: «Entregadme a mi preferida dorada y os concederé el permiso de que vuestro Rey Podrido se reúna personalmente conmigo» —dice Osrik, que no duda en poner cara de fastidio, de desaprobación—. Qué cretino. Además de soberbio, petulante —añade.

Ni la petición de Midas ni el desdén de Osrik me sorprenden. Los dos son demasiado previsibles.

—¿Y tu rey ha accedido? ¿Piensa entregarme así, por las buenas?

—Sí. Por las buenas.

Eso sí me sorprende. Desde luego, el rey Ravinger es un tipo misterioso a la par que impredecible. Es imposible saber lo que piensa, y mucho menos lo que puede estar maquinando. Me niego a creer que me vaya a servir en bandeja a Midas sin pedir nada a cambio. Demasiada buena voluntad, ¿o no?

Suspiro, aunque sigo nerviosa.

—Es una buena señal, ¿verdad? Por lo que dices, los reyes están dispuestos a negociar los términos de un tratado de paz para evitar otra masacre bélica.

Osrik resopla, como si mis palabras le hubiesen decepcionado.

—Nunca llegaré a entender cómo coño lo soportas.

A Midas. A que me trate como a un animal de compañía.

—Lo sé —murmuro; mi voz suena aletargada porque así es como me siento ahora mismo.

Osrik suelta un gruñido.

—¿Preparada?

Sí. No.

El péndulo se balancea.

Nos alejamos de la familiaridad de esa tienda, de la calidez de las hogueras, de ese campamento medio vacío y desértico. Sus zancadas son tan largas que, por cada paso que da, yo tengo que dar dos. Llegamos al montículo de nieve que bordea el campamento. Allí, encaramados en la parte superior, nos están esperando cinco caballos, tres de ellos con jinetes a los lomos y dos sin.

—¿Sabes montar? —pregunta Osrik.

Me ajusto los guantes porque me sudan tanto las manos que se me resbalan.

—Sí, sé montar.

—Coge el moteado —dice, y dedico una sonrisa a esa preciosa yegua de pelo azabache con motitas grises en la zona del pecho. La yegua es mucho más pequeña que el caballo de Osrik. A decir verdad, no habría sido capaz de subirme a ese enorme semental sin la ayuda de una escalera.

367

Me acerco a la yegua y le acaricio el lomo con cuidado. Después me agacho y me aseguro de que tengo los leotardos bien metidos dentro de los calcetines.

—¿Necesitas que te aúpe? —se ofrece Osrik.

Niego con la cabeza.

—No, gracias.

Él asiente, se acomoda en la silla de montar de su caballo y espera a que yo haga lo mismo. Apoyo el pie izquierdo en el estribo, cojo impulso, levanto la pierna derecha y, una vez sentada, me atuso las faldas del vestido.

Tal vez Osrik se haya percatado de que estoy nerviosa, ya sea porque mi expresión me delata o porque no sujeto las riendas como una auténtica amazona, pero no hace ningún comentario al respecto y se coloca a mi lado. Me lanza una mirada seria, pensativa. Los otros tres soldados se posicionan detrás de nosotros.

—Te has mantenido en tus trece. No has traicionado a tu Rey Dorado. Hacen falta agallas —sentencia Osrik. Lo último que habría esperado de Osrik era un cumplido, desde luego.

Retuerzo esas tiras de cuero entre mis manos.

—Tampoco es que me hayáis sometido a toda clase de torturas —digo, con una sonrisa—. No creo que haya otra prisionera en toda Orea que haya recibido un trato más amable y más cordial que yo.

Él resopla.

—En eso llevas razón, desde luego. Aunque creo que el primer día te lancé una buena amenaza. ¿Qué fue exactamente lo que te dije?

Arrugo la nariz mientras trato de rememorar el momento.

—Si no me falla la memoria, que si volvía a insultar a tu rey me ibas a fustigar con un látigo y a arrancarme la piel a tiras.

Osrik esboza una sonrisa de oreja a oreja.

—Ah, sí. Eso es —dice orgulloso de sí mismo—. ¿Funcionó? ¿Conseguí asustarte?

—¿Estás de broma? Casi me meo encima. Por si no te lo han dicho nunca, das mucho miedo.

Osrik se desternilla de la risa. Cuando se ríe a carcajadas no da tanto miedo, la verdad. Aquel día Osrik no se anduvo con rodeos y me mostró, sin ninguna clase de remilgos, que me odiaba, que me aborrecía. No sé qué ha ocurrido durante estas semanas para que cambie de opinión, pero lo agradezco. Ha pasado de amenazarme con fustigarme y despellejarme viva y de llamarme el símbolo de Midas a reírse conmigo.

Ladeo la cabeza, curiosa.

—¿Aún se te llevan los demonios cada vez que me miras? —pregunto, utilizando sus propias palabras.

Su sonrisa se desvanece de inmediato y, durante unos segundos, Osrik me estudia con esa mirada huraña, con ese ademán solemne y severo.

—Sí —responde al fin—, pero ahora por un motivo muy distinto.

No profundiza más en el tema, y prefiero no insistir. Ni siquiera sé por qué le he hecho esa pregunta. Ahora ya no importa. Después de hoy, no volveré a verle. Quizá la diplomacia no consiga resolver el conflicto y acabe estallando una guerra, pero, aun así, estaré en el otro bando, en el bando contrario.

Se me parte el alma tan solo con pensarlo. Ser leal a un bando ya es difícil de por sí, pero ¿qué ocurre cuando debes tu lealtad a ambos bandos? No quiero que nadie muera en el campo de batalla, ni los hombres del Quinto Reino, ni los soldados de Midas, ni el ejército del rey Ravinger.

—Es hora de irse.

Osrik chasquea la lengua y guía a su caballo por la ladera del montículo. Mi yegua sigue los pasos del semental mientras los tres guardias se quedan un pelín más rezagados para proteger la retaguardia.

Cuando llegamos a esa inmensa llanura nevada y empezamos a atravesarla, me doy cuenta de que Osrik, que es quien encabeza la comitiva, prefiere no acercarse mucho a ese camino de podredumbre que el rey ha dejado a su paso antes. Aun así, no puedo evitar fijarme en ese rastro de degradación, en ese laberinto de líneas amarillentas que Ravinger ha dibujado en la nieve.

No sé dónde está el rey ahora mismo, pero me alegra ver que no está en las inmediaciones porque no creo que pudiese aguantar el poder retorcido y nauseabundo que ostenta por segunda vez.

Con una vez ha sido más que suficiente.

A medida que vamos aproximándonos a las primeras líneas de defensa, me doy cuenta de que algo ha cambiado. A pesar de que los soldados siguen en perfecta formación, ya no están cuadrados en posición de firmes. Están esperando a conocer la decisión de los reyes. El destino de todos ellos depende de Midas y Ravinger.

Nos inmiscuimos por uno de los pasillos que forman las tropas y siento el peso de cientos de ojos clavados en mí. Me observan, tal vez con curiosidad, tal vez con esperanza, quién sabe. La estampa me recuerda a una procesión silenciosa. Están a punto de entregarme como ofrenda, como un gesto de buena voluntad hacia Midas.

La montura de oro regresa a manos de su rey.

Aunque me siento observada, al menos ya no tengo la sensación de que me miran con odio, o con enemistad. Y en ese momento me asalta una duda. ¿Qué pensarían los ciudadanos de Orea si supieran la verdad del ejército del Cuarto Reino, si supieran que esos soldados no son una panda de monstruos, ni unos villanos ávidos de sangre, ni unos asesinos sin compasión?

¿Que son soldados formidables? Desde luego. ¿Letales? Sin lugar a dudas.

Pero son hombres de honor. Durante las semanas que he convivido con ellos, jamás he temido por mi vida. No me han acosado, ni han intentado abusar de mí. Siempre me han tratado con respeto, y tengo la sospecha de que el mérito es, sobre todo, de una persona.

Un ejército sigue el ejemplo de su comandante jefe y, por lo tanto, es su reflejo.

De pronto, como si mi mente lo hubiera conjurado, distingo una imponente silueta montada a lomos de un caballo negro. En lugar de escurrirse entre las tropas, rompe la primera línea de soldados y viene directa a nosotros. Mis cintas se ajustan alrededor de mi cintura y, al reconocerle, se me corta la respiración.

En estos momentos, Rip es la viva imagen del temible comandante del que todo el mundo habla. Ahora sí encaja a la perfección con ese personaje malvado y siniestro que tantas historias de miedo ha protagonizado. Ataviado con su armadura, a excepción del casco, es el enviado especial de Ravinger, el encargado de escoltarme hasta el castillo. Su expresión es severa, casi férrea, y la línea de púas que bordea las cejas y esa mandíbula tan angulosa le otorgan un aire aún más salvaje.

Al montar a galope, su melena azabache y brillante ondea a su espalda como si fuese una capa de satén. La barba, tupida y negra como el carbón, y esa mirada oscura y penetrante resaltan la palidez de su piel. La hilera de púas afiladas que asoman por la espalda de su armadura, igual de negras y relucientes que esa protección metálica, es la prueba irrefutable de que la espada que cuelga de su cadera no es su arma más letal.

Él es el arma más letal.

Mi yegua aminora el paso hasta detenerse. Rip saluda a Osrik con la cabeza y guía a su caballo hasta colocarse junto a mí. A su lado, tanto mi yegua como yo parecemos enanas. La energía que desprende es de tensión pura, como los colmillos puntiagudos de una bestia que está hambrienta, ansiosa por cazar a una presa para después mutilarla, despedazarla y comérsela.

Su presencia me abruma y mis nervios brincan y coletean, como un pez recién sacado del agua que se revuelve sobre la arena para tratar de regresar al mar. No me dirige la palabra, ni siquiera se molesta en saludarme. Levanta la barbilla y, de inmediato, los tres guardias se retiran. Y así, con Rip a la cabeza, emprendemos la marcha hacia Rocablanca, hacia un comisario real que ondea con orgullo una bandera dorada con el emblema de Alta Campana.

Custodiada por Osrik y Rip, dos de los guerreros más aterradores de ese ejército, me encamino hacia una ristra de hombres, todos desconocidos. Escudriño sus rostros, pero ninguno me resulta familiar.

—¿Qué hay de las otras monturas? ¿Y de los guardias? —pregunto.

—Su liberación forma parte de la negociación. Los escoltarán hasta Rocablanca esta misma noche —responde Osrik.

Miro a Rip de reojo, pero el comandante tiene la mirada puesta en el castillo y su expresión es imperturbable. Advierto un ligero movimiento en la mandíbula, como si estuviese rechinando los dientes.

Es evidente que en su mente no se balancea ningún péndulo. No titubea. No le hostigan las dudas. No le persiguen los remordimientos. Está molesto, nada más.

Intuyo que está enfadado conmigo. Ni siquiera cuando envié el halcón mensajero parecía tan airado, tan indignado. Dudo que algún día pueda perdonarme que haya elegido a Midas, aunque se lo advertí el primer día y se lo repetí en innumerables ocasiones. Osrik también debe de haber percibido esa hostilidad, porque no deja de lanzarle miraditas, como si temiera que Rip fuese a desatar toda esa ira contenida en cualquier momento.

Me embarga una profunda tristeza. Una melancolía parecida a un cieno de arena fina que me cubre todo el cuerpo. Esos minúsculos granitos de arena se me van a quedar pegados a la piel y, por mucho que lo intente, no lograré despojarme de ellos en mucho mucho tiempo.

Detesto cómo han terminado las cosas entre nosotros. A pesar de que le conozco desde hace poco tiempo, y a pesar de que técnicamente he sido su prisionera, la verdad es que a su lado nunca me he sentido tan desamparada y tan vacía y tan sola como en Alta Campana. Ojalá pudiera decírselo.

Pero Midas… No lo entienden. No puedo quedarme. Midas no permitirá que me vaya de su lado. Jamás.

Da igual que Rip sea un guerrero pérfido y perverso. Da igual que el Rey Podrido cuente con un poder de destrucción inimaginable. A Midas no le detendrá nada ni nadie. Está decidido a recuperarme, cueste lo que cueste, y no me perdonaría que alguien sufriera algún daño por entrometerse en su camino. No sería justo, ni para Rip, ni para Midas.

Además, no podría hacerle algo así a Midas. Él y yo estamos conectados. Y no solo por el oro, sino por el tiempo. Por el amor. No puedo abandonar eso, no puedo abandonarle. No después de todas las penurias y calamidades que hemos superado juntos.

Abro la boca porque necesito explicarme, porque necesito decir algo, cualquier cosa, para que Rip me odie un poquito menos, pero de repente ya estamos ahí, frente a los enviados reales de Midas. Acabo de perder una valiosa oportunidad.

Se me ha agotado el tiempo y el péndulo ha dejado de balancearse.

—La montura dorada de vuestro rey, tal y como pedisteis —anuncia Rip, con una voz fría y dura como el acero, y con una expresión aún más glacial y más severa.

Los hombres que Midas ha mandado en su misión «diplomática» se acercan montados en sus caballos peludos y blancos. Tengo que esforzarme por no fruncir el ceño al verlos enfundados en esas armaduras de oro. Hasta ese momento no me había dado cuenta de que fuesen tan estridentes.

Antes me parecían unos uniformes elegantes y distinguidos, pero ahora que los veo al lado de Osrik y de Rip, me resultan bastante… burdos. A diferencia de las armaduras que lucen los soldados del Cuarto Reino, con las inconfundibles marcas de las batallas libradas, el oro que recubre esas láminas metálicas reluce sin ninguna imperfección. En cierto modo, parece un disfraz. Una armadura hecha simplemente para impresionar, para aparentar, pero en ningún caso para luchar.

—Lady Auren. —Un hombre con el pelo rubio platino se baja de su caballo de un salto y da un paso al frente. El resto de la comitiva se queda detrás de él—. Hemos venido a entregarte al rey Midas —dice, y me mira, como si esperara a que dijera o hiciera algo, pero no se atreve a acercarse ni un paso más a mí.

—¿No vais a ayudarla a apearse del caballo? —pregunta

Rip con un tono de voz que solo puede describirse como un gruñido. El tipo empalidece, y los demás empiezan a revolverse, inquietos.

El soldado revestido en oro se aclara la garganta.

—Está terminantemente prohibido tocar a la preferida del rey.

Rip empieza a girarse muy lentamente hacia mí. Noto su mirada crítica y juzgadora y, bajo la capucha del abrigo, me ruborizo. No tengo valor suficiente para mirarle a los ojos.

—Ah, por supuesto. ¿Cómo he podido olvidarme de las normas de vuestro Rey Dorado? —responde Rip con abierto menosprecio.

La situación no puede ser más incómoda, así que decido poner remedio lo antes posible. Retiro el pie derecho del estribo y me preparo para bajar del caballo, pero en cuanto levanto la pierna, Rip aparece a mi lado y me agarra por la cintura.

Se me escapa un soplido de sorpresa y aprovecho la ocasión para admirar su rostro. El comandante es un hombre tan serio, tan rígido, tan intenso… Suaviza un pelín la expresión. En sus ojos bailan miles de palabras, pero me falta un poco de luz para poder leerlas, para poder interpretarlas.

Los soldados de Midas ahogan un grito. Estoy segura de que no pueden dar crédito a lo que están presenciando, pero me da lo mismo. No aparto la mirada. Estoy absorta recorriendo cada centímetro del rostro de Rip, como si tratara de memorizar todos y cada uno de sus rasgos.

—Comandante, debo insistir en que no toque a la preferida del rey Midas.

—Y yo debo insistir en que cierres la puta boca —replica Osrik, arrastrando cada una de las palabras.

Rip no desvía la mirada, no les presta ni la más mínima atención. Me alza de la silla como si no pesara nada y me ayuda a bajar del caballo. Cuando me deja en el suelo, a apenas un palmo de distancia de él, el corazón me late con tanta fuerza que estoy convencida de que puede oírlo. Noto la firmeza de sus brazos, la calidez de sus manos. Incluso a través de las diversas capas de mi ropa y de sus guantes, siento el calor de su cuerpo fluyendo por el mío.

Sin embargo, cuando rozo el suelo con la punta de los pies y mis labios están a escasos centímetros de los suyos, me inclino hacia atrás y me aparto. Ha sido una reacción instintiva.

Y en ese preciso instante, el gesto de Rip vuelve a endurecerse.

Es como una ventana que se ha cerrado a cal y canto. Una sombra le oscurece los rasgos, como si hubiese anochecido de sopetón. Las escamas que recubren sus mejillas se van apagando y, en un momento dado, me percato de que ya no me observa con ese ardor e intensidad, sino con frialdad y apatía.

Apoyo los pies sobre la nieve e, *ipso facto*, él me suelta con cierta brusquedad, como si se hubiera quemado. El calor que sus manos me han transmitido se esfuma en un santiamén. Él se da la vuelta sin musitar palabra y se marcha mientras la culpabilidad empieza a congelarse en mis entrañas.

Le sigo con la mirada. Me siento atrapada entre dos aguas. Una parte de mí ansía salir disparada hacia él, pero la otra quiere quedarse ahí. Tengo la boca reseca y los ojos húmedos. Quiero decir muchas cosas y, sin embargo, no digo nada.

Y así, el péndulo comienza a oscilar de nuevo. Cada balanceo representa una opción, un dilema. Es curioso pero ese tictac suena igual que los cascos del caballo de Rip, que se aleja de mí a galope.

375

35

La reina Malina

$\mathcal{N}$unca me ha gustado descender la ladera de la montaña. Es un sendero sinuoso y empinado, peligroso incluso en días claros y despejados. La carretera siempre está cubierta por una fina y resbaladiza capa de hielo repleta de agujeros y rocas escarpadas. Pero cuando azota una tormenta invernal —lo cual sucede casi a diario— el camino se vuelve aún más arriesgado, más traicionero.

He deslizado la cortina porque no soporto ver el precipicio que hay al otro lado. Cada vez que el carruaje se bambolea o se sacude, rechino los dientes.

Supongo que debería sentirme afortunada porque ahora mismo sopla un viento suave y no está nevando con fuerza. Me niego a regresar al castillo esta noche, a pesar de que se desate una tormenta, así que lo único que puedo hacer es rezar porque el tiempo aguante y me respete.

Jeo alarga el brazo y me acaricia el muslo.

—No pasa nada, mi reina. Ya casi hemos llegado.

Asiento con la cabeza, pero no digo nada. Me llevo una mano al estómago porque estoy tan mareada que me da la impresión de que voy a vomitar en cualquier momento.

—¿Por qué te has empeñado en ir a la ciudad si te asusta tanto el viaje? —pregunta Jeo.

Abro los ojos solo para lanzarle una mirada asesina.

—No tengo miedo. No es el viaje lo que me asusta, sino la carretera —puntualizo—. Es distinto.

Jeo esboza una sonrisa arrebatadora.

—Por supuesto.

Le miro con los ojos entornados, claramente molesta por ese retintín porque no tiene ninguna gracia, pero no consigo acobardarle. Lo único que consigo es que sonría todavía más. Mi montura masculina está de lo más relajada en ese carruaje de oro. Con esas piernas larguísimas totalmente extendidas y la cabeza apoyada en la pared, no ha dejado de tararear una cancioncita en voz baja. El hecho de que se muestre tan tranquilo me inquieta.

Si tengo que ser honesta, lo considero un punto débil. Las personas inteligentes y con cierto sentido crítico siempre estamos considerando los «¿y si?», los «¿qué podría ocurrir en el caso de...?». Nuestras mentes siempre están cavilando las diversas posibilidades y consecuencias de cada situación.

Si no hay nada que te preocupe en este mundo, o bien eres un necio o, peor aún, prefieres vivir con una venda en los ojos que no te permite ver la cruda realidad.

Le repaso con la mirada. Al menos es un necio atractivo que sabe utilizar la verga.

Suelto un suspiro y trato de atusarle esa rebelde melena pelirroja.

—Tengo que empezar a dejarme ver por la ciudad. Si consigo que esos campesinos me vean como su mecenas, me ofrecerán su apoyo y podré manipularlos a mi voluntad. Pretendo utilizarlos para mis fines políticos. Sé que esa panda de indigentes y desgraciados discrepan de las decisiones que se toman en palacio y quiero asegurarme de que culpen a Tyndall, y no a mí, de las injusticias que creen tener que soportar.

Jeo hace una mueca.

—¿Aceptas un consejo? No les llames campesinos. Y no menciones que quieres manipularlos o utilizarlos para tus fines políticos.

Hago un gesto de desdén con la mano que podría interpretarse como «tus consejos no son más que pamplinas» y, de repente, la rueda se topa con otro socavón y me aferro al asiento de terciopelo con las dos manos.

Jeo desliza la cortina dorada de su ventanilla y se asoma para echar un vistazo al exterior.

—Ya hemos llegado a los pies de la montaña —me informa en un intento de tranquilizarme—. No tardaremos en alcanzar el puente.

Por fin puedo sentarme como es debido en la banqueta. Resoplo y trato de recuperar la compostura. Ahora que sé que avanzamos por un camino llano y sin trampas mortales, aparto la cortina de un manotazo y doy las gracias por haber sobrevivido al paso por esa senda angosta que, a vista de pájaro, debe de parecer una espiral tallada en la montaña.

En cuestión de minutos, las ruedas del carruaje empiezan a traquetear. Estamos pasando por una calle adoquinada y, de inmediato, reconozco el bullicio de Alta Campana a nuestro alrededor. En general, cuando visito la ciudad, suelo moverme por los barrios más pudientes para disfrutar de una exquisita cena o de una reparadora tarde de compras.

Hoy, en cambio, voy a adentrarme en el mismísimo corazón de la ciudad, donde abunda la indigencia, el hambre y la más absoluta pobreza.

Atravesamos la ciudad escoltados por mis guardias personales. El tacatá de los cascos de los caballos reales llama la atención de los transeúntes. Cuando el carruaje se detiene y mi lacayo abre la portezuela, me preparo para mi gran aparición. Con la máscara de reina bondadosa puesta, la postura perfecta y mi vestido blanco prístino, acepto la mano del lacayo y bajo la escalerita del carruaje.

El lugar que he elegido para ganarme el corazón de esos patanes es la plaza del mercado. Mi corona de ópalo refleja la pálida luz del sol y las faldas de mi vestido agitan los copos de nieve que cubren el empedrado del suelo.

Los guardias han cerrado una parte de la plaza y han dispuesto una mesa larguísima. Al parecer, las noticias vuelan o, al menos, corren más que los carruajes reales porque allí ya se ha reunido una pequeña muchedumbre.

Detrás de todos esos espectadores y curiosos, la plaza está abarrotada de vendedores, clientes y mendigos. A lo lejos, los Pinos Lanzadores se ciernen majestuosos sobre Alta Campana. Las sombras de esos inmensos árboles se distinguen en los tejados de la ciudad.

La plebe no tarda ni un segundo en reconocerme y, de inmediato, se empiezan a oír gritos ahogados, murmullos, cuchicheos. Mis tres consejeros, Wilcox, Barthal y Uwen, ya están aquí y me están esperando junto a la mesa. Se han puesto una capa blanca, tal y como les ordené, para que mis súbditos les relacionen conmigo, y no con Midas. Igual que mis guardias, que han jubilado esas armaduras chapadas en oro tan chabacanas y ahora lucen una nueva armadura de acero, más austera y propia de Alta Campana.

No hay una pincelada de oro en ningún lado. Tal y como pedí.

Me siento en el centro de la mesa, con Jeo a un lado y mis consejeros al otro, y durante una hora nos dedicamos a repartir monedas, comida, rollos de tela, ovillos de lana, hasta muñecas de trapo hechas a mano para los hijos de los campesinos.

Uno a uno, me voy ganando su favor.

Me llaman la Reina de Hielo. Me saludan con una reverencia, lloran cuando les lleno los bolsillos y las manos con oro y agasajos y se deshacen en halagos y agradecimientos. Rostros ajados, manos callosas y ásperas de tanto trabajar, ropa hecha harapos, melenas grasientas y enredadas y cubiertas con copos de nieve, miradas vacías que arrastran el peso de la pobreza. A simple vista, parecen pusilánimes, y sé de buena tinta que Tyndall nunca los tuvo en cuenta. Los ignoró por completo y, por lo tanto, no hay nadie en el reino que desprecie más al Rey Dorado que ellos.

Mi intención es remover todo ese odio, dejar que hierva a fuego lento y transformarlo en algo que pueda utilizar a mi favor. Y, hasta entonces, tengo que metérmelos en el bolsillo y conseguir que me veneren, que me adoren con el mismo fervor con que detestan a Tyndall.

El rumor de que la reina está repartiendo regalos corre como la pólvora por las callejuelas de la ciudad y, en menos que canta un gallo, la muchedumbre se va agolpando en esa plaza. Mis guardias tienen que sudar ríos de tinta para mantener el orden y evitar una avalancha.

En cuestión de minutos veo que nos estamos quedando sin obsequios que regalar, lo cual es todo un alivio porque no me apetece quedarme aquí sentada con la nevada que está cayendo. A pesar de las pieles y las capas de abrigo, tengo frío y solo pienso en regresar a mi castillo antes del anochecer y acurrucarme frente a una chimenea mientras me tomo un cuenco de caldo bien calentito.

Se acerca una mujer y, como de costumbre, la recibo con una sonrisa de serenidad pegada en los labios. Lleva un abrigo andrajoso con parches en los codos y, si la vista no me está jugando una mala pasada, juraría que no lleva nada más debajo. Es un saco de huesos. Tiene la cara demacrada, unas ojeras moradas que le llegan a los pómulos y la mitad de los dientes podridos. No puedo evitar fijarme en el bebé que sujeta en brazos y en el crío que camina aferrado a su pierna.

Siento una punzada de celos al ver esa estampa familiar. Debería haber tenido un niño fuerte y sano. Una niña buena y obediente. Mi castillo debería estar lleno de herederos, pero en lugar de eso es una tumba de oro vacía.

La mujer apenas puede caminar; se tropieza cada dos por tres, y sospecho que sufre cojera. Estoy segura de que los guardias la han escogido entre los asistentes simplemente porque tiene un aspecto de lo más zarrapastroso y desaliñado.

—Acércate, no tengas miedo —digo.

Con esa mirada triste y afligida, echa un vistazo a la mesa, que está repleta de ofrendas de todo tipo, aunque cada vez quedan menos.

—Monedas y tela para la mujer, y juguetes para sus hijos —digo con voz alta y clara.

Mis consejeros cogen todos los obsequios de la mesa y se los entregan a un guardia, que se aproxima a la mujer con los brazos llenos, pero ella se queda quieta. Mira la montaña de regalos, al guardia, a mí, pero no acepta mi espléndida donación.

Ladeo la cabeza. Tal vez padezca algún tipo de deficiencia mental.

—Tu reina te está otorgando unos presentes de valor incalculable, mujer —dice Barthal, y veo que arruga esas cejas oscuras en un gesto de impaciencia—. Da las gracias a su majestad por su generosidad y acepta sus ofrendas.

La mujer desvía la mirada de nuevo hacia mí y en sus ojos me parece distinguir una diminuta llama, como si el comentario de Barthal hubiera encendido una chispa.

—¿Y de qué sirve esto? —pregunta con voz ronca.

Frunzo el ceño.

—¿Disculpa?

El bebé que sostiene en brazos empieza a hacer aspavientos, a revolverse, hasta que esa boquita de piñón encuentra un punto húmedo entre los pliegues del abrigo sucio y embarrado de su madre. Solo entonces se calma.

—Todo esto —dice, y señala la mesa—. ¿De qué sirve todo esto?

—Es un regalo que le hago al pueblo, una pequeña y desinteresada ayuda para mitigar su sufrimiento —respondo.

La mujer se echa a reír. El sonido que sale de su boca es horrendo, áspero y vulgar, como si se pasara el día respirando humo, o quizá el frío le haya congelado las cuerdas vocales, quién sabe.

—¿Crees que con darnos cuatro retales y unas muñecas vas a solucionarnos la vida? Oh, nuestra gran reina Colier nos está bendiciendo con una monedita de oro. Qué generosa. Debe de ser un gran sacrificio para ti, que vives en un palacio de oro macizo.

—Cierra esa boca, mujer —espeta el guardia, y da un paso al frente para atemorizarla.

Levanto una mano para pararle los pies. Con el rabillo del ojo, echo un fugaz vistazo a los campesinos que siguen ahí apiñados. Todos miran a esa pordiosera con gran interés, e incluso algunos asienten con la cabeza. Aprieto los dientes, rabiosa.

382   Las cosas se están torciendo, y no me gusta un pelo. Quiero que se arrodillen ante mí, que besen el suelo por el que piso, que me agradezcan este derroche de generosidad. El plan era que la gente me viera como su salvadora, como una reina que se preocupa por su pueblo mientras Midas continúa viviendo rodeado de lujos y riquezas, sin mover un dedo por mejorar su situación.

Y esta mujer estúpida lo está arruinando todo.

—¿Dónde has estado todos estos años, mientras la corona ignoraba a las chabolas, y a todos los que vivimos en ellas?

Tengo que recuperar el control de la situación, darle la vuelta y salir indemne de todo esto.

—El rey Midas os ha ignorado, os ha desatendido, pero yo...

—Tú también —ladra ella.

Mis consejeros ahogan un grito ante semejante acto de rebelión. Jamás se había visto a una plebeya atreverse a interrumpir a su reina. La muchedumbre avanza unos centímetros y, de repente, el aire de la plaza empieza a enturbiarse, a cargar-se de una energía que me pone los pelos de punta.

—Mientras tú vives apoltronada en tu palacio, ¿tienes idea de cómo vivimos los demás? ¿Sabes que aquí, en los bajos fondos de tu ciudad, la gente muere de frío y de hambre? —pregunta—. No, porque no eres más que una zorra vestida de blanco que finge preocuparse por nosotros. No queremos tus migajas. ¡Queremos ayuda de verdad! —chilla.

Y termina esa diatriba escupiendo al suelo. Está demasiado lejos como para que una sola gota me salpique, pero aun así tengo la impresión de que me ha escupido en la cara.

Mis guardias no tardan ni una décima de segundo en rodearla. La llevan a rastras hacia la multitud, pero ella se retuerce, se pone a chillar como si estuvieran torturándola y, para colmo, sus hijos empiezan a gritar y a llorar a moco tendido.

—¡No me toquéis! ¡Quitadme las manos de encima! —vocifera, y después se dirige hacia las personas que siguen ahí agolpadas—. ¡No os dejéis sobornar por la Reina de Hielo! No pretende ayudarnos, ¡solo quiere dormir con la conciencia tranquila en su cama de oro!

Los guardias la sacan de la plaza y la arrojan a un callejón. Sigue berreando como una histérica pero, por suerte, solo unos pocos pueden oírla.

Esa escenita me ha puesto de muy mal humor, pero no puedo permitirme el lujo de echarlo todo a perder justo ahora, así que respiro hondo y trato de disimular mi enfado. Miro a mis consejeros.

—Traed al siguiente. Quiero acabar con esto lo antes posible —ordeno.

Wilcox parece nervioso. Aunque no sé qué le asusta más, si mis malas pulgas o una posible rebelión de la muchedumbre. Mientras los guardias se llevaban a la mujer, algunos se han dedicado a burlarse de ella y a dedicarle toda clase de groserías.

383

Pero muchos de esos campesinos han escuchado el discurso con atención y ahora me miran pensativos, dubitativos, recelosos.

Están sopesando sus opciones antes de decidir de qué lado están.

—¡Siguiente! —ladra un guardia.

Pero nadie alza el brazo.

Esa caterva de paletos se ha vuelto precavida y está furiosa.

Ya no me miran con reverencia o admiración, sino con hostilidad. Ni uno de esos miserables se atreve a dar un paso al frente para recoger un puñado de regalos.

Todo mi cuerpo se pone tenso.

—Hora de irse, su majestad —murmura Uwen.

—Me niego a que el populacho dicte lo que tengo o no tengo que hacer —espeto.

Jeo se inclina para poder decirme algo al oído.

—Míralos bien, mi reina. No te has ganado su confianza. Están deseando despellejarte. Tenemos que irnos. Ya.

384

Echo una ojeada a la muchedumbre y me doy cuenta de que Jeo lleva razón. Se están acercando cada vez más y hacen caso omiso a las órdenes de mis guardias, que, a pesar de las sangrientas amenazas, no consiguen acobardarlos. Todo ha ocurrido demasiado rápido. En un abrir y cerrar de ojos, han empezado a sublevarse y, a juzgar por su actitud, ya no hay marcha atrás. Ahora, mire donde mire, solo veo puños sucios en alto, expresiones de profundo desdén, miradas cargadas de odio.

—Está bien —murmuro a regañadientes. Dicen que una retirada a tiempo es una victoria, pero admito que me da rabia que mi plan no haya salido como esperaba.

Panda de ingratos. ¡Cómo se atreven a desafiar a su verdadera y legítima reina!

Me levanto de la silla con total tranquilidad, sin perder la calma. Me niego a parecer una reina aturdida o temerosa. Con Jeo pegado a mí como una lapa, empiezo a cruzar la plaza para dirigirme al carruaje, pero en cuanto doy un paso, la multitud se pone a chillar, a acosarme con preguntas incómodas, a abuchearme. Es como si mi repentina huida les hubiera servido de excusa para desatar toda su cólera e impotencia hacia mí.

Nos escoltan ocho guardias hasta el carruaje. Mi montura me agarra del brazo y tira con fuerza para obligarme a ir más rápido. El corazón se me acelera cuando la gente empieza a arrojar objetos a los guardias. Tardo unos instantes en descubrir que nos están lanzando todos los obsequios que les hemos regalado.

La armadura nueva de los guardias nos sirve de escudo, pero aun así Jeo me protege la cabeza con el brazo para asegurarse de que nada me golpee. Me agacho y corro tan rápido como me permiten las piernas para esconderme en esa caja de acero indestructible. En cuanto entramos en el carruaje, el conductor cierra la puerta y los caballos salen escopeteados.

Los gritos son ahora ensordecedores, un rugido ronco y salvaje que sale de cientos de bocas hambrientas e insatisfechas. Doy un respingo cuando me percato de que han empezado a tirar cosas al carruaje. Por poco rompen el cristal de la ventana.

Jeo está hecho un manojo de nervios y todos sus movimientos son torpes, desatinados. Todavía con el brazo rodeándome los hombros, desliza las cortinas de las ventanillas.

Estoy tan furiosa que le aparto el brazo de un manotazo y lo empujo hacia la banqueta. Me invade una ira intensa, como si me estuvieran clavando astillas de hielo por todo el cuerpo.

—¿Estás bien? —pregunta Jeo.

Le lanzo una mirada asesina.

—¡Por supuesto que no! Tanto esfuerzo para nada —gruño entre dientes—. Me he pasado toda una hora agasajándoles con todo tipo de regalos. ¿Cómo se atreven a pensar que pueden rebelarse contra mí? No son más que un montón de ratas desagradecidas.

A medida que el carruaje va alejándose de esa chusma enfurecida, empiezo a darle vueltas a la cabeza, a cavilar qué puedo hacer para persuadirlos.

Quería que se amotinaran en contra de él. No de mí.

He jugado mal mis cartas, y eso es lo que más me enfurece de todo el asunto.

Mi padre solía decir que el pueblo es como una mecha apagada, una mecha que, en cualquier momento, puede encenderse. Creía haber elaborado un plan perfecto, un plan sin fisuras. Se suponía que, si seguía el plan al pie de la letra, iba a conseguir prender la mecha de mis súbditos y así recuperar su lealtad y apoyo incondicional. En ningún momento imaginé que, al encender la maldita mecha, iban a querer quemarme con ella.

—Menudo desastre —farfullo. Estoy tan furiosa que me hierve la sangre—. Quiero que castiguen a esa mujer.

Jeo no dice nada, lo cual es lo más sensato que puede hacer porque estoy de muy mal genio y le escupiría las palabras más amargas, frías e hirientes que uno pueda imaginar.

El carruaje dobla una esquina de una forma tan brusca que salgo disparada hacia una de las paredes y, de repente, frena en seco.

Mi montura frunce el ceño y se asoma a la ventana.

—Parece ser que hemos tomado un atajo para alejarnos de la plaza. Hay una especie de carreta en mitad de la calle.

—Ya estoy harta de tanta tontería —espeto, y abro la portezuela del carruaje.

—¡Mi reina! —llama Jeo, pero bajo la escalerilla y le cierro la puerta en las narices. Es la gota que colma el vaso. Se me ha acabado la paciencia. Quiero volver a mi castillo y recuperar el control.

Atrás han quedado mis andares gráciles y elegantes; camino con paso firme y decidido. Los guardias se apean de los caballos y me siguen como perritos falderos. Hago un gesto de desdén con la mano, indicándoles que no hace falta que se molesten en seguirme.

—Mi reina —dice uno de ellos, que echa a correr para alcanzarme—. Nos estamos ocupando del problema. Puedes volver al carruaje. Aquí hace demasiado frío.

Ni siquiera me tomo la molestia de contestarle. Voy a encargarme personalmente de apartar al miserable que ha osado impedir el paso de un carruaje real. No me temblará el pulso y, si hace falta, pienso vapulearle.

Me topo con una carreta un tanto destartalada tirada por dos caballos; su pelaje pardusco me indica que no son de Alta Campana. El conductor y dos de mis guardias están enzarzados en una discusión con un hombre. Le instan a hacerse a un lado para que así podamos pasar.

—¿Qué significa todo esto? —exijo saber.

Las cuatro cabezas se vuelven hacia mí, pero yo solo tengo ojos para el tipo que está en el medio. No es un campesino de Alta Campana, de eso no me cabe la menor duda.

Luce un traje de color azul marino muy elegante que le queda como un guante, lo cual me hace sospechar que está hecho a medida. Su postura es señorial y refinada. No tiene los hombros caídos ni la espalda encorvada como los miserables que he conocido. Se ha afeitado la barba y, a pesar de que lleva el pelo muy corto, salta a la vista que es rubio. Las cejas son un pelín más oscuras y ahora mismo las está arqueando, lo que le aporta un toque misterioso.

Es un hombre atractivo, pero hay algo en él que me atrapa, que me cautiva, que me invita a seguir mirándole. Es… magnético.

—Mi reina… —empieza uno de los guardias.

—¿Por qué estás bloqueando la calle? —pregunto, con toda mi atención puesta en el desconocido.

Cuando me detengo frente a él, me doy cuenta de que sus ojos son de un color muy peculiar. No son azules, sino más bien grises, y juraría… juraría que reflejan la luz.

387

—Reina Malina —dice él, y se inclina en una pomposa reverencia. Es evidente que no es la primera vez que se reúne cara a cara con un monarca.

—¿Cómo te llamas?

—Loth Pruinn, su majestad —contesta.

Me estrujo el cerebro tratando de ubicar ese apellido pero, por mucho que rebusque en mi memoria, no consigo dar con él. Me resulta bastante extraño, sobre todo teniendo en cuenta que conozco a cada noble y a cada aristócrata de Alta Campana.

—Sir Pruinn, nos estás barrando el paso.

Él dibuja una sonrisa deslumbrante, capaz de amansar hasta la bestia más fiera. Nunca una sonrisa me había transmitido tanta paz, tanta serenidad.

—Mil disculpas, mi reina. Se me había roto una rueda y estaba tratando de arreglarla, eso es todo. Pero ya he terminado, así que me apartaré de vuestro camino enseguida.

—Más te vale.

Me doy la vuelta, dispuesta a regresar al carruaje, pero entonces él me pregunta:

—¿Puedo ofreceros algo? Como muestra de agradecimiento por vuestra paciencia.

Me giro y titubeo durante unos instantes, mientras del cielo llueven unos minúsculos copos de nieve.

—Por favor, su majestad —insiste él, y se lleva una mano al pecho en un gesto de súplica—. Sería un gran honor para mí.

Asiento. Esa actitud tan respetuosa ha conseguido calmar mi ira.

—Está bien.

Los guardias y el conductor se hacen a un lado para dejarle pasar. Pruinn me regala otra de sus arrebatadoras sonrisas y se dirige hacia la carreta, que consiste en una especie de caja de madera con un cerrojo en la parte posterior. Desliza un pestillo en forma de gancho, levanta ese costado de la caja y después lo guarda con sumo cuidado en una muesca que hay tallada en el techo.

En el interior de esa caja ha colocado varias estanterías, todas atestadas de objetos. Ahí dentro no cabe ni una sola cosa más. Alargo el cuello para tratar de ver qué guarda en todas esas estanterías. Al parecer, hay un poco de todo. Viales de cristal llenos de perfumes exóticos, baratijas, piedras preciosas, libros, especias, tacitas de té, botes de miel y candelabros. Un batiburrillo de cachivaches, pero ninguno llama especialmente mi atención.

—Una colección muy curiosa. ¿Eres un mercader ambulante? —pregunto. Eso explicaría por qué no he reconocido su apellido y por qué se comporta de ese modo tan educado.

—Algo parecido, su majestad —contesta, aunque la respuesta no me convence. Demasiado ambigua—. Colecciono piezas únicas cuyo valor es incalculable.

—¿En serio? —murmuro, pensativa y un tanto perpleja. Quiero comprobarlo con mis propios ojos, así que cojo un cepillo de pelo plateado y compruebo el peso, el brillo, la calidad. Es un cepillo de plata de verdad. Ahora sí estoy intrigada—. ¿Y cuál es la pieza más excepcional y más valiosa que atesoras, sir Pruinn? —le reto.

Y entonces clava esos imanes grisáceos que tiene como ojos en mí.

—Mi poder, su majestad.

Arqueo las cejas, sorprendida.

—¿Un poder mágico?

Asiente.

—Sí.

Por segunda vez en un mismo día, el monstruo verde de la envidia se apodera de mí. Si hubiera nacido con un poder mágico, ahora no me encontraría en la ardua tesitura de recuperar el control de mi propio reino, maldita sea.

—¿Qué clase de poder mágico? —pregunto curiosa. De repente, ese vendedor de chatarra me parece mucho más interesante.

Pruinn esboza una sonrisa irónica, se acerca un poquito más, como si quisiese revelarme un secreto de Estado, y vuelvo a sentir ese irresistible magnetismo hacia él.

—Puedo mostrar a cualquier persona cómo alcanzar sus sueños, cómo convertir sus mayores deseos en una realidad.

Todo mi interés se desvanece al instante. Me aparto unos centímetros y dejo escapar un suspiro de indiferencia.

—Si hay algo que no soporto en esta vida son los charlatanes —comento con tono molesto.

Él abre los ojos como platos y sacude la cabeza.

—No soy ningún charlatán, su majestad, os lo juro.

Le lanzo una mirada condescendiente.

—Ya. No me cabe la menor duda —farfullo con evidente ironía.

—Por favor, dejadme que os lo demuestre —insiste él, seguramente porque intuye que estoy a punto de llamar a mis guardias para que lo arresten y lo juzguen como a cualquier otro timador.

—¿Y cómo piensas hacerlo, sir Pruinn? ¿Me vas a pedir que cierre los ojos mientras manoseas una bola de cristal?

—En absoluto. Solo necesito sujetaros la mano.

—Ni se te ocurra tocar a la reina —interviene uno de mis guardias.

Pero sir Pruinn ignora la advertencia. Solo tiene ojos para mí.

—Nada de trucos, su majestad —susurra, y extiende la mano con la palma hacia arriba.

No voy a morder el anzuelo.

—Si crees que voy a tragarme el cuento de que mi destino está escrito en las líneas de mi mano, entonces es que eres un charlatán de tres al cuarto.

—Ya os lo he dicho, su majestad. No soy un charlatán —repite, esta vez con gesto serio—. Y no voy a leeros la mano, pues no soy quiromántico. Solo necesito sujetarla unos segundos, nada más.

Ese embustero está acabando con mi paciencia, pero no puedo negar que me pica la curiosidad. Mis guardias, que no han apartado la mano de las empuñaduras de sus espadas en ningún momento, vigilan cada uno de sus movimientos. Sin embargo, saben que no son ellos quienes deciden si puede tocarme o no, pues yo tengo la última palabra.

Estudio a ese hombre tan misterioso mientras trato de adivinar sus intenciones.

—De acuerdo, sir Pruinn. Demuéstramelo.

Coloco la mano sobre la suya. Su piel es suave como la seda, un detalle que me sorprende bastante porque, como viajante que ha asegurado que es, debe de cazar y pescar para poderse llevar un bocado a la boca y seguramente él se encarga de arreglar cualquier desperfecto del carruaje. No tiene manos de vendedor ambulante, sino de pianista.

Los guardias, que no terminan de fiarse, se acercan un poco más.

Con suma delicadeza, sir Pruinn me cierra la mano en un puño y después lo envuelve con su otra mano.

Y en ese momento ocurre algo, una sensación, una burbuja de energía estática que parece explotar entre la palma y el dorso de mi mano y que rebota entre nosotros como si de una pelota se tratara.

Le observo detenidamente, pero él está abstraído. Con los ojos cerrados y el ceño fruncido, es la viva imagen de la concentración.

—Mi reina… —murmura mi guardia, que empieza a inquietarse.

—Silencio.

Deslizo la mirada hacia abajo, hacia mi mano. Debo reconocer que estoy asombrada y atónita, porque puedo notarlo. Sí, percibo el hormigueo de la magia en la palma de mi mano, y sé que esa magia proviene de sir Pruinn. Me da la impresión de que la magia se encoge, se infla, se rompe, como si fuesen diminutas pompas de jabón. Al explotar noto un ligero escozor, pero muy soportable.

De repente, empiezo a sentir un calor abrasador en el interior del puño y, un segundo más tarde, tengo la impresión de se está formando algo, algo pequeño al principio, pero que va agrandándose hasta que no tengo más remedio que desenroscar los dedos para dejar lugar al objeto que, por arte de magia, ha aparecido ahí.

En esta ocasión, no me molesto en disimular que estoy totalmente estupefacta. Ni siquiera soy capaz de pestañear.

Asombro, sorpresa, recelo, entusiasmo, confusión… En mi interior se desata una avalancha de sentimientos encontrados.

392 No puedo apartar los ojos del pergamino enrollado que estoy sujetando en la mano. Me he quedado tan pasmada que ni siquiera me había dado cuenta de que tenía la boca abierta. Ese trocito de papel parece inocuo, inofensivo, pero aun así el corazón se me acelera.

Sir Pruinn aparta las manos y, de inmediato, esa chispa mágica y magnética se apaga.

—Ahí lo tenéis, su majestad. Podéis abrirlo.

—Lo abriré yo, mi reina —se ofrece mi guardia personal, que no parece fiarse ni un pelo del hechicero.

Pero sir Pruinn niega con la cabeza.

—Debéis hacerlo vos, su majestad. De lo contrario, no funcionará.

Vacilo unos segundos, pero al final me armo de valor y desenrollo el pergamino. No es muy grande, unos tres palmos más o menos. La curiosidad me está consumiendo y me muero de ganas por averiguar qué significa todo esto.

—¿Qué es?

Al desplegar el pergamino, sir Pruinn, que también parece muy interesado, se inclina para echar un vistazo.

—Parece ser que vuestro mayor deseo se encuentra en un lugar bastante específico. Lo que tenéis entre las manos es un mapa.

Examino las líneas de ese mapa con los ojos entornados. En otra situación, le habría arrojado el mapa a la cabeza, le habría acusado de embustero y le habría sometido a un interrogatorio hasta sonsacarle qué truco había utilizado para deslizar ese pergamino en mi mano sin que me diera cuenta. Pero la magia era real, la he sentido en mis propias carnes. Además, hay algo en este pedazo de papel que me recuerda a mí, aunque no sé cómo explicarlo.

Estudio el mapa unos segundos más y, de repente, todo ese entusiasmo e ilusión se desvanecen.

—Este mapa está mal.

Orea termina en los confines del Sexto Reino, y este mapa muestra una frontera con el Séptimo Reino, así que está mal dibujado. Más allá del Sexto Reino no hay nada. Nada de nada. Los seres feéricos lo destruyeron, arrasaron con todo. Lo que antaño fue el Séptimo Reino ahora no es más que un inmenso abismo gris.

Toda esa intriga y emoción se esfuman de inmediato. Me reprendo por haber sido tan ingenua, por haber caído en la trampa, por haberme dejado engatusar por un estafador de pacotilla. Ha estado a punto de convencerme con ese ridículo juego de manos. Está claro que no está siendo mi día.

—Es evidente que ahí no voy a encontrar mi mayor deseo —digo con tono molesto y aburrido—. Este mapa no se ajusta a la realidad. Por favor, no pretendas colármelo como un mapa único en el mundo, no soy tan estúpida.

Sir Pruinn debería estar asustado o, como mínimo, inquieto. Le ha salido el tiro por la culata. Su truco de magia no ha funcionado. Podría hacer que lo fustigaran ahí mismo por ser un farsante que se ha atrevido a timar a la mismísima reina.

Suelto un extremo del pergamino, de forma que vuelve a enrollarse y lo aplasto en mi puño. Después le fulmino con mi mirada de hielo y alargo el brazo para devolverle el maldito mapa.

—El Séptimo Reino no existe. Dejó de existir hace cientos de años.

Sir Pruinn no reacciona. Esperaba que al menos se pusiera un poquito nervioso, pero en lugar de eso dibuja una sonrisita pícara y su mirada gris se ilumina con un brillo especial, el brillo de la complicidad, de la emoción de revelar un secreto. Y entonces agacha la cabeza y murmura algo que me provoca escalofríos en todo el cuerpo.

—¿Estáis segura de eso, su majestad?

36

Auren

*E*l castillo de Rocablanca desprende una frialdad glacial.

Es lo primero en lo que me fijo. Después de entregarme a los diplomáticos de Midas, me han metido en un carruaje sin ventanas y me han trasladado hasta una de las puertas traseras del castillo. Sé que no es la entrada principal porque las puertas son demasiado pequeñas, demasiado austeras. Una vez fuera de esa caja claustrofóbica, me escoltan seis guardias, el número favorito de Midas.

Las paredes del pasillo parecen de hielo, pero es un espejismo, un truco visual, un juego arquitectónico. Me acerco y, al dar varios golpes con los nudillos, descubro que están hechas de ladrillos de piedra y recubiertas por una fina capa de vidrio soplado de color azul.

Cruzamos lo que a primera vista parece ser el zaguán principal del palacio. De las vigas de madera cuelgan varias banderas púrpura y en el techo distingo un entrecruzado de madera blanca en cuyo centro se distingue una ventana con forma de estrella de diez puntas.

Aparte de mis guardias, no veo a nadie más. Pasamos junto a varias estancias, pero todas están vacías y sumidas en un silencio sepulcral. Tengo los nervios a flor de piel. Noto el aliento del miedo en la nuca, el cosquilleo del temor en cada poro de mi piel. No sé ni cómo soy capaz de caminar por el palacio con tanta tranquilidad; hay momentos en los que echaría a correr y otros en los que preferiría quedarme quieta. Después de pasar por el inmenso recibidor, atravesamos un pasadizo bastante estrecho y oscuro.

El palacio es hermoso, eso es innegable. Elaboradas molduras de cristal; ventanales con grabados espléndidos, candelabros de vidrio soplado. Cada detalle de la decoración es un homenaje al hielo, cada tapiz púrpura una reverencia a los monarcas de Rocablanca.

Pero a medida que me voy adentrando en el corazón del castillo, el frío se vuelve más intenso, más gélido. Quizá sea producto de mi imaginación y esté exagerando un poco. Tal vez es la sensación que transmiten esas paredes que parecen estar cinceladas en hielo. Sea como sea, tengo la piel de gallina y mis cintas se ajustan un poco más a mi cintura, como si así pudieran proporcionarme un pelín más de calor.

Estoy a punto de reunirme con Midas.

Está aquí, en algún rincón de este majestuoso palacio, esperándome. Con solo pensarlo se me acelera el pulso. Hace semanas que no le veo. Desde que me rescató de aquel callejón, nunca habíamos pasado tanto tiempo separados.

Anhelo su familiaridad, su inestimable compañía. Estoy ansiosa por charlar con él, por explicarle qué le ocurrió a Sail, y también a Digby. Él los conocía tan bien como yo, o puede que incluso mejor, y sé que juntos podremos llorar sus muertes. Mi vida ha cambiado drásticamente desde que partí de Alta Campana, y no veo el momento de contarle todas las aventuras que he vivido.

Los guardias me conducen hacia otro pasadizo angosto y oscuro. Me extraña que no nos hayamos topado por casualidad con un criado, o una doncella o con algún miembro de la corte real. Esa planta está totalmente desierta, y eso me da mala espina. No entiendo por qué estamos dando tantos rodeos, por qué no estamos pasando por las estancias principales del castillo.

Y entonces caigo en la cuenta de algo.

«Soy un secreto.»

Hasta este momento no había vuelto a acordarme de que, cuando Midas emprendió su periplo a Rocablanca, utilizó a una montura pintada de dorado como señuelo, una astuta estratagema para hacer creer a todo el mundo que viajaba con él. Se suponía que así iba a protegerme, pero está claro que su táctica no funcionó.

El silencio de los guardias, la ausencia de una cálida bienvenida y esa ruta clandestina por ese laberinto de pasillos vacíos solo confirman mis sospechas. Quizá no fuese de dominio público que los Bandidos Rojos me habían capturado. Y puede que Midas haya preferido no divulgar la noticia de que el ejército enemigo me ha entregado como gesto de buena voluntad. Viniendo de él, tampoco me extrañaría.

Aunque no sé si estoy de acuerdo con esa forma de actuar.

Subimos una escalera de piedra bastante sobria, sin ornamentaciones, y después nos inmiscuimos por un pasillo muy estrecho y con un techo abovedado altísimo. Alzo la mirada y descubro que, en lugar de ventanas, tiene talladas varias hendiduras por las que se cuelan unos finísimos rayos de luz.

Salimos de ese entramado de pasadizos destinados al servicio porque, de repente, los guardias me guían hacia un pasillo mucho más lujoso, mucho más decorado. Una alfombra suave y esponjosa de color ciruela cubre esa inmensa galería, de punta a punta, y de las paredes cuelgan unos candelabros de plata, aunque no hay ninguna vela encendida. Los ventanales son grandiosos y las cortinas están corridas, por lo que entra mucha luz y una suave brisa invernal.

Subimos una escalera de caracol, después otra y por fin llegamos a un ala del castillo que no está completamente deshabitada.

Reconozco a los guardias reales de Midas de inmediato; hay seis en cada pared. Nos observan, pero no dicen nada.

Cuando un guardia se acerca a unos enormes e intrincados portones y golpetea la madera con los nudillos, no se me agita la respiración. Cuando una de las puertas se abre, no parpadeo. Y cuando los guardias se hacen a un lado y atravieso el umbral, no me tiemblan las piernas, ni me flaquean las fuerzas.

Sin embargo, cuando entro en ese lujoso salón, cuando veo a mi Rey Dorado por primera vez desde hace dos meses, el corazón me da un vuelco.

Alguien cierra la puerta a mis espaldas y me quedo quieta, inmóvil, en la entrada del salón. Por fin a solas. Él y yo, y nadie más.

Midas está esperándome en el centro de ese inmenso estudio privado, donde reinan las tonalidades púrpura y azul oscuro. Él es, sin lugar a dudas, la nota discordante. En mitad de ese arcoíris violáceo y cobalto, parece un halo de luz áurea, con esos ropajes tejidos en hilo dorado, esa piel bronceada, esa melena color miel. Y esa mirada cálida que me recuerda a la corteza de un nogal… Esa mirada resplandece, brilla con luz propia.

Al verme, deja escapar un suspiro corto y rasgado, como si hubiese estado conteniendo la respiración desde que se enteró de que me habían capturado.

—Preciosa.

No es más que una palabra, un murmuro apenas audible que sale de su boca, pero aun así la agonía de la incertidumbre, la preocupación que tantas semanas le ha hostigado, retumba en ese vasto salón. De repente, Midas se desmorona, se viene abajo, se rompe como un cristal al hacerse añicos. En su expresión distingo un alivio abrumador.

Al ver que me mira con esos ojos apenados pero llenos de ilusión, al oír su voz grave y profunda, yo también me rompo. Un segundo después, salgo disparada hacia él porque anhelo acurrucarme en sus brazos, acariciarle la piel, notar su aliento en mi nuca. Pero justo antes de que me lance a su abrazo, él me agarra por las muñecas y me sujeta con fuerza para que no me mueva. Me fijo en que Midas también lleva guantes, aunque los suyos están inmaculados y los míos están sucios y deshilachados.

—Preciosa —repite, pero esta vez me parece intuir la sombra de una reprimenda.

Sacudo la cabeza y me seco las lágrimas de los ojos.

—Lo siento. Lo he hecho sin pensar.

—¿Estás bien? —pregunta en voz baja.

Esa pregunta tan simple, tan sencilla, desentierra un sinfín de recuerdos que había sepultado en lo más profundo de mi memoria porque me resultaban insoportables. Esas dos palabras sacan a relucir todo el miedo y dolor que sentí en esos terribles momentos. Se me vienen imágenes de Digby y Sail a la mente y, de inmediato, se me escapa una lágrima dorada.

Él abre un poco más los ojos, alarmado.

—¿Qué ha pasado? —dice, pero esta vez con tono más severo, y me zarandea un poco—. ¿Alguien te ha tocado? Dame los nombres de todos y cada uno de los insensatos que se hayan atrevido a ponerte una mano encima y haré que los quemen vivos en la hoguera para después poder pisotear sus cenizas.

La vehemencia de sus palabras me deja boquiabierta.

—¿Quién, preciosa? —insiste, y vuelve a menearme.

Enseguida pienso en el capitán Fane, pero todavía no estoy preparada para esa conversación. No estoy preparada para explicarle lo que hice. Ni siquiera sé cómo voy a contarle lo de Rissa.

—No, no es eso. Mis guardias —susurro, y niego con la cabeza—, Digby y… —Me sorbo la nariz; no quiero derrumbarme justo ahora, así que cojo aire y trato de ordenar las palabras—. Después del ataque, lo que los piratas le hicieron a Sail… fue horrible. Le asesinaron a sangre fría, delante de mí. No consigo quitarme esa imagen de la cabeza.

399

El dolor que siento en el pecho es tan intenso que me da la impresión de que alguien está estrujando mi corazón en su puño, clavándole los dedos para que deje de latir, para que se desangre.

—No hice nada para evitarlo. Dejé que muriera ahí, en la nieve.

La culpabilidad es una bestia retorcida y despreciable que te araña la piel y te desgarra el alma.

—Arrastraron su cadáver hasta el barco y después...

La imagen de los piratas atando a Sail a aquel mástil me abruma, me desconsuela. Estoy llorando a moco tendido y dudo que Midas esté entendiendo una sola palabra de lo que digo.

—Chist —susurra Midas, y me acaricia los brazos para intentar consolarme—. Eso ya forma parte del pasado. No le des más vueltas. Ahora estás aquí. Te prometo que nadie volverá a alejarte de mí. Jamás.

400 Asiento. Trato de tranquilizarme, de frenar ese torrente de lágrimas doradas que brota de mis ojos.

—Te he echado de menos.

Él me estrecha entre sus brazos y me mira como si fuese su tesoro más preciado.

—Sabías que haría todo lo que estuviera en mi mano para recuperarte.

Dibujo una sonrisa.

—Lo sabía.

Nos quedamos mirándonos en silencio durante unos instantes. Su mera presencia es como un bálsamo para mí. Midas representa ese calor hogareño que solo puede darte una familia, y a su lado me siento segura, a salvo de todos los peligros. Solo él consigue apaciguar a la bestia que habita en mi interior. Y ahora, por fin, empieza a rezagarse, a esconderse de nuevo en su madriguera, de donde nunca debió salir.

Toda la incertidumbre y ansiedad que me han hostigado durante las últimas semanas empiezan a desvanecerse poco a poco y, al fin, siento que no corro ningún peligro porque ahora sí estoy en casa. Es un alivio saber que ya no tengo que vivir en constante estado de alerta, que puedo relajarme y disfrutar de los pequeños placeres que me ofrece la vida. Suspiro y noto que mis hombros se distienden un pelín.

La mirada pardusca de Midas se suaviza, se enternece. Sus ojos son como la tierra fértil en la que hasta la semilla más vulnerable puede crecer y prosperar.

—Estás aquí, conmigo —bisbisea—. Ya no tienes de qué preocuparte.

Estoy ansiosa por acariciarle la mejilla, por acurrucarme en su pecho y oír el arrullador latido de su corazón, pero me reprimo.

Pasados unos instantes, esa mirada dulce desaparece. Con ojo crítico, me da un buen repaso de pies a cabeza.

—Estás hecha un desastre. ¿Es que no te permitían darte un baño? ¿Ni peinarte?

Me sonrojo. Ahora me siento cohibida, avergonzada. Él tan apuesto y atractivo como siempre, y yo… yo debo parecer una pordiosera a la que no se le acercaría ni un perro callejero.

Trato de lanzarle una sonrisita irónica, pero me sale demasiado forzada, poco genuina.

—Digamos que en las Tierras Áridas no había muchas termas donde disfrutar de un buen baño —bromeo, pero Midas no altera la expresión.

Doy un paso atrás y echo un vistazo a mi vestido. Las faldas están arrugadas, las costuras descoloridas y los bajos deshilachados. La tela está tan cedida, tan floja, que parece que sea dos tallas más grande de lo que en realidad es. La parte superior del corpiño está desgarrada, un recuerdo de mi asqueroso encuentro con el capitán Fane, y la espalda del abrigo también está hecha jirones. Tengo las botas llenas de arañazos, incontables agujeros en los calcetines y no quiero ni imaginar en qué estado está mi cuerpo y mi melena.

—Lo sé, estoy horrible —mascullo mientras jugueteo con la punta de mi trenza. Por suerte, todavía tengo la capucha puesta. Llevo semanas aseándome con un trapo, así que poco más se puede pedir.

—Aquí no te va a faltar de nada, preciosa. Dentro de un par de días, volverás a ser la de antes —dice él con una sonrisa tan cautivadora que me derrito por dentro—. Ahora que has vuelto, tenemos muchas cosas de las que hablar, muchas cosas por hacer.

Me conformo con solo oírle hablar. He echado tanto de menos el sonido de su voz, la ilusión con la que comparte todos sus planes y sueños conmigo…

—Nunca volveré a cometer el error de separarme de ti —promete, y lo hace con solemnidad—. Te compensaré por todos los daños que has sufrido. Lo juro.

—No te culpes. No sabías que iba a ocurrir todo esto. ¿Quién lo hubiese imaginado?

—No, pero me aseguraré de que no vuelva a pasar.

Y después de hacerme esa promesa de eterna lealtad, se encamina hacia el escritorio y se coloca detrás del sillón. Advierto un montón de cartas y misivas y pergaminos. Me acerco un poco.

—¿Recibiste mi halcón? —pregunto.

—¿Qué halcón?

Parpadeo, y me quedo callada y pensativa un par de segundos.

—Tú… Te envié un mensaje. Descubrí dónde guardaban los halcones mensajeros y me las ingenié para escabullirme de mi tienda y mandarte una carta. Te advertía de la llegada del ejército del Cuarto Reino. ¿No la recibiste?

Midas niega con la cabeza y coge la capa de monarca de pelo dorado que está colgada en el respaldo del asiento. Se la pone por encima de los hombros y después se ajusta la corona sobre la cabeza. Ni siquiera me había percatado de que estaba entre todos esos papeles del escritorio.

—Recibí un mensaje del rey Ravinger, escrito de su puño y

letra. Ese cabrón alardeaba de haberte encontrado y se jactaba de haberte rescatado de los Bandidos Rojos —explica Midas, y suelta un resoplido de indignación—. Como si sus soldados fueran mejores que esos corsarios analfabetos.

—La verdad es que me han tratado bien. Mucho mejor que los piratas, desde luego —comento, y siento un escalofrío con tan solo pensar en ellos. No me arrepiento de haber matado a ese hombre. El mundo es un lugar mejor sin el capitán Fane surcando sus mares.

Midas se retoca la corona, que le había quedado un poquito torcida, y su mirada se torna oscura, siniestra.

—Me ocuparé de darles su merecido. Los Bandidos Rojos no se van a ir de rositas —dice, y la promesa le ensombrece el rostro—. Clavaré sus cuerpos en picas doradas y sus gritos atormentados se oirán en todos los rincones de la ciudad. Les condenaré a la muerte más lenta, más dolorosa. Y si alguno se atrevió a tocarte un solo pelo, pienso cortarle los dedos uno a uno. Les arrancaré los ojos por haber tenido la osadía de mirar lo que es mío, y solo mío.

Me estremezco al oír semejante amenaza.

—Hay tantas cosas que quiero contarte… —comento, con la esperanza de reconducir la situación. No quiero que nuestro primer encuentro esté manchado de reproches y amenazas. Anhelo alargar un poco más ese primer momento de cercanía, de afecto, de familiaridad.

Si hay algo que he añorado en todo este tiempo es hablar con él. Hablar con todas las letras, tal y como solíamos hacer cuando emprendimos nuestro viaje por Orea y cruzamos varios reinos como un par de nómadas, caminando de día y charlando de noche, abrazados bajo las estrellas.

—Pronto —asegura—. Ahora tengo que reunirme con ese cretino del rey Ravinger. Pero, antes, tengo un regalo para ti.

—¿Un regalo?

Midas ladea la cabeza.

—Ven.

Estoy demasiado intrigada como para no seguirle. Atravesamos dos estancias, una que parece una sala de estar y una alcoba. Echo un vistazo a mi alrededor y me fijo en el abrigo que hay tirado sobre una silla, en la chimenea, en esa cama inmensa. Para construir esas habitaciones han utilizado ladrillos de piedra gris y hierro negro, pero la decoración gira en torno a una gama preciosa de lilas, morados y púrpuras y varias tonalidades de blanco.

—Los aposentos son muy acogedores, me gustan —susurro, admirando cada detalle. Me acerco hacia el balcón para admirar las vistas mientras Midas coge un candelabro de la mesita de noche.

Sin embargo, no me da tiempo a llegar a los gigantescos ventanales. Midas enciende una vela y me hace un gesto para que le acompañe.

—Por aquí.

Me habría gustado asomarme al balcón, pero ya habrá tiempo para eso. Me doy la vuelta y le sigo hasta la siguiente habitación. Me detengo en el umbral de la puerta y, de inmediato, entiendo por qué necesitaba una vela. Ahí dentro no hay una sola ventana. Está totalmente a oscuras. Advierto el fulgor parpadeante de un farolillo en el fondo de la sala, pero parece estar tapado con algo.

Midas entra en la habitación con paso confiado, pero yo prefiero quedarme al lado de la puerta hasta acostumbrarme a esa negrura casi opaca.

—¿Qué es esto?

Vislumbro la sombra de su silueta deslizándose hacia la izquierda. Acerca la vela a la pared, como si estuviese buscando algo, y es entonces cuando caigo en la cuenta de que está toqueteando un candelero colgado en la pared. Un segundo después, la vela del candelero se enciende, emitiendo un suave resplandor anaranjado.

—En teoría, es mi vestidor. Pero he hecho algunos ajustes, ya verás.

Noto el hormigueo de un mal augurio en la nuca. Midas se encamina hacia el otro lado de esa oscura habitación para encender un segundo candelero.

Y en cuanto la vela alumbra la estancia, se me hiela la sangre.

Porque ahí, construida en el centro del vestidor, yace una hermosa jaula de hierro forjado.

37

Auren

*E*s curioso cómo el cuerpo reacciona a ciertas cosas. En mi caso, cuando veo la jaula, me rugen los oídos. Es el aullido de una ventisca invernal, un bramido tan aterrador que me paraliza por completo, y tan frío que me congela la piel, los huesos, la voluntad, el pensamiento.

No esperaba encontrarme con una nueva jaula tan pronto.

Midas se gira hacia mí con una sonrisa de satisfacción.

—La he diseñado para ti —dice, y señala la jaula con orgullo—. Sé que es un poco pequeña. Es una jaula temporal, no te preocupes. Y todavía no es de oro, por supuesto —añade, y me guiña el ojo.

El bufido de la tormenta es ahora ensordecedor. Me azota los pulmones y siento que me cuesta respirar.

De repente, advierto que algo se mueve en el interior de la jaula y doy un respingo.

—¿Qué…?

Enseguida reconozco a la persona que se está desperezando en esa cama diminuta. Es ella, la joven que Midas maquilló y disfrazó para que todos la confundieran conmigo.

Tiene el pelo un poco enmarañado porque acaba de despertarse de una siesta y su piel es como un lienzo blanco repleto de borrones dorados. Un fugaz vistazo a las sábanas basta para ver que están manchadas de esa misma pintura dorada. Esas pinceladas metálicas en la cama me hacen sospechar que ahí han retozado dos amantes, pero prefiero no decir nada.

La mujer se levanta y nos mira.

—¿Mi rey?

Su melena cae en cascada sobre sus hombros, aunque es un par de dedos más corta que la mía. Tiene unos ojos redondos color avellana, muy parecidos a los míos, y la forma de su rostro es casi idéntica a la mía. Unos labios carnosos y una silueta de reloj de arena que esconde bajo un vestido dorado.

Mi vestido dorado.

A pesar de que la pintura que le tiñe la piel y el cabello no es de la misma tonalidad áurea que la mía y a pesar de esa capa de maquillaje dorado necesita un buen retoque en las mejillas y las palmas de sus manos, ver a mi doble, a una burda copia de mi persona, ahí encerrada me pone los pelos de punta.

Midas se acerca a la jaula y deja el candelabro sobre una mesa, justo al lado de la puerta.

—Buenas noticias para ti, querida, mi preferida ha llegado —informa a la mujer.

Ella sonríe y, al hacerlo, se le forman unos divertidos hoyuelos en las mejillas. Salta a la vista que está ansiosa, quizá incluso desesperada, por salir de esa jaula. Me pregunto si se ha sentido como un pájaro al que le han cortado las alas. Me pregunto si está deseando quitarse esa capa de pintura dorada que le tiñe la piel.

Esto ha sido algo temporal para ella. Ojalá lo fuese para mí también.

Al percatarse de que la estoy observando con ávida atención, su sonrisa empieza a disiparse. Sé que no es culpa suya. No ha hecho nada para vivir recluida en esa jaula, ni para tener que maquillarse y vestirse a imagen y semejanza de la preferida del rey, pero en mi interior se remueven todo tipo de sentimientos, tan erráticos como un ciclón. Asombro, vergüenza, dolor.

Ver que mi persona puede replicarse con una simple mano de pintura y un vestido dorado, verme a mí reflejada en esa mujer disfrazada…

Osrik tenía razón. ¿La joven que ahora mismo tengo enfrente? A ojos de Midas no es más que un símbolo. Para él no es una mujer independiente, capaz de tomar sus propias decisiones y de llevar las riendas de su vida. No, para él es la encarnación de su gran poder, la viva imagen de la tan codiciada y envidiada magia que ostenta el Rey Dorado.

Se me revuelven las tripas.

—Estoy seguro de que ahora dormirás más tranquila. Bienvenida a casa, preciosa. Aquí estás a salvo —dice Midas—. Aquí nadie puede hacerte ningún daño.

Aparto los ojos de la jaula y le miro a él, a mi salvador. Me aferro a la tela de mis faldas para disimular que me tiemblan las manos.

—¿Estás lista? —pregunta.

Demasiado rápido, esto está yendo demasiado rápido.

—Midas… —empiezo, pero se me atragantan las palabras.

Se acerca a mí y entrelaza sus manos con las mías.

—Sé que te he decepcionado, Auren. Te prometí que te mantendría siempre a salvo y te he fallado. Pero te prometo que no volverá a ocurrir. Jamás —dice, y en su expresión advierto una determinación indiscutible.

Trago saliva y trato de contener ese huracán de emociones para poder expresarme con claridad. Necesito tener esa conversación con él, y no quiero esperar un segundo más.

—Esa es una de las cosas de las que quería hablarte. Ya no tengo miedo. Al menos, no como antes —empiezo, pero todavía noto el resquemor del ácido en la garganta.

Midas me mira confundido, arrugando la frente. Tengo que

medir mis palabras o se va a poner hecho un basilisco. No era así como me había imaginado nuestro esperado reencuentro. Tal vez lo había idealizado. Creía que querría pasarse el día estrechándome entre sus brazos y, sin embargo, lo primero que se le ha pasado por la cabeza es encerrarme bajo llave. Pensaba que la separación serviría para acercarnos, para escucharnos, para recuperar esa complicidad perdida. Llevaba semanas fantaseando con este momento, y asumí que me pasaría horas hecha un ovillo, a su lado, mientras le narraba todas las aventuras y desventuras vividas.

Noto el peso de la decepción en el estómago, como si fuese un pedrusco áspero y rugoso que rueda por mi interior, desgarrándome las entrañas, dejándolas en carne viva. Estoy desencantada porque es evidente que nada de eso va a ocurrir.

Estamos retomando la relación tal y como la dejamos.

Suponía que, como yo había cambiado, él también lo habría hecho. Qué estúpida ingenuidad.

Tengo la impresión de que nuestros caminos se han bifurcado o, mejor dicho, de que yo me he desviado del camino que él había marcado. Necesito poder explicarle ciertas cosas porque solo así podrá alcanzarme. Quiero que volvamos a caminar de la mano pero intuyo que no va a ser tarea fácil.

—Han pasado muchísimas cosas, Midas —continúo mientras trato de apartar ese pedrusco, de empujarlo con todas mis fuerzas, como si así pudiera empujar a Midas a cambiar de rumbo y reunirse conmigo en esa bifurcación—. Sé que te cuesta creerlo y que voy a tener que esforzarme mucho para convencerte, pero… No necesito la jaula. Ya no. No la necesitamos, ni tú, ni yo.

Él me observa fijamente, con el ceño fruncido.

—¿De qué diablos estás hablando?

—De eso —respondo, y señalo la jaula con la barbilla porque no soporto mirarla. Ni a la jaula, ni a la mujer que está dentro—. No la necesitamos.

Esa expresión de perplejidad y confusión se transforma en un gesto de incredulidad y enfado.

—Por supuesto que sí. Después de todas las calamidades que has padecido, creía que te habría quedado muy claro que sí la necesitamos.

—Eso es lo que estoy tratando de decirte. Gracias a esas calamidades, sé que ya no la necesitamos —me apresuro en añadir, y separo mis manos de las suyas—. He pasado varias semanas conviviendo con ese ejército, y no ha ocurrido nada. No he sufrido ningún daño. He aprendido a cuidar de mí misma, a apañármelas sola. Me he demostrado a mí misma que no necesito la protección de esos barrotes y estoy convencida de que, cuando te explique todo lo ocurrido, tú vas a opinar lo mismo.

Dependía demasiado de esa jaula. Y una vez fuera de ella, no soportaba la idea de volver a entrar. Estaba resentida con él, y también conmigo por haberme pasado tantos años ahí enclaustrada. Se me ha quedado pequeña, y por fin me siento lo bastante fuerte como para admitirlo y decirlo en voz alta.

Midas deja escapar un suspiro exasperado mientras se frota esas cejas rubias y espesas con los dedos. Con el rabillo del ojo veo que esa burda imitación de mi persona observa la escena con gran atención.

—Auren, sé que has vivido cosas terribles, pero van a tener que esperar. Ahora debo reunirme con el rey Ravinger. Más tarde, cuando anochezca, te dejaré salir para que te des un baño y comas algo. Y entonces podremos charlar un rato a solas, ¿de acuerdo?

Niego con la cabeza y levanto las manos.

—No, no estoy de acuerdo. Escúchame, aunque solo sea un minuto...

Pero Midas no va a dar su brazo a torcer.

—No tengo tiempo para esto. Entra en la jaula.

Está actuando como el Midas de siempre; ante cualquier

controversia, me interrumpe y alza la voz. Es su manera de zanjar una discusión, de hacerme sentir que él siempre tiene razón. Si pudiera conseguir que me prestara un poco de atención, que me escuchara de verdad, entonces sé que me entendería.

Soy consciente de que está sometido a mucha presión. Con el aliento del Cuarto Reino soplándole en la nuca, es lógico que esté tan nervioso. Lo último que quiero es estresarle todavía más y sé que, en el fondo, anhela recuperar el control sobre mí porque estaba muy muy preocupado. Comprendo que reaccione así, tiene sus motivos, pero… Necesito que él comprenda los míos.

Por una vez, necesito que se ponga en mi lugar.

No quiero agachar la cabeza y obedecer todas sus órdenes. No quiero dejarme amedrentar por él y conformarme con volver a mi vida anterior. Quiero cambiar las cosas, hacer borrón y cuenta nueva. Quiero empezar de cero y quiero hacerlo con buen pie. Quiero mostrarle que podemos llevar una vida distinta, una vida para la que me siento preparada, una vida que necesito vivir.

Respiro hondo en un intento de calmar los nervios.

—No tenemos que seguir viviendo así —murmuro con un tono de voz suave y cariñoso. Tal vez así consiga ablandarle un poco el corazón.

Se instala un silencio entre nosotros, aunque no es un silencio mudo. En él retumban todas las emociones que veo reflejadas en su rostro, una canción que suena a desaprobación, a discrepancia, a discusión. Y no quiero oírla.

—No necesitamos esa jaula. Confía en mí. Las cosas son distintas ahora. Yo soy distinta ahora —insisto, y me llevo una mano al corazón—. No tenemos que llevar la misma vida que llevábamos en Alta Campana —murmuro, y entonces levanto un pelín la barbilla—. De hecho, no quiero volver a esa vida.

Él se queda inmóvil. Me mira con una mezcla de asombro y estupefacción, como si fuese una completa desconocida, y puede que yo también le esté mirando así. Creo que es la primera vez que le dejo sin palabras.

Midas parpadea y, en un gesto de impotencia y hartazgo, se pasa una mano por la cara. Empieza a caminar de un lado a otro de ese minúsculo vestidor, arrastrando los talones por la alfombra púrpura que cubre el suelo.

—Imagino que has tenido que soportar situaciones muy dolorosas, y por eso estoy tratando de ser paciente contigo, pero me lo estás poniendo muy difícil —farfulla, y, de repente, se queda quieto en mitad de la habitación—. Nunca te habías comportado así.

Esa regañina me solivianta, pero tiene razón. Midas solo conoce mi lado más dócil, obediente y vulnerable y, hasta ahora, nunca me había comportado así con él.

412

Dos meses atrás, habría bajado la cabeza y me habría metido en la jaula sin rechistar. Ni por asomo me habría atrevido a presionarle tanto, ni habría sido tan insistente. Pero he cambiado y sé que juntos podremos lidiar con las dudas, las preocupaciones y los peligros que nos acechan.

La idea de vivir de nuevo en una jaula, y sobre todo en una tan pequeña…

Las palabras de Osrik retumban en mis oídos.

«Nunca llegaré a entender cómo coño lo soportas.»

Y es ahora, en este preciso instante, cuando me doy cuenta de que no puedo soportarlo.

38

Auren

*E*cho un vistazo a la jaula.

Me fijo en cada detalle. Está hecha de hierro forjado, pero no es un trabajo fino y delicado, sino más bien hosco y robusto. Han adornado la parte superior con seis piezas metálicas en forma de espiral para darle un toque más sofisticado, pero aun así resulta escalofriante.

Desvío la mirada de nuevo hacia Midas.

—Sé que tienes prisa, que tienes asuntos muy importantes que atender y no quiero entretenerte y que llegues tarde, así que me quedaré en tus aposentos mientras tú vas a la reunión y hablaremos con más calma después.

Él me atraviesa con una mirada propia de una bestia feroz.

—No sé qué maldita mosca te ha picado, pero aquí no mandas tú, Auren. Soy tu rey, ¿recuerdas? El único que puede dar órdenes aquí soy yo, y harás lo que yo te diga.

El corazón me aporrea el pecho. He perdido toda esperanza de recuperar al antiguo Midas, el Midas benévolo y compasivo que conocí en aquel callejón. El hombre que tengo enfrente es el rey Midas, y no va a ceder.

Sin dejar de mirarme, señala la jaula con un dedo.

—No pienso irme de aquí hasta verte dentro de esa jaula.

Nadie, salvo yo, tiene acceso a ella, por lo que sé que vas a estar a salvo. ¿O es que quieres que vuelvan a secuestrarte? ¿Quieres ser vulnerable?

—Claro que no.

Está nervioso, exaltado. Tiene las mejillas arreboladas y la mirada encendida. Su rostro refleja la rabia que ahora mismo está sintiendo. Está sacando a relucir ese temperamento tirano y déspota que yo estaba tratando de contener. Lo único que quería era poder tener una charla tranquila con él, poder abrirme en canal y expresarle mis inquietudes, mis anhelos, mis deseos. Pero he fracasado estrepitosamente.

—¿Me has traicionado? —me pregunta de sopetón. La pregunta me deja sin palabras.

—¿Qué?

—Ya me has oído —responde sin alterar la voz—. ¿Me... has... traicionado? —repite. Cada palabra, una frase, un mordisco.

No doy crédito a lo que estoy oyendo. Abro tanto la boca que creo que se me va a desencajar la mandíbula.

—¿Qué...? ¿Cómo puedes pensar...? ¡Por supuesto que no te he traicionado!

—¿Dejaste que esos piratas te tocaran con sus sucias manos? ¿Dejaste que el ejército del Cuarto Reino te pusiera una mano encima?

—¿Que si les dejé?

La pregunta suena como la cuerda de un arco, esa cuerda que tensas antes de lanzar la flecha. La pregunta me ha dolido y sé que él se ha dado cuenta. Y ese dolor no solo reverbera en mis palabras, sino que también se refleja en mi mirada, en mis rasgos, hasta en mi actitud.

—Está bien —responde Midas, pero su voz todavía es severa, todavía es cruel. Es la voz de un rey que espera una reacción mansa y sumisa—. Si es verdad que no me has traicionado, necesito que me lo demuestres. Entra en la jaula.

Siento el escozor de las lágrimas en los ojos y, de repente, toda mi musculatura se tensa. No está dispuesto a escucharme. Aunque esté aquí en cuerpo y alma, delante de sus narices, tratando de explicarme, no me va a escuchar porque no quiere escucharme.

Agacho la barbilla y cierro los ojos, como si no soportara ni un segundo más el peso de la intolerancia, de esa falta de empatía.

—No lo hagas, Midas. No ahora. No después de todo lo que ha pasado. Por favor.

Mi súplica desesperada no logra derrumbar su coraza de acero.

—Tiene que ser así, y sabes muy bien por qué. Estuviste de acuerdo.

Levanto la vista del suelo para poder mirarle directamente a los ojos.

—He cambiado de opinión.

Midas me lanza una mirada de indiferencia.

—No te he dado permiso para cambiar de opinión.

Me tambaleo y echo la cabeza hacia atrás, como si me hubiera abofeteado. El dolor es real. Midas está hecho una furia y me temo que esté a punto de perder el control. Rechina los dientes y tiene los hombros tan tensos que parece que se le hayan agarrotado. Con ese ademán soberbio y orgulloso, y con su inseparable corona de oro sobre la cabeza, añade:

—Última oportunidad. —Y esta vez utiliza un tono de voz más perverso si cabe—. Entra en la jaula, o me veré obligado a meterte a la fuerza.

Me da la sensación de que me acaba de atravesar el corazón con un puñal.

Hacía dos meses que no nos veíamos. Durante este tiempo, he temido por mi vida en incontables ocasiones. En varios momentos, llegué a creer que no sobreviviría a ese calvario.

Solo quería que Midas me dijera que estaba orgulloso de

415

mí, que seguía enamorado de mí, que me quería por encima de todas las cosas.

Solo quería que me abrazara. Que me abrazara de verdad, apoyar la cabeza sobre su pecho y oír la hermosa cadencia de su corazón. Qué ingenua. No me ha estrechado entre sus brazos, no. De hecho, no ha tenido un solo gesto cariñoso hacia mí.

—Estoy tratando de hablar contigo, Midas. Necesito hablar —insisto, y el dolor que me oprime el pecho también se percibe en mi voz, que suena apagada, herida—. Siempre he confiado en ti. Siempre te he escuchado. Siempre te he obedecido. Por una vez, ¿podrías hacer eso mismo por mí? ¿Podrías escucharme?

Midas está tan furioso, tan encendido, tan acalorado que me sorprende que no escupa fuego por la boca.

—¿Escucharte, a ti? —me ladra—. Porque te ha ido de maravilla cuando has vivido en el mundo exterior, ¿verdad? —pregunta con tono de burla—. Cuando te encontré en ese callejón, ¿tu vida era un camino de rosas?

Un golpe bajo, desde luego. Aprieto los labios, pero no me callo.

—Sabes muy bien que no lo era.

—Exactamente.

—Pero eso era entonces —replico—. No era más que una cría, Midas. Ahora me he…

—¿Qué? ¿Te has demostrado a ti misma que no necesitas la protección de esos barrotes? —me interrumpe, y me echa en cara las palabras que he utilizado minutos antes.

Me cruzo de brazos y le lanzo una mirada desafiante.

—Sí.

Él se mofa por lo bajo. Suelta una risa socarrona y arrogante con la que pretende hacerme sentir pequeñita, indefensa y débil, tal y como ha hecho tantas veces en el pasado.

—¿Y qué me dices de la aldea de Carnith? —pregunta, y

empalidezco de repente—. También creíste que podías mane-
jártelas tú solita, ¿verdad, Auren? Y mira lo que pasó.

Tengo el corazón amoratado de tantos golpes. Los cardenales van apareciendo por todo mi cuerpo, manchas que se van
tiñendo de un verde enfermizo y nauseabundo.

—Eso fue un accidente —susurro, y las lágrimas se agolpan en mis ojos y me nublan la vista.

Y entonces me arroja una mirada de absoluto desprecio.

—Dime una cosa, Auren. ¿Has tenido más accidentes durante estos meses?

—Basta —farfullo, y cierro fuerte los ojos. No quiero verle,
no quiero oírle—. Siempre he hecho lo que me has pedido.
Me he entregado a ti sin reservas, me he dedicado en cuerpo y
alma a satisfacerte, a hacerte feliz. Te he sido leal y fiel durante
más de diez años. Jamás te he reprochado nada. He sufrido, y
no me he quejado. Y todo eso lo he hecho porque confío en ti.
Porque te amo.

¿Cómo ha podido recriminarme justamente eso? Él sabe
mejor que nadie que ese episodio de mi pasado me destruyó
por completo.

No reprimo el llanto. Son lágrimas de dolor, de desconsue-
lo, de profundo sufrimiento. Es como si me llorara el corazón,
y no los ojos.

Midas suspira, sacude la cabeza y, durante un segundo, clava la mirada en el suelo.

—Está bien. Estás cansada y muy nerviosa. Creo que te
vendrá bien tumbarte en la cama y descansar un poco. Since-
ramente, no te reconozco. Esta no eres tú, Auren.

—¡Esta soy yo! —grito.

Midas se queda de piedra, con los ojos como platos. Es la
primera vez que le grito.

—Por fin, después de todo este tiempo, estoy empezando a
ser yo misma —balbuceo entre sollozos, y me llevo una mano al
corazón—. Por fin estoy empezando a decir lo que pienso, y no

417

voy a tumbarme en la cama y hacerte creer que voy a seguir comiendo de tu mano, que voy a vivir sometida a tu intransigencia.

Midas me tenía en un pedestal, pero yo a él también. Sin embargo, no estábamos a la misma altura, por lo que era imposible mirarnos a los ojos y tratarnos de igual a igual. Él siempre ha estado por encima de mí.

Ahora, en cambio, me he puesto a su altura. Ya no soy aquella quinceañera que sucumbía a los encantos de su salvador y se dejaba embaucar con tan solo una mirada. Ahora por fin puedo mirarle con otros ojos, y no me gusta lo que veo.

—Me he rendido a tus pies, te he dado todo cuanto tengo, y aun así no tienes suficiente. Me aconsejaste que mintiera porque creías que era la forma de mantenerme a salvo, de no correr ningún peligro. Pero me engañaste, ¿verdad? No lo hiciste por mí, lo hiciste por ti —continúo, y mis palabras suenan a acusación, una acusación que llevaba tiempo guardándome, e ignorando—. No quiero seguir viviendo así, Midas.

—Eres mía —ruge él, y da un paso al frente para intimidarme.

Doy un respingo, pero no estoy dispuesta a claudicar.

—No, Midas. No soy posesión de nadie.

Él niega con la cabeza y el resplandor anaranjado que ilumina el vestidor se refleja en su corona de oro.

—Te entregaste a mí hace mucho tiempo, preciosa. No olvides cuál es tu lugar.

Mi lugar. Mi lugar está en esa jaula. En sus manos.

Mi expresión es firme, inflexible.

—No.

Silencio. Un silencio tenso y afilado, como la punta de una lanza antes de atravesar a un cervatillo. De repente, Midas se abalanza sobre mí, me agarra por la cintura y me da la vuelta. Y todo en medio segundo. Ha sido un movimiento demasiado rápido e inesperado para el que no estaba en absoluto preparada.

No quería abrazarme para ofrecerme consuelo, pero sí para dominarme como a una marioneta.

Al ver que está dispuesto a utilizar la fuerza bruta para someterme, se me encienden todas las alarmas y, de sopetón, cada desplante, cada herida abierta, cada duda ignorada, cada sentimiento enterrado salen a la luz.

Dejé que me encerrara en una cárcel.

Me rescató en un momento de mi vida en el que estaba hundida, sola y abatida. Le idealicé y creí que a su lado llevaría una vida de cuento. Pero no puedo seguir negando la realidad. Me salvó, sí, pero después me confinó en una pajarera y me obligó a aceptar todas sus condiciones, sin derecho a réplica.

Me arrastró hasta un reino helado, un reino ajeno y desconocido para mí. Se casó con una reina fría y altiva que me desprecia y aborrece.

Se folló a decenas de monturas delante de mí.

Me convirtió en un espectáculo para sus súbditos y visitantes de otros reinos.

Me encerró bajo llave en esa jaula, día sí y día también. Me utilizó.

Hay tantas cosas que he tenido que aceptar, que aguantar… No me ha quedado más alternativa que resignarme y transigir y adaptarme porque «las cosas tenían que ser así», porque «eso era lo que Midas esperaba de mí».

Nunca le paré los pies. Esos mensajes calaron hondo en mí y me convencí de que «las cosas tenían que ser así». Me engañé a mí misma porque le amaba, y porque me dejé manipular.

Llevo tanto tiempo doblegada y postrada a sus pies que había olvidado por completo que podía levantarme, ponerme derecha y caminar sola.

Qué cándida he sido. Qué tonta, qué estúpida, qué imbécil. Aprendí a desconfiar de todo el mundo, pero pensé que podía fiarme de él. Y me equivoqué. Vaya si me equivoqué.

La rabia se apodera de mí y, por fin, reacciono. Empiezo a patearle, a golpearle con los puños, a revolverme entre sus brazos, pero Midas no me suelta.

—¡Auren, para! —me espeta al oído.

—¡Suéltame!

Midas ignora mi súplica igual que ignora cada una de mis embestidas. Siento que el brazo que me rodea la cintura cada vez me oprime y me estriñe más y empiezo a quedarme sin aire en los pulmones. Si sigue apretándome con tanta fuerza, voy a asfixiarme. Poco a poco, vamos acercándonos a la jaula y, con el rabillo del ojo, veo que se palpa el bolsillo. Está buscando la llave.

Le araño los antebrazos, la cara. Apoya la mejilla en la parte trasera de mi cabeza para impedir que siga zarandeándome y para impedir que se me deslice la capucha.

—¡Com-pór-ta-te! —me ordena rechinando los dientes.

Pero no lo hago. No voy a obedecerle porque no puedo hacerlo. No puedo volver a vivir en una jaula. No puedo, no puedo, no…

Un ruido metálico. Intuyo que se le ha caído la llave al suelo.

—¡Abre la puerta! ¡Ahora! —le ordena a la mujer. Había olvidado que seguía ahí.

—¡No! —chillo con voz ahogada, pero mi ruego desesperado no logra conmoverle.

Oigo a mi doble acercarse a los barrotes para recoger la llave del suelo. Oigo que la introduce en la cerradura. Y oigo el inconfundible chasquido del candado. Esa maldita llave ha abierto la puerta de la jaula, pero también ha abierto una puerta interior tras la que se escondían emociones reprimidas, pensamientos contenidos.

Midas me empuja.

Hace apenas un segundo sentía sus brazos como dos bandas de acero sujetándome la cintura. En un abrir y cerrar de ojos, me arroja al interior de la jaula con una fuerza hercúlea y mi cuerpo termina tendido en el suelo frío y metálico de la jaula.

Lo ha hecho. Me ha metido en la jaula en contra de mi voluntad. Y va a encerrarme allí, a pesar de que le he repetido hasta la saciedad que no quiero volver ahí dentro.

Y en ese instante empiezo a gritar.

Un grito eterno, un grito ensordecedor. Un grito que repta por las paredes, que se me adhiere a la piel, que se inmiscuye por mis oídos y atiza mi fuego interior.

Es un alarido rábido, furibundo, enajenado. Un rugido de pánico. Jamás había chillado de esa manera.

—¡Fuera! —le ladra a la mujer.

Me pongo de pie de un salto, y lo hago más rápido de lo que imaginaba. Sé que no puedo perder ni un solo segundo, así que corro despavorida hacia la puerta de la jaula.

Esa réplica andante de mí también trata de huir de esa cárcel, pero sé que, si consigue salir antes que yo, Midas me cerrará la puerta en las narices, y ya no tendré escapatoria.

Y no puedo dejar que eso ocurra.

Mis cintas se desenmarañan al mismo tiempo que mi ira se desata. Las tiras de satén dorado se extienden alrededor de mi cuerpo como serpientes rabiosas y, durante una milésima de segundo, se quedan suspendidas en el aire.

Y un instante después, las veinticuatro cintas salen disparadas hacia la puerta para evitar que se cierre. Se enroscan alrededor de los barrotes y se aferran a ellos como a un clavo ardiente.

Pero la mujer está dos pasos por delante de mí y corre a toda prisa, así que alargo el brazo, mi mano toca su hombro y entonces le asesto un empujón.

Siento un ardor en la palma de la mano, como si tuviese una bola de fuego.

El cuerpecillo de esa mujer sale volando por los aires y ter-

421

mina estrellándose contra el muro de barrotes de hierro forjado. No puedo distraerme, así que concentro toda mi atención en las cintas, que tratan de mantener la puerta abierta. La presión que noto en la espalda es abrumadora, pero no es momento de flaquear, sino de aguantar.

Midas abre la boca y vocifera como un loco, pero no consigo entender lo que dice. Forcejeamos. Utiliza toda su fuerza bruta para intentar cerrar la puerta, pero mis cintas son más fuertes que él. Se oye un chirrido metálico. El hierro está cediendo y, de golpe y porrazo, mis cintas arrancan la puerta de las bisagras y, guiadas por un instinto animal, la arrojan directamente hacia Midas. No les falla la puntería. La puerta golpea a Midas en el pecho y lo tira al suelo.

Mis cintas se desprenden de los barrotes. Tengo la espalda adolorida por el esfuerzo que acabo de realizar. Estoy a punto de desmayarme. Ese arrebato de furia ha drenado todas mis fuerzas y no soy capaz ni de sostenerme en pie. Y justo cuando voy a desfallecer, consigo levantar una mano y sujetarme a los barrotes de la jaula. Eso no evita que me derrumbe al suelo, pero al menos amortigua un poco la caída.

Y en ese preciso instante caigo en la cuenta de algo.

La bola de fuego.

Levanto la cabeza del suelo y observo el barrote de hierro, y la mano que todavía lo está agarrando. Mi mano está al descubierto.

En algún momento se me ha escurrido el guante.

Suelto el barrote de inmediato y empiezo a alejarme, pero ya es demasiado tarde, por supuesto.

El oro ha empezado a manar de la palma de mi mano en cuanto he tocado el barrote, como sangre que sale a borbotones de una herida. Estaba demasiado enajenada como para controlarlo, demasiado asustada como para reprimirlo.

El riachuelo dorado se desliza por el barrote hasta formar un charco a mis pies. Se escurre y fluye y se extiende por el suelo de la jaula como la marea del océano. Se arrastra por cada uno de los barrotes hasta alcanzar el techo abovedado de esa monstruosidad de hierro, cubriendo cada centímetro del metal con su manto dorado.

Me doy la vuelta para gritar una advertencia, pero lo único que sale de mi boca es un lamento estrangulado.

No.

No, no, no.

Echo a correr, me tropiezo con mis cintas por el camino. Pero acercarme solo sirve para confirmar lo que ya sé de antemano. Mi palma ardía cuando empujé a esa pobre chica, pero estaba demasiado distraída como para prestarle atención.

Observo horrorizada la escultura de oro macizo en la que se ha transformado esa mujer, con la boca todavía abierta en un grito mudo. El cuerpo se ha debido de solidificar cuando la he tocado, cuando la he empujado hacia los barrotes, y por eso tiene el cuello tan estirado, como si hubiese sufrido un latigazo cervical.

Sin embargo, sus ojos... Sus ojos están cerrados en una mueca de agonía y sufrimiento, como si pudiese sentir que el oro la estaba consumiendo.

—No...

Me fallan las piernas y me derrumbo sobre mis rodillas. Libero un grito de desesperación, de impotencia.

—¡Mira lo que has hecho, Auren!

Me encojo de dolor al oír esa tremenda acusación. Volteo la cabeza y descubro que Midas ha conseguido quitarse de encima esa pesada puerta de hierro y está poniéndose en pie. Echa un vistazo a la estatua de oro y después me dedica una mirada cargada de profunda decepción, aunque también advierto la sombra de la condescendencia.

Sacude la cabeza.

—¿Lo ves? —me pregunta, y señala a la mujer—. ¿Ves por qué tienes que estar en una jaula?

Los sollozos se agolpan en mi pecho, me apalean la garganta, me pellizcan la lengua.

He matado a otra persona inocente. Esta pobre mujer no había hecho nada. Se vio forzada a suplantar mi identidad, mi persona, y acabo de asesinarla a sangre fría.

El sentimiento de culpa me invade y sacude todo mi cuerpo. No puedo dejar de temblar, de tiritar. Pero esta vez no es de frío, ni de miedo, sino de arrepentimiento.

—No pretendía... —empiezo, pero es una respuesta tan patética que solo consigo odiarme un poquito más.

¿Por qué me he dejado llevar por ese instinto animal tan salvaje? ¿Por qué la he empujado? ¿Por qué no me he dado cuenta de que había perdido el guante?

Reconozco las pisadas de las botas de Midas acercándose a mí. La llama de la vela dibuja una sombra larguísima sobre él.

424   Chasquea la lengua en un gesto de reprimenda y niega con la cabeza mientras contempla esa espantosa creación dorada.

—¿Lo ves, Auren? Por cosas como esta necesitas la jaula —repite una vez más, aunque su voz rechina en mis oídos como el metal cuando roza la piedra—. No solo para protegerte a ti, sino para proteger a los demás de ti.

Estoy hecha un mar de lágrimas.

Y tengo la espalda dolorida.

Llamé monstruo a Rip pero, en realidad, el monstruo soy yo. Mientras sigo ahí arrodillada frente a esa aberración, frente a ese rostro que refleja la tortura que vivió esa mujer antes de dar su último aliento, Midas me cubre la cabeza con la capucha y después deja escapar un suspiro muy muy largo.

—No pasa nada, preciosa —dice, y esta vez utiliza un tono mucho más suave—. Me encargaré de solucionarlo, te lo prometo. No te preocupes por nada.

Ahora ha adoptado una actitud más amable, más comprensiva. Su voz ya no suena tan severa, ni autoritaria, ni acusatoria. Me da una palmadita en el hombro y después me acaricia la cabeza, como si fuese una mascota herida que se conforma con una simple carantoña de su amo. Y es entonces cuando me pregunto cómo diablos he llegado a creer que en esto consistía el amor.

¿Cómo he podido mirarle a los ojos cada día durante la última década y no darme cuenta de que el brillo de mi piel era lo que le cautivaba y enamoraba, y no el amor de mi corazón? ¿Cómo he podido estar tan ciega? ¿Cómo he podido confundir la figura de un amo con la de un amante?

—Con esta pataleta de niña pequeña has debido de agotar todo tu poder —continúa él, que no deja de rumiar—. Es una lástima, porque tengo una larga lista de cosas que necesito que conviertas en oro, pero da lo mismo. Puedo esperar un poco y, mientras tanto, tú puedes reponerte y recuperar las fuerzas.

Midas continúa parloteando sobre todos los planes que tiene en mente. Parece entusiasmado con todo lo que está por venir. Ya ni siquiera le escucho. No me interesan sus planes. Me siento sola, triste y abatida. Siento el sabor ácido del desamor en la boca. Es un sabor desagradable, un sabor que me provoca náuseas.

—Lo siento. Sé que he perdido los estribos y no me gusta ponerme así contigo. ¿Ves que tenía razón? No puedes prescindir de la jaula, y acabas de comprobarlo por ti misma —dice—. Antes de que te des cuenta, ya te habrás acostumbrado de nuevo a ella, preciosa. Y todo volverá a ser como antes. No te preocupes, no estoy enfadado contigo.

La bestia agreste e indómita que habita en mi interior quiere gruñirle y arrancarle la mano con la que sigue acariciándome la cabeza de un mordisco.

—Ahora, pórtate como una buena chica y recoge las cintas. Quédate aquí quietecita mientras dure mi reunión con Ravinger. Mañana mismo arreglaremos la puerta de la jaula.

425

Sin embargo, lo único que oigo más allá del iracundo latido de mi corazón es el cristal agrietado, que acaba de hacerse añicos.

Midas se dispone a irse. Pisotea la puerta de la jaula, que sigue tirada en el suelo. Me doy la vuelta y, antes de que llegue al umbral del oscuro vestidor, digo:

—Si sales por esa puerta ahora, ya puedes olvidarte de mí para siempre. No te lo perdonaré. Jamás.

Mi voz resuena en esas cuatro paredes.

Él se detiene y titubea durante unos instantes.

—Te quiero, pero no necesito tu perdón, preciosa. Lo único que necesito es tu poder.

39

El rey Midas

*U*na vez en el pasillo, me sacudo la túnica para que las arrugas, y cualquier rastro de ese pequeño encontronazo, desaparezcan. La tela es bastante gruesa y áspera, igual que la brisa que sopla en este castillo de hielo. En estos lares no azotan ventiscas, ni se desatan tormentas de nieve, pero da lo mismo. El frío consigue inmiscuirse por cada grieta y agujero de este palacio.

Echo un último vistazo a la puerta. Está cerrada. Es de madera maciza, casi indestructible, igual que las paredes, por lo que me resulta imposible saber si Auren sigue gritando ahí dentro. He enviado a todo un equipo de contingencia para que la vigilen, por si acaso.

Tengo los hombros todavía rígidos de la tensión y me duele la mandíbula de haberla apretado tanto. No me agrada tener que utilizar la fuerza para hacerle entender las cosas. No me agrada en absoluto.

Auren siempre ha sido una chica dócil y obediente, un alma cándida en la que podía confiar plenamente. Es una de las virtudes que siempre he admirado de ella. Esa capacidad de mostrar una actitud flexible, tolerante y maleable ante cualquier circunstancia, por muy escabrosa que pueda ser.

Auren nunca me había mirado como me ha mirado hoy, y no me ha gustado.

Sé que he perdido los papeles en el vestidor. Debería haber controlado ese mal genio, pero esa actitud tan exigente y testaruda me ha pillado desprevenido. Esperaba que volviera llorando a mis brazos, rota y temerosa; creía que estaría deseando refugiarse de nuevo tras sus barrotes, porque los dos sabemos que ahí dentro está a salvo.

Sin embargo, Auren ha vuelto... cambiada.

Pero ahora mismo no puedo permitirme el lujo de preocuparme por eso. Sé que arreglaremos este pequeño malentendido y estoy seguro de que, tarde o temprano, la haré entrar en razón. Necesita tiempo, eso es todo. Soy consciente de que le he fallado, y tengo que demostrarle que a mi lado no tiene nada que temer porque la protegeré a capa y espada. Volverá a ser la misma Auren de siempre y entonces, juntos, transformaremos este castillo apagado y frígido en una obra arquitectónica de oro.

428   Aunque no puedo precipitarme. Todo a su debido tiempo. Los nobles de Rocablanca están empezando a impacientarse.

He apaciguado los ánimos de los aristócratas con promesas de oro, y ahora estoy en deuda con ellos. Si no cumplo con sus exigencias y les concedo lo prometido, empezarán a inquietarse y, peor aún, a rebelarse.

El afán de todos ellos es tener los bolsillos atestados de monedas y sus arcas a rebosar de riquezas. Mi anhelo, en cambio, es sentarme en el trono por clamor popular, sin objeciones, y borrar las fronteras que separan el Quinto Reino del Sexto Reino, uniendo así ambos territorios.

No solo gobernaré un reino, sino dos.

Pero antes...

Avanzo por el pasillo con rumbo fijo. Atravieso varios salones y vestíbulos hasta llegar al lugar que he elegido para reunirme con el cabrón del rey Slade Ravinger.

He ordenado a los criados que preparen el salón del trono para la ocasión, y no la sala de reuniones, ni tan siquiera la sala de guerra. Una elección calculada, por supuesto. Así negociaré el acuerdo sentado en la sede del poder, un escalón, o más de uno, por encima de él.

Le estoy mandando un mensaje muy claro. La sombra de su ejército a los pies del castillo no me amedrenta en lo más mínimo, y ni siquiera su fastuosa exhibición de poder mágico ha conseguido que me tiemble el pulso. Ahora soy el rey en funciones de Rocablanca y sus estrategias intimidatorias no van a funcionar conmigo.

Después de varios años tramando y urdiendo este plan, por fin todo empieza a encajar.

Pero antes tengo que purgar la podredumbre.

Me sigue un séquito de guardias, una procesión dorada en un castillo de cristal, hierro y piedra. Será mucho más majestuoso e imponente cuando sea de oro. Auren tardará semanas, puede que incluso meses, en conseguirlo. Serán jornadas extenuantes. El esfuerzo agotará su poder cada día, pero merecerá la pena.

El oro siempre merece la pena. Cueste lo que cueste.

Entro en el salón del trono pensando que Ravinger y sus hombres ya estarán ahí, esperándome. Sin embargo, las únicas personas que se han dignado a acudir puntualmente a la reunión son varios guardias de Fulke y otros tantos míos, que custodian esa sala vacía desde las paredes.

Tuerzo el gesto, molesto ante esa clara falta de respeto, y atravieso el inmenso salón.

Los cristales azules que decoran los candelabros que cuelgan del techo bañan el suelo con riachuelos color cobalto. Detrás del trono se alzan unos enormes ventanales, aunque están cubiertos por una capa de escarcha bastante gruesa.

Intuyo que no es casualidad, sino que diseñaron el salón así para que la luz se colara justamente por ahí y así iluminara al monarca elegido y bendecido por el Divino. O para deslumbrar a los súbditos que se postren ante el rey, pues la luz es cegadora.

429

Cuando por fin llego al otro extremo de la sala y subo la tarima de mármol blanco, me doy la vuelta y me acomodo en el trono. Está esculpido en peltre y hierro y ostenta una amatista preciosa en el centro del respaldo. Solo una, pero ya he hablado con un herrero para que añada cinco gemas más.

El seis es mi número predilecto, y el número que debería imperar en todos los reinos.

Mi consejero jefe, Odo, aparece de repente. Sus andares son afanosos y, a juzgar por su expresión, está muy ajetreado. Le pisan los talones unos cuantos asesores más, la mitad contratados a dedo por mí, la otra mitad elegidos por el ya fallecido rey Fulke. Algunos son conservadores y todavía se muestran reticentes a unirse a mi causa, sobre todo porque el heredero de Fulke, Niven, es una opción que se resisten a descartar. Están preparando al muchacho para que ascienda al trono cuando cumpla la mayoría de edad.

430 Por desgracia para él, eso no va a ocurrir. No ascenderá al trono, y tampoco cumplirá la mayoría de edad. Una lenidad, en verdad. Se ve a una legua que ese joven no está hecho para gobernar.

Sentado en el trono y con la mirada fija en la puerta de entrada, tamborileo los dedos sobre el reposabrazos de peltre seis veces. Una pausa. Y seis tamborileos más.

Con cada minuto que pasa, mi impaciencia se va transformando en indignación. Y la indignación es la piedra angular sobre la que se sustenta mi ira.

Mis asesores toman asiento en el banco situado a la izquierda, justo detrás de la balaustrada que se construyó para separar a los nobles de los plebeyos. El séquito que acompañe a Ravinger, sin embargo, tendrá que quedarse de pie en la zona destinada a los plebeyos.

Otra de mis elecciones calculadas.

Los minutos van pasando. Sigo esperando, tamborileando los dedos sobre el reposabrazos. Mi paciencia está empezando a agotarse. Esperar me saca de quicio.

Mis guardias están bien entrenados, por lo que permanecen firmes e inmóviles y no muestran un ápice de nerviosismo. Mis asesores, en cambio, están inquietos. Murmuran entre sí, resoplan, tosen, se revuelven en el asiento. Todos esos ruiditos me irritan sobremanera.

Aun así, no es momento de mostrar mi mal genio, así que sigo esperando. Me fijo en la luz que reflejan los candelabros azules y me doy cuenta de que los riachuelos que fluían por las baldosas de mármol han cambiado su cauce, y ahora serpentean unos centímetros más allá.

—¿Dónde está? —pregunto, y ni me molesto en disimular mi enfado. Las palabras resuenan en ese salón gigantesco.

Odo se levanta del banco de un salto. De los bolsillos de su abrigo asoman varios pergaminos, plumas y tinteros, para tomar notas. Eso si el cabrón de Ravinger se digna a presentarse, claro.

—Voy a averiguar qué ocurre, mi rey.

—Date prisa.

Él asiente. A pesar de la calvicie, aún mantiene una aureola de cabellos grises alrededor de la cabeza, como si llevase una corona plomiza. Odo se escabulle por la puerta trasera. La exasperación y el enfado empiezan a reflejarse en mi postura. Como si de un tic nervioso se tratara, no puedo dejar de menear la pierna izquierda. Cualquiera diría que he sufrido un calambre, o algo parecido.

Todo forma parte de un juego psicológico, lo sé. No soy el único que utiliza esta clase de estratagemas con el enemigo. Aun así, me molesta porque ahora mismo podría estar en mis aposentos, consolando a Auren, ayudándola a instalarse en su nuevo hogar.

No consigo quitarme de la cabeza el rencor con el que me gritaba, con el que me miraba. Era como un dragón escupiendo fuego. Nunca. Nunca la había visto así.

Pero no me ha gustado.

431

No estoy seguro de qué le ha ocurrido, ni sé las calamidades que ha tenido que soportar durante las semanas que no ha gozado de mi protección. Pero lo averiguaré. Interrogaré a los guardias, a las monturas, a todo el mundo. Quiero conocer hasta el último detalle, por insignificante que sea. Y después me vengaré.

Empezaré por los Bandidos Rojos. Estuvo en ese repugnante barco pirata apenas unas horas, pero me aseguraré de que paguen por cada segundo que la tuvieron a bordo.

El rey Ravinger, en cambio… Eso es harina de otro costal. Viajó con su ejército días, semanas. No es de extrañar que haya llegado tan desorientada y de tan mal humor.

Tamborileo los dedos seis veces.

De buena voluntad. Me ha devuelto a mi preferida de buena voluntad. Debo reconocer que no creí que fuese a hacerlo, la verdad. Le quise poner a prueba y, visto lo visto, no la ha superado. Era lo que más me preocupaba, pero el rey Ravinger ha demostrado que no tiene ni la más mínima idea de quién es Auren. De qué es. De lo que es capaz de hacer.

En cuanto me enteré de que había accedido a entregármela sin exigir nada a cambio, respiré tranquilo. Esas semanas de incertidumbre me estaban matando, para qué engañarnos.

Mientras ese secreto no salga a la luz, todo lo demás tiene solución.

Dibujo una sonrisa de satisfacción.

Qué tipo tan estúpido. Me ha entregado el tesoro más valioso de toda Orea, y gratis.

Oh, cómo me encantaría reírme de él en su propia cara, solo para restregárselo.

Pero mantener el secreto es mucho más importante que alardear de él. Y por eso he aprendido a regodearme en privado. Cada vez que Auren convierte algo en oro porque así se lo ordeno, me regodeo. Cada vez que alguien se maravilla ante mi asombroso poder, o se dirige a mí como el Rey Dorado, me regodeo.

He conseguido engañar a toda Orea.

Y ahora tengo la oportunidad de gobernar dos reinos, de reclamar dos tronos, de ostentar dos coronas. Es una oportunidad única que no puedo desaprovechar, y de ahí que esta reunión sea de vital importancia, porque de ella depende que pueda seguir siendo así.

Eso si la maldita reunión llega a celebrarse, claro. Vuelvo a tamborilear los dedos, nervioso.

Seis minutos más. Le doy a ese cabrón seis minutos más. Si no se presenta, bajaré hasta su condenado campamento militar y lo sacaré a rastras de su tienda.

Nadie se atreve a hacerme esperar.

Cuento los segundos con la punta de los dedos. Un minuto. Dos. Tres minutos. Cuatro. Cinco. Seis minutos. La gota que colma el vaso. Estoy furioso. La rabia que me inunda el pecho es espesa, como una mucosidad viscosa que me impide respirar con normalidad.

Me levanto del trono, tenso y rígido, y con expresión de hastío y profundo enojo.

—Iré a buscar a ese canalla yo mismo —ladro.

Y justo cuando me dispongo a bajar el primer escalón de la tarima de mármol, la puerta del salón del trono se abre de par en par, como si la hubiera abierto el violento soplido de un vendaval, y golpea con fuerza la pared.

Oigo los pasos de tres pares de botas. No, cuatro. Uno de ellos es más sigiloso que el resto, y por eso me ha costado distinguir sus pisadas. Todos van ataviados con esa tétrica armadura negra y ni siquiera se han dignado a quitarse el casco, pero, aunque no pueda ver sus rostros, destilan arrogancia por los cuatro costados.

El soldado con esos andares tan silenciosos es menudo, tanto en altura como en corpulencia. Pero el que le sigue es una mole descomunal, una bestia salvaje que, sin lugar a dudas, el rey Ravinger debió de elegir como guardia personal por su tamaño sobrehumano.

433

El tercer soldado parece ser de estatura media. Luce la misma armadura negra, las mismas tiras de cuero, la misma rama retorcida en la empuñadura de su espada.

Los emblemas del Cuarto Reino están esculpidos en el peto de la armadura, justo a la altura del pecho: un árbol desprovisto de hojas, con cuatro ramas retorcidas y nudosas y unas raíces repletas de espinas afiladas.

Frunzo el ceño al reconocer al último miembro de ese cuarteto tan variopinto. Se acerca a la tarima con paso firme, decidido. De él sí he oído hablar.

Es el comandante del ejército.

Da la impresión de que las espinas afiladas del emblema grabado en su armadura han cobrado vida en él, porque de sus antebrazos y espalda sobresalen unas púas negras que parecen aguijones siniestros sacados del mismísimo infierno.

Es un mensaje andante y, según cuentan las malas lenguas, un monstruo ideado y creado por el mismísimo Ravinger. El rey corrompió a su comandante y lo transformó en un engendro salvaje que siembra el miedo allá donde va.

Él es la personificación de las espinas sádicas que recubren las raíces de ese árbol retorcido.

Los cuatro soldados se detienen delante de la tarima, todos con la misma postura: piernas un pelín abiertas, pies separados, brazos sueltos a los lados y mirada al frente. Ninguno dice nada.

El silencio es sepulcral. Si se cayera un alfiler al suelo, lo oiría.

De pronto, me parece oír un caminar lento, tranquilo, relajado.

Desvío la mirada hacia la puerta. Es el rey Ravinger, que acaba de entrar en el salón.

Todos los músculos de mi cuerpo se tensan, pese a que trato de aparentar indiferencia y serenidad. Camina siguiendo la misma cadencia con que yo tamborileaba los dedos.

Con ademán estoico y calmado, cruza el salón del trono como si él fuese a proclamarse rey, como si él fuese a conquistar este reino, y no yo.

Escudriño cada uno de sus movimientos, examino cada gesto, analizo cada detalle. Es la primera vez que veo al infame Rey Podrido en persona.

No luce las vestimentas lujosas propias de un monarca, sino ese traje de cuero negro y marrón, el mismo que llevan sus soldados. Sin embargo, él no se ha enfundado esa lúgubre armadura y ha tenido la decencia de presentarse a cara descubierta, sin el casco. Advierto una serie de líneas tatuadas que asoman por su cuello y se extienden por su mandíbula y mejillas. No. No son tatuajes.

A medida que se va acercando, caigo en la cuenta de que las líneas están debajo de su piel, y no dibujadas encima. Se asemejan a un entramado de venas, aunque son tan oscuras como las plumas de un cuervo. Una rápida ojeada al resto de su cuerpo basta para confirmar mis sospechas. Esas extrañas líneas negras también recorren sus manos y se entrelazan por sus dedos. Es como si le hubieran incrustado los tallos ennegrecidos de una planta marchita en la piel.

Le miro a él, y después a su comandante. Las raíces y las espinas.

No me percato de que sigo de pie hasta que el rey se planta junto a sus guardias. Entonces me dejo caer sobre el trono, aunque ese detalle es irrelevante porque el muy cretino continúa avanzando, sube los peldaños de la tarima de mármol y se coloca justo delante de mí.

Mis soldados se tensan y, como si pudieran oler el peligro, adoptan una actitud más defensiva. Los suyos, en cambio, ni se inmutan.

Estoy tan furioso que me hierve la sangre.

Debería ser yo, y no él, quien pudiera mirarle por encima del hombro, quien estuviese por encima de él. Pero al sentarme

435

en el trono y él encaramarse a la tarima ha acabado ocurriendo justo lo contrario.

Me aplasta con esa mirada verde y esa palidez grisácea y enfermiza. A pesar de que sus rasgos bien podrían ser los de un anciano enclenque, ese hombre transmite una fuerza hercúlea, una vigorosidad impetuosa.

—Rey Midas, si quisiera mentirte, te diría que es todo un placer conocerte, pero me temo que hoy el tiempo apremia y no podemos perder ni un segundo en formalidades absurdas.

Vuelvo a ponerme de pie para no tener que levantar la vista para hablar con él. El muy necio tiene la desfachatez de sonreír con altanería y soberbia.

Tiene la corona un poco torcida, como si ni se hubiera molestado en mirarse al espejo al ponérsela. La corona está formada por varias ramas enredadas entre sí y, en la parte superior, asoman unas espinas que pretenden parecer chapiteles. Es una corona vulgar, sin ninguna ornamentación. Un objeto hosco y áspero y retorcido, igual que su poder mágico de putrefacción.

Le observo con frialdad, sin mostrar ninguna clase de emoción. Y mi tono de voz suena igual de gélido y distante.

—Llegas tarde.

Él mira a su alrededor con aire perezoso, despreocupado.

—¿En serio? Vaya, qué lástima. No pretendía hacerte esperar.

La forma en que lo dice despeja todas mis dudas. Le importa bien poco haber llegado tarde.

—¿Qué te parece si empezamos? —pregunta, como si tuviese el derecho de dirigir la reunión.

Sin esperar una respuesta, se da media vuelta, desciende los peldaños de la tarima y se encamina hacia la puerta que hay al fondo. Sus cuatro guardias personales le siguen sin rechistar. Me quedo estupefacto, sin palabras. Ni siquiera soy capaz de pestañear.

Odo aparece de sopetón. Llega jadeando, como si hubiese estado corriendo por los pasillos del castillo.

—Parece ser que el rey Ravinger ha llegado a palacio y está de camino a la sala de reuniones, señor.

—Obviamente —contesto.

Me dirijo hacia la puerta de la sala de reuniones como un miura y atravieso el umbral seguido de mis guardias y asesores reales. Al entrar tengo que pellizcarme para asegurarme de que lo que estoy viendo es real, y no una pesadilla.

Ravinger ha decidido *motu proprio* que va a ser él quien presida esa mesa larguísima. Sus guardias, que más bien parecen un muro amenazante y silencioso, se han colocado detrás de él.

La osadía y cara dura de ese tipo me desquician. Respiro hondo y recurro a todas las estrategias que, como rey, he tenido que aprender para camuflar las emociones y no revelar mis verdaderos pensamientos. Aun así, el tic de mi mandíbula me delata.

Para colmo, el cabrón de Ravinger se ha dado cuenta. Se acomoda en el asiento con una sonrisita engreída pegada en los labios, como diciendo «ahora te toca a ti».

Mis asesores se miran con el rabillo del ojo. Están demasiado nerviosos. Rodeo la mesa y me dirijo hacia la otra punta, para presidir la mesa desde el otro extremo. Maldito sea él y el Divino, me da igual que estemos a veinticinco metros de distancia. Me niego a sentarme a su lado, como si fuese inferior a él.

Tomo asiento y mis soldados se apresuran en colocarse detrás de mí, con la espalda apoyada en esa pared forrada con papel de color ciruela. La luz es un poco más tenue en esta sala. Solo hay una ventana, justo a mi izquierda, y los cristales están cubiertos de escarcha.

No estoy dispuesto a dejarme humillar y pisotear una sola vez más por él, así que decido tomar la delantera y hablar primero.

—Parece ser que tenemos un problema, rey Ravinger.

Asiente con la cabeza.

—En eso estamos de acuerdo.

Lleva razón. Quizá sea en lo único en lo que estemos de acuerdo.

—Enviaste cadáveres descompuestos a mis fronteras.

Esa sonrisita arrogante otra vez.

—¿Te importaría ser más concreto? ¿A qué fronteras te refieres? Según tengo entendido, has ampliado las fronteras de tu reino, y ando un poco desubicado.

Doy unos golpecitos en el reposabrazos de mi asiento para no perder los papeles.

—Mis fronteras en el Sexto Reino, como bien sabes. En Rocablanca solo soy el rey en funciones, hasta que el heredero de Fulke cumpla la mayoría de edad.

Su mirada verde resplandece.

438 —Ya. Claro.

Ese retintín y ese semblante incrédulo e irónico me sacan de mis casillas, pero sé que debo controlarme.

Ravinger apoya los codos sobre la mesa y se inclina hacia delante. Las líneas que tiene en el cuello y en la cara son perturbadoras. Por un momento, me parece ver que se mueven, igual que las grietas de putrefacción serpenteaban por la nieve mientras él exhibía ante todo el mundo su asqueroso poder mágico.

—Si pretendes oír una disculpa formal por mi parte, siento informarte de que no la vas a tener —contesta—. Ni siquiera eran tus soldados, eran miembros del ejército del Quinto Reino. Aun así, consideré que lo más sensato era devolver a los hombres caídos en combate, y dado que forjaste una alianza con Fulke, no pensé que fuese a molestarte, la verdad. No quería que te llevaras una impresión equivocada, rey Midas.

—¿Qué impresión?

—Que puedes declararme la guerra —responde, sin rodeos. Sus palabras suenan como un golpe encima de la mesa, y eso que no ha alzado la voz.

—Permíteme que te recuerde que no te he declarado la guerra. El Sexto Reino no tiene conflictos con el Cuarto.

Ravinger levanta una mano y echa un vistazo al salón.

—Y, sin embargo, aquí estamos, en el Quinto Reino, tratando de buscar una solución a un conflicto.

Ojalá pudiese agarrar a ese miserable por el pescuezo. Ojalá pudiera retorcerle el cuello y reventarle esas venas putrefactas. Ojalá pudiese estrangularle aquí mismo, en esta misma mesa.

—El rey Fulke fue condenado por sus imprudentes y desatinadas decisiones —respondo. Debo controlar el temperamento. Alterarse no servirá de nada—. A menos que quieras asesinar a un muchacho inocente por los pecados de su padre, el Quinto Reino ya no supone una amenaza para ti. No es un enemigo que batir. Fue un ataque de última hora de un rey excéntrico que ya está muerto. Y yo no tuve nada que ver con eso.

—Tengo informes que aseguran lo contrario.

Todo ese sarcasmo previo desaparece de un plumazo. Su expresión ya no es divertida, sino oscura. Perversa. Letal. Con ese simple gesto, recuerdo que el hombre con quien estoy negociando no es un tipo cualquiera, sino un ser muy poderoso. Y él va a asegurarse de que no vuelva a olvidarlo.

Noto un hormigueo frío en la nuca y se me eriza la piel.

—Tus informes son erróneos —respondo con voz férrea. Querría mirar hacia otro lado, pero no me atrevo. Uno jamás debe apartar la mirada de un depredador.

—Erróneos.

No es una pregunta, sino una exigencia. Quiere que se lo demuestre.

Extiendo los brazos hacia los lados, un gesto tranquilo de un rey bondadoso y caritativo.

439

—Estoy convencido de que podemos llegar a un acuerdo. No quiero solucionar este asunto en el campo de batalla, rey Ravinger.

—Qué pena, porque mi ejército está preparado y a la espera de recibir órdenes para atacar Rocablanca y, como bien has dicho, tú eres el rey en funciones —contesta él. Las líneas negras que tiene en la cara me recuerdan a la pintura de guerra, marcas de violencia y sadismo creadas por esa magia maléfica—. Los hechos son muy claros. Las tropas del Quinto Reino invadieron mi frontera, y no puedo dejar que se vayan de rositas. Alguien debe asumir las consecuencias y pagar por los crímenes cometidos.

Empiezo a angustiarme. La negociación está tomando un cariz que me perturba. Me siento rodeado por un halo de púas que amenaza con atravesarme la piel.

Estoy cerca. Estoy muy cerca de apoderarme de este reino, de conquistar este trono. No puedo permitirme librar esta batalla porque sé que perdería.

—Hay quien asegura que existen informes que indican que te has adentrado en territorios que no te pertenecen, que has traspasado fronteras sin pedir ningún tipo de permiso. Tal vez por eso Fulke decidió mover ficha. Quizá fuese un ataque preventivo, para proteger sus fronteras —comento, aunque trato de ser cauteloso.

Ravinger sonríe de oreja a oreja, pero lo que dibuja no es una sonrisa, ni por asomo. Me está enseñando los dientes, como si fuese un lobo. Solo le falta gruñir.

Se inclina sobre la mesa.

—Demuéstramelo.

Aunque no logro distinguir su mirada tras ese armazón negro, sé que sus cuatro soldados no me quitan el ojo de encima. Examinan cada uno de mis movimientos y analizan todas mis palabras. Echo un vistazo al comandante, el que parece un erizo, y no puedo evitar fijarme en su armadura. Quien fuese que diseñara ese traje de protección no tuvo en cuenta conceptos tan básicos y fundamentales como la estética o la armonía. Es un arma en sí misma. Impone, igual que los demás, y también posee un aura siniestra y despiadada. Su presencia aquí tiene un objetivo muy claro: recordarme la clase de ejército que ha formado filas ahí fuera.

Deslizo la mirada de nuevo hacia el rey.

—Como bien he dicho, no pretendo solucionar este asunto en el campo de batalla.

—Entonces mucho me temo que estamos en un callejón sin salida —replica Ravinger, y se encoge de hombros, como si librar una guerra fuese una nimiedad, una consecuencia intrascendente.

Pensándolo bien…, para él sí es una consecuencia intrascendente. He observado a los soldados del Quinto Reino. El ejército de Ravinger arrasará este reino en un santiamén. Ni siquiera tendrá que utilizar su poder para destruir Rocablanca.

—Estoy convencido de que podemos buscar otras soluciones que no impliquen la muerte de civiles y personas inocentes —propongo con una sonrisa apaciguadora—. Una indemnización por haber atacado tu frontera, por ejemplo.

Con los codos aún sobre la mesa, Ravinger entrelaza las manos y apoya la barbilla encima.

—Soy todo oídos.

«Por fin.»

Simulo estar cavilando durante unos instantes.

—Ordena a tus tropas que se retiren de Rocablanca en son de paz, y te compensaré. Prometo reparar los daños causados con oro.

Silencio.

No musita palabra. Tampoco reacciona. Ni siquiera vislumbro el brillo de la emoción en su mirada. Por un momento incluso llego a dudar de que haya oído mi jugosa oferta.

Estoy al borde de la desesperación.

441

—Pon un precio, Ravinger. Pagaré con creces. Una vez que firmemos el acuerdo de paz, podrás regresar a tu reino cargado de riquezas y oro.

Pero Ravinger sigue impertérrito. No dice nada. Empiezo a sudar.

Está jugando conmigo. Intimidándome. Tratándome como si fuese mejor que yo. Alardeando de su poder. Es lo que lleva haciendo desde que ha llegado.

Ha colocado a todo un ejército a las puertas del Quinto Reino y su entrada en la ciudad de Rocablanca no puede definirse de otra manera que como triunfal, haciendo gala del poder que atesora. He estado estudiando a sus soldados, y no parecen estar descontentos o agotados, y eso que han cruzado las malditas Tierras Áridas, un páramo inhóspito del que muy pocos logran salir con vida.

Y no han tomado ningún atajo, sino más bien lo contrario. Han tomado el camino más largo, lo cual todavía no logro comprender. Han bordeado el paso de montaña, donde les estaba esperando un contingente que yo mismo había enviado para obligarles a desviarse del camino. Por no mencionar que los soldados que mandé para que se infiltraran en el campamento y rescataran a Auren nunca regresaron. Y tengo el presentimiento de que no volveré a verlos.

Pero Ravinger es un ser insaciable, y no ha tenido suficiente con eso. Después ha presumido de su magia delante de toda la ciudad, dejando que la podredumbre se extendiera por el suelo. Una advertencia, una amenaza para amedrentar a todos los espectadores.

No ha dejado de mostrar esa actitud engreída, arrogante y presuntuosa en ningún momento, ni siquiera cuando ha entrado en el salón del trono. Ha tenido la desfachatez de subirse a la tarima de mármol y de presidir la mesa de negociaciones.

Eso es a lo que se dedica, a alardear. Porque puede hacerlo. Porque es un cabrón vanidoso y presuntuoso.

Se me está agotando la paciencia.

—¿Y bien? ¿Cuántas riquezas vas a querer, Ravinger?

—Ninguna.

Me revuelvo en la silla, anonadado.

—¿A qué te refieres con «ninguna»?

He debido de oírle mal. Todo el mundo quiere oro. Es lo único que todo monarca ansía, de hecho.

—Ya me has oído —responde él con indiferencia—. No quiero tus riquezas.

Estoy totalmente desconcertado. Empiezo a sospechar que Ravinger lo tenía todo planeado desde el principio. Ha llevado la negociación por donde él ha querido, y yo he caído en su trampa.

—¿Qué quieres entonces? —Ahora me toca a mí exigir, y no voy a andarme con eufemismos. Me está haciendo perder los nervios y quiero poner punto final a esta reunión ya.

—Quiero el Pozo de la Muerte.

Dibujo un mapa mental y tuerzo el gesto, perplejo a la par que curioso.

—¿El Pozo de la Muerte? ¿Esa franja de tierra baldía en los confines del Quinto Reino?

Él dice que sí con la cabeza.

—Esa misma.

Le lanzo una mirada de recelo.

—¿Por qué?

—Tal y como tú mismo has dicho, corren rumores de que he… estado adentrándome en territorios que no me pertenecen —dice con voz inquebrantable, y echa los hombros hacia atrás—. Para acallar esos rumores y compensar la invasión injustificada por parte del Quinto Reino a mis fronteras, ahora reclamo la propiedad de esa frontera que, como gobernante en funciones, me entregarás como gesto de buena voluntad. —Una pausa—. De lo contrario, mi ejército atacará al anochecer.

Le observo. Me observa.

En mi cabeza se agolpan toda clase de interrogantes, de dudas, de incógnitas.

Quiere el Pozo de la Muerte.

Pero ¿por qué diablos quiere el Pozo de la Muerte? Me devano los sesos tratando de recordar qué hay ahí. Hurgo en mi memoria, pero lo cierto es que no estoy muy familiarizado con la geografía del Quinto Reino.

Aun así… Estoy bastante seguro de que las tierras que separan su reino de Rocablanca son un erial yermo y estéril. Si no me falla la memoria, ahí no hay nada, salvo hielo.

¿Prefiere que le indemnice con un pedazo de hielo en mitad de la nada que con su peso en oro? Por mucho que le dé vueltas al tema, no consigo entenderlo. No tiene ni pies ni cabeza, pero presiento que no puede ser una elección al azar. Debe tener un motivo para querer hacerse con el Pozo de la Muerte, y necesito averiguar de qué se trata.

Ravinger se inclina hacia delante, y su cuerpo empieza a emanar una onda expansiva que me da mala espina. Tengo la impresión de que el ambiente se enturbia con su aura siniestra y agorera.

Ojalá pudiese meterme en esa cabecita maquiavélica y saber por qué ambiciona ese pedazo de tierra. Aunque la curiosidad me está consumiendo, no puedo preguntárselo. Así son las normas de este juego: reivindicamos lo que consideramos que merecemos, pero no revelamos qué queremos en realidad.

—El Pozo de la Muerte —repito, y en esa afirmación se intuye la sombra de una pregunta. Ravinger asiente con la cabeza otra vez.

—Cédeme por escrito el Pozo de la Muerte, rey Midas, y mi ejército abandonará Rocablanca pacíficamente.

Entorno los ojos. Tengo un mal presagio.

—¿Eso es todo, nada más?

De repente, su expresión cambia por completo. Ahora tengo ante mí a un rey misericordioso, benévolo e indulgente.

—Mis soldados llevan viajando varias semanas. Por supuesto, sé que en honor a tu reputación de rey hospitalario y generoso, nos invitarás, a mí y a mis tropas, a tu recién adquirida ciudad para que podamos descansar y, sobre todo, celebrar este acuerdo de paz.

Aprieto los labios en una fina línea. Y un carajo quiero a esa panda de desalmados como huéspedes en el castillo de Rocablanca.

—No creo que…

Pero él no me deja terminar.

—Oh, no se me ocurre mejor ocasión para festejar este histórico momento. Si no ando equivocado, vas a acoger a otro reino en este mismo palacio dentro de unas semanas, ¿verdad? Estoy seguro de que ni en tus mejores sueños hubieses imaginado compartir tal celebración no en compañía de uno, sino de dos reinos.

Me quedo petrificado.

A mis espaldas, todos mis asesores dejan de garabatear anotaciones en sus cuadernos. Ya no oigo el siseo de la pluma sobre el pergamino. Intuyo que están en estado de *shock*, igual que yo.

¿Cómo demonios se ha enterado de que en estos momentos hay una comitiva del Tercer Reino que viene hacia aquí?

Esbozo una sonrisa forzada, incómoda.

—Por supuesto. Tú y tu ejército sois más que bienvenidos al castillo de Rocablanca. Por favor, estáis en vuestra casa. Aquí podréis recuperaros de tan larga travesía y reponeros.

Ravinger sonríe, dejando al descubierto dos ristras de dientes afilados y relucientes más propios de un animal acostumbrado a devorar a sus presas que de un ser humano.

El escalofrío que me recorre la espalda despeja todas mis dudas. Quizá haya evitado que su ejército arrase Rocablanca y

masacre a su población, pero las prisas nunca son buenas con-
sejeras. Estaba demasiado ofuscado, demasiado obcecado con
quitarme a Ravinger y sus soldados de encima. Y, al ceder a su
petición y concederle ese absurdo capricho, me temo que he
invitado a la verdadera amenaza a mi propia casa.

40

Auren

Oro.

Una palabra con tantos matices, con tantas connotaciones, con tantas lecturas.

Hay quienes, al escucharla, piensan en riquezas. Otros, en un color. Y otros, en perfección.

Pero para mí, el oro es mi identidad. Siempre lo ha sido, desde que nací y tomé mi primer aliento.

Recuerdo que mis padres decían que brillaba con el calor de la luz. Recuerdo que me llamaban su pequeño sol.

Me pregunto qué pensarían si me vieran ahora mismo, encerrada en una habitación sin ventanas y con paredes que parecen estar hechas de hielo, atrapada en un mundo intolerante que no parece dispuesto a permitirme ser quien soy.

Camino de un lado a otro del vestidor, aunque de vez en cuando miro de reojo a esa estatua dorada. La expresión agónica de su rostro me perturba y, aunque su boca ha enmudecido para siempre, todavía puedo oír su grito desesperado.

¿Eso es lo que me depara el futuro? ¿El oro terminará por consumirme, por asfixiarme, tal y como ocurría en aquella pesadilla? ¿Y si se trataba de un sueño premonitorio?

Siento un escozor en los ojos, como si alguien me estuviera acariciando los párpados con una hoja repleta de púas. Los

«¿y si?» que rondan por mi cabeza llevan horas hostigándome, acosándome.

¿Y si mi tez nunca hubiese sido dorada, sino como la de cualquier otro mortal?

¿Y si mi poder mágico nunca hubiese surgido de mis manos?

¿Y si mis cintas nunca hubiesen brotado de mi espalda?

¿Y si nunca hubiese conocido a Midas?

No puedo retroceder en el tiempo, ni cambiar el pasado. Todo eso ocurrió, y estoy aquí. En una sala minúscula y oscura, un antiguo vestidor reconvertido en mi recién estrenada pajarera. Las veinticuatro cintas de satén se arrastran por el suelo, tras de mí. La puerta está custodiada por varios guardias de Midas.

¿El lado bueno? Joder, no veo ningún lado bueno.

Agacho la mirada y observo la palma de mi mano. Está embadurnada de oro, un oro que más bien parece sangre seca. Advierto una gota dorada escurriéndose por mis dedos. Mis manos están obligadas a sostener el peso de la riqueza, un peso que me abruma, un peso que se ha convertido en un lastre, en una carga insoportable.

El poder mágico que las diosas me otorgaron al nacer es una condena. Me lo ha robado todo. No les bastó con traer a Orea a una niña de oro a la que todos miraban boquiabiertos y señalaban con el dedo. Cuando cumplí los quince años, ese oro empezó a manar de mis dedos y me transformó en una asesina. Fue también a esa edad cuando me crecieron las cintas en la espalda, convirtiéndome así en un monstruo.

Ojalá tuviese una ventana a la que asomarme y poder desahogarme. Ojalá pudiese gritarles a las estrellas que se esconden tras la luz del sol.

Pero como no tengo ninguna ventana a mano, decido descargar toda esa rabia contenida contra la puerta del vestidor.

Como una hidra, empiezo a aporrear ese inmenso portón

con todas mis fuerzas. Las gotas de oro salpican la madera, se inmiscuyen por cada resquicio, por cada hendidura, y poco a poco las manchas doradas empiezan a extenderse por la superficie.

—¡Dejadme salir! —grito, mostrando los dientes y dispuesta a morder.

Midas no va a salirse con la suya, no va a encerrarme aquí como si fuese un animal. No voy a permitir que me haga esto. No pienso pasarme el resto de mi vida metida en una jaula, esperando a que me arroje migajas.

Durante todos estos años he intentado esconder mi poder mágico, ocultar mis cintas, ignorar mis propias ideas. Me he avergonzado de todo ello. Me he avergonzado de mí misma, de ser quien soy. Y Midas se ha encargado de alimentar esa vergüenza, pero estaba demasiado ciega como para verlo.

Me pasaba los días sentada y sonriendo, marchitándome bajo ese resplandor áureo. Mataba las horas tocando melodías tristes y nostálgicas con el arpa, confinada en mi jaula. Acepté esas condiciones y me resigné a vivir así el resto de mis días cuando debería haberme rebelado, debería haber luchado.

Y Midas…

Me colmaba de besos tiernos, besos tan etéreos como la caricia de una pluma. Me regalaba los oídos. Pero no es suficiente.

Ya no me conformo con ser su montura preferida.

Rip tenía razón.

Se me ha caído la venda de los ojos, una venda que yo misma me encargué de ponerme. Ahora veo las cosas con mucha más claridad, y no me gusta lo que veo.

He tomado muchas decisiones en mi vida y, durante la última década, siempre he antepuesto la felicidad y el bienestar de Midas. Pero tal y como Lu me aconsejó, ha llegado el momento de tomar las riendas de mi vida.

Ha llegado el momento de pensar en mí.

Tuve una oportunidad y la dejé escapar. Hubo alguien que me ofreció su ayuda, y cometí el error de rechazarla. Esa persona era Rip. Y por eso necesito tramar un plan. Tengo que pensar muy bien qué voy a hacer a partir de ahora porque no quiero seguir viviendo alejada y aislada del mundo real, paseándome por el pedestal de Midas como un trofeo.

Agarro el pomo de la puerta con la mano desnuda y mi magia lo convierte en oro. Tiro con fuerza, como si pudiera arrancarlo del pesado portón, pero mi esfuerzo es en vano.

—¡Dejadme salir! —chillo otra vez, pero los guardias de Midas me hacen caso omiso.

Mis cintas se extienden a mi alrededor como serpientes rabiosas a punto de atacar. Ciega de furia y cólera, las arrojo contra el portón con una fuerza hercúlea mientras continúo golpeando la madera con los puños.

Varias cintas se enredan alrededor del pomo, otras comienzan a desbaratar las bisagras, pero la mayoría apalean la puerta como si fueran hachas afiladas.

No es momento de rendirse. Es momento de luchar.

Sin embargo, el cansancio empieza a hacer mella en mis cintas, que no están acostumbradas a que las utilice tan a menudo. Pero no voy a dejar que sucumban al agotamiento, a pesar de que me duelen todos los músculos y a pesar del esfuerzo mental que tengo que realizar para controlarlas y dirigirlas a mi antojo.

Arrancaron la puerta de hierro de la jaula y sé que pueden derribar el portón de madera de esta habitación. Tienen que hacerlo, y punto.

Me embarga el pánico y la impotencia. Se me escapa un sollozo temeroso entre esos gritos de desesperación. Chillo porque esa maldita puerta no se mueve, pero también porque estoy furiosa conmigo, por ser tan débil, tan pusilánime.

Oigo las voces de los guardias al otro lado de la puerta. Y, de repente, caigo en la cuenta de que he cometido un error estúpido, un error de principiante. Me he dejado llevar por el impulso de echar la puerta abajo y no he pensado en las consecuencias. No he puesto freno al flujo de magia y, consumida por la rabia, he convertido en oro esa jodida puerta. A juzgar por las exclamaciones de sorpresa de los guardias, intuyo que también es de oro por el otro lado.

Doy un último golpe a la puerta, pero esta vez con la mano abierta.

Estoy convencida de que las cintas podrían haber destrozado la madera, pero también sé que no pueden atravesar un muro de oro macizo.

—Mierda —farfullo entre dientes. Estoy furiosa conmigo, pero sobre todo con Midas, por haberme encerrado aquí dentro bajo llave.

—Cierra ese piquito de oro y aléjate de la puerta, señorita —me ordena uno de los guardias.

El comentario me saca de quicio.

—¡Que te jodan! —replico.

De pronto, tengo un momento de lucidez, y escurro una cinta por debajo de la estrecha rendija que atisbo debajo de la puerta. Me agacho para poder deslizar todo el largo de la tira de satén. Oigo que uno de los guardias ahoga un grito.

Cierro los ojos y trato de concentrarme. La cinta repta por la superficie metálica hasta alcanzar el pomo y empieza a palpar la manilla. Pero todas mis esperanzas se van al traste cuando intento inmiscuir la punta de la cinta por la cerradura y descubro que es demasiado pequeña.

Alguien intenta agarrar la cinta, así que la aparto enseguida del picaporte y me apresuro en recuperarla por miedo a que los guardias la atrapen, hagan un nudo y la inmovilicen.

Entre jadeos, clavo la mirada en la puerta. Me provoca un rechazo absoluto, como si esa puerta fuese mi némesis.

Las cintas empiezan a temblequear. Están fatigadas, exhaustas. Las he llevado al límite, y ya no pueden más. Suel-

451

to otra retahíla de groserías porque además de enclaustrada, siento que tengo las manos atadas. Miro a mi alrededor, en busca de algo, cualquier cosa, que pueda ayudarme a salir de este maldito vestidor.

Entro en la jaula decidida a ponerla patas arriba si hace falta. Quizá mi réplica muerta guardaba algo por aquí que pueda serme útil para escapar. No tengo ni idea de qué pretendo encontrar, pero me niego a quedarme de brazos cruzados. Tengo que intentarlo.

Porque ya no hay marcha atrás. He tomado una decisión y no pienso recular. No voy a volver a vivir así.

Empiezo a hurgar en cada rincón, en cada recoveco de esa horrenda jaula, desesperada. De la palma de mi mano sigue brotando un pequeño reguero de oro líquido, como si se me hubiera cortado una vena que no deja de sangrar.

Y justo cuando estoy apartando el colchón para comprobar si la mujer había escondido algo debajo, percibo algo extraño; el cielo ha cambiado. No necesito una ventana para saber que acaba de caer la noche. El hormigueo que me recorre la piel es la prueba irrefutable de que ya ha anochecido.

En cuanto el sol se esconde tras el horizonte, mi poder mágico de convertir en oro todo lo que toco desaparece con él.

—¡Maldita sea! —grito, y asesto una patada a una bandeja de comida que tenía a los pies.

Mi magia se ha evaporado y las últimas gotas de oro empiezan a secarse en la palma de mi mano. Cierro el puño porque no quiero ver cómo ese minúsculo riachuelo metálico se funde con mi propia piel.

Con el poder que me concedieron las diosas, soy un arma andante. Pero sin él, no soy más que una mujer enfadada con veinticuatro cintas inservibles y encerrada en una habitación sin salida.

En serio, detesto a las diosas. Las aborrezco.

Me tiemblan las piernas, aunque no sé si del peso de la

rabia y la impotencia o porque estoy al borde del desfallecimiento. Cada noche, mi magia se repone, se renueva, y sin ella me siento frágil, desvalida, indefensa.

Estoy a punto de desmayarme, pero, por suerte, en un último esfuerzo, mis cintas logran sujetarme. No van a aguantar mucho más. A trompicones, consigo llegar a una de las paredes de la jaula. Me agarro a los barrotes para no caerme de bruces. Estoy hecha un desastre. No recuerdo la última vez que me di un baño decente, mi melena dorada parece más bien un nido enmarañado y mis cintas no dejan de sacudirse, como si estuvieran sufriendo calambres por el cansancio.

Sin embargo, la traición de Midas es lo que me ayuda a mantenerme en pie.

Rendirme ahora es un lujo que no me puedo permitir. Reúno fuerzas y me encamino hacia la puerta de nuevo, dispuesta a aporrearla hasta perder el conocimiento. Pero en ese instante, advierto otro cambio en el ambiente. Un cambio más palpable, más oscuro y más infausto que la caída del ocaso.

Al principio es sutil, como una inhalación, como un zumbido. El aleteo de las pestañas rozando una mejilla fría, el sonido de una cerilla justo antes de prenderse.

Y entonces se oye un alarido al otro lado de la puerta.

Gritos ahogados, insultos imposibles de reproducir, chillidos. Los guardias suenan confundidos y, al principio, autoritarios, incluso déspotas. Pero esa entereza y seguridad enseguida se transforman en una súplica desesperada. Reconozco el inconfundible ruido de las espadas al ser desenvainadas y un segundo después oigo pasos apresurados y una serie de golpes que no auguran nada bueno.

Silencio.

Afino el oído. Nada.

El corazón me late a mil por hora y se me revuelve el estómago. Estoy empezando a asustarme porque no sé qué merodea detrás de esa puerta.

La manilla de la puerta se mueve. Una sola vez, como si alguien estuviese comprobando si la llave está echada. Un instante más tarde, el picaporte se desprende del metal dorado y se desintegra en minúsculos granitos de arena dorada.

La puerta se abre poco a poco. El tiempo se ralentiza y los segundos se me hacen eternos. Estoy en tensión y, de repente, atisbo una silueta cerniéndose en el umbral de la puerta, como un demonio sacado del mismísimo infierno.

La luz que ilumina el vestidor es suave y tenue, un resplandor anaranjado que apenas me permite ver un palmo más allá de mis narices. Sin embargo, reconozco a mi visitante *ipso facto*. Me atrevería a decir que lo reconocería incluso en la oscuridad más opaca y absoluta.

Porque su aura es casi tangible, porque hasta con los ojos cerrados percibiría su presencia.

Lo mismo ocurrió cuando estaba encaramada sobre aquel montículo de nieve. El poder que desprende ese hombre parece hundirse en el suelo y extenderse a varios kilómetros a la redonda. Noto esa misma vibración bajo mis pies. Me entran náuseas, así que me aferro a los barrotes de la jaula para mantener el equilibrio y tratar de aliviar ese repentino mareo al mismo tiempo que el rey Ravinger entra en la habitación.

Todo el aire que tenía en los pulmones se esfuma, igual que ese picaporte, y el miedo o, mejor dicho, el terror me paraliza por completo. Ni siquiera entorna los ojos al entrar, como si no necesitara adaptarse a la penumbra que reina en ese diminuto vestidor.

Quizá sea porque esa misma negrura habita en su interior.

Avanza con aire distraído, pero sé que está escudriñando cada centímetro de la sala, fijándose hasta en el detalle más insignificante. Lleva un traje de cuero negro pulcro e impoluto, una camisa con un cuello bastante subido que le cubre el cuello y una corona de ramas recubiertas de espinas en la cabeza. Las ramas parecen mustias y secas, casi petrificadas. A simple vista, parece que, una vez marchitas, las hubiera pulido para sacarles brillo.

Se detiene en las sombras, a apenas un par de metros de la jaula, pero no necesito que se acerque un paso más para saber que ahora me está escudriñando a mí.

Sus ojos son de un verde oscuro muy intenso; me recuerdan a una tupida alfombra de musgo justo antes de marchitarse y tornarse marrón. Es el color de los últimos momentos de vida antes de una muerte anunciada. De la exuberancia y la fertilidad antes de la podredumbre y la devastación.

Sin embargo, no consigo despegar la mirada de las marcas que tiene dibujadas en el rostro. Unas líneas que asoman por el cuello de la camisa y se arrastran por su mandíbula y pómulos. Parecen raíces que serpentean en busca de tierra, venas que se alimentan de un corazón corrupto y envenenado.

Las observo con detenimiento; no dejan de moverse, de retorcerse, como si por dentro de esas líneas pérfidas fluyera algo malvado, o puede que maldito.

Él permanece ahí quieto y, con sumo cuidado, echo un vistazo a la puerta. No vislumbro a ninguno de los guardias. Y no se oye absolutamente nada. El silencio que se ha instalado en los aposentos es ensordecedor.

—¿Los has matado? —pregunto entre jadeos.

Ravinger se encoge de hombros, un gesto de orgullo e indiferencia.

—Se han entrometido en mi camino.

Se me encoge el corazón. Estoy atemorizada. Ese monstruo los ha asesinado en cuestión de segundos.

—¿Sabes quién soy? —pregunta. Su voz es tan grave y profunda que retumba en el vestidor. Es estremecedora.

Trago saliva.

—El rey Ravinger.

Asiente. En mi mente empiezan a agolparse las preguntas,

las dudas. ¿Por qué está aquí? ¿Por qué ha venido? Pensé que había logrado escapar de él, pero una vez más he pecado de ingenua y confiada. Debería haber sospechado de ese generoso intercambio. Era demasiado sencillo, demasiado fácil.

No parece inquietarle el hecho de que el rey Midas pueda aparecer en cualquier momento y pillarle en sus aposentos. De hecho, sospecho que le encantaría tener una excusa para poder enfrentarse a él de una vez por todas.

La llama de las velas ilumina su corona de un naranja vibrante, como la luz del otoño tiñe el paisaje con ese hermoso manto color ocre. De melena negra azabache y tez ligeramente grisácea y pálida, advierto una sombra en la mandíbula. Es más joven de lo que esperaba, pero no por ello menos aterrador e imponente.

—Así que aquí es donde el rey Midas guarda a su famosa montura, a su preferida, a la muchacha que tocó y convirtió en oro. —A pesar de la distancia que nos separa y a pesar de la oscuridad, sé que me está estudiando con la mirada, que me está repasando de pies a cabeza—. Entre tú y yo, pareces un jilguero enjaulado. Y es una lástima, de verdad que lo es. Tú no deberías estar encerrada ahí dentro.

Abro los ojos como platos. El corazón me amartilla el pecho, pero esta vez no son latidos de terror, sino de decepción, de un dolor punzante y afilado. Rip le ha contado a Ravinger el apodo con el que solía dirigirse a mí. Y el modo en que Ravinger lo ha pronunciado hace que suene vulgar, casi burlón.

¿Eso es lo que ha hecho Rip? ¿Burlarse de mí cuando ha hablado con su rey?

El huracán de emociones que se desata en mi interior me empuja a gritar de nuevo, porque la única forma que tengo de desahogarme es esa, gritando. De repente, en un arrebato de orgullo y dignidad, me pongo derecha y me quito el abrigo de plumas en un abrir y cerrar de ojos. Salgo de la jaula con paso decidido y le arrojo el maldito abrigo a la cara.

—Toma. Dáselo a Rip —digo con desdén en cuanto Ravinger lo coge al vuelo—. Ya puedes decirle de mi parte que no soy su estúpido jilguero y que no va a volver a reírse de mí a mis espaldas nunca más.

Ravinger echa una ojeada a las plumas y en ese preciso instante me percato de mi error.

«Mierda.»

El frío es helador y sé que en cuestión de segundos empezaré a tiritar. Solo rezo porque Ravinger no se dé cuenta.

Ravinger parece abstraído mirando el abrigo. Unos segundos después, lo coge entre los dedos y lo levanta, como si fuese a ponerlo en un colgador, solo que no hay ningún colgador.

La luz del farolillo alumbra el abrigo y se vislumbra un brillo dorado.

Se me cae el alma a los pies.

—Pero bueno, esto sí es interesante, ¿no te parece? —ronronea.

Empalidezco al ver que le da la vuelta al abrigo, revelando así la verdad que esconde.

El forro interior reluce porque está tejido con hilo de oro.

Me mira con una sonrisa vil y nefaria, pero entonces se echa a reír, y su risa es el sonido más espeluznante que jamás he oído. La tremenda carcajada que escupe por la boca me envuelve, me inmoviliza, me aprisiona.

—Debo admitir que no me sorprendo con facilidad. Uno ya ha visto de todo en esta vida —comenta con tono socarrón mientras frota la tela dorada—. Pero esto, esto sí ha conseguido sorprenderme.

Acaricia el variopinto y caprichoso plumaje que decora los puños y la capucha con la yema de los dedos y examina las plumas doradas que, sin querer, he tocado con la palma de la mano. No conseguí frenar el avance de esa marea dorada, he ahí la prueba. Traté de contenerla, de evitar que se extendiera, pero mis esfuerzos fueron en vano. ¿Qué importa ahora? He desvelado mi secreto. Y al rey Ravinger nada más y nada menos.

Ravinger vuelve a observar la habitación, pero esta vez con más atención y curiosidad. Contempla a la mujer convertida en estatuilla de oro que tengo a mis espaldas.

—Midas es mucho más retorcido y astuto de lo que sospechaba. Y tú también.

Quizá me equivoque, pero parece entusiasmado.

—¿Qué quieres? —pregunto mientras me escabullo hacia la puerta. Me da igual que su poder pueda matarme en un santiamén, voy a intentar escapar de ahí sea como sea. Aunque al hacerlo esté poniendo en riesgo mi propia vida.

Él esboza una sonrisa desde las sombras. Con suma cautela y sigilo, camino de lado porque sé que no debo confiarme, que no puedo quitarle el ojo de encima porque es un tipo muy muy peligroso. Puede burlarse de mí todo lo que quiera, me da lo mismo.

—Es la segunda vez que oigo esa pregunta hoy —dice, y su voz...

Desvía su atención hacia mis cintas. Están arrugadas, mermadas, agotadas. Se estremecen en cuanto notan la mirada de Ravinger clavada en ellas, un temblor tímido y sutil que también percibo a lo largo de mi columna vertebral.

—Ahora todo cobra mucho más sentido. Por fin entiendo por qué está tan obsesionado contigo. Por qué tu piel es de oro. Por qué estás atrapada en una jaula dorada —dice, y mira de reojo la puerta que yace tirada en el suelo—. Aunque tal vez... no estés tan atrapada como parece.

De repente, su poder vuelve a abrumarme, a asediarme. El efecto que su magia provoca en mí es difícil de explicar; tengo la sensación de que me envuelve con unos zarcillos invisibles y trata de alcanzar el poder que habita en mi interior, como si anhelara tantearlo, evaluarlo, explorarlo. Las gotas de sudor

458

me empapan la frente, se me revuelven las tripas y, con paso renqueante, me acerco un poco más a la puerta.

Si pudiese llegar hasta ella... Si pudiese atravesar el umbral...

Otro vahído, otro mareo incontrolable. Estoy a punto de tropezarme y caerme al suelo.

—Para —digo resollando.

Siento que en cualquier momento voy a vomitar.

De inmediato, su poder empieza a retroceder. Siento que esos zarcillos reculan y, con ellos, las líneas negras de su cara se vuelven más gruesas y oscuras, como cuando crece el caudal de un río y amenaza con desbordarse. Ahora, esas enigmáticas marcas se deslizan hasta sus pómulos.

—Te aconsejo que empieces a acostumbrarte —dice. Por lo visto, le resulta muy divertido verme ahí sudando, temblando y al borde del desfallecimiento—. No puede ser que cada vez que estemos en la misma habitación te marees y te entren ganas de vomitar.

—¿Por qué voy a tener que acostumbrarme? —pregunto nerviosa.

Vislumbro el perfil de su cuerpo. No sé qué me daría más miedo, si que se quedase oculto entre las sombras, tal y como está ahora, o verle a plena luz del día.

—Vamos a pasar una temporada juntos.

Se me eriza la piel y un escalofrío me recorre todo el cuerpo. Esa revelación me deja aturdida, petrificada. ¿Piensa secuestrarme? ¿Va a utilizarme, a aprovecharse de mí igual que ha hecho Midas durante todos estos años? ¿Va a abusar de mí?

—¿De qué estás hablando? —pregunto, y el miedo me quiebra la voz. Doy los últimos pasos hasta el umbral y me invade una sensación de victoria cuando mis dedos palpan el marco de la puerta. Me doy la vuelta. A mis espaldas, los aposentos de Midas. Frente a mí, el depredador que puede abalanzarse sobre mí en cualquier momento.

—Oh, ¿Midas todavía no te lo ha contado? —contesta él, que sigue ahí plantado—. Después de una ardua negociación, hemos firmado un acuerdo de paz. Un acontecimiento histórico que bien merece una celebración. Midas, como buen anfitrión, se va a encargar de todos los preparativos y ha invitado al ejército del Cuarto Reino a pasar unos días en Rocablanca y a asistir a los festejos.

Los pensamientos me desbordan, como una avalancha imparable.

Una luz de esperanza en mitad de esa tenebrosa oscuridad. Me aparto unos mechones húmedos de la cara y me aclaro la garganta.

—¿Y tu comandante? ¿También va a quedarse en palacio? —pregunto sin pensar. Y en cuanto las palabras escapan de mis labios, me arrepiento de inmediato. Me reprendo por no ser más precavida, por haberme mostrado tan interesada en Rip.

Si no se va a librar una guerra, si el ejército va a instalarse en Rocablanca…

Necesito un aliado para escapar de aquí. Es mi única esperanza.

Ravinger se ríe por lo bajo, un chirrido que me rasga los oídos, como las astillas de un tronco podrido.

—Oh, Jilguero. Antes te he preguntado si sabías quién era.

Titubeo durante unos segundos. Quiero dar un paso atrás, atravesar el umbral del vestidor, pero incluso mi pie vacila. Frunzo el ceño, confusa y desconcertada, aunque el latido de mi corazón me advierte que debería huir de ahí, huir de él.

—¿Qué?

De pronto, y sin previo aviso, su poder vuelve a vibrar, y esta vez siento que me atrapa en un puño de hierro y me ata un nudo alrededor del estómago. Sí, esta vez la sensación es distinta. No ha tratado de alcanzarme con sus zarcillos invisibles, sino que se ha lanzado sobre mí como lo haría una bestia salvaje, con las garras extendidas y de improviso.

A duras penas puedo respirar. Me retuerzo y me doblo de dolor mientras las gotas de sudor frío se deslizan por mi piel. Inhalo solo por la nariz en un intento de no vomitar, de no perder el equilibrio, de no desfallecer.

Mis manos temblorosas se aferran al marco de la puerta mientras trato de mantenerme derecha. Mis cintas, ya de por sí exánimes y abatidas, empiezan a convulsionar; se hacen un ovillo tras de mí y se zambullen entre las faldas de mi vestido, como si así pudieran esconderse de esa magia.

Esa sensación de mareo y vértigo me sobrepasa. Estoy sofocada y temo desmayarme ahí mismo, así que me recuesto en la pared y me preparo para lo peor. Y justo cuando creo que voy a perder el conocimiento, el poder se disuelve, como la sal en el mar.

461

Todavía entre resuellos, levanto la vista y veo con mis propios ojos cómo las raíces que se iban abriendo camino por el rostro de Ravinger empiezan a retroceder.

Se acerca a mí, emergiendo así por fin de las sombras.

A medida que esas venas se van replegando, el verdor de su mirada se va apagando, como si sus iris estuviesen absorbiendo ese poder siniestro y putrefacto.

Todo su cuerpo se estremece. Abro los ojos como platos al ver que su rostro se transforma y sus rasgos se vuelven más angulosos, más afilados, más masculinos.

Me quedo paralizada. No puedo respirar, ni siquiera puedo parpadear ante tal mutación. Los huesos de su cara parecen estrecharse hasta volverse tan finos como el filo de una espada. Las orejas empiezan a deformarse, a tornarse más puntiagudas. Y sobre esos pómulos tan marcados que parecen estar esculpidos en su rostro, aparece un reguero de escamas.

—Por el Gran Divino… —murmuro anonadada. No escondo mi asombro. La transformación que estoy presenciando es absolutamente increíble.

Unas púas le atraviesan el cuero de las mangas, a la altura de los antebrazos, y asoman por su espalda. Y así es como Ravinger despliega el ser feérico que realmente es, un ser salvaje y malvado. Todo él se transforma, hasta que lo único que queda de su horrible poder es la empalagosa presencia de un aura oscura muy muy familiar.

—Eres… Eres… —tartamudeo. No consigo articular una sola palabra porque todavía no he asimilado lo que acabo de atestiguar. Sin embargo, el peso de la traición amenaza con aplastar mi alma.

Rip mueve los hombros, como si la metamorfosis de Rey Podrido a monstruo feérico le hubiera provocado un dolor insufrible. Aunque pondría la mano en el fuego de que me ha dolido mucho más a mí que a él.

Esos iris negros que parecen haberse tragado el poder de Ravinger son la única prueba de la magia sucia y repugnante que en realidad posee.

Esa voz. Más profunda, más cruel de lo normal, pero con una nota de familiaridad. Debería haberlo sospechado. Debería habérmelo imaginado, maldita sea.

Da un paso más. Ahora está tan cerca que incluso puedo notar el ardor de su alma ennegrecida y abrasada, el aroma especiado del aliento que se evade de sus labios.

Rip y Ravinger. El ser feérico y el rey.

Aunque pueda sonar exagerado, juro que siento que me están clavando un cuchillo en la espalda una y otra vez. Solo que esta vez la traición tiene un sabor distinto, pues proviene de otro hombre.

Sí, me siento traicionada. Me engañó. Me confundió con un beso y me mintió acerca de quién es en realidad. Tal vez sea injusto teniendo en cuenta que yo también le he mentido, pero no puedo evitar sentir que haya jugado conmigo, y con mis sentimientos.

—Eres el rey Ravinger —murmuro. Suena a acusación, y así lo siento. Esas cuatro palabras retumban en mi cabeza y el eco de esa acusación resuena en mis huesos, en mi corazón.

Rip estira los labios lentamente, hasta dibujar una amplia sonrisa. Al hablar, lo hace con esa cadencia oscura y sensual, con ese ronroneo vil y perverso, con ese brillo malicioso en la mirada.

—Sí, Jilguero, lo soy. Pero puedes llamarme Slade.

La vid dorada

SEGUNDA PARTE

Este miserable la adoraba
a esta vid dorada.
Una sonrisa esbozaba
ante el brillo que emanaba.

Él le entregó cuanto tenía,
y la vid dorada respondía.
Celebraba con alegría
cada centímetro que la vid crecía.

Pero pronto la vid prosperó
y todo el jardín ocupó.
Sus raíces extendió
y en el hogar del miserable se inmiscuyó.

Hojas y ramas de la vid dorada
cada rincón de la casita ocupaban.
Allá por donde el miserable pasaba,
espinas y astillas le pinchaban.

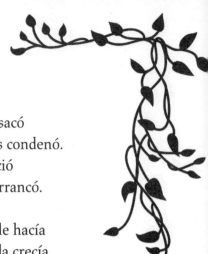

Todos los muebles sacó
y a un fatídico destino los condenó.
Toda su casita vació
y hasta las ventanas arrancó.

Con cada ofrenda que le hacía
más grande la vid dorada crecía.
Hasta que el brillo áureo cubrió
cada baldosa y alféizar que encontró.

Este miserable atesoraba
cada pétalo y hoja de la vid dorada.
Su piel estaba arañada y marcada,
pues la vid tenía púas afiladas.

De todo su cabello se despojó,
pero la avaricia del miserable no menguó,
así que sus uñas le ofreció
y una a una se las arrancó.

Para ver la vid dorada florecer
sobre sus tallos las dejó caer.
El oro nubló su buen juicio,
y jamás se recriminó tanto sacrificio.

Las flores eran hermosas,
de oro, relucientes y muy valiosas.
Mas con las manos lastimadas
el miserable no podía tocarlas.

Su codicia era insaciable,
y con los dientes las cortó el miserable.
Los tallos de las flores mordió
y a buen recaudo los guardó.

Escondió en todos los rincones
varios centenares de flores.
Tantas flores de oro ocultó
que sin espacio en casa se quedó.

El viejo miserable no se atrevía
a venderlas a sus vecinos,
pues si su hermoso tesoro se descubría,
su casa se llenaría de cretinos.

Jamás se desprendió de una flor
y por siempre en su casa se quedó.
A sus seres queridos les dio la espalda,
pues creía que era la opción más sensata.

Mimaba, arrullaba y acunaba
cada rosetón dorado que cortaba.
La vid dorada crecía y crecía
mientras él susurraba: «Eres mía».

Mas sin presentes ni dádivas
la vid dorada se marchitaba.
Preso del tormento y la desesperación
el miserable tomó una decisión.

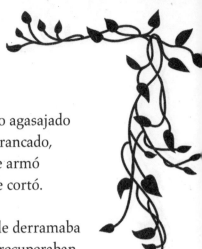

Cuando a la vid dorada hubo agasajado
y todas sus uñas hubo arrancado,
el miserable de valor se armó
y la nariz y las orejas se cortó.

Con la sangre que el miserable derramaba
los pétalos de la vid su brillo recuperaban.
Pues gracias al constante goteo carmesí
la vid seguía creciendo con gran frenesí.

El viejo miserable se desangraba
y su fortuna dorada multiplicaba.
Dejó que sus venas se colapsaran,
que el latido de su corazón aminorara.

La vid dorada le sorbía la vida, gota a gota,
como un colibrí sorbe el néctar de una flor.
El cuerpo del miserable en su casa yacía,
sumergido entre raíces y hojas doradas.

La vid dorada no cesaba de crecer,
y sus brotes dorados por la colina empezaron a florecer.
El manto de oro se fue expandiendo,
y cada hueco y recoveco fue cubriendo.

Pero él deseaba más y más,
pues la usura del miserable no conocía límites.
Y así fue como los ojos se arrancó,
y sus cuencas en dos agujeros vacíos convirtió.

Sin un lecho en el que descansar,
y sin más lágrimas que llorar,
el miserable era feliz, pues su vid dorada
era lo único que anhelaba.

CONTINUARÁ…

Agradecimientos

*E*ste es el trabajo con el que siempre había soñado. Han pasado dos años, pero sigo sin creerme que pueda dedicarme a la escritura gracias a que ahí fuera hay gente que devora mis libros. Pero incluso los mejores sueños pueden convertirse en una auténtica pesadilla y sé que no habría sido capaz de conseguirlo si no fuese por toda la gente que día a día me ayuda a cargar el peso que conlleva esta profesión.

Así pues, a mi familia, gracias infinitas. Vuestro amor y apoyo incondicional son el motor que me impulsa a seguir con el viaje que he emprendido, y os estoy muy agradecida. Además, sois las mejores personas de este planeta y me siento muy afortunada de teneros en mi vida. Ya estéis apretujados en el sofá conmigo o en la otra punta del país, quiero que sepáis que os quiero.

A mi familia editorial, gracias. A veces, esta profesión puede llegar a ser muy solitaria y es una suerte haber dado con un equipo tan brillante. Siempre estaré en deuda con vosotros por la inestimable ayuda que me habéis brindado en todo momento. No puedo estar más agradecida por haber conocido a gente tan divertida, amable, atenta y bondadosa. Ivy Asher, Ann Denton, S. A. Parker, C. R. Jane, Helayna Trask y a mi hermana favorita, muchísimas gracias por haber estado a mi lado mientras escribía este libro, vuestros consejos y opiniones me han sido de gran ayuda. Gracias a vosotros, soy mejor persona y mejor escritora.

A mis lectores, mi corazón va a explotar de agradecimiento. Esta saga es muy importante para mí porque, sin lugar a dudas, es mi obra favorita hasta día de hoy, por lo que le tengo un aprecio muy especial. Y, por ese motivo, que os hayáis tomado la molestia de darle una oportunidad significa muchísimo para mí. Y, como autora *indie* que no cuenta con el respaldo de una gran editorial, cualquier éxito que pueda cosechar es gracias a vosotros. Cada vez que escribís una reseña, que recomendáis uno de mis libros, que subís a redes sociales un *post* comentando alguna de mis obras, cada maldita página que leéis escrita de mi puño y letra… marca la diferencia. Muchas muchas gracias.

R. K.

Los libros de la serie
La prisionera de oro
que también te gustarán

SERIE: LA PRISIONERA DE ORO I

No te pierdas la apasionante
primera entrega de la serie
La prisionera de oro.

Este libro utiliza el tipo Aldus, que toma su nombre
del vanguardista impresor del Renacimiento
italiano, Aldus Manutius. Hermann Zapf
diseñó el tipo Aldus para la imprenta
Stempel en 1954, como una réplica
más ligera y elegante del
popular tipo
Palatino

Destello

se acabó de imprimir
un día de invierno de 2023,
en los talleres gráficos de Egedsa
Roís de Corella 12-16, nave 1
Sabadell (Barcelona)